Harry Potter
哈利波特™

阿茲卡班的逃犯

Harry Potter and the Prisoner of Azkaban

J.K. 羅琳 J.K. ROWLING 著
彭倩文 譯

獻給鞦韆餐廳的兩位教母
吉兒・普瑞維與愛妮・凱利

CONTENTS

1 貓頭鷹郵件

哈利波特在多方面來說都是個很不尋常的男孩。比方說，他一年中最痛恨的就是暑假。還有呢，他真的好想寫功課，但卻被迫只能在半夜裡爬起來偷寫。而且，他剛好是名巫師。

現在已將近午夜，哈利趴在床上，把棉被撐起來像帳篷似地罩住頭，手裡握著手電筒，將一本皮面大書（芭蒂達．巴沙特的《魔法史》）攤開來擱在枕邊。哈利用老鷹羽毛筆尖滑過一行行文字，皺著眉頭為他要寫的文章〈試論十四世紀焚燒女巫行動之虛妄無用〉尋找可用的資料。

筆尖在一段看來可能有用的段落前停下來，哈利推推眼鏡，把手電筒湊到書前，開始閱讀：

不會魔法的人（俗稱麻瓜）在中世紀時期特別畏懼魔法，但卻不善於辨識真偽。即使麻瓜能在極罕見的情況下，抓到一名真正的女巫或是男巫，焚燒這種刑罰對他們來說仍是毫無用處可言。這名女巫或是男巫只要施一個最簡單的凍火咒，就可以一面假裝痛得尖叫，一面享受那種輕柔、酥麻的感覺。事實上，怪人溫德琳就是因為太喜歡被燒，因此才故意假扮各種不同的面目，讓自己被抓了至少四十七次之多。

哈利咬住筆，把手探到枕頭下，取出他的墨水瓶和一捲羊皮紙。他小心翼翼地慢慢扭開墨水瓶蓋，用筆沾了一點墨水，開始寫他的作文，但他每隔一段時間就會停下來傾聽。要是讓德思禮家的人在起來上廁所時聽到他在偷寫字的話，他大概就得在樓梯下的碗櫥裡度過整個暑假了。

水蠟樹街四號的德思禮一家人，就是哈利為什麼從來沒喜歡過暑假的真正原因。威農姨丈、佩妮阿姨，和他們的兒子達力，是哈利在這世上僅有的親人。他們全都是麻瓜，對魔法有著非常中世紀的看法。哈利死去的父母是巫師和女巫，但德思禮夫婦從未在家裡提到過這件事。佩妮阿姨和威農姨丈多年來一直懷抱著一個希望：只要他們儘可能地持續壓制哈利，就可以完全去除掉他的魔法劣根。但他們卻憤怒地發現這種做法已完全宣告失敗，因此他們現在成天提心弔膽，生怕被人知道，哈利過去兩年來有大半的時間都是待在霍格華茲魔法與巫術學校念書。德思禮夫婦近來頂多也只能在暑假一開始，就把哈利的符咒課本、魔杖、大釜和飛天掃帚全都鎖起來，並禁止他跟鄰居們說話。

拿不到符咒課本對哈利造成很大的困擾，因為霍格華茲的老師們開了一大堆的暑假作業。在該交的文章裡面，有一份特別難寫的「還童水」報告，是哈利最不喜歡的老師石內卜教授出的功課，而這位老師一定很高興能找到藉口，罰哈利整整一個月的勞動服務。因此哈利只好在假期開始的第一個禮拜，就想辦法找機會動手。當威農姨丈、佩妮阿姨和達力到前院去欣賞威農姨丈公司派給他的新車時（引擎聲開得超大，好讓全街的人都能注意到它的風采），哈利就趕緊利用這段時間偷偷溜到樓下，撬開樓梯下碗櫥的鎖，抓了幾本課本，藏到他的臥室裡面。只要他小心點，別讓床單沾到墨水，德思禮一家就永遠也不會發現他偷偷在晚上學魔法了。

哈利目前盡量避免跟他的阿姨和姨丈起衝突，他們現在已經對他很不滿了，這全都是因為他在假期開始的第一個禮拜，接到了一通他巫師朋友打來的電話。

榮恩．衛斯理是哈利在霍格華茲的死黨之一，他的家人全都是巫師。這表示他懂的事情雖然比哈利多，但這輩子卻從來沒打過一通電話。非常不幸地，這通電話卻偏偏被威農姨丈接到。

「我是威農．德思禮。」

哈利當時剛好也待在同一個房間，他一聽到榮恩的聲音，就被嚇得呆住了。

「**喂？喂？你聽得到嗎？我——要——找——哈——利——波——特！**」

榮恩的聲音大得可怕，威農姨丈嚇得跳起來，把聽筒伸到離耳朵一呎遠的地方，帶著又驚又怒的表情瞪著它。

「**是誰？**」他朝著話筒的方向吼道，「**你是什麼人？**」

「**榮恩——衛斯理！**」榮恩大叫，就好像他和威農姨丈是分別站在足球場兩端喊話似的，「**我是——哈利——在——學校的——朋友——**」

威農姨丈的小眼睛轉向哈利，而哈利就像生根似地完全無法動彈。

「**這裡根本就沒哈利波特這個人！**」他吼道，現在他努力伸長手，儘可能把聽筒拿得老遠，似乎是害怕它會突然爆炸，「**我不曉得你指的是什麼鬼學校！永遠別再打電話來！不准你靠近我們家！**」

說完他就忿忿地摔下聽筒，就好像那是一隻噁心的毒蜘蛛似的。

接下來哈利就挨了一頓有史以來最嚴厲的痛罵。

「**你竟敢把這個電話號碼告訴那種——那種跟你一個德行的人！**」威農姨丈厲聲咆哮，灑了哈利滿頭滿臉的口水。

榮恩顯然是曉得自己害哈利惹上麻煩，因為他後來就再也沒打電話過來了。哈利在霍格華茲的另一個好朋友妙麗．格蘭傑，同樣也沒有跟他連絡。哈利猜想，榮恩大概有警告過妙麗，叫她別打電話過來，但這真的是很可惜，因為妙麗這位哈利同學年中最聰明的高材生，是來自一個純粹的麻瓜家庭，她自然知道該怎樣打電話，而且她大概也不會笨到說出她是在霍格華茲上學。

因此，在這漫長的五個禮拜中，哈利完全不曾收到他巫師朋友們的任何訊息，而他這個暑假幾乎就過得跟去年一樣淒慘。只有一件事稍稍改善了一些：在哈利對天發誓，絕對不用嘿美送信給朋友之後，他終於獲准在晚上把貓頭鷹放出屋外去透透氣。威農姨丈之所以會願意讓步，主要是因為嘿美若是成天被關在籠子裡的話，牠就會吵得全家不得安寧。

哈利寫完關於怪人溫德琳的段落，再次停下筆來傾聽。在這棟漆黑寂靜的屋子裡，只聽得見他那位胖子表哥達力從遠方傳來的呼呼鼾聲。現在想必已經很晚了，哈利的眼睛累得發疼，也許他還是把作文留到明天晚上再寫好了……

他關上墨水瓶，從床底拉出一個舊枕頭套，把《魔法史》、他的作文、羽毛筆和墨水瓶全都塞到裡面放好，接著再爬下床，將這些東西藏到床底下一塊鬆脫的木板下面。然後他站起來，伸了一個懶腰，轉頭望著他床頭桌上發亮的鬧鐘，想看看現在到底幾點了。

現在是凌晨一點。哈利的胃部一陣抽搐，他早在一個鐘頭前就已經滿十三歲了，而他竟然完全沒注意到。

哈利另一項不尋常的特點就是：他並不怎麼期待過生日，他這輩子從來沒收到過一張生日卡。德思禮家在他前兩個生日時完全沒有任何表示，而他也沒有理由認為他們今年會突然改變作風。

哈利穿越漆黑的房間，經過嘿美空空的大鳥籠，走到打開的窗戶前。他靠在窗台邊，在棉被下悶了這麼久之後，迎面飄來的沁涼空氣讓他感到格外神清氣爽。嘿美到現在已經有整整兩個晚上沒回來了。哈利並不會替牠感到擔心——牠以前也有過這麼久沒回來的紀錄——但他卻希望牠能夠快點回到他身邊，因為牠是這棟房子裡，唯一看到他不會嚇得逃跑的生物。

以哈利的年紀來說，他雖然還是相當瘦小，但在過去這幾年中他也長高了好幾吋。但他那頭漆黑的亂髮卻還是跟以前完全一樣：不論他用什麼方法，依舊是頑強地凌亂不堪。他鏡片後面的眼睛是明亮的鮮綠色，透過他稀疏的劉海，可以清楚看到他額上有一條淡淡的疤痕，看起來形狀就像是一道閃電。

在哈利所有不尋常的特點之中，最離奇的應該就是這道疤痕了。德思禮夫婦有整整十年的時間，一直佯稱它是那場殺死哈利父母的車禍所遺留下來的痕跡，但事實並非如此，因為莉莉和詹姆．波特夫婦並不是死於車禍。他們是被謀殺的，而兇手就是百年來最令人畏懼的黑巫師佛地魔王。但哈利卻在同樣的攻擊下幸運逃生，只留下額前的一道疤痕。當時佛地魔的詛咒非但沒有將哈利殺死，反而逆火反彈，擊中了他自己，只剩下一口氣的佛地魔就此逃逸無蹤……

但哈利在進入霍格華茲就讀以後，卻曾經和佛地魔數度正面交鋒。當哈利站在漆黑的窗前，回憶他們上次會面的情形時，他不得不承認，自己能夠活到十三歲生日，已經算是夠幸運的了。

他的目光掠過星空，搜尋嘿美的身影，說不定牠現在正叼著一隻死老鼠飛回來，希望能夠得到他的讚美。他心不在焉地望著屋頂上方，過了幾秒之後，他才明白自己看到了什麼。

金色的月亮上浮現出一個黑色的剪影，這個影子變得越來越大，看來似乎是有某個巨大但卻形狀怪異的生物，正拍著翅膀朝哈利的方向飛過來。他靜靜站在窗前，望著牠越飛越低。在那一瞬間，他手握著窗栓，遲疑不決地考慮是不是該趕緊把窗戶關上，但接著那隻怪物就飛掠過水蠟樹街的路燈上空，哈利終於認出那是什麼東西，於是他連忙閃到一旁。

三隻貓頭鷹從窗口飛進來，其中兩隻抓著另外一隻顯然已失去知覺的同伴。牠們發出輕柔的**噗通**聲降落在哈利床上，中間那隻灰色的大貓頭鷹猛然往前一栽，一動也不動地躺在床上，牠的腿上綁著一個大包裹。

哈利一眼就認出這隻昏迷的貓頭鷹——牠的名字叫愛落，是衛斯理家的貓頭鷹。哈利立刻衝到床邊，解開愛落腿上的細繩，取下包裹，然後把愛落抱到嘿美的鳥籠裡。愛落張開一隻目光渙散的眼睛，發出一陣微弱的感謝啼聲，開始大口吞水。

哈利回到其他兩隻貓頭鷹身邊，其中那隻母的大雪鴞就是他的嘿美，牠腿上同樣也繫著一個包裹，露出一副很得意的模樣。哈利解下牠的包裹，牠親暱地啄了哈利一下，就飛過房間，跟愛落一起待在籠子裡。

第三隻貓頭鷹哈利並不認識，那是一頭漂亮的灰林鴞，但他馬上就看出牠是從哪裡來的，因為牠的腿上除了第三個包裹之外，還綁著一封印著霍格華茲盾徽的信件。哈利一解下這頭貓頭鷹腿上的郵件，牠就蓬起羽毛，擺出一副很了不起的架式，展開翅膀掠過窗口，飛向漆黑的夜空。

哈利坐到床上，抓起愛落送來的包裹，撕開外面的褐紙，而他看到裡面有一份裹著金色包裝紙的禮物，和他這輩子收到的第一張生日賀卡。他用微微顫抖的手指打開信封，從信封裡面掉出了兩張紙——一封信和一張剪報。

這張剪報顯然是從魔法世界的報紙《預言家日報》剪下來的，因為上面那張黑白照片裡面的人全都在動。哈利拾起剪報，將它攤平，然後開始閱讀：

魔法部員工抽到大獎

魔法部麻瓜人工製品濫用局主管亞瑟．衛斯理，於日前贏得《預言家日報》年度加隆抽獎活動的首獎。

心情愉快的衛斯理先生對《預言家日報》表示：「我們準備用這些金幣到埃及去過暑假，我家的大兒子比爾在那裡工作，在古靈閣巫師銀行擔任解咒師。」

衛斯理家預定在埃及停留一個月，並將於霍格華茲新學年開始前返回英國，目前衛斯理家有五個孩子皆在該校就讀。

哈利望著那張會動的照片，當他看到衛斯理家的九個人站在一個巨大的金字塔前，而且全都在激動地朝他揮手時，他的臉上忍不住泛出微笑。矮胖的衛斯理太太、高大禿頭的衛斯理先生、六個兒子和一個女兒，全都有著（但黑白照片上並看不出來）火紅的頭髮。高瘦細長的榮恩站在最中間，他一手摟住他的小妹金妮，肩上趴著他的寵物老鼠斑斑。

哈利想不出還有誰會比非常善良，卻也窮得要命的衛斯理家，更應該贏到一大堆金幣。他撿起榮恩的信，打開來閱讀：

親愛的哈利：

生日快樂！

聽我說，我真的很抱歉打了那通電話，我希望那些麻瓜沒有太為難你。我問過爸，他認為我不應該大叫。

埃及實在是太棒了。比爾帶我們參觀所有的墳墓，而你絕對想不到，那些古代埃及巫師對它們施了什麼樣的詛咒。媽不肯讓金妮走進最後一個墳墓，那裡有一大堆怪裡怪氣的變種骷髏，身上長了好幾個頭和其他亂七八糟的玩意兒，全都是不小心誤闖進來的麻瓜留下的屍體。

我真不敢相信爸居然會抽到《預言家日報》大獎，七百加隆欸！這筆錢大部分都花在這次旅行上了，不過他們今年會替我買一支新魔杖。

哈利自然忘不了榮恩的舊魔杖是怎麼折斷的。當時他們兩人一同駕著飛車飛到霍格華茲，結果卻撞到了一棵校園中的大樹。

我們會在開學前一個禮拜回來，到時我們會上倫敦去買我的魔杖和大家的新課本，有可能在那裡跟你碰面嗎？

千萬別讓那些麻瓜影響你的心情！

想辦法到倫敦來吧。

榮恩

P.S. 派西當上男學生主席了，他在上禮拜收到通知。

哈利重新瞥了照片一眼。升上七年級的派西將在霍格華茲度過最後一年，照片上的他看起來格外地志得意滿。他整齊的頭髮上俏皮地歪著一頂已別上男主席徽章的土耳其帽，鼻梁上的角質框架眼鏡在埃及陽光下閃閃發亮。

哈利轉向他的禮物，動手拆開外面的包裝，裡面是一個看起來像是迷你玻璃陀螺似的東西，下面放了一張榮恩寫的便條。

哈利——這是一個袖珍測奸器，要是它附近出現任何不可信賴的人，它就會開始發亮旋轉。比爾說它是專門賣給巫師觀光客的垃圾，一點也不可靠，因為昨天吃晚餐的時候它動不動就開始發亮，但他不曉得弗雷和喬治偷偷在他的湯裡放了幾隻甲蟲。

拜了——

榮恩

哈利把袖珍測奸器放在床頭桌上，它靠尖端平衡立起，站得相當穩，玻璃表面映照出鬧鐘發光的指針。哈利快樂地欣賞了一會兒，然後才拾起嘿美送來的包裹。裡面同樣也有著一份包好的禮物，一張卡片和一封信，這是妙麗寄來的。

親愛的哈利：

榮恩寫信給我，告訴我他打電話給你威農姨丈的經過，希望你沒事就好。

我目前在法國度假，而且我本來正在發愁，不曉得該怎樣把這東西寄給你——要是他們海關的人把它拆開怎麼辦？——但接著嘿美就出現了！我想她是想事先做些安排，讓你今年一定要收到生日禮物。你的禮物我是用貓頭鷹郵購服務買到的，我是在《預言家日報》（我訂了這份報紙，能立刻知道魔法世界發生了什麼事，感覺真的很棒）上看到它的廣告。對了，你有看到榮恩和他家人在一個禮拜前登在報上的照片嗎？我敢說他一定學到了很多東西，我真的好羡慕唷——古代埃及巫師實在是太迷人了。

這裡也有一些有趣的當地魔法史，我為了把這些新發現的材料加進去，只好把魔法史作業全部重寫了一遍。我希望這篇文章不會太長，它可比丙斯教授要求的長度多了兩捲羊皮紙。

榮恩說他會在暑假最後一個禮拜上倫敦，你能不能也想辦法過來呢？你的阿姨和姨丈會准你來嗎？我真的很希望你也能一起來。要是不行的話，我們就只好九月一日在霍格華茲特快車上見囉！

祝好

妙麗

P.S.榮恩說派西當上了男學生主席。我敢說派西一定樂歪了，但這件事好像讓榮恩很不高興。

哈利又笑了幾聲，把妙麗的信擱在一旁，再拿起她送的禮物。這東西重得要命，他知道妙麗是什麼樣的人，所以他很確定，這裡面必然是一本寫滿超難符咒的巨書。但他猜錯了，他一撕開外面的包裝紙，他的心就猛然一震，他看到一個光滑的小皮箱，上面印著一行銀色字跡：飛天掃帚保養工具箱。

「哇，妙麗！」哈利輕聲說，他拉開皮箱的拉鍊，低頭細看。

裡面有一大罐浮木牌強效帚柄亮光劑、一把閃亮的銀色帚尾細枝修剪刀、一個可以在長途飛行時夾在掃帚上的迷你黃銅羅盤，和一本《飛天掃帚保養自助手冊》。

除了朋友之外，霍格華茲最讓哈利懷念的事物就是魁地奇了，這是一種在魔法世界中最風行的運動——這種遊戲必須騎著飛天掃帚進行比賽，極端危險但也非常刺激。哈利自己就是一名非常優秀的魁地奇球員，他是霍格華茲百年來最年輕的學院代表隊隊員，而哈利最珍貴的財產之一，就是他那根寶貝比賽用飛天掃帚光輪兩千。

哈利把皮箱推到一旁，拾起最後一個包裹。他一眼就認出褐色包裝紙上的潦草筆跡：這是霍格華茲的獵場看守人海格寄來的。他撕開上面的紙張，看到裡面有一個硬皮的綠色玩意兒，但他還來不及完全拆開，包裹就突然一陣怪異的抖動，裡面的東西也開始發出啪嗒啪嗒的咬動聲——就好像它長了嘴巴似的。

哈利愣住了，他知道海格絕對不會故意寄給他危險物品，但接著他又想到，海格對於危險物品的認定標準，顯然跟一般人不太一樣。海格過去已有過跟大蜘蛛交朋友、在酒吧裡向人買兇惡三頭狗，和偷偷把非法龍蛋帶回家養的不良紀錄。

哈利緊張地用手戳戳包裹，它又立刻發出響亮的啪噠聲。哈利一手抓起窗頭桌上的檯燈舉到頭上，準備發動攻擊，接著他再用另一隻手抓住剩下的包裝紙，用力扯了一下。

從裡面掉出了——一本書。哈利才剛看清它那印著《怪獸的怪獸書》燙金書名的漂亮綠色封面，它的書脊就忽地豎起來，並開始用前後兩片封面慌亂地往旁邊移動，看起來活像隻畸形的大螃蟹。

「啊喔。」哈利低聲嘆道。

這本書啪地一聲，從床上摔了下來，接著它就急匆匆地拖著書頁穿越房間。哈利偷偷跟在它後面，書躲到他書桌下的陰影中藏好。哈利暗暗祈禱德思禮家的人不要被他吵醒，接著就彎下身來趴到地板上，朝書的方向慢慢爬過去。

「哎喲！」

書啪噠一聲夾住他的手，然後再鬆開，繼續用它那兩片硬皮在房間裡四處亂竄。哈利挺起身來，朝它撲過去，設法把書給壓平。隔壁房間裡的威農姨丈發出一陣響亮但卻睡意矇矓的咕嚕聲。

嘿美和愛落興致勃勃地望著哈利用兩手緊夾住那本拚命掙扎的書，快步跑到衣櫃前，從裡面掏出一條皮帶，把書緊緊捆住。《怪獸書》憤怒地抖動，但現在它已經不能再張開來夾人了，因此哈利順手把它扔到床上，再拾起海格的卡片。

親愛的哈利：

生日快樂！

我想這東西今年你大概可以派上用場。我先在這裡賣個關子，其他就等碰面時再說吧。

希望那些麻瓜沒欺負你。

祝萬事如意！

海格

海格竟然認為一本咬人書可以派上用場，這讓哈利隱隱有些不祥的預感，但他沒再多想，只是把海格的卡片豎起來，擱在榮恩和妙麗的卡片旁邊。他臉上的笑意變得更深了些，現在就只剩下霍格華茲的信還沒看了。

哈利注意到這封信比以前厚了一點，他裁開信封，掏出第一張羊皮紙，開始閱讀：

親愛的波特先生：

請切記新學年將於九月一日開始。霍格華茲特快車將會於當天十一點，從王十字車站的第九又四分之三月台準時出發。

三年級學生可以在特定的週末前往活米村，請將隨信附上的同意書交由你的父母或是監護人簽名。

隨信再附上一份今年的教科書單。

你誠摯的

副校長 麥米奈娃教授

哈利把活米村的同意書拿出來看，現在他臉上的笑容已完全消失了。能在週末去活米村玩真的是很棒；他知道那是一個百分之百的魔法村，但他從來都沒有去過。可是他要用什麼方法，才能讓威農姨丈或是佩妮阿姨在上面簽名呢？

他望著鬧鐘，現在是凌晨兩點。

哈利決定把活米村的事留到明天再去煩惱，他爬到床上，伸手在他自製的返校日期倒數計時表上再劃掉一天。接著他就取下眼鏡，躺下來，睜大眼睛望著他收到的三張卡片。

雖然哈利波特是個極端不尋常的男孩，但他此刻的心情卻跟世上所有人完全一樣：為過生日而感到高興，這是他生平第一次領略到這樣的感覺。

2 瑪姬姑姑犯下大錯

第二天早上，哈利下樓去吃早餐時，德思禮一家三口已全都坐在廚房餐桌旁邊。他們正在看一台嶄新的電視，這是達力收到的「歡迎回家過暑假」禮物，因為他老是抱怨說客廳的電視離冰箱太遠了。達力這個暑假大半時間都待在廚房裡，肥豬似的小眼死盯著電視螢幕，嘴裡不停地塞東西吃，讓他的五個雙下巴也跟著一起亂抖亂顫。

哈利坐到達力和威農姨丈中間。這位姨丈是個魁梧的大塊頭，胖得看不見脖子，但卻留了一大把鬍鬚。這家人不僅沒有祝哈利生日快樂，而且在他走進廚房時，甚至根本沒人抬頭看他一眼，但哈利並不在乎，這他早就習慣了。他自己拿了一片吐司麵包，然後望著電視螢幕，一名播報員正在報導一則逃犯的消息。

「……在此警告社會大眾，布萊克持有武器，非常危險。警方已設立一支報案專線，任何人只要一發現布萊克的行蹤，都應該立刻向警方報案。」

「**這傢伙**一看就是個壞胚子，」威農姨丈不屑地說，眼睛從報紙上方冒出來望著螢幕上的囚犯，「看看他那副德行，真是個骯髒的懶鬼！看看他的頭髮！」

他厭惡地斜睨了哈利一眼，哈利的亂髮老是讓威農姨丈看不順眼，但是跟電視裡那個面孔旁鑲了一大圈長到手肘蓬亂雜毛的男人一比，哈利覺得自己已經算是修飾得很整齊了。

新聞播報員再度出現。

「農漁業部將於今日宣布……」

「等一下！」威農姨丈吼道，憤怒地瞪著新聞播報員，「你還沒告訴我們，那個瘋子到底是從哪裡逃出來的！光是講這些有什麼用？神經病說不定現在就跑到我們家街口來啦！」

長了一張長馬臉，瘦巴巴的佩妮阿姨立刻回過身來，專心地凝視窗外。哈利知道她有多想當第一個打電話報案的人，她是全世界最愛管閒事的三姑六婆，而她這輩子的大半時間，全都用來監視她那些奉公守法的無聊鄰居。

「他們到底要怎樣才能**學得會**，」威農姨丈說，用他的大紫拳頭往桌上重重捶了一下，「對付這些惡棍的唯一方法，就是把他們抓起來全部槍斃？」

「說得好。」佩妮阿姨附和，眼睛依然緊盯著隔壁的紅花菜豆。

威農姨丈一口喝光他的茶，低頭望著手錶，說道：「我得趕快出門，佩妮，瑪姬的火車十點就到了。」

哈利的思緒原本一直留在樓上，跟他的飛天掃帚保養工具箱作伴，但現在卻立刻被嚇得跌回現實世界。

「瑪姬姑姑？」他不假思索地衝口而出，「她——她該不會是要到這裡來吧？」

瑪姬姑姑是威農姨丈的姊姊，雖然她跟哈利並沒有真正的血緣關係（哈利的母親是佩妮阿姨的妹妹），但他從小就被迫跟達力一起叫她「姑姑」。瑪姬姑姑住在鄉下一棟院子很大的房子裡，在那裡養了一大群牛頭犬。她並不常到水蠟樹街來作客，因為她捨不得拋下她的寶貝狗，但她每一次來訪，都會在哈利心中留下難以忘懷的恐怖回憶。

在達力的五歲生日宴會中，瑪姬姑姑在大家玩大風吹的時候，故意用手杖猛敲哈利的小腿骨，免得讓他勝過達力。幾年以後，她在聖誕節時突然出現，送給達力一個電腦機器人，卻只給哈利一包狗餅乾。在她上次來訪，也就是在哈利進霍格華茲念書的前一年，哈利不小心踩到她最心愛的狗「殺手」的爪子。殺手一路把他追到院子裡，逼得他爬到樹上避難，瑪姬姑姑一直等到三更半夜，才肯把她的愛犬給帶走。直到現在，達力只要一想到這件事，還是會忍不住笑出眼淚。

「瑪姬要在這裡住一個禮拜。」威農姨丈怒喝，「既然我們提起這件事，」他豎起一根胖手指，面帶恐嚇地指著哈利，「就在我去接她以前，先把事情給好好說清楚。」

達力露出得意的笑容，目光自電視螢幕轉向哈利。看哈利被威農姨丈責罵、恐嚇，是他最喜愛的一種娛樂活動。

「第一，」威農姨丈咆哮道，「你跟瑪姬說話的時候，嘴巴最好給我放乾淨一點。」

「可以呀，」哈利忿忿地說，「只要她自己嘴巴放乾淨點就行了。」

「第二，」威農姨丈說，他好像根本沒聽到哈利的回答，「瑪姬並不曉得你這個人**不正常**，所以在她住在這裡的時候，我不希望有任何——任何**怪裡怪氣**的事情發生。你最好檢點一些，懂了吧？」

「只要她自己檢點一些，我當然也會檢點。」哈利從齒縫中迸出一句。

「第三呢，」威農姨丈說，他刻薄的小眼此刻已眯成了大紫臉上的兩條細縫，「我們告訴過瑪姬，說你進了聖布魯特少年慣犯監護中心。」

「**什麼**？」哈利大吼。

「所以你最好別漏出半點口風，小子，要不然你就得小心了。」威農姨丈粗聲說。

哈利坐在那裡瞪著威農姨丈，不禁氣得臉色發白，他簡直不敢相信這是真的。瑪姬姑姑要來住一個禮拜——這是德思禮家送給他最糟的一份生日禮物，甚至連上次那雙威農姨丈的舊襪子都沒有這麼差勁。

「好了，佩妮，」威農姨丈說，疲倦地緩緩站起來，「我現在就去車站。要不要一起去兜兜風啊，達達？」

「不要。」達力說，威農姨丈一停止恐嚇哈利，他的注意力就重新轉回電視螢幕。

「達達要為他的姑姑好好打扮一下呢，」佩妮阿姨摸著達力厚重的金髮說，「媽咪替他買了一個好可愛的領結唷。」

威農姨丈拍拍達力肥胖的肩膀。

「那就待會見囉。」他說，接著就走出廚房。

哈利剛才因驚嚇過度而有些恍惚失神，但他此刻腦袋中突然靈光一閃。他放下吐司，急急站起身來，走到大門前去找威農姨丈。

威農姨丈正在穿他的短外套。

「休想我會帶**你**去。」威農姨丈轉過身來，發現哈利在望著他，立刻大聲吼道。

「你以為我想去嗎？」哈利冷冷地說，「我有事要問你。」

威農姨丈狐疑地望著他。

「霍格──我們學校的三年級學生，有時候可以去村子裡玩。」哈利說。

「那又怎樣？」威農姨丈怒喝，從門邊的勾環上取下汽車鑰匙。

「我需要你在同意書上簽名。」哈利急忙表示。

「我為什麼要替你簽？」威農姨丈不屑地說。

「這個嘛，」哈利小心翼翼地選擇說詞，「你要我做的事很困難，得在瑪姬姑姑面前假裝我進了那個聖什麼……」

「聖布魯特少年慣犯監護中心！」威農姨丈吼道，他的語氣顯得驚惶失措，這讓哈利暗自竊喜。

「就是這樣，」哈利說，沉著地抬起頭來，望著威農姨丈的大紫臉，「這名字很難記呢。我要裝也得裝得像回事嘛，對不對？要是我不小心說溜嘴怎麼辦？」

「**你是想讓我來好好教訓你一頓，是不是？**」威農姨丈大聲咆哮，舉起拳頭衝向哈利。但哈利卻站在原地不動。

「就算你把我打得半死，也沒辦法讓瑪姬姑姑忘掉我告訴她的事。」哈利冷酷地說。

威農姨丈停下腳步，依然高舉著拳頭，大臉脹成了醜陋的深紫褐色。

「不過，要是你在我的同意書上簽名的話，」哈利趕緊接口說，「我發誓一定會把那個學校的名字記得清清楚楚，而且盡量表現得像是個麻——像是個正常人。」

雖然威農姨丈露出一副齜牙咧嘴，太陽穴上青筋跳動的兇相，但哈利可以看出他已經動搖了。

「好吧，」他最後終於吼道，「在瑪姬住我們家這段期間，我會好好監視你的一舉一動。如果在她離開前，你都有好好守規矩，沒漏出半點口風的話，我就會在你那該死的同意書上簽名。」

他說完就轉過身去，拉開大門，再用力把門摔上，力量猛得把門上的一小塊玻璃板給震落到地上。

哈利沒有再回到廚房，他爬上樓走進他的房間。如果他接下來要表現得像是一個真正的麻瓜，他最好從現在就開始。他懷著沉重的心情，慢慢把他收到的禮物和生日卡全都收起來，藏到床下那塊鬆脫的地板下面，和他的作業放在一起。然後他走到嘿美的鳥籠前，愛落好像已經復原了，牠和嘿美兩個正把頭埋在翅膀下熟睡，哈利嘆了一口氣，然後伸手把牠們兩個輕輕戳醒。

「嘿美，」他難過地說，「妳得先離開一個禮拜，跟愛落一起走吧，榮恩會好好照顧妳的。我會寫封信跟他解釋清楚，拜託妳不要用那種眼神看我好不好。」嘿美琥珀色的大眼睛流露出譴責的意味，「這又不是我的錯。我只有這樣做，才能和榮恩跟妙麗一起去活米村玩。」

十分鐘之後，愛落和嘿美（牠腿上綁了一封給榮恩的信）就從窗口飛出去，隨即失去蹤影。哈利的心情此刻已沉到谷底，悶悶不樂地把空鳥籠塞進衣櫥藏好。

但哈利並沒有時間難過太久，才過一會兒，佩妮阿姨就對著樓梯口大聲尖叫，要哈利趕快下樓，準備迎接客人。

「快去把你的頭髮弄得像樣一點！」站在玄關的佩妮阿姨一看到他就厲聲吼道。

哈利完全想不通，幹嘛一定要他把頭髮弄整齊。瑪姬姑姑最喜歡批評他了，所以他看起來越髒、越邋遢，她就越高興。

沒過多久，門外就傳來車輪滾過砂礫的嘎扎聲，威農姨丈的汽車已駛入私人車道，接著又響起車門敞開的聲音，和踏過花園小徑的腳步聲。

「快去開門！」佩妮阿姨噓聲催促哈利。

哈利心情沉重地拉開大門。

瑪姬姑姑在門前。她長得跟威農姨丈很像，身材又高又壯，再加上一張醬紫色的大臉，而且她甚至還有鬍鬚咧，只不過沒有威農姨丈的鬍子那麼多就是了。她左手拎著一個大行李箱，右手腋下夾著一頭脾氣很壞的老牛頭犬。

「我的小達達呢？」瑪姬姑姑吼道，「我的小心肝寶貝侄子呢？」

達力搖搖晃晃地走到玄關，肥大的頭顱上貼著一層油膩膩的金髮，顫巍巍的多層雙下巴下隱隱露出半個領結。瑪姬姑姑順手把皮箱硬塞到哈利懷裡，害他被撞得痛呼了一聲，接著她就一手攬住達力，朝他的臉上用力親了一下。

哈利心裡很清楚，達力之所以會願意忍受瑪姬姑姑的擁抱，是因為他曉得自己稍後一定可以得到豐厚的回報。果真沒錯，在瑪姬姑姑放開他之後，他的胖手裡就多了一張嶄新的二十鎊紙鈔。

「佩妮！」瑪姬姑姑喊道，大剌剌地從哈利身邊擠過，就好像他只不過是一根沒感覺的帽架似的。瑪姬姑姑和佩妮阿姨互相親吻，或者應該說是瑪姬姑姑用她的戽斗粗下巴，去撞佩妮阿姨的凹陷面頰。

此時威農姨丈走進來，帶著愉快的笑容關上大門。

「喝杯茶吧，瑪姬？」他說，「殺手想喝點什麼？」

「殺手可以用我的碟子喝茶。」瑪姬姑姑說，接著他們一群人就走進廚房，把哈利一個人留在走廊搬行李。但哈利並沒有抱怨，只要能有藉口避開瑪姬姑姑，要他怎樣都無所謂，於是他開始把行李箱扛到客房，並儘可能慢吞吞地拖延時間。

等他回到廚房時，瑪姬姑姑面前已擺好了茶和水果蛋糕，而殺手正窩在角落唏哩呼嚕地舔茶喝。茶湯和口水嘩啦啦地濺到一塵不染的地板上，哈利看出佩妮阿姨的態度顯得不太自然。佩妮阿姨最討厭動物了。

「誰替妳照顧其他的狗兒呀，瑪姬？」威農姨丈問道。

「我找了法布特上校來對付牠們，」瑪姬姑姑沉聲喝道，「他現在退休啦，能找點事做對他是很有好處的。但我可不能拋下我可憐的老殺手，我不在牠會想我呀。」

哈利一坐下來，殺手就開始狂吠，這使得瑪姬姑姑第一次把注意力轉到哈利身上。

「我說啊！」她吼道，「原來你還在這裡呀，是不是？」

「是呀。」哈利說。

「你少給我用那種忘恩負義的語氣說什麼『是呀、是呀』，」瑪姬姑姑厲喝道，「威農跟佩妮願意收留你，對你可是天大的恩惠哪。要我才不幹呢。你要是被丟在**我家**門口的話，我一定馬上把你送到孤兒院去。」

哈利差點就回嘴說，他寧可上孤兒院，也不要跟德思禮家住在一起，但他一想到活米村的同意書，就只好乖乖閉上嘴巴，他臉上硬擠出一個苦笑。

「你少給我露出那種假惺惺的笑容！」瑪姬姑姑怒喝道，「我可以看出，在我上次看到你以後，你完全沒有半點長進，我真希望學校能好好教你一些規矩。」她灌了一大口茶，揩揩她的鬍鬚，然後說，「你是把他送到哪裡來著呀，再跟我說一遍，威農？」

「聖布魯特，」威農姨丈應聲答道，「那是收容嚴重案例的一流機構。」

「我知道了，」瑪姬姑姑說，「聖布魯特會拿藤條打人嗎，小子？」她在桌對面吼道。

「呃——」

威農姨丈躲在瑪姬姑姑背後用力點頭。

「會呀。」哈利說。接著他就感到自己最好是裝得像樣一點，於是他又加上一句：「打得很兇呢。」

「太好了，」瑪姬姑姑說，「我才不相信那些娘娘腔、軟骨頭的胡說八道，說什麼不能體罰。在我看來，這些小鬼一百個有九十九個都該被痛揍一頓，**你**常常挨打嗎？」

「喔，對呀，」哈利說，「被打得好慘喔。」

瑪姬姑姑瞇起眼睛。

「我還是不喜歡你的口氣，小子，」她說，「要是你還可以用那種滿不在乎的態度談你挨打的事，他們顯然是打得不夠狠。佩妮，我要是妳的話，我就會寫封信跟他們說清楚，這孩子我同意讓他們盡量打，打得越狠越好。」

威農姨丈大概是擔心哈利會忘了他倆的協議，為了以防萬一，他突然開口改變話題。

「聽到今天早上的新聞了嗎？瑪姬？妳認為那個逃犯的事怎麼樣啊？」

* * *

在瑪姬姑姑開始把這裡當作自己家以後，哈利發現自己幾乎有點懷念起沒有瑪姬姑姑的水蠟樹街四號生活了。威農姨丈和佩妮阿姨常常有意無意地支開哈利，要他別在他們身邊礙手礙腳，這對哈利來說自然是求之不得。但在另一方面，瑪姬姑姑卻希望哈利總是待在她面前，這樣她就可以大呼小叫地來挑他毛病。她最喜歡拿哈利來跟達力做比較，而她最愛做的事，就是替達力買一大堆昂貴的禮物，再兇巴巴地瞪著哈利，似乎是想故意激哈利問她為什麼沒給他禮物。另外她也經常有事沒事就拋出一、兩句意味深長的話，暗示出哈利會這麼不知足，自然不是沒有原因的。

「說真的，這孩子會變成今天這副德行，妳實在沒必要去責怪自己。」她在第三天吃午餐時表示，「要是他的**天性**本來就爛，別人不管用什麼方法都是沒有用的啦。」

哈利試著專心吃他的午餐，但他的雙手卻忍不住顫抖，臉也開始氣得發燙。**別忘了那張同意書**，他暗暗告誡自己。**想想活米村吧，什麼也別說，不要站起來——**

瑪姬姑姑抓起她的玻璃酒杯。

「這是繁殖養育的基本法則之一，」她說，「你常常可以在狗身上看到同樣的例子。要是母狗有毛病，她生的幼犬也一定有毛——」

就在那一刻，瑪姬姑姑手中的玻璃酒杯突然砰地爆炸。玻璃碎片朝四面八方射出去，而瑪姬姑姑錯愕地連連眨眼並喃喃自語，紅潤的大臉被酒潑得溼答答的。

「瑪姬！」佩妮阿姨尖叫，「瑪姬，妳沒事吧？」

「不用擔心，」瑪姬姑姑咕噥一聲，用餐巾擦擦臉，「我大概是抓得太用力了，上次在法布特上校家也是這樣。沒什麼好大驚小怪的，佩妮，我手勁本來就大得很……」

但佩妮阿姨和威農姨丈兩人卻都懷疑地盯著哈利，因此他決定最好還是放棄餐後甜點，盡快逃離餐桌。

他一走到外面的走廊，就把背靠在牆上，深深吸了一口氣。他已經好久沒有像這樣完全失控，讓某個東西突然爆炸了。他絕對不能讓同樣的事情再發生一次。這並不只是因為他顧慮到那份活米村同意書——他知道要是他再這樣繼續下去的話，魔法部是一定不會放過他的。

哈利現在還是個未成年的巫師，而巫師法律禁止他在學校之外的地方施展魔法。而且他以前就有過不良紀錄，他在上個暑假收到一份官方正式警告，上面寫得清清楚楚，魔法部要是再發現水蠟樹街出現魔法，哈利就會被霍格華茲開除。

他聽到德思禮家人離開餐桌的聲音，於是他趕緊避開他們跑到樓上。

* * *

哈利在接下來的三天中，每當瑪姬姑姑開始盯上他的時候，他就強迫自己專心想著他的《飛天掃帚保養自助手冊》。這方法效果還算不錯，但卻好像讓他看起來一臉呆相，因為瑪姬姑姑又開始批評他的智商過低了。

在熬了好長一段時間之後，瑪姬姑姑待在這裡的最後一晚終於來臨了。佩妮阿姨煮了一頓精緻美味的晚餐，威農姨丈開了好幾瓶酒。他們相安無事地喝湯、吃鮭魚，期間完全沒提到哈利的半點錯處。在吃檸檬蛋白派的時候，威農姨丈開始長篇大論地談他鑽頭公司的事情，把大家給煩得要命。接下來佩妮阿姨去泡咖啡，威農姨丈又取出了一瓶白蘭地。

「要不要再來一點呀，瑪姬？」

瑪姬姑姑已經喝了很多酒，她的大臉變得通紅。

「那就再來一小杯好了，」她吃吃笑道，「再多倒一點……再多一點……真是個乖孩子。」

達力正在吃他的第四片檸檬派，佩妮阿姨翹著蘭花指，慢慢啜飲咖啡。哈利真的好想趕快溜回他的臥室，但才剛準備站起來就瞥見威農姨丈憤怒的小眼，看來他今晚非得陪著他們坐到最後不可了。

「啊，」瑪姬姑姑說，她咂咂嘴，放下喝光的玻璃酒杯。「菜真是太棒了，佩妮。我平常晚上都只是吃點煎蛋香腸，我有十二隻狗要照顧嘛……」她打了一個大飽嗝，拍拍她裹著斜紋軟呢布料的大肚皮，「很抱歉，不過我得坦白說，我喜歡男孩子看起來健健康康、胖胖壯壯的，」她對達力擠擠眼，再繼續說下去，「你以後也會是個很有男子氣概的壯漢，達達，就像你爹一樣。太好了，我正想再來點白蘭地，威農……

「至於這邊這個嘛——」

她冷不防地轉過頭來望著哈利，而他立刻感到胃部一陣抽搐。**自助手冊**，他趕緊提醒自己。

「這傢伙有一種瘦巴巴的劣種相，有些狗也是這樣。去年我還叫法布特上校淹死了一隻咧，小得跟老鼠似的，身子骨太弱，種不好。」

哈利努力回想自助手冊的第十二頁：**一種專門治療掃帚不願後翻的符咒**。

「所以呢，就像我前幾天說的，一切全都歸結到血統問題，劣種注定會被淘汰。聽我說，我可不是要批評妳的家庭，佩妮，」——她用鏟子似的巨掌拍拍佩妮阿姨乾瘦的枯手，「不過妳妹妹還真不是個好東西。就算是最優秀的家族，有時也會出現這類的壞胚。後來她果真就跟一個廢物跑了，生下我們眼前這個傢伙。」

哈利望著他的餐盤，耳邊響起一陣怪異的嗡嗡聲。**緊抓住你的掃帚尾巴**，他專心想著。但他死都想不起下一句是什麼。瑪姬姑姑的聲音就好像是威農姨丈的鑽頭似的，深深鑽進他的耳朵。

「這個波特，」瑪姬姑姑大聲說，一把抓起白蘭地酒瓶，劈哩啪啦地倒在她的酒杯裡和旁邊的桌巾上，「你還沒告訴我，他是幹哪一行的？」

威農姨丈和佩妮阿姨露出非常緊張的表情，甚至連達力都暫時拋下檸檬派，驚訝地張嘴望著他的父母。

「他——沒工作，」威農姨丈說，飛快地瞄了哈利一眼，「無業遊民。」

「我就知道！」瑪姬姑姑說，仰頭灌了一大口白蘭地，用袖子揩揩下巴，「一個毫不中用、一無是處、好吃懶做的寄生蟲——」

「他才不是呢。」哈利突然開口說。餐桌邊立刻變得鴉雀無聲。哈利全身發抖，他這輩子從來沒這麼生氣過。

「**再來點白蘭地！**」威農姨丈吼道，他的臉色已變得慘白。他把剩下的酒全都倒進瑪姬姑姑的杯子裡，「喂，小子，」他對著哈利厲聲喝道，「上床睡覺去吧，快去啊——」

「不，威農，」瑪姬姑姑打了一個嗝，舉起一隻手，布滿血絲的小眼緊盯著哈利的眼睛，「說啊，小子，你再說下去啊。你倒是很以你的父母為榮嘛，是不是？他們就這樣跑出去，讓自己出車禍死掉（我看他們一定是喝醉酒了）——」

「他們不是出車禍死的！」哈利說，忍不住站了起來。

「他們就是出車禍死的，你這個可惡的小騙子，而且還把你丟給這兩位勤奮的正派親戚養，增加他們的負擔！」瑪姬尖叫，氣得鼓起胸膛，「你這個蠻橫無禮、忘恩負義的小——」

但瑪姬姑姑說到這裡突然停下來。在那一瞬間，大家還以為她只是一時間想不出該用什麼字眼。她看起來就是一副因無法表達意見而氣得全身鼓脹的怪相——但奇怪的是，她一開始膨脹，就再也停不下來了。她的大紅臉迅速朝外擴張，眼珠子鼓凸出來，嘴唇被扯成兩條細線，緊得讓她沒辦法再開口說話。沒過多久，她斜紋軟呢外套上的鈕扣就被硬生生地繃掉，霹霹啪啪地彈到牆上——她漲成了一個怪異的大氣球，圓滾滾的肚皮繃斷了她的斜桅軟呢腰帶，每根手指頭都鼓得像是義大利香腸……

「**瑪姬！**」威農姨丈和佩妮阿姨同聲驚呼，眼睜睜地望著瑪姬姑姑整個身體從椅子上浮起來，往天花板飄去。她現在已經漲成了一個大圓球，看起來活像是一個長了對肥豬眼的大浮桶，在她飄到半空中的時候，她突然四肢僵直地朝外一伸，並發出像中風似的咯咯聲。殺手飛快地衝進房間，像發瘋似地拚命狂吠。

「**不不不不不不！**」

威農姨丈抓住瑪姬姑姑的一隻腳，想要把她給拉下來，但卻差點就連他自己也跟著一起飄到空中。在下一刻，殺手就撲過來，一口咬住威農姨丈的腿。

哈利趕在大家還來不及阻止前，就快步衝出餐廳，直接跑向樓梯下的碗櫥。他伸手一碰，碗櫥的門就像變魔術似地立刻敞開。沒過多久，他就把他的行李箱拖到了大門前。他奔到樓上，撲到床底下，拉開鬆脫的地板，取出那個裝著書本和生日禮物的枕頭套。哈利從床下爬出來，抓起嘿美的空鳥籠，衝下樓奔到行李箱旁邊，而威農姨丈也正好趕在此時從餐廳衝出來，他的褲管沾滿鮮血並被撕成了碎片。

「**給我回來！**」他吼道，「**快回來把她給治好！**」

但哈利心中卻湧出一股不顧一切的洶湧怒火，他踢開行李箱，掏出魔杖指著威農姨丈。

「她活該，」哈利說，他的呼吸變得非常急促，「這是她自作自受。你最好離我遠一點。」

他伸手往背後摸索，握住了門把。

「我要走了，」哈利說，「我受夠了。」

在下一刻，他就一手拖著行李箱，一手夾著嘿美的鳥籠，踏入了黑暗寂靜的街道。

3

騎士公車

哈利一連走了好幾條街，才頹然跌坐在蘭月街的一道矮牆上，放下沉重的行李箱，累得連連喘氣。他仍然感到非常憤怒，而他就這樣靜靜坐在牆上，傾聽自己狂亂的心跳。

但在漆黑的街道上獨坐了十分鐘之後，他的心中又湧出了一種新的感覺：驚恐。不論從各方面來看，他現在都可算是陷入了前所未有的窘境。他孤零零地被困在黑暗的麻瓜世界裡，不知道該何去何從。最糟糕的是，他剛才還施了一個相當強的魔法，這代表他幾乎等於是鐵定會被霍格華茲開除。他嚴重觸犯了未成年巫師魔法限制法，而他覺得很奇怪的是，魔法部的代表怎麼到現在還沒從天上衝下來抓他。

哈利打了一個哆嗦，抬頭望著蘭月街。他接下來會遭遇到什麼樣的命運？他會被逮捕嗎？或是乾脆被逐出魔法世界？他想到榮恩和妙麗，而這讓他的心情變得更壞。哈利非常確定，不管他有沒有犯罪，榮恩和妙麗都會願意幫助他的，可是他們兩人現在都在國外，而嘿美也不曉得跑到哪裡去了，他完全沒有辦法跟他們連絡上。

而且，他身上也沒帶一毛麻瓜錢。在他的行李箱最下面的小錢包裡，裝了一些巫師金幣，但是他父母留給他的其他遺產，全都存放在倫敦古靈閣巫師銀行的一間地下金庫裡。他再怎麼樣也不可能拖著行李箱一路走到倫敦去，除非是……

他低頭望著依然握在手中的魔杖。既然他都已經被學校開除了（他的心痛苦地狂跳），再多施展一點魔法也沒什麼關係。他還有一件他父親留給他的隱形斗篷——就算他能把行李箱變得像羽毛一樣輕，把它綁到飛天掃帚上，再披上隱形斗篷飛到倫敦去，接下來又該怎麼辦呢？他可以把地下金庫裡的錢全都提出來，再……開始過他的逃犯生涯。這樣的未來實在是太恐怖了，但他總不能一輩子坐在這座牆上，要不了多久，他就得想辦法跟麻瓜警察解釋，他為什麼會在三更半夜，帶著一箱子符咒書和一根掃帚跑到外面來了。

哈利再度打開他的行李箱，把裡面的東西推到一旁，翻找他的隱形斗篷——但他還沒找到，就突然挺起身來，東張西望地四處搜尋。

哈利頸後的寒毛豎了起來，他覺得好像有人在看著他，但街上完全看不到一個人影，而路邊那些方正的大房子，也全部漆黑的找不著一絲亮光。

他再度彎向他的行李箱，但他才剛俯下身，卻又立刻跳起來，握緊手中的魔杖。他並沒有真的聽到任何聲音，但他卻莫名地感覺到：有某個人或是某個東西，就躲在車庫和他背後圍牆之間的窄道裡面。哈利瞇眼望著那條漆黑的巷道。只要那東西能動上一下，他就可以看出那究竟是一隻野貓，還是——其他的東西。

「路摸思。」哈利輕聲念道，而他的魔杖頂端立刻冒出一團亮光，害他差點閃到眼睛。他把魔杖燈舉到頭頂上，而蘭月街二號那片嵌著小石的水泥牆立刻亮了起來。車庫的大門發出微弱的光芒，而哈利相當清楚地看到，在水泥牆和車庫門之間，浮現出某個龐大生物笨重的輪廓，和一對散發出微弱光芒的大眼睛。

哈利連忙後退。他的腿撞到行李箱，不小心被絆了一跤。他慌亂地揮手想撐住地面，魔杖從他手裡飛出去，他重重摔進了水溝裡。

接著就響起一陣驚天動地的**砰砰**聲，並突然閃出一道炫目的光芒，哈利趕緊舉手護住眼睛……

哈利大叫一聲，奮力滾回人行道，即時避過一劫。在下一秒，一對巨大的車輪和車前燈就唧唧嘎嘎地停到哈利剛才躺的地方。哈利抬起頭來，看到眼前平空冒出了一輛豔紫色的三層巴士。擋風玻璃上印著一排金字：騎士公車。

在那一瞬間，哈利忍不住懷疑自己是不是剛才被撞昏頭了，但接著就有一名穿著紫色制服的車掌從車上跳出來，扯著喉嚨對黑夜大聲宣告。

「歡迎光臨騎士公車，這是為陷入困境的女巫與巫師們所提供的緊急交通工具。只要舉起您的魔杖，踏上車板，我們就可以把您送到您想去的任何地方。在下名叫史坦・桑派，今晚將由我擔任車掌，為您服務——」

這名車掌突然閉上嘴巴，他直到現在才看到仍坐在地上的哈利。哈利一把抓住他的魔杖，從地上爬起來。貼近點看，哈利發現這個史坦・桑派其實沒大他幾歲；他看起來大約是十八、九歲，長了一對大招風耳，臉上有幾顆明顯的青春痘。

「你坐在那裡幹啥呀？」史坦問道，並立刻拋下他的職業態度。

「跌倒啦。」哈利說。

「那你跌倒又是為了啥呀？」史坦吃吃笑道。

「我又不是故意要跌倒的。」哈利沒好氣地答道。他牛仔褲有一邊膝蓋的地方被磨破，而那隻剛才摔倒時揮出去撐住地面的手也流血了。哈利突然想起他剛才為什麼會摔跤，於是他連忙轉過身去，凝視車庫和圍牆之間的巷道。騎士公車的車前燈把窄巷照得大放光明，但那裡什麼也沒有。

「你在看啥？」史坦問道。

「那裡有一個又大又黑的東西，」哈利說，不太有把握地指著那條巷道，「看起來像是一隻狗……可是非常大……」

他回頭望著史坦，史坦的嘴微微張開。哈利看到史坦的目光移向他額前的疤痕，心中突然感到一陣不安。

「你頭上那是啥玩意兒？」史坦突然問道。

「沒什麼。」哈利立刻答道，並伸手撥下頭髮蓋住他的疤痕。魔法部現在說不定正在搜捕他，他可不想那麼容易就被他們逮到。

「那你名字哩？」史坦固執地追問。

「奈威・隆巴頓。」哈利隨口說出他腦中閃過的第一個名字，「那麼——那麼這輛公車，」他趕緊繼續說下去，希望能引開史坦的注意力，「你剛是不是說它可以到**任何地方**？」

「答對了，」史坦驕傲地說，「只要是在地上，不管你想去任何地方都行，就是不能進到水裡去。喂，」他說，又露出一副懷疑的表情，「你**有**招手叫我們過來，沒錯吧？你有舉起你的魔杖，沒錯吧？」

「對啦，」哈利趕緊答道，「我問你，坐車到倫敦要多少錢？」

「十一個西可，」史坦說，「不過呢，你要是付十四個，就能喝到一杯暖呼呼的巧克力；付十五個，就可以拿到一個暖呼呼的熱水袋，再附上一把牙刷，顏色隨便你選唷。」

哈利又再次翻行李箱，抽出他的錢包，抓了一把銀幣放到史坦手裡。接著他就把嘿美的鳥籠擱在行李箱上，和史坦兩人一起扛起箱子登上公車。

車子裡面並沒有座位；在簾幕低垂的車窗旁邊，擺了六張黃銅床。每張床邊的托架上都插著燃燒的蠟燭，把鑲著木板的車牆照得微微發亮。一個戴著睡帽的小巫師躺在公車深處，而他咕噥著說：「現在不要，謝了，我正忙著醃蛞蝓呢。」然後就翻了個身，繼續熟睡。

「你睡這兒，」史坦輕聲說，把哈利的行李箱推到司機正後方的一張床下，司機坐在一張扶手椅上，手裡握著方向盤。「這是我們的司機，爾尼．普蘭。這是奈威．隆巴頓，老爾。」

爾尼．普蘭是一個戴著厚重眼鏡的老巫師，他對哈利點點頭，害哈利又緊張得撥了一下劉海，然後才坐到床上。

「出發囉，老爾。」史坦說，他自己也坐到爾尼旁邊的一張扶手椅上。

接著又是一聲震耳欲聾的「**砰**」，在下一刻，哈利就被騎士公車的衝力整個拋向後方，四肢攤平地躺到床上。哈利撐起身來，從漆黑的窗口望出去，看到他們現在正在一條完全不同的街道上高速行駛。史坦愉快地望著哈利吃驚的面孔。

「在你攔下我們以前，車子就是開到這裡。」他說，「我們現在是在哪兒呀，老爾？在威爾士是吧？」

「嗯。」爾尼答道。

「麻瓜怎麼可能會聽不見這輛公車的聲音？」哈利問道。

「他們！」史坦輕蔑地說，「根本就不會好好去聽，對吧？也不會好好去看。這些人哪，根本啥也注意不到。」

「最好先去把馬許夫人叫醒，史坦，」爾尼說，「我們再過一分鐘就會到阿伯加文尼了。」

史坦走過哈利的床，爬上一列狹窄的木梯。哈利依然望著窗外，心裡感到越來越緊張。爾尼好像不怎麼會操縱方向盤，這輛騎士公車動不動就會衝上人行道，但它並沒有撞到任何東西，因為路邊一排排的街燈柱、信箱和大垃圾袋，在公車開近時就會紛紛跳開讓位，等到車子經過後才重新回到原位。

史坦回到樓下，身後跟了一名裹著旅行用斗篷，臉色微微發青的女巫。

「您的目的地到了，馬許夫人。」史坦愉快地說，而老爾踩下煞車，車上的床立刻一起往前滑動了一呎左右。馬許夫人用手帕緊摀住嘴，跌跌撞撞地走下車。史坦把她的手提袋扔下去，用力摔上車門。在另一聲響亮的**砰**之後，他們就轟隆隆地駛上一條狹窄的鄉間小徑，路邊的樹木紛紛跳開讓路。

哈利就算不是睡在一輛老是砰砰亂響，而且一次連跳一百哩的公車上，他也沒辦法睡得著。他躺在床上，只要一想到他以後該怎麼辦，德思禮家現在也不曉得把瑪姬姑姑從天花板上拉下來了沒有，他就忍不住感到胃中一陣翻攪。

史坦攤開《預言家日報》，咬著舌尖專心閱讀。頭版上印著一張大照片，上面那個滿頭蓬亂長髮、雙頰凹陷的男人朝哈利緩緩地眨了一下眼睛。他看起來出奇地眼熟。

「那個男人！」哈利說，暫時忘了他的煩惱，「麻瓜的新聞也有報導他的消息！」

史坦把目光轉向頭版，開始吃吃竊笑。

「天狼星．布萊克，」他點點頭說，「麻瓜當然會報他的消息啦，奈威。你到底是從哪兒來的呀？」

他看到哈利茫然的表情，又發出一陣略帶優越感的笑聲，接著就把報紙頭版遞給哈利。

「你要多看點報紙哪，奈威。」

哈利把報紙舉起來，就著燭光開始閱讀：

布萊克依然在逃

魔法部於今日證實，天狼星．布萊克，這名或許是阿茲卡班有史以來最惡名昭彰的囚犯，目前依然尚未被捕。

「我們目前正竭盡全力，想辦法盡快將布萊克再度逮捕歸案，」魔法部長康尼留斯．夫子於今天上午表示，「而我們要在此呼籲，請魔法社會大眾們盡量保持冷靜。」

夫子日前因向麻瓜首相示警，而遭受到幾位國際巫師聯盟成員的批評。

「好吧，坦白說，難道你們不了解，我是不得不這麼做嗎？」夫子煩躁地表示，「布萊克是個瘋子。不管是麻瓜或是魔法族群，只要惹上他都會有危險的。我要麻瓜首相對我擔保，絕對不會對任何人透露布萊克的真實身分，但讓我們面對現實吧——就算他不小心說漏了嘴，又有誰會相信呢？」

麻瓜所得到的消息是布萊克身上帶了一把槍（一種麻瓜用來互相屠殺的金屬魔杖），魔法社會大眾卻深深恐懼十二年前的大屠殺會再度歷史重演，當時布萊克單單只用一個詛咒，就殺死了十三個人。

哈利深深望進天狼星．布萊克陰森的雙眼，在那張枯瘦的臉龐上，似乎只有這對眼睛稍稍流露出一點生氣。哈利從來沒見過吸血鬼，不過他曾在黑魔法防禦術課堂上看過一些照片，而眼前這有著蠟白膚色的布萊克，看起來活脫就是一副吸血鬼的模樣。

「長得真有夠恐怖的了，是吧？」史坦說，在哈利看報的時候，他一直緊盯著哈利不放。

「他殺了**十三個人**？」哈利說，並把頭版報紙還給史坦，「而且只用**一個詛咒**？」

「答對了，」史坦說，「而且還是在光天化日下，一大堆人面前哩。事情鬧得很大呢，是吧，老爾？」

「嗯。」老爾沉著臉說。

史坦扭過身來，雙手放到背後，好看清哈利的表情。

「布萊克以前可是『那個人』最大的支持者呢。」他說。

「什麼，佛地魔嗎？」哈利不假思索地衝口而出。

史坦嚇得甚至連青春痘都變白了，老爾驚得用力扭了一下方向盤，害得前方的一個大農莊必須整個跳開，才沒被公車給撞到。

「你這個人是怎麼搞的？」史坦狂叫，「幹啥要說出那個名字？」

「對不起，」哈利連忙道歉，「對不起——我忘了——」

「忘了！」史坦好像快要昏倒了，「我的媽呀，我快被你嚇出心臟病來了……」

「所以——所以說布萊克是『那個人』的支持者囉？」哈利趕緊賠罪似地問道。

「是呀，」史坦答道，仍在驚魂未定地揉他的胸口，「沒錯，就是這麼回事。他們說他跟『那個人』走得很近……不管怎樣，在小阿利波特把『那個人』給解決掉以後，」——哈利又緊張地壓壓劉海——「『那個人』所有的支持者全都被揪出來啦，對吧，老爾？他們大部分都知道，『那個人』一走，就等於全都玩完啦，所以他們都變得相當安分。不過天狼星．布萊克可不這麼想。我聽說，他本來還以為在『那個人』接管魔法世界以後，他就可以當上一人之下，萬人之上的大官了呢。

「總之，他們最後在一條到處都是麻瓜的街道上包圍住布萊克，而布萊克掏出他的魔杖，轟垮了半條街，炸死了一個巫師，還有旁邊十二個倒楣的麻瓜。真有夠恐怖的了，對吧？你知道布萊克接下來做了什麼嗎？」史坦用一種戲劇化的耳語再加上一句。

「什麼？」哈利問道。

「**仰頭大笑**，」史坦說，「就站在那裡高聲狂笑。而且在魔法部的援兵趕到的時候，他居然就這樣一面狂笑，一面乖乖跟他們走了呢。因為他瘋了嘛，對吧，老爾？他瘋了嗎？」

「就算他進阿茲卡班的時候沒瘋，現在也早就瘋了。」老爾用他慢吞吞的語氣表示，「我寧願把自己給炸死，也不要踏進那個鬼地方。不過呢，做出這麼傷天害理的事……他倒算是罪有應得……」

「他們花了好大的工夫，才把事情給壓下來，對吧，老爾？」史坦說，「整條街都被轟垮，還死了那麼多麻瓜。結果他們是怎麼說的啊，老爾？」

「瓦斯爆炸。」爾尼咕嚕一聲。

「現在讓他給逃出來啦，」史坦說，仔細盯著報紙照片上布萊克憔悴的臉孔，「以前從來就沒人能逃出阿茲卡班，對吧，老爾？打死我也想不出他究竟是怎麼辦到的，真有夠恐怖的了，對吧？聽我說，我可不認為他有機會逃過阿茲卡班獄卒的追捕，對吧，老爾？」

爾尼突然打了一個哆嗦。

「談點別的吧，史坦，這才乖嘛。一想到那些阿茲卡班獄卒，我就覺得胃裡不舒服。」

史坦心不甘情不願地放下報紙，而哈利靠在騎士公車的車窗邊，心情變得甚至比剛才還要糟糕。他忍不住開始想像，多嘴的史坦在幾天之後，還不曉得會跟別的乘客們怎麼說他呢。

「聽說過那個阿利波特的事了吧？把他姑媽當成氣球吹！那天他還坐過咱們家的騎士公車呢，對吧，老爾？他想要跑路呢……」

他，哈利波特，也跟天狼星．布萊克一樣，觸犯了巫師法律。施魔法害瑪姬姑姑充氣膨脹，是一種嚴重到會讓他被關進阿茲卡班的大罪嗎？哈利並不曉得巫師監獄的情形，不過他曾聽過別人談論阿茲卡班，而每個提到它的人，語氣都顯得非常害怕。霍華茲的獵場看守人海格，去年在那裡被關了兩個月。哈利大概還得過一段很長的時間，才能忘掉海格在聽到自己要被送進阿茲卡班時，臉上那種恐懼至極的神情，而海格已經可以算是哈利認識的人中數一數二勇敢的了。

騎士公車在黑暗中向前滾動，一路上驅散無數的灌木與短樁、電話亭與樹木，哈利躺在他的羽毛床上翻來覆去，心情難過得完全睡不著。過了一會兒，史坦突然想起哈利有付錢買熱巧克力，但公車卻偏偏在此時突然從安格爾西島跳到了亞伯丁，害他把整杯巧克力全都潑到了哈利的枕頭上。穿著睡袍、拖鞋的巫師女巫陸續從樓上走下來，下車離去。他們全都露出一副如獲大赦的表情，慶幸自己終於逃離了這輛公車。

最後車上只剩下哈利一名乘客。

「好啦，奈威，」史坦拍拍手說，「你想到倫敦啥地方去呀？」

「斜角巷。」哈利說。

「馬上出發，」史坦說，「抓緊了……」

砰！

他們現在正轟隆隆地駛過查令十字路。哈利坐起來，看到窗外的建築和長椅全都努力地縮成一團，好讓路給騎士公車通過。天空已開始微微泛白，他可以先躲上幾個鐘頭，等古靈閣開門以後再去提錢，然後就出發去——他完全不曉得該到哪裡去。

老爾用力踩煞車，而騎士公車滑行著停到一家看起來破破爛爛的小酒吧前方。這就是破釜酒吧，後頭藏著通往斜角巷的魔法入口。

「謝謝。」哈利對老爾說。

他跳下公車，跟史坦兩人一起把他的行李箱和嘿美的鳥籠抬上人行道。

「好，」哈利說，「那就再見啦！」

但史坦根本沒注意聽。他仍站在公車門口，瞪大眼睛望著破釜酒吧陰暗的入口。

「原來你在**這裡**呀，哈利。」一個聲音說。

哈利還來不及轉身，就感覺到有一隻手按住了他的肩頭。在同一時間史坦也開口大叫道：「哎呀，我的天哪！老爾，快到這兒來！快**過來**呀！」

哈利抬頭望著肩上那隻手的主人，而他立刻感到彷彿有一大桶冰塊倒進了他的胃裡——他居然在這裡撞見了康尼留斯·夫子，也就是魔法部部長本人。

史坦跳上人行道，湊到他們身邊。

「你剛才叫奈威啥名字呀，部長？」他興奮地問道。

夫子是一位圓圓胖胖的矮小巫師，他身上穿了一件細條紋斗篷，神情顯得冷淡而疲憊。

「奈威？」他皺眉念道，「這是哈利波特。」

「我就知道！」史坦高興地喊道，「老爾！老爾！你猜奈威是什麼來頭啊？老爾！他是阿利波特欸！我看到他的疤了呢！」

「好了，」夫子不耐煩地說，「嗯，我很高興騎士公車能把哈利接過來，但我們現在要進破釜酒吧去了……」

夫子按在哈利肩頭的手加重了幾分力道，而哈利就這樣糊里糊塗地被推進了酒吧。吧台後方的門前出現了一個提著燈的駝背人影，那是湯姆，破釜酒吧那位乾癟皺縮、牙齒掉光的老闆。

「你找到他了，部長！」湯姆說，「需要喝點什麼嗎？啤酒？白蘭地？」

「給我一壺茶就行了。」夫子說，他依然沒有放開哈利。

他們背後響起一陣吵鬧的摩擦聲和喘氣聲，史坦和老爾帶著哈利的行李箱和嘿美的鳥籠走進來，興奮地東張西望。

「你怎麼不告訴我們你是誰呢，呃，奈威？」史坦笑容滿面地望著哈利說，老爾那張像貓頭鷹似的臉從史坦肩上冒出來，帶著濃厚的興趣打量哈利。

「請你再給我一間**私人**會客室。」夫子率直地表示。

「再見了。」哈利難過地對史坦和老爾說，而此時湯姆已躬身請夫子走進吧台後的走道。

「拜啦，奈威！」史坦喊道。

夫子押著哈利，隨著湯姆的提燈在狹窄的通道中往前走去，然後踏進一間小會客室。湯姆搓搓手，爐柵中立刻迸出了一團火焰，然後他就鞠躬告退。

「坐啊，哈利。」夫子指著爐火邊的椅子說。

哈利坐下來，雖然爐火十分溫暖，但他還是感到手臂上冒出了雞皮疙瘩。夫子脫下他的細條紋斗篷，扔到一旁，再拉拉他酒瓶綠套裝的長褲，在哈利對面坐了下來。

「哈利，我是康尼留斯．夫子，魔法部長。」

這哈利自然早就知道了，他以前見過夫子一次，但那時他穿著他父親的隱形斗篷，所以夫子並不知道有這回事。

酒吧老闆湯姆再度出現，他在睡衣外面套上了一件圍裙，手裡端著一個裝滿熱茶和圓鬆餅的盤子。他把盤子擱在夫子和哈利中間的桌子上，接著就走出會客室，輕輕帶上房門。

「好了，哈利，」夫子說，並開始倒茶，「我要告訴你，你這次可真把我們大家給嚇壞了。就這樣從你阿姨和姨丈家跑出來！我本來還以為……不過幸好你沒事，這就行了。」

夫子開始往圓鬆餅上抹奶油，並把茶盤推到哈利面前。

「吃點東西吧，哈利，你看起來很虛弱。好了，現在言歸正傳……我想你會很高興聽到，我們已經把那件不幸的瑪姬·德思禮小姐充氣事件全都擺平了。魔法意外矯正組在幾個鐘頭前，派了兩名職員趕到水蠟樹街。他們已經替德思禮小姐把氣放光，她的記憶也經過修正。她完全不記得這件事，就是這樣，所以並沒有造成任何傷害。」

夫子喝了一口茶，笑吟吟地望著哈利，他的神情就好像是一位叔叔在打量他最鍾愛的侄兒。哈利完全不敢相信自己的耳朵，他張開嘴想要說話，但卻想不出該說些什麼，所以只好再閉上嘴巴。

「對了，你大概在擔心你阿姨和姨丈的反應是吧？」夫子說，「這個嘛，我並不否認，他們真的是非常生氣，哈利。不過他們表示，只要你在聖誕節和復活節留在霍格華茲，他們就可以讓你回去過暑假。」

哈利立刻恢復說話能力。

「我本來就一直都是留在霍格華茲過聖誕節和復活節，」他說，「而且我根本就不想回到水蠟樹街。」

「好了，好了，我很確定，等你冷靜下來以後，你的感覺就會不一樣了。」夫子用擔憂的語氣說，「不管怎樣，他們畢竟是你的親人哪，而且我相信你們彼此應該還是有感情的——呃——我是說在你們的內心最深處。」

哈利並沒有想到要去糾正夫子的說法，他現在仍在等著聽夫子宣判自己未來的命運。

「所以呢，現在只剩下一件事情還沒解決了，」夫子說，又開始抓起另一個圓鬆餅抹奶油，「我們來想想看，剩下的三個禮拜假期，你到底要住在哪裡？我建議你就在破釜酒吧找個房間住，而且——」

「等一下，」哈利衝口而出，「你還沒說我會受到什麼樣的處罰？」

夫子眨眨眼。

「處罰？」

「我犯了法呀！」哈利說，「犯了未成年巫師魔法限制法！」

「喔，我的好孩子呀，我們不會為了這麼點小事就處罰你的！」夫子喊道，並不耐煩地揮著他的圓鬆餅，「那是個意外啊！我們並不會只是因為有人讓他的姑姑漲成氣球，就隨隨便便把他們關進阿茲卡班啊！」

但這跟哈利過去對魔法部的印象完全不符。

「我在去年收到了一份官方正式警告，而那只不過是因為有個家庭小精靈在我姨丈家裡打翻了一盤甜點！」哈利皺著眉說，「而且魔法部還說，要是那裡再出現任何魔法，我就會被霍格華茲開除！」

哈利可能是看錯了，但他覺得夫子突然顯得有點心虛。

「情況改變了嘛，哈利……我們必須考慮到……在目前這樣的狀況下……難道你**想要**被學校開除嗎？」

「我當然不想啦。」哈利說。

「這不就得了，有什麼好大驚小怪的？」夫子輕鬆地笑著表示，「好了，現在吃點圓鬆餅吧，哈利，我要去問問湯姆，看他可不可以找個房間給你住。」

夫子大步走出房間，而哈利不禁望著他的背影發愣。事情顯然很不對勁，如果夫子並不想懲罰他，那這位部長大人又何必要大老遠的跑到破釜酒吧來等他呢？而哈利現在才剛剛想到，這類關於未成年魔法限制之類的小事，通常應該不用部長**親自**出面處理吧？

夫子回到房間，酒吧老闆湯姆也跟著一起走進來。

「十一號房沒人住，哈利，」夫子說，「你在這裡一定會住得很舒服的。不過我要提醒你一點，我想你應該可以理解：我希望你不要踏進麻瓜的倫敦，好嗎？就待在斜角巷裡別出去，而且你每天晚上都要在天黑前回到這裡。我想你一定可以理解，湯姆會替我盯著你的。」

「好吧，」哈利緩緩答道，「但這是為什麼——」

「我們可不想再把你給搞丟了，是不是？」夫子發出開朗的笑聲，「不，不……我的意思是……最好還是讓我們知道你人在哪裡……」

夫子大聲地清清喉嚨，抓起他的細條紋斗篷。

「好，我得走了，你也知道我忙得很。」

「布萊克的事有任何進展嗎？」哈利問道。

夫子的手指迅速扣好他斗篷上的銀色釦子。

「什麼事？喔，你已經聽說了——這個嘛，沒有，還沒有，但只不過是時間早晚的問題。阿茲卡班獄卒還沒有過失敗的紀錄……而且他們這次真的是氣壞了，我從沒見過他們這麼氣。」

夫子微微打了一個哆嗦。

「好吧，那就再見了。」

他伸出一隻手，哈利在跟他握手時，腦中突然閃過一個念頭。

「呃——部長？我可不可以問你一件事？」

「當然可以啦。」夫子微笑著說。

「嗯，霍格華茲的三年級學生可以去活米村玩，可是我的阿姨和姨丈並沒有替我簽同意書。請問你可不可以替我簽名？」

夫子露出很不自在的表情。

「啊，」他說，「不行。不行，我非常抱歉，哈利，但我既不是你的父母，也不是你的監護人——」

「你是魔法部長啊，」哈利急切地說，「只要你同意讓我——」

「不行，我很抱歉，哈利，但規定就是規定。」夫子斷然表示，「說不定你明年就可以去活米村玩了，事實上，我認為你還是別去的好……沒錯……好了，我得走了。待在這裡好好玩吧，哈利。」

夫子再拋給哈利最後一個微笑，和他握手道別，然後就走出房間。湯姆走上前來，笑吟吟地望著哈利。

「請跟我來，波特先生，」他說，「我已經把你的東西抬上去了……」

哈利跟著湯姆爬上一列漂亮的木梯，走到一扇門前，門上鑲了一個黃銅數字「十一」，湯姆打開門鎖，開門請哈利進去。

裡面有一張看起來非常舒服的床，幾件光澤閃亮的橡木家具，一盆嗶啪作響的活潑爐火，還有，棲息在衣櫥上面的那是——

「嘿美！」哈利驚呼。

雪鴞啄動牠的鳥喙，拍著翅膀飛到哈利的手臂上。

「你這隻貓頭鷹可真是聰明，」湯姆咯咯笑道，「她只比你晚到了五分鐘。如果你還需要任何東西的話，波特先生，請不要客氣，儘管吩咐我一聲。」

他再鞠了一個躬，接著就告退離去。

哈利心不在焉地撫摸嘿美，在床上呆坐了許久許久。窗外的天空從天鵝絨般的深藍，迅速轉變成金屬般的淺灰，然後再慢慢轉為微帶金色的粉紅光暈。哈利實在不敢相信，他離開水蠟樹街只不過是幾個鐘頭以前的事，而且他也沒有被學校開除，但最棒的是，他現在還可以高高興興度過三個禮拜沒有德思禮家人的假期。

「這還真是個詭異的夜晚，嘿美。」他打著哈欠說。

他仰頭倒在枕頭上睡著了，甚至連眼鏡都忘了摘。

4 破釜酒吧

哈利花了好幾天的時間，才逐漸適應他陌生的自由新生活。他過去從來都不能像現在這樣，愛睡到幾點就睡到幾點，愛吃什麼就吃什麼。而且，只要不離開斜角巷，他甚至可以愛去哪裡就去哪裡。但話說回來，既然這條漫長的圓石路上，擠滿了全世界最吸引人的魔法商店，哈利壓根兒就不想違反他對夫子的承諾，重新回到麻瓜世界。

哈利每天早上都在破釜酒吧裡吃早餐，他很喜歡坐在那裡看其他的客人：從鄉下到這裡來做一日大採購的有趣小女巫們、聚在一起唇槍舌戰地討論《今日變形術》上的最新文章，看起來德高望重的巫師、外貌粗野的魔法師、喧鬧聒噪的小矮人。有一次，還有個套著厚羊毛保暖頭巾，看起來疑似老巫婆的人，在店裡點了一盤生肝臟吃咧。

吃完早餐後，哈利就會走到後院，取出他的魔杖，輕敲垃圾桶上從左邊數過來的第三塊磚頭，再退後一步，等著牆上出現通往斜角巷的拱道。

在陽光普照的漫長白天，哈利總是在街上逛商店，或是坐在露天咖啡座鮮豔的遮陽傘下吃東西，在這裡他可以聽到其他客人互相炫耀自己採購的戰利品（「這是個觀月儀呢，老傢伙——這樣總不會再把月亮圖給搞得一團糟了吧？」）或是討論天狼星．布萊克事件（「我自己是覺得，在他被關回阿茲卡班之前，我是絕對不會讓我的孩子單獨出門的。」）哈利再也不用躲在棉被底下，握著手電筒偷偷做功課了；現在他可以坐在伏林．伏德秋冰淇淋店外的明亮陽光中，靠著伏德秋偶爾提供的幫助，寫完他所有的作業。伏德秋除了曉得很多關於中世紀焚燒女巫的知識之外，他還會每隔半個鐘頭送給哈利一份免費聖代呢。

在哈利的錢袋重新裝滿從古靈閣地下金庫提出的金加隆、銀西可和青銅納特之後，他馬上就得開始學習如何自制，免得一下子就把錢全都花光。他必須不斷地提醒自己，他還得在霍格華茲念五年書，伸手去向德思禮夫婦討錢買符咒課本只會自取其辱，他才沒有因一時衝動而買下一組漂亮的純金多多石（一種很像彈珠的魔法遊戲用具，在玩的人輸掉分數的時候，石頭會朝他們的臉噴臭水）。當他看到一個裡面裝著星雲模型的大玻璃球時，那完美無缺而又會自動運轉的星雲，同樣也讓他受到非常強烈的誘惑。只要有了這個東西，他以後就再也不用去上任何天文學課了。然而，當哈利在破釜酒吧裡住了一個星期之後，他的決心卻在他最喜歡的店「優質魁地奇用品商店」裡，面臨到空前的挑戰。

那時哈利只是想看看這家店前為什麼會圍了一大群人，所以他才擠進去，夾在一大堆興奮的巫師和女巫中間，最後他終於瞥見在一個新架起的展示台上，放置了一根他這輩子所見過最豪華的飛天掃帚。

「才剛推出……最新型號……」一個方下巴的巫師告訴他的同伴。

「這是全世界最快的飛天掃帚，是不是啊，爸爸？」一個年紀比哈利小的男孩高聲尖叫，接著就甩開他父親的手衝了過來。

「愛爾蘭國家代表隊剛跟我訂了七根這種漂亮寶貝！」店主對群眾宣告，「同時這也是世界盃球賽最熱門的型號！」

站在哈利前面的高大女巫挪到旁邊，他這才看到掃帚旁邊的說明文字：

火閃電

這根以目前最高技術製造出的比賽用飛天掃帚，特別採用最上等的流線型梣木帚柄，再加上一層硬如鑽石的亮光漆，與每根特有的手繪出廠序號數字。帚尾每一根精心挑選的樺樹枝，都用磨刀石修得恰到好處，完全符合空氣力學的完美標準，並給予火閃電無與倫比的平衡感與萬無一失的精準度。火閃電具有可以在十秒內從零跳到一百五十哩的瞬間加速，另外再附上一個無法破解的煞車符咒。價錢請內洽。

價錢請內洽……哈利完全不願去想，這根火閃電究竟要花多少金幣才能買得到。他這輩子從來沒有這麼想要過一樣東西——但他的光輪兩千卻也從沒讓他輸過任何一場魁地奇球賽，既然他已經有了一根非常棒的飛天掃帚，那他又何必為了一根火閃電，而把他古靈閣的地下金庫全部掏空呢？哈利並沒有去詢問價錢，但在此之後，他幾乎每天都會走到這裡來看火閃電。

不過哈利還是需要買一些別的東西。他上藥店去補充他的魔藥材料，而且他的長袍制服手腳的地方現在都短了好幾吋，所以他到摩金夫人的各式長袍去買了一件新的。但最重要的是，他必須去買新學年要用的書，這次會包括他今年新選修的兩門科目，奇獸飼育學和占卜學的課本。

哈利看到書店櫥窗時忍不住嚇了一跳，除了原先那本鑲著金色浮雕、大得像是鋪路板似的符咒書之外，玻璃窗後面另外還擺了一個大鐵籠，裡面關著上百本《怪獸的怪獸書》。這些書本互相揪打，夾在一起進行激烈的角力比賽，一面還惡狠狠地彼此狂夾亂咬，戰得書頁四處亂飛。

哈利從口袋掏出他的書單，這還是他第一次仔細閱讀上面的書目。《怪獸的怪獸書》也列在單子上，是奇獸飼育學的指定用書。現在哈利總算明白，海格為什麼會說這本書可以派上用場了。這讓他鬆了一口氣；他本來還以為，海格說不定又要他幫忙照顧什麼可怕的新寵物了呢。

哈利一踏進華麗與污痕書店，店員就急匆匆地趕過來。

「霍格華茲嗎？」他唐突地問道，「來買你的新課本是吧？」

「是的，」哈利說，「我需要——」

「讓開，」店員急性子地表示，並把哈利推到一旁。他掏出一副非常厚的手套，抓起一根粗大的多節手杖，走向《怪獸書》的籠門。

「等一下，」哈利趕緊說，「這我已經有了。」

「真的？」店員臉上露出一副如獲大赦的表情，「謝天謝地，我光是這個早上就已經被咬了五次了——」

突然響起一陣響亮的撕裂聲，一本《怪獸書》被它的兩位同伴活生生撕成了兩半。

「住手！住手！」店員喊道，連忙把他的手杖戳進籠子，將夾在一起的書給敲得分開，「我永遠也不會再進這種貨了，永遠不會！這裡簡直變成了瘋人院！我本來還以為，上次我們進的那兩百本《隱形的隱形書》已經是最糟糕的了——花了一大筆錢，結果卻連一本都找不到……好了，請問還有什麼需要我服務的地方嗎？」

「有，」哈利低頭望著他的書單，「我要一本卡珊卓・瓦拉斯基寫的《撥開未來的迷霧》。」

「啊，開始念占卜學了，是吧？」店員說，他脫下手套，領著哈利走到書店後方，那裡有個命相書專區。一張小桌子上堆滿了《預測那不可預測的一切：帶你遠離打擊》和《破碎的水晶球：當逆境來襲時》之類的巨書。

「你要的書在這裡，」店員說，他爬到梯子上取下了一本厚厚的皮面書，「《撥開未來的迷霧》，一本非常好的入門書，告訴你所有的基本算命方法——手相啦、水晶球啦、鳥腸啦……」

但哈利並沒有在聽他說話。他的目光緊盯著小桌子上的另一本書：《死亡前兆：當你知道最壞的噩運即將來臨時，你該如何自處》。

「喔，我要是你的話，我才不會去看那本書呢。」店員湊過來檢查哈利到底在看些什麼，接著就輕鬆地表示，「這會讓你變得神經兮兮，不管走到哪裡都會看到死亡前兆，光是這樣就可以把人給活活嚇死。」

但哈利還是緊盯著那本書的封面：上面有一頭目露兇光、大得像熊似的黑狗，牠看起來出奇地眼熟……

店員把《撥開未來的迷霧》塞到哈利手裡。

「還需要什麼嗎？」他問。

「是的，」哈利說，硬生生把目光從黑狗身上移開，心神恍惚地望著他的書單，「呃——我還要《中級變形術》和《標準咒語．三級》。」

十分鐘之後，哈利腋下夾著他的新書，走出華麗與污痕書店，返回破釜酒吧。他根本沒心思注意看路，一路上撞到了好幾個人。

他拖著沉重的腳步爬上樓梯，回到他的房間，把新書一古腦兒地扔到床上。有人進來打掃過了；窗戶敞開，明亮的陽光湧入室內。哈利可以聽到背後那條看不見的麻瓜街道上車輪滾動的聲音，與下方斜角巷中隱形人潮的喧鬧聲。他在洗臉盆上的鏡子中瞥見他自己的倒影。

「那根本就不可能是一個死亡前兆，」他抗議似地對著鏡中的自己說，「我在蘭月街看到那東西的時候情緒很亂，有點疑神疑鬼，說不定那只是一頭流浪狗……」

他不自覺地舉起手來，想要把頭髮壓平一些。

「別浪費時間啦，再怎麼整理也是沒有用的，孩子。」他的鏡子用一種咻咻叫的聲音說。

* * *

時間過得飛快，沒過多久，哈利就開始不論走到哪裡，都會忍不住想要尋找榮恩或是妙麗的身影。現在快要開學了，斜角巷裡湧進了大批的霍格華茲學生。哈利在優質魁地奇用品商店裡，遇到他的葛來分多同學西莫・斐尼干和丁・湯馬斯，他們兩人也同樣在深情款款地凝視著火閃電；另外，他還在華麗與污痕書店門前，碰到了真的奈威・隆巴頓，一個超級健忘的圓臉男孩。哈利並沒有停下來找他聊天，奈威顯然是弄丟了書單，結果被他那位看起來很可怕的奶奶罵得狗血淋頭。哈利暗暗希望他在逃避魔法部追捕時冒充奈威的事，永遠也不要被這位老太太發現。

哈利在假期最後一天早上醒來時，心想至少明天他就可以在霍格華茲特快車上見到榮恩和妙麗了。他爬下床，穿上衣服，走到街上去看了火閃電最後一眼，而就在他考慮該到哪裡去吃午餐的時候，突然聽到背後有人喊他的名字，他立刻回過頭來。

「哈利！**哈利！**」

他們就在那裡，兩人一起坐在伏林．伏德秋冰淇淋店外的露天座位上，榮恩的雀斑看起來多得嚇人，而妙麗的皮膚曬成了褐色，他們兩人朝他用力揮手。

「啊，總算找到你了！」榮恩說，咧嘴對哈利微笑，哈利坐了下來，「我們先跑到破釜酒吧去，可是他們說你已經離開了，接著我們又跑去了華麗與污痕和摩金夫人，還有——」

「我上禮拜就把學校的東西全都買齊了，」哈利解釋，「你們怎麼會曉得我住在破釜酒吧？」

「我爸。」榮恩簡短地答道。

衛斯理先生在魔法部上班，所以他當然知道瑪姬姑姑事件的詳細經過。

「你**真的**讓你的姑姑充氣膨脹嗎，哈利？」妙麗用一種非常嚴肅的口吻問道。

「我又不是故意的，」哈利說，旁邊的榮恩早就笑到不支，「我只是——一時失控而已。」

「這可不是開玩笑的事呀，榮恩。」妙麗厲聲喝道，「說實話，哈利沒被學校開除還真是奇怪咧。」

「這我也覺得很奇怪，」哈利承認，「別說開除，我本來還以為我會被逮捕呢。」他望著榮恩，「你爸知不知道夫子為什麼會放過我？」

「大概是因為你的身分吧，不是嗎？」榮恩聳聳肩，仍在咯咯笑個不停，「因為你是大名鼎鼎的哈利波特嘛。打死我也不敢去想，要是我讓一個姑姑漲成氣球的話，魔法部會用什麼狠招來對付**我**咧。不過我告訴你，他們得先把我從墳墓裡挖出來，因為我媽一定會先要了我的小命。反正你今天晚上可以自己去問我爸，我們今天晚上也要住在破釜酒吧！所以你明天可以跟我們一起去王十字車站！妙麗也要住在那裡呢！」

妙麗點點頭，開心地笑著說：「我爸媽今天早上送我來的時候，就把我在霍格華茲要用的所有東西全都一起帶過來了。」

「太棒了！」哈利高興地說，「那你們的課本和其他東西全都買齊了嗎？」

「來，讓你見識一下，」榮恩說，從袋子裡掏出一個又細又長的盒子，「全新的魔杖。十四吋長，柳枝，裡面裝了一根獨角獸的尾毛，而且我們課本也買了。」——他指著他椅子下的一個大袋子，「你覺得那些《怪獸書》怎麼樣？那個店員一聽到我們說要買兩本，他差點就哭出來了呢。」

「那一大堆是什麼東西，妙麗？」哈利指著她的椅子後面問道，那裡的袋子可不只一個，而是三大個塞得鼓鼓的購物袋。

「那個呀，我選修的科目比你們多嘛，是不是？」妙麗說，「那些全都是我上課要用的書呀，有算命學、奇獸飼育學、占卜學、古代神秘文字研究、麻瓜研究——」

「妳幹嘛要選修麻瓜研究？」榮恩說，並斜瞄了哈利一眼，「妳自己就是個麻瓜後代呀！妳爸媽全都是麻瓜！麻瓜的事妳不是全都知道了嗎？」

「可是，從魔法世界的觀點來研究他們，一定很迷人呢。」妙麗認真地表示。

「妳今年是不是不打算吃飯睡覺啦，妙麗？」哈利問道，榮恩在一旁吃吃竊笑，妙麗假裝什麼也沒聽見。

「我還有十個加隆，」她檢查她的皮包，「我是九月生日，爸媽給了我一筆錢，讓我自己去買生日禮物。」

「那去買本很棒的書怎麼樣呀？」榮恩故做天真地問道。

「不用了，我不想。」妙麗泰然自若地說，「我真的好想要一隻貓頭鷹唷。我是說，哈利有嘿美，而你有愛落——」

「我才沒有呢，」榮恩說，「愛落是我們家的貓頭鷹，我自己只有一隻斑斑。」他從口袋中掏出他的寵物老鼠，「我想帶他去檢查一下，」他把斑斑放在他們面前的餐桌上，接著再加上一句，「他大概在埃及有點水土不服。」

斑斑看起來比以前瘦多了，而且鬍鬚全都有氣無力地垂了下來。

「那邊就有一家奇獸店，」哈利現在對斜角巷可說是瞭若指掌，「你可以去問問看他們有沒有辦法醫治斑斑，妙麗也可以到那裡去買她的貓頭鷹。」

於是他們付了冰淇淋的錢，過街走到對面的「奇獸動物園」。

店裡面簡直擠得沒地方站，密密麻麻的籠子把牆壁完全遮住。店中臭氣薰天而且吵得要命，因為籠子裡面的生物全都在吱吱、喳喳、嘎嘎，或是嘶嘶怪叫。櫃台後的女巫正忙著指導一名巫師怎樣照料雙頭蠑螈，哈利、榮恩和妙麗就只好一邊等待，一邊觀賞籠子裡面的生物。

一對紫色大蟾蜍正津津有味地享用死綠頭蒼蠅大餐，一隻殼上鑲著寶石的大陸龜在窗口邊閃閃發光，有毒的橘蝸牛沿著玻璃槽邊緣緩緩往上爬，一頭胖白兔則是不斷地變成一頂絲質高頂禮帽，接著再重新恢復原形，而且變的時候還會發出響亮的砰砰聲。另外還有著各種花色的貓兒，一籠聒噪的大渡鴉，一籃發出吵鬧嗡嗡聲、顏色像乳蛋糕的怪異毛球。櫃台上擺了一大籠毛皮光亮的黑鼠，正在用牠們光禿禿的尾巴玩一種像是跳繩的遊戲。

養雙頭蠑螈的巫師轉身離去，於是榮恩走向櫃台。

「是我的老鼠啦，」他告訴那位女巫，「我帶他從埃及回來以後，他就好像不太舒服。」

「把他放到櫃台上。」女巫說，從口袋中掏出一副厚厚的黑框眼鏡。

榮恩把斑斑從口袋中拎出來，放到牠老鼠同伴們的籠子旁邊，黑鼠立刻停止耍牠們的跳繩把戲，並爭先恐後地湧過來，想要趴到籠子邊看清楚些。

就像榮恩擁有的大多數東西一樣，老鼠斑斑同樣也是個二手貨（牠以前是榮恩哥哥派西的寵物），而且看起來都有點破破爛爛的。跟旁邊那籠毛皮光亮的黑鼠一比，牠的外表就顯得格外邋遢不堪。

「嗯，」女巫把斑斑抓起來問道，「你這隻老鼠有多大了？」

「不曉得欸，」榮恩說，「滿老了，他以前是我哥哥的寵物。」

「他有什麼能力？」女巫問道，並仔細檢查斑斑。

「呃，這個嘛——」榮恩支支吾吾地說，事實上斑斑從來就沒顯示出一丁點有趣的能力。女巫的目光從斑斑殘缺的左耳，移向牠少了一根腳趾的前爪，嘴裡隨即發出響亮的嘖嘖聲。

「這傢伙吃了不少苦呢。」她說。

「派西把他給我的時候，他就已經是這副德行了。」榮恩辯解道。

「像他這種平凡、普通、隨處可見的老鼠，通常最多只能活上三年左右，」女巫說，「聽我說，你要是想找隻比較耐久的寵物，你應該會喜歡這些……」

她指著那群黑鼠，牠們趕緊又開始表演跳繩把戲。榮恩咕嚕了一聲：「真愛現。」

「好吧，你要是不想換隻新的，那你就試試看這種『鼠克補』好了。」女巫說，伸手從櫃台底下取出一個小紅瓶。

「可以，」榮恩說，「這多少——**哎喲！**」

榮恩忽然彎下腰來，因為突然有某個大大橘橘的東西從最上面的籠子竄出來，跳到他的頭頂上，並開始齜牙咧嘴地對斑斑發動攻擊。

「**不行，歪腿，不行！**」女巫喊道，但斑斑早就像塊肥皂似地從她手裡溜出去，四肢外張地落到地上，然後就一溜煙地逃出大門。

「斑斑！」榮恩大叫，追著斑斑衝出店門，哈利緊跟在他的身後。

他們花了將近十分鐘的時間，才在優質魁地奇用品商店外的一個字紙簍裡找到了斑斑。榮恩把那隻抖個不停的老鼠塞回口袋，站起來揉揉牠的頭。

「**那是**什麼鬼東西啊？」

「那要不是一隻非常大的貓，就是一頭小老虎。」哈利說。

「妙麗呢？」

「大概正在買她的貓頭鷹吧。」

他們沿著擁擠的街道走回奇獸動物園。他們才剛走到，就看到妙麗從裡面走了出來，但她身邊並沒有貓頭鷹。她懷裡緊緊抱著一頭薑黃色的巨貓。

「妳**買**了那個怪物？」榮恩問道，嘴巴驚訝得闔不攏。

「他**美極了**，不是嗎？」妙麗滿臉發光地答道。

這是個人品味的問題，哈利暗暗想著。這隻貓的一身黃毛雖然又厚又軟，可是牠的腿真的有點彎，那張貓臉不僅看起來脾氣很壞，而且還扁得要命，活像是才剛一頭撞上磚牆似的。不過，現在斑斑已經躲了起來，所以這頭貓就乖乖待在妙麗懷裡，滿足地打著呼嚕。

「妙麗，這東西差點就扯掉了我的頭皮欸！」榮恩說。

「他又不是故意的，對不對呀，歪腿？」妙麗說。

「那斑斑要怎麼辦？」榮恩指著他胸前口袋裡的鼓塊說，「他需要安靜修養啊！有那傢伙在旁邊竄來竄去，妳說他怎麼有辦法休養？」

「這剛好提醒我，你忘了拿你的鼠克補，」妙麗說，啪地一聲把小紅瓶塞進榮恩手裡，「不要**擔心**啦，歪腿會睡在我的寢室，而斑斑睡在你的寢室，大家井水不犯河水，這會有什麼問題？歪腿好可憐唷，那個女巫說他在店裡待了好久，都沒有人想要帶他回家。」

「怎麼會這樣呢？真是想不通。」榮恩諷刺地說。他們三人開始往破釜酒吧的方向走去。

他們看到衛斯理先生坐在酒吧裡看《預言家日報》。

「哈利！」他說，微笑著抬起頭來，「你好嗎？」

「很好，謝謝。」哈利說，他和榮恩及妙麗帶著大包小包坐到衛斯理先生旁邊。

衛斯理先生放下報紙，哈利看到那張現在已變得相當熟悉的天狼星．布萊克照片正在凝視著他。

「所以他們還沒抓到他囉？」他問道。

「還沒有，」衛斯理先生答道，神情顯得出奇地凝重，「他們要我們拋下魔法部的所有工作，全力緝捕他歸案，可是目前還是沒有任何進展。」

「要是我們抓到他的話，可不可以拿到獎金？」榮恩問道，「能再多拿到一些錢也挺不錯的——」

「不要胡說，榮恩，」衛斯理先生說，他們若是注意一點，就會發現他的表情顯得非常緊張，「布萊克可不是一個十三歲巫師就可以抓得到的。只有阿茲卡班獄卒才能把他抓回監獄，你最好牢牢記住我的話。」

衛斯理太太正好在此時拎著一大堆東西走進酒吧，後面跟著就要升上五年級的雙胞胎兄弟弗雷和喬治、剛上任的男學生主席派西，和衛斯理家的老么，唯一的女孩金妮。

金妮本來就很迷哈利，可是她這次看到他的時候，好像又變得比以前更加忸怩不安，這或許是因為哈利上學期在霍格華茲救了她一命。她紅著臉低聲說了一句「哈囉」，甚至不敢抬頭看哈利一眼。但派西卻好像是和哈利第一次見面似地，一本正經地伸出手來說：「幸會，幸會，哈利，能見到你實在是太高興了。」

「哈囉，派西。」哈利拚命忍住笑說。

「我想你該一切安好吧？」派西派頭十足地跟哈利握手致意，這簡直就像是在拜見市長嘛。

「很好，謝謝——」

「哈利！」弗雷用手肘把派西撞開，深深鞠了一個躬說，「能見到你實在是太**歡喜**了，老弟……」

「太神奇，」喬治推開弗雷，一把抓住哈利的手，「太美妙了。」

派西不悅地蹙起眉頭。

「夠了，別鬧了。」衛斯理太太說。

「媽！」弗雷裝出一副現在才剛看到她似的模樣，同樣也抓起她的手說，「能見到妳實在是太幸福了——」

「我說夠了，」衛斯理太太把她買的東西放到一張空椅上，「哈囉，哈利，親愛的。我想你應該已經聽說我們家的好消息了吧？」她指著派西胸前嶄新的銀徽章，「我們家出了第二個男學生主席！」她驕傲地挺起胸膛說。

「也是最後一個。」弗雷低聲應了一句。

「這我倒是一點也不懷疑，」衛斯理太太立刻皺起眉頭，「我已經注意到他們並沒有選你們兩個當級長。」

「我們幹嘛要去當級長？」喬治說，似乎一想到這個念頭就讓他倒盡胃口，「那只會讓我們的生活變得毫無樂趣可言。」

金妮吃吃竊笑。

「你最好給你妹妹做個好榜樣！」衛斯理太太怒喝。

「金妮還有其他哥哥可以給她做好榜樣，母親，」派西很了不起地表示，「我要上樓去換件晚餐穿的衣服……」

他起身離去，喬治重重地嘆了一口氣。

「我們本來想把他關進金字塔的，」他告訴哈利，「但卻被我媽給發現了。」

＊＊＊

當天的晚餐大家吃得非常愉快。酒吧老闆湯姆在會客室裡擺了三張餐桌，讓衛斯理一家七口、哈利和妙麗在裡面享用了一頓有五道美味佳餚的大餐。

「我們明天要怎麼去王十字車站，爸？」弗雷在大家埋頭大嚼一份豪華巧克力甜點時問道。

「魔法部撥了兩輛車給我們用。」衛斯理先生說。

所有人全都抬起頭來望著他。

「為什麼？」派西好奇地問道。

「這完全是為了您哪，派西大人，」喬治認真地表示，「而且引擎蓋上還會插上幾根小旗子，上面寫著『主席』——」

「——煮飯的煮，熄火的熄。」弗雷說。

除了派西和衛斯理太太之外，所有人全都笑得被甜點嗆到。

「魔法部為什麼要撥車子給我們用呢，父親？」派西換上一副莊嚴的口吻繼續追問。

「這個呀，因為我們家沒車了嘛，」衛斯理先生說，「我又在那邊工作，所以他們就幫我一個忙……」

衛斯理先生的語氣顯得相當輕鬆，但哈利卻注意到他的耳朵變紅了，這就跟榮恩在做心虛事的反應一模一樣。

「我們也真好運，」衛斯理太太輕快地說，「你曉得你們總共有多少行李嗎？像這樣跑到麻瓜地下鐵裡，準會鬧出笑話來……你們行李全都整理好了吧，是不是？」

「榮恩還沒有把他新買的東西收進行李箱，」派西用一種忍耐已久的委屈語氣說，「他把它們全都倒在我的床上。」

「你最好趕快去把行李整理好，榮恩。」衛斯理太太對著桌尾的榮恩厲聲喝道，榮恩怒目瞪視派西。

晚餐後，大家全都覺得肚子很撐而且睏得要命。他們一個接一個地爬上樓，到房間裡去檢查明天要帶的東西。榮恩和派西住在哈利隔壁，哈利才剛把行李箱關上鎖好，就聽到牆後傳來一陣憤怒的爭吵聲，於是他走出去，想看看到底發生了什麼事。

十二號房的房門半開半掩，而派西正在裡面大吼大叫。

「它本來是放在**這裡**，就放在床頭桌上，我把它拿下來擦——」

「我根本就沒去碰它，好不好？」榮恩吼回去。

「怎麼回事？」哈利問道。

「我的男主席徽章不見了，」派西轉過來對哈利吼道。

「我也找不到斑斑的鼠克補，」榮恩說，順手把箱子裡的東西一一扔出來，檢查裡面的內容，「我想我大概是把它留在酒吧那裡忘了拿——」

「在你找到我的徽章之前，你休想離開這裡一步！」派西大喝。

「我替你去拿斑斑的東西，我已經整理好了。」哈利告訴榮恩，接著他就走下樓去。

通往酒吧的通道現在是一片漆黑，哈利才走到一半，就聽到會客室中傳來另外兩個憤怒的嗓音。沒過多久，他就聽出那是衛斯理夫婦倆的聲音。他聽到自己的名字，忍不住立刻停下腳步。他不想讓衛斯理夫婦知道他聽到他們在吵架，因此他遲疑了一會兒，然後才往會客室房門的方向走去。

「……沒道理不告訴他呀，」衛斯理先生正在激動地說，「哈利有權利知道這件事。我勸過夫子，但他還是堅持要把哈利當做小孩看。他已經十三歲了，而且……」

「亞瑟，真相會把他給嚇壞呀！」衛斯理太太尖聲答道，「難道你真的想讓哈利心裡帶著陰影回去上學嗎？看在老天的份上，他不知道反而還比較**快樂**呢！」

「我也不想讓他難過啊，我只是希望他能夠提高警覺！」衛斯理先生反駁道，「妳自己也曉得哈利和榮恩的個性，他們沒事就喜歡隨便亂跑——連禁忌森林他們都跑進去過！但哈利今年絕對不能再這麼做了！我只要一想到，他那天跑出家門後，可能會發生什麼樣的事，我就忍不住心裡發毛！要是騎士公車沒去載他的話，我敢打包票，等魔法部找到他的時候，他早就死了。」

「可是他**沒**死對不對，反正他現在好好的，那又何必去——」

「茉莉，他們說天狼星．布萊克是個瘋子，他或許是瘋了沒錯，但他還是聰明到可以逃出阿茲卡班，這是大家都覺得不可能辦到的事。到現在已經整整一個月了，大家連他的一根頭髮或是一片皮屑都找不到。我不管夫子是跟《預言家日報》怎麼說的，我可以告訴妳，我們想要逮到布萊克，就跟想發明自動施咒魔杖一樣，到目前完全沒有任何進展。我們唯一可以確定的，就是布萊克的目標——」

「可是哈利在霍格華茲很安全哪。」

「我們本來也以為阿茲卡班很安全。但要是布萊克可以闖出阿茲卡班，他同樣也可以闖進霍格華茲。」

「沒人能真的確定布萊克的目標是哈利啊——」

接著就響起一聲撞擊木頭的聲音，哈利知道那想必是衛斯理先生往桌上捶了一拳。

「茉莉，我到底要告訴妳多少次？報上之所以沒登這條新聞，完全是因為夫子把消息給壓了下來，但夫子自己可是在布萊克逃獄當晚就趕到了阿茲卡班。獄卒告訴夫子，布萊克這陣子經常說夢話，他總是重複同樣的一句話：『他在霍格華茲……他在霍格華茲。』布萊克的精神不正常，茉莉，而且他想要哈利的命。妳要是想知道的話，我可以告訴妳，我想他是以為殺了哈利，就可以讓『那個人』恢復法力。在哈利毀掉『那個人』的那天晚上，布萊克失去了他的一切，而他有整整十二年的時間，可以在阿茲卡班中好好思索這件事……」

接下來是一陣沉默，哈利把耳朵緊貼在門上，急著想要聽到更多內情。

「好吧，亞瑟，你要是認為這是對的，那你就去做吧。可是你別忘了，那裡還有阿不思．鄧不利多在呀。有鄧不利多當校長，我可看不出還有誰能在霍格華茲傷害哈利。我想他應該曉得這些事吧？」

「他當然曉得啦，我們必須先徵求他的同意，才能讓阿茲卡班獄卒守在學校的各個入口。他不太高興，但他還是答應了。」

「不太高興？他們到那裡是為了抓布萊克啊，他有什麼好不高興的？」

「鄧不利多不喜歡阿茲卡班獄卒，」衛斯理先生沉重地緩緩答道，「說到這個嘛，其實我自己也不喜歡他們……不過，在碰到像布萊克這樣的對手時，有時你也只好妥協，去跟一些平時避之唯恐不及的勢力聯手合作。」

「要是他們救了哈利的話——」

「——那我以後就永遠不會再說他們一句壞話了，」衛斯理先生疲倦地表示，「現在很晚了，茉莉，我們還是上樓去吧……」

哈利聽到椅子移動的聲音。他輕手輕腳地順著通道跑向酒吧，躲到他們看不見的地方，儘可能不發出任何聲音。會客室的門忽然敞開，沒過幾秒，哈利就聽到一陣腳步聲，他知道衛斯理夫婦已經上樓去了。

那瓶鼠克補就擱在他們先前坐過的餐桌下面。哈利先等了一會兒，聽到衛斯理夫婦房間的門關上之後，才帶著瓶子走向樓梯。

弗雷和喬治蹲在樓梯台的陰影中，憋笑憋到快喘不過氣來，原來他們正在偷聽派西房裡的動靜。派西為了找他的男主席徽章，差點把他和榮恩的房間給拆了。

「它在我們這裡，」弗雷輕聲告訴哈利，「我們在上面動了一些手腳。」

徽章上的文字現在變成了「男吹牛主席」。

哈利硬擠出一陣笑聲，走進去把鼠克補交給榮恩，然後就把自己關進房裡，躺到床上。

原來天狼星．布萊克的目標是他，那就可以解釋一切了。夫子會對哈利那麼寬大，是因為只要哈利還活著，他就已經感到很滿意了。而他要哈利保證不踏出斜角巷一步，則是因為這裡有一大堆巫師可以代他盯住哈利。魔法部明天還會派兩輛專車送他們去車站，這樣衛斯理家人就可以好好把哈利安全送上火車。

哈利躺在床上，傾聽隔壁模糊的吵鬧聲，心裡納悶自己為什麼沒有感到害怕。天狼星·布萊克曾用一個詛咒謀殺了十三個人；衛斯理夫婦顯然是以為，他一聽到真相就會嚇得亂了方寸。但哈利剛好也完全同意衛斯理太太的看法：鄧不利多人在哪裡，那裡就是全世界最安全的地方。大家不是老說鄧不利多是佛地魔王唯一忌憚的人嗎？所以身為佛地魔心腹的布萊克，想必也不敢去招惹鄧不利多吧？

而且還有那些大家常提到的阿茲卡班獄卒呀。大部分人只要一提到他們就會嚇得半死，要是他們全都守在學校周圍的話，布萊克顯然是不太可能有機會闖進學校。

但整體看來，其實哈利心裡最介意的事，就是他去活米村玩的希望現在已完全宣告破滅。在布萊克被捕之前，沒有人會願意讓哈利踏出城堡的安全範圍；事實上，哈利甚至懷疑在危機解除之前，他的一舉一動全都會受到嚴密的監視。

哈利蹙眉望著黑漆漆的天花板。難道他們認為他沒辦法保護自己嗎？他已經有過三次成功逃出佛地魔王魔掌的紀錄，他並不是毫不中用的廢物……

蘭月街上那頭躲在暗影中的野獸形貌，在不知不覺間闖入哈利心中。**當你知道最壞的噩運即將來臨時，你該如何自處……**

「我可**沒**這麼容易就被殺掉。」哈利大聲說。

「真有氣魄，這才對嘛，親愛的。」他的鏡子睡意矇矓地說。

5 催狂魔

第二天早上，湯姆像往常一樣，用他無牙的笑容和一杯茶喚醒哈利。哈利穿好衣服，才剛把老大不高興的嘿美哄回籠子裡去，榮恩就砰地一聲闖進來，拉下套了一半的棉線衫，神情顯得異常暴躁。

「我真想趕快坐上火車，」他說，「至少我在霍格華茲可以離派西遠一點。他現在又在怪我把茶滴到潘妮·清水的照片上了，你知道她吧？」他做了一個鬼臉，「是他的**女朋友**。她把臉藏到相框下死都不肯出來，因為她鼻子上沾滿了茶斑……」

「我有事要跟你說。」哈利才剛開口，就被突然探進頭來的弗雷和喬治給打斷，他們是來恭喜榮恩又一次成功地激怒派西。

他們一起下樓去吃早餐，衛斯理先生已坐在桌邊，緊皺著眉頭閱讀《預言家日報》的頭版新聞，衛斯理太太正在跟妙麗和金妮說她年輕時調配過的一種愛情魔藥，她們三人動不動就開始吃吃傻笑。

「你剛才要跟我說什麼？」榮恩在兩人都坐下來之後詢問哈利。

「等一下再說吧。」哈利低聲答道，派西正好在此時衝了進來。出發時的場面太過混亂，因此哈利根本沒機會找榮恩或是妙麗說話；他們忙著把所有行李箱扛下破釜酒吧的窄梯，堆到門口附近，再把嘿美和派西的鳴角鴞赫密士的鳥籠擱到最上面。箱堆旁邊放了一個小藤籃，裡面發出一陣響亮的呼嚕聲。

「好了啦，歪腿，」妙麗蹲在籃邊柔聲哄道，「我一到火車上，就把你放出來好不好。」

「妳不准，」榮恩吼道，「那我可憐的斑斑要怎麼辦，啊，妳說啊？」

他指著自己的胸膛，那裡凸出一個大腫塊，這表示斑斑現在正蜷縮在他的口袋裡面。

衛斯理先生本來一直在外面等魔法部的專車，現在他終於把頭探進房問。

「車子到了，」他說，「哈利，來吧。」

衛斯理先生拉著哈利穿越短人行道，走向第一輛汽車。兩輛都是墨綠色的古董車，車上各坐了一名身穿翡翠綠天鵝絨套裝、看起來鬼鬼祟祟的巫師。

「進去吧，哈利。」衛斯理先生說，他的眼睛直往擁擠的街道上瞄來瞄去。

哈利坐進汽車後座，沒過多久，妙麗和榮恩也坐了進來，接著派西也坐上了車，這讓榮恩很不高興。

前往王十字路的旅程，跟哈利搭乘騎士公車的經驗一比，實在是平穩順暢多了。魔法部汽車的外貌沒什麼特別，但哈利注意到它們可以輕鬆地滑過水溝，而這是威農姨丈公司派給他的新車絕對無法做到的。他們在火車出發前二十分鐘趕到王十字車站，魔法部的司機先替他們找了幾台手推車，把行李箱放上去，對衛斯理先生行了一個舉手禮，然後就駕車離去。這兩輛車不知用什麼方法，才一會兒就跳到汽車長龍最前方，停在那裡等紅綠燈了。

在他們走進車站的路途中，衛斯理先生一直緊貼在哈利的手肘邊。

「好了，」他說，目光往他們身上繞了一圈，「我們人太多了，現在先分成兩人一組，再分批走進去。我跟哈利兩個先走。」

衛斯理先生推著哈利的推車，大步走向第九與第十月台之間的路障，並裝出一副對剛抵達第九月台的一二五號城際列車興趣濃厚的模樣。他意味深長地望著哈利，故做隨意地往路障上靠過去，哈利也學他照做。

在下一刻，他倆就往旁一歪，穿越堅固的金屬，踏上了九又四分之三月台。他們抬起頭來，看到了霍格華茲特快車，紅色蒸汽引擎正噗噗冒出白煙，籠罩住人潮洶湧的月台，無數的巫師和女巫正擠在這裡送他們的孩子上車。

派西和金妮突然出現在哈利背後，他們兩人氣喘吁吁的，顯然剛才是用跑的穿越路障。

「啊，潘妮在那裡呢！」派西說，他伸手攏攏頭髮，臉脹成了粉紅色。在派西大步走向一名有著一頭長鬈髮的女孩，並且把胸膛挺得老高，好讓她看清胸前那枚閃亮的主席徽章時，金妮正好迎上哈利的視線。他倆不約而同地立刻轉過頭去，免得讓人發現他們在偷笑。

等到其他衛斯理家人和妙麗全都到齊之後，哈利和榮恩就領著大家走向火車尾，他們一路上經過許多擁擠的廂座，最後終於到達一節看起來還滿空的車廂。他們先把箱子扛上車，把嘿美和歪腿放到行李架上，再走下車去跟衛斯理夫婦道別。

衛斯理太太跟她所有的孩子吻別，然後再親親妙麗，最後輪到了哈利。她除了跟哈利吻別之外，還多給了他一個擁抱，這讓哈利覺得有點難為情，但心裡其實還挺高興的。

「要小心一點，好嗎，哈利？」她放開哈利之後說，眼睛顯得出奇地明亮，接著她打開她的大手提袋，「我替大家準備了三明治。這是你的，榮恩……別這樣，裡面沒夾醃牛肉……弗雷？弗雷呢？這給你，親愛的……」

「哈利，」衛斯理先生悄悄說，「你來一下。」

他的下巴往旁邊的柱子點了一下，而哈利就拋下環繞在衛斯理太太身邊的其他同伴，跟著他走到柱子後面。

「在你離開以前，我有些事情要告訴你——」衛斯理先生的語氣顯得十分緊張。

「沒關係的，衛斯理先生，」哈利說，「我已經知道了。」

「你知道？你怎麼會知道？」

「我——呃——我昨天晚上聽到你和衛斯理太太說的話。我忍不住偷聽了一下，」哈利趕緊加上一句，「對不起——」

「我真沒想到，竟然會讓你在我最不希望的情況下聽到這件事。」衛斯理先生擔心地說。

「沒關係——說真的，其實這樣也好。這樣你既不用違背你對夫子的承諾，而我又可以知道到底發生了什麼事。」

「哈利，你一定非常害怕——」

「我不怕，」哈利誠懇地表示，「**真的不怕**。」他看到衛斯理先生露出懷疑的表情，趕緊又加上一句，「我並不是故意要充好漢，可是說真的，天狼星．布萊克總不會比佛地魔還要恐怖吧，對不對？」

衛斯理先生在聽到那個名字時微微瑟縮了一下，但卻還是假裝沒注意到，故意忽略過去。

「哈利，我知道你是，這麼說好了，你是比夫子想像的要堅強多了，我也很高興你並沒有被嚇到，可是——」

「亞瑟！」衛斯理太太喊道，她現在正忙著把其他人全都送上火車，「亞瑟，你到底在幹嘛呀？火車就要開了！」

「他馬上就來，茉莉！」衛斯理先生答道，但他接著就轉向哈利，用一種更加低沉而倉卒的語氣繼續說下去，「聽我說，我希望你能對我保證——」

「——要我做個乖孩子，待在城堡裡不要亂跑是不是？」哈利沮喪地說。

「不完全是，」衛斯理先生說，哈利從來沒看到他變得這麼嚴肅過，「哈利，對我發誓，說你絕對不會去找布萊克。」

哈利瞪大眼睛。「什麼？」

他們聽到一陣響亮的汽笛聲。鐵道員開始在火車旁邊往來走動，把車門全都關上。

「答應我，哈利，」衛斯理先生的語氣變得更加急促，「不論發生任何事——」

「我幹嘛要去找一個想要殺死我的人？」哈利茫然地問道。

「跟我發誓，不管你聽到了什麼——」

「亞瑟，快一點！」衛斯理太太喊道。

火車湧出滾滾濃煙，開始往前移動。哈利快步跑到車廂門前，榮恩拉開門，退後一步讓他跳上車。他們把頭伸到窗外，跟衛斯理夫婦揮手道別，一直到火車繞過轉角，遮住他們的視線後才縮回車廂。

「我必須跟你們兩個私下談談。」哈利在火車逐漸加速時低聲告訴榮恩和妙麗。

「走開，金妮。」榮恩說。

「喔，你可真有禮貌啊。」金妮氣呼呼地說，接著就仰起鼻子大步離去。

哈利、榮恩和妙麗開始沿著走道往後面走去，想要找一個空的廂座，但所有的車廂全都坐滿了，只有最後一節車廂還有空位。

裡面只有一名乘客，一個靠在窗口邊熟睡的成年男子。哈利、榮恩和妙麗先站在門口檢查了一會兒。霍格華茲特快車通常只載學生，他們以前除了那個推點心車的女巫之外，從來沒在車上看過一個成年人。

這名陌生人穿著一套補釘斑斑、看起來非常破爛的巫師長袍。他顯得非常疲憊，滿臉病容，雖然人看起來似乎還相當年輕，但他那頭淺褐色的頭髮卻已開始泛白。

「你們覺得他是什麼人呀？」榮恩等到他們輕輕拉上車門，走到離窗口最遠的位子坐下之後，忍不住壓低聲音問道。

「R. J. 路平教授。」妙麗立刻輕聲答道。

「妳怎麼知道？」

「他箱子上寫的，」妙麗指著男人頭頂上的行李架答道，那裡放了一個用大量細繩綁得非常整齊的破爛箱子。箱子的一角印著一行斑駁剝落的字跡：R. J. 路平教授。

「不曉得他是教哪一科的？」榮恩皺眉望著路平教授憔悴的側面。

「這還用說呀，」妙麗輕聲說，「學校不是只有一個空缺嗎？黑魔法防禦術啊。」

哈利、榮恩和妙麗過去已經被兩位黑魔法防禦術老師教過，但他們兩人都是只撐了一年就宣告報銷。謠傳這個職位帶有不祥的詛咒。

「好吧，我希望他能夠勝任。」榮恩懷疑地說，「看他這副德行，好像隨便施個法就可以把他給解決掉，你說是不是？不管了……」他轉向哈利，「你要跟我們說什麼？」

哈利把衛斯理夫婦的爭吵，和衛斯理先生的警告一五一十地告訴他們。等他說完以後，榮恩整個人都呆住了，妙麗則用雙手摀住嘴巴，最後她終於放下手說：「天狼星．布萊克逃獄是為了要來找**你**？喔，哈利……你真的必須非常非常小心，千萬別去自找麻煩呀，哈利……」

「我什麼時候去找過麻煩，」哈利被激怒了，「全都是麻煩自己來找上**我**。」

「哈利哪會那麼白痴，他幹嘛沒事去找一個想殺他的人？」榮恩聲音顫抖地說。

他們對於這個消息的反應，比哈利原先料想的還要糟糕。榮恩和妙麗兩人都好像比他還要怕布萊克。

「沒人曉得他是怎麼逃出阿茲卡班的，」榮恩不安地說，「以前從來沒人逃出來過，而且他還是個受到嚴密監視的重犯呢。」

「但他們一定會抓到他的，對不對？」妙麗認真地說，「我是說，現在連麻瓜也全都在找他……」

「那是什麼聲音？」榮恩突然問道。

不知從哪傳來一種聽起來悶悶的微弱哨音，他們東張西望地搜尋廂座。

「那是從你的行李箱發出來的，哈利。」榮恩說，站起來把手探進行李架。沒過一會兒，他就把測奸器從哈利的衣物中掏了出來。它在榮恩手裡滴溜溜地快速旋轉，並發出明亮的光芒。

「那是一個**測奸器**嗎？」妙麗興致勃勃地問道，站起來想要看清楚些。

「沒錯……但那是個便宜貨。」榮恩說，「我要把這東西寄給哈利的時候，我才剛把它綁到愛落腿上，它就突然大發神經地響個不停。」

「你那時候是不是做了什麼不可靠的事？」妙麗敏銳地問道。

「才沒呢！對了……我不應該用愛落寄信的。妳也知道他其實不能飛這麼遠……但不用他的話，我要怎樣才能把禮物送到哈利手中呢？」

「放回行李箱去吧，」哈利聽到測奸器越叫越大聲，連忙開口指示，「要不然就會把他吵醒了。」

他下巴往路平教授的方向點了一下。榮恩把測奸器塞進一雙超級破爛的威農姨丈舊襪子裡面，把它的聲音給壓住，然後關上箱蓋。

「我們可以到活米村把它送去檢查一下，」榮恩重新坐下，「弗雷和喬治告訴過我，『德維與班吉』店裡有賣這一類的魔法用具。」

「你是不是知道很多活米村的事？」妙麗熱心地問道，「我在書上看到，說它是全英國唯一完全沒有麻瓜居住的村落——」

「是啊，我想是吧，」榮恩用敷衍的態度應了一聲，「但我可不是為了這個才想去，我真正想去的只有『蜂蜜公爵』！」

「那是什麼啊？」妙麗問道。

「是一家糖果店，」榮恩說，臉上露出一副做夢般的表情，「裡面可說是應有盡有……胡椒鬼──吃了會讓你嘴裡冒煙──還有填滿草莓慕斯和德文郡奶油的超大巧克力球，還有棒得不得了的羽毛筆糖，可以讓你在上課的時候偷吸，但看起來卻是一副提筆沉思的用功相──」

「但活米村真的是一個非常有趣的地方，對吧？」妙麗急切地繼續逼問，「在《魔法歷史遺跡》這本書裡，說那裡的酒館是一六一二年妖精叛亂事件的總部，而尖叫屋是全英國鬧鬼鬧得最兇的建築物──」

「──還有一種很大的雪寶球，在你吸著吃的時候，人還會浮到離地好幾吋的半空中喔。」榮恩說，妙麗說的話他顯然連一個字也沒聽進去。

妙麗轉頭望著哈利。

「能夠暫時走出學校，到活米村去逛逛真的是很不錯，你說是不是？」

「應該是吧，」哈利語氣沉重地表示，「妳去逛了以後再告訴我吧。」

「你這話是什麼意思？」榮恩問道。

「我不能去。德思禮家沒替我簽同意書，夫子也不肯替我簽名。」

榮恩露出被嚇壞的表情。

「**他們不准你去**？可是——不行呀——找麥教授或是隨便哪位老師替你簽名——」

哈利發出一陣空洞的乾笑。葛來分多學院的導師麥教授，可是出了名的鐵面無私。

「——或是去問問弗雷和喬治，他們知道一大堆可以溜出城堡的密道——」

「榮恩！」妙麗厲聲喝道，「在布萊克就捕之前，哈利絕對不能偷偷溜出學校——」

「說得好，我要是去請麥教授替我簽名的話，她一定也是這麼說。」哈利忿忿地說。

「但要是有**我們**跟在他身邊，」榮恩意興風發地告訴妙麗，「布萊克是不會有膽——」

「喔，榮恩，你少在那邊說廢話了。」妙麗吼道，「布萊克已經在一條熱鬧的大街上，謀殺了一大堆人，難道你真的以為，他會只因為有**我們**在場，就不敢去攻擊哈利嗎？」

她一面說，一面摸索歪腿的提籃扣帶。

「別把那東西放出來！」榮恩說，但已經來不及了。歪腿輕盈地跳出籃子，伸伸懶腰，打個呵欠，接著就跳到了榮恩的大腿上。榮恩口袋裡的腫塊激烈抖動，他憤怒地把歪腿推開。

「滾開！」

「榮恩，不要這樣！」妙麗生氣地說。

榮恩正想回嘴，路平教授卻突然開始移動。他們不安地望著他，但他只是把頭轉了一個方向，嘴巴微微張開，然後繼續沉睡。

霍格華茲特快車持續往北方前進，窗外的風景變得越來黑暗荒涼，天空的雲層也逐漸加厚。其他乘客在哈利他們的廂座門外往來走動，歪腿坐在一個空座位上，大扁臉正對著榮恩，黃眼珠緊盯著榮恩胸前的口袋。

在一點的時候，推著點心車的圓胖女巫出現在他們廂座門前。

「你們覺得應該把他叫醒嗎？」榮恩不安地問道，頭往路平教授的方向點了一下，「他看起來真的很需要吃點東西。」

妙麗小心翼翼地俯向路平教授。

「嗯──教授？」她說，「對不起──教授？」

他沒有反應。

「不用擔心，親愛的，」女巫說，並遞給哈利一大堆大釜蛋糕，「他醒來後要是肚子餓的話，可以到司機那裡來找我。」

「我想他**是**在睡覺沒錯吧？」榮恩在女巫拉上廂座大門後悄悄問道，「我的意思是──他應該沒死吧，對不對？」

「沒有，沒有啦，他有在呼吸啊。」妙麗輕聲答道，伸手接過哈利遞給她的大釜蛋糕。

路平教授或許並不能算是一位非常好的同伴，但有他跟他們坐在同一個廂座裡面，多多少少也算有些用處。到了下午，當天空開始落雨，將窗外連綿起伏的山巒抹成一片朦朧時，他們又聽到走廊上響起一陣腳步聲，接著門前就出現了三個他們最不喜歡的人：跩哥．馬份，以及站在他兩旁的死黨，文生．克拉和葛果里．高爾。

跩哥．馬份和哈利兩人，在他們第一次搭火車前往霍格華茲的旅程中就結下了樑子。長了一張尖白臉，嘴角總是帶著一抹冷笑的馬份，是史萊哲林學院的學生；他是史萊哲林魁地奇代表隊的搜捕手，而哈利自己則是葛來分多球隊的搜捕手。克拉和高爾這兩個人生存的目的，似乎就是供馬份使喚。他們都是肌肉結實的大塊頭，克拉個子比較高，留著馬桶蓋似的髮型，脖子粗得出奇；高爾有著一頭粗硬的短剛毛，和一對像人猿似的長手臂。

「哎呀呀，看看這是誰啊，」馬份拉開廂座大門，用他平常那種懶洋洋、慢吞吞的語氣說道，「是剝皮和餵屎呢。」

克拉和高爾像山怪似的咯咯傻笑。

「我聽說，你父親好不容易在這個夏天撈到了一點金子，衛斯理，」馬份說，「你母親沒被嚇死吧？」

榮恩猛地站起身來，不小心把歪腿的籃子撞到地上。路平教授哼了一聲。

「那是誰？」馬份問道，他一瞥見路平，就不自覺地往後退了一步。

「新來的老師，」哈利說，他同樣也站起來，好隨時準備制止榮恩出手打人，「你剛才說什麼，馬份？」

馬份淺色的眼睛瞇了起來，他可沒笨到當著老師的面公然挑釁。

「走吧。」他忿忿地對克拉和高爾嘟囔了一聲，接著他們就一起離去。

哈利和榮恩重新坐下，榮恩氣得摩拳擦掌。

「我今年絕對不准馬份再在我面前說一句鬼話，」他氣沖沖地說，「我是說真的。他要是敢再說我家人的壞話，我就要抓住他的頭，然後——」

榮恩的手在空中用力一掰。

「榮恩，」妙麗噓了一聲，用手指著路平教授，「**小心**一點哪……」

但路平教授仍在沉睡。

火車繼續深入北方，雨勢也變得越來越大。窗口現在變成一框微微發亮的濃密灰霧，並隨著時間逐漸轉暗，最後走廊邊和行李架上方都亮起了一盞盞的提燈。火車唧唧嘎嘎地行駛，雨水霹霹啪啪地敲打，狂風咻咻呼呼地咆哮，但路平教授依然沉睡不醒。

「我們應該快到了吧。」榮恩說，他俯身向前，越過路平教授的頭頂，望著此刻已變成一片漆黑的窗口。

他話才剛出口，火車就開始慢慢減速。

「太棒了。」榮恩說，他站起來，小心翼翼地繞過路平教授，努力想要看清窗外的景象。「我快餓扁了，我真想快點衝到餐廳去吃宴會大餐……」

「我們不可能這麼快就到啊。」妙麗望著錶說。

「那火車幹嘛要停？」

火車的速度變得越來越慢，在引擎聲漸漸減弱之後，窗外的風雨聲顯得比先前更加狂烈。

坐在門邊的哈利，站起來望著外面的通道。這節車廂上的每一個廂座，都有人探出頭來好奇地張望。

火車猛然一震地停下來，遠方響起撲通撲通、乒乒乓乓的聲音，顯然是有許多行李從架子摔到了地上。接著在毫無預警的情況下，所有的燈光突然全部熄滅，他們陷入一片漆黑。

「這是怎麼回事？」榮恩的聲音在哈利背後響起。

「哎喲！」妙麗驚呼，「榮恩，那是我的腳欸！」

哈利摸索著回到座位。

「該不會是拋錨了？」

「不會吧……」

突然響起一陣刺耳的摩擦聲，哈利看到榮恩模糊的黑影，正忙著用力把窗戶擦乾淨，然後再凝神望著外面。

「外面有東西在動，」榮恩說，「我想是有人正在上火車……」

廂座大門突然滑開，有某個人重重跌到哈利腿上。

「對不起！你們知道這是怎麼回事嗎？哎喲！對不起——」

「哈囉，奈威。」哈利說，他伸手在黑暗中摸索，抓住奈威的斗篷，把他拉了起來。

「哈利？是你嗎？發生了什麼事？」

「不曉得！坐吧——」

接著響起一陣吵鬧的嘶嘶聲和痛苦的喵喵聲，奈威差點就坐到了歪腿身上。

「我去找司機問問看是怎麼回事。」妙麗說。哈利感覺到她從身邊走過，聽到門再度滑開的聲音，然後又出現一陣碰撞聲和兩聲呼痛的尖叫。

「是誰？」

「是**誰**？」

「金妮？」

「妙麗？」

「妳在幹嘛？」

「我要找榮恩——」

「進來坐吧——」

「不能坐這裡！」哈利慌忙說，「那是我的腿。」

「哎喲！」奈威喊道。

「安靜！」一個沙啞的聲音突然開口說。

路平教授顯然終於被吵醒了，哈利可以聽到他坐的角落傳來移動的聲音。沒有一個人開口說話。

接著又出現一陣輕柔的嗶啪聲，一道搖曳的火光照亮了整個廂座。路平教授的手裡顯然是捧了一團火焰，火光映照出他灰敗疲憊的面龐，但他的目光卻顯得機警而清亮。

「待在座位上別動。」他用同樣的喑啞嗓音說，接著就把火焰舉向前方，慢慢站起身來。

但路平還沒走到門前，門就緩緩滑開。

在路平手中搖曳火光的照耀下，門前出現了一個全身罩著斗篷，跟天花板一樣高的人影。他的臉被帽子完全掩蓋，哈利的目光移向下方，而他看到的景象，讓他忍不住胃裡一陣痙攣。從斗篷裡伸出了一隻手，而這隻手微微發亮，顏色泛灰，看起來黏答答的，而且還布滿了斑點，就像是泡在水中的腐爛屍體……

但這隻手只出現一秒就消失了。那個藏在斗篷下的生物似乎感覺到哈利的視線，立刻把手縮進黑色布料的縐褶中。

接著那個斗篷下的不知名生物，做了一次又長、又緩，而且還唏哩呼嚕響的深呼吸，彷彿是想從周遭的環境中，吸進某種不只是空氣的東西。

一陣強烈的寒意掠過他們全身。哈利感到胸口發悶，寒意沁入他的皮膚，鑽進他的胸膛，竄入他的心中……

哈利兩眼上翻，他什麼都看不見了。他被寒意所淹沒，他耳邊響起一陣如同激流沖過的聲音。他逐漸往下陷落，耳邊的咆哮變得越來越響亮……

然後他聽到在很遠的地方響起了尖叫聲，一種極端恐懼，帶有懇求意味的可怕尖叫聲。他想要去幫助那個人，他試著移動手臂，但卻毫無反應……他的四周，和他的體內，全都瀰漫著一團濃厚的白霧漩渦——

「哈利！哈利！你沒事吧？」

某個人在拍打他的臉龐。

「什——什麼？」

哈利張開眼睛。他頭上亮著燈，火車地板也在不停振動——霍格華茲特快車又開始行駛，燈光也再度亮起。他似乎是從座位滑到了地板上，榮恩和妙麗跪在他身邊，他可以看到奈威和路平教授站在他倆背後，目不轉睛地望著他。哈利覺得非常不舒服，他伸手扶好眼鏡，摸到自己臉上淌滿了冷汗。

榮恩和妙麗把他扶回座位。

「你沒事吧？」榮恩緊張地問道。

「沒事。」哈利說，立刻往門口的方向瞥了一眼。那個罩著連帽斗篷的生物已經消失了。「發生了什麼事？那個——那個東西呢？是誰在尖叫？」

「沒人尖叫呀。」榮恩說，神情變得更加緊張。

哈利環顧明亮的廂座，金妮和奈威迎上他的目光，兩人的臉色都是一片慘白。

「可是我聽到了尖叫聲——」

突然啪地一聲，把他們全都嚇得跳了起來。路平教授正在把一塊超大厚片巧克力掰成小塊。

「給你，」他把最大的一塊遞給哈利，「吃下去，這會讓你覺得舒服一點。」

哈利望著巧克力，但他並沒有吃。

「那是什麼東西？」他問路平教授。

「一個催狂魔，」路平說，忙著把巧克力分給每一個人，「阿茲卡班的催狂魔。」

大家全都瞪大眼睛望著他。路平教授把空巧克力袋揉成一團，塞進口袋。

「吃吧，」他又說了一次，「可以讓你舒服一些。我得去找司機談談，對不起……」

他大步越過哈利身邊，走到外面的通道。

「你確定沒事吧，哈利？」妙麗擔心地望著他。

「我搞不太懂……到底發生了什麼事？」哈利問道，伸手抹去臉上的汗水。

「嗯——那個東西——催狂魔——站在那裡東張西望地檢查（這是我猜的，因為我根本就看不到牠的臉）——接著你就——你就——」

「我覺得你看起來就好像是癲癇發作似的，」榮恩露出心有餘悸的表情說：「你突然全身僵硬，從座位上滑下來，開始不停抽搐——」

「然後路平教授就從你身上跨過去，走到催狂魔面前，掏出他的魔杖，」妙麗說，「接著他就說：『天狼星．布萊克並沒有藏在我們斗篷底下，走吧。』可是那個催狂魔連動都不動，於是路平低聲念了幾句，他的魔杖就對催狂魔射出一種銀色的東西，然後牠就轉過身去，輕飄飄地滑走了……」

「那真的是很恐怖，」奈威的嗓門比平常高了許多，「在牠出現的時候，你們有沒有覺得好像變得很冷？」

「我有一種很詭異的感覺，」榮恩不安地挪動肩膀，「就好像我這輩子永遠都高興不起來了……」

一直縮在角落，臉色幾乎跟哈利一樣難看的金妮，此刻忍不住哭了一聲；妙麗坐過去，安慰地用手攬住她的肩頭。

「可是，難道你們都沒有人——從椅子上滑下來嗎？」哈利侷促不安地問道。

「沒有，」榮恩說，又開始擔心地望著哈利，「金妮是抖得很厲害，不過……」

哈利搞不懂這是怎麼回事。他感到很虛弱，身體發冷，就好像剛害了一場重感冒似的，而且他也開始覺得有點丟臉。為什麼他會這樣完全崩潰，其他人卻一點事也沒有？

路平教授回到了廂座。他一踏進來就停下腳步，目光朝四周繞了一圈，再帶著一絲微笑說：「我並沒有在巧克力裡下毒……」

哈利咬了一口，一股暖流迅速竄遍他的全身，讓他感到非常驚訝。

「我們再過十分鐘就會到霍格華茲了，」路平教授說，「你沒事吧，哈利？」

哈利並沒有問路平教授為什麼會曉得他的名字。

「沒事。」他難為情地咕噥了一聲。

接下來的旅程他們沒再說什麼話。等了許久以後，火車終於在活米村車站停下來，接著就出現大家搶著下車的大混亂場面；貓頭鷹嗚嗚啼、貓兒喵喵叫，還有奈威的寶貝蟾蜍躲在他帽子底下發出響亮的呱呱聲。狹小的月台上寒風刺骨，陣陣冷雨狂灑而下。

「一年級新生到這裡來！」一個熟悉的嗓音喊道。哈利、榮恩和妙麗轉過頭去，看到月台的另一端出現海格巨大的身影，他正忙著招呼那些滿臉害怕的一年級生踏上傳統的新生渡湖之旅。

「你們三個還好吧？」海格越過擁擠的人潮，朝他們喊道。他們對他揮揮手，但卻沒機會跟他說上話，因為他們周圍的大批人潮正把他們帶向月台的另一端。哈利、榮恩和妙麗隨著其他學生踏上一條坑坑疤疤的泥巴路，至少有上百輛驛馬車正停在那裡等待學生，而哈利忍不住猜想，負責拉車的大概是隱形馬，因為他們一爬上車，關好車門後，馬車就立刻自動出發，開始顛顛簸簸、搖搖晃晃地列隊前進。

車廂裡帶著一絲淡淡的霉味和稻草香。哈利在吃過巧克力後，身體變得舒服多了，但還是感到相當虛弱。榮恩和妙麗有事沒事就緊張地偷瞄他一眼，似乎是擔心他又會突然昏倒。

在馬車滾過一扇兩旁列著頂端雕成飛豬的石柱，並用熟鐵鑄造的壯麗大門時，哈利又看到兩名高得驚人、頭上罩著連帽斗篷的催狂魔，分別站在門兩邊守衛。一陣不適的寒意似乎又即將把他完全吞沒，他仰後靠到鼓鼓的椅背上，直到經過大門後才敢再把眼睛張開。馬車開始加快速度，衝上一條通往城堡的漫長上坡路。妙麗靠在小小的車窗邊，望著那高塔成群的黑影逐漸逼近。最後馬車終於搖搖晃晃地停下來，而妙麗和榮恩走下車。

哈利一下車，耳邊就響起一個帶著笑意的慢吞吞嗓音。

「聽說你**昏倒**啦，波特？隆巴頓沒說謊吧？你真的**昏倒**了是不是？」

馬份從妙麗身邊硬擠過去，擋住通往城堡的石階，故意不讓哈利通過。他滿臉發光，淺色的眼裡閃著惡意的光芒。

「走開，馬份，」榮恩咬牙切齒地說。

「難道連你也昏倒啦，衛斯理？」馬份大聲說，「那個可怕的老催狂魔，是不是也把你給嚇壞啦，衛斯理？」

「這裡有什麼問題嗎？」一個柔和的嗓音說。路平教授剛從另一輛馬車上跳下來。

馬份用無禮的目光凝視路平教授，故意緊盯著他長袍上的補釘和又舊又破的箱子。他臉上帶著一絲嘲諷的微笑說：「喔，沒有——呃——**教授**。」接著他就得意地朝克拉和高爾笑了笑，領著他們爬上通往城堡的階梯。

妙麗往榮恩背後戳了一下，示意他趕快往前走。他們三人隨著人潮爬上樓梯，穿越橡木大門，踏入寬敞空曠的入口大廳。這裡有著燃燒的火炬，和一道通往樓上的華麗大理石階梯。

右手邊的餐廳大門已經敞開，哈利跟著人潮走向餐廳，但他才剛瞥見那片漆黑多雲的魔法天花板，耳邊就突然響起一聲：「波特！格蘭傑！我有事要找你們兩個！」

哈利和妙麗驚訝地回過頭去。身兼變形學教授與葛來分多學院導師兩職的麥教授，正越過人潮朝他們喊道。她是一名梳著嚴整髮髻，看起來非常嚴厲的女巫，在她的方框眼鏡後面，有著一對目光銳利的眼睛。哈利擠過人群朝她走去，心中掠過一絲不祥的預感；麥教授就是有辦法讓他感到自己一定又做錯了事。

「沒必要露出這種擔心的表情——我只是要你們跟我到辦公室裡談談。」她告訴他們，「快往前走呀，衛斯理。」

榮恩瞪大眼睛，望著麥教授帶領哈利和妙麗離開喋喋不休的人潮；他們跟著她越過入口大廳，爬上大理石階梯，再沿著一條通道往前走去。

麥教授的辦公室房間不大，裡面點了一盆溫暖的爐火，他們一走進去，她就示意他們找位子坐下。她坐到自己的辦公桌後面，突然開口說：「路平教授先派了一隻貓頭鷹過來，說你在火車上覺得很不舒服，波特。」

哈利還來不及回答，外面就響起一陣輕輕的敲門聲，接著護士長龐芮夫人就急匆匆地走了進來。

哈利感到自己的臉變紅了。他在火車上不管是昏倒或是其他什麼的，就已經夠讓他感到丟臉了，現在大家居然還要這樣小題大作。

「我很好，」他說，「我不需要任何——」

「喔，是你呀，對不對？」龐芮夫人根本沒聽他說，就彎下腰來仔細盯著他瞧，「我想你一定是又做了什麼危險事兒了，沒錯吧？」

「是催狂魔，帕琵。」麥教授說。

她們面色陰沉地互望了一眼，而龐芮夫人發出不以為然的嘖嘖聲。

「竟然把催狂魔派到學校來，」她低聲數落，並把哈利的頭髮撥到腦後，摸摸他的額頭，「他不會是最後一個昏倒的人。沒錯，他摸起來又冷又溼。牠們真是一群恐怖的怪物，而且對本來就很脆弱的人來說，牠們造成的影響更是——」

「我才不脆弱呢。」哈利沒好氣地表示。

「是是是，你當然不脆弱啦。」龐芮夫人隨口敷衍，開始量他的脈搏。

「他到底需要什麼？」麥教授乾脆地問道，「是上床休息？還是該到醫院廂房住一晚？」

「我**好**得很！」哈利跳了起來。他要是在醫院廂房過夜的話，天曉得跩哥．馬份又會說出什麼難聽的話來，只要一想到這點他就覺得無法忍受。

「好吧，不過你至少得吃點巧克力。」龐芮夫人說，她現在正努力想看清哈利的眼睛。

「我已經吃過了，」哈利說，「路平教授給了我一些。我們大家全都吃過了。」

「真的嗎？」龐芮夫人讚許地表示，「所以說，我們這次總算找到一位肚子裡有點東西的黑魔法防禦術教授囉。」

「你確定你真的沒事嗎，波特？」麥教授厲聲問道。

「**確定**。」哈利說。

「很好。那麼請你先到外面等一下，我要跟格蘭傑小姐討論一下她的課程表，然後我們再一起下去參加宴會。」

哈利跟龐芮夫人一同踏到外面的走廊，接著她就直接走向醫院廂房，嘴裡仍在叨叨念個不停。哈利只等了幾分鐘，妙麗就滿臉發光地走了出來，似乎是有某件事讓她感到非常高興；接著麥教授也走出來，於是他們三人一同走下大理石階梯，踏進餐廳。

這裡放眼望去全都是一片黑壓壓的巫師尖帽，每一張學院長形餐桌邊都坐滿了學生，餐桌上方飄浮著數千枝蠟燭，學生的面孔在燭光照耀下顯得忽明忽暗。身材瘦小，滿頭蓬亂白髮的孚立維教授，正帶著一頂舊帽子和一把三腳凳走出餐廳。

「喔，」妙麗輕聲說，「我們錯過了分類儀式！」

霍格華茲是以試戴分類帽的方式，來替學生們進行分類，這頂帽子會高聲喊出最適合他們的學院名稱（葛來分多、雷文克勞、赫夫帕夫，或是史萊哲林）。麥教授大步走向教職員餐桌的空座位，哈利和妙麗則往另一個方向前進，走向葛來分多餐桌，並儘可能保持低調，以免引起任何人注意。在他們沿著餐廳最後方往前走去時，一路上老是有人轉過頭來看他們，有些人甚至還朝著哈利指指點點。難道他在催狂魔面前昏倒的消息會傳得這麼快嗎？

榮恩替他們占了兩個位子，他們分別走到他兩旁坐下。

「到底是怎麼回事？」他低聲詢問哈利。

哈利正準備輕聲解釋，校長卻恰好在那一刻站起來發言，因此他只好暫時打住。

鄧不利多教授雖然年紀很大了，但他總是給人一種活力充沛的印象。他留著長達數呎的銀髮銀鬚，臉上掛著一副半月形眼鏡，另外還有個歪得出奇的鼻子。人們常稱他為當代最偉大的巫師，但這並不是哈利敬重他的原因，你就是沒辦法不信任阿不思・鄧不利多。在看到他笑吟吟地環視全校學生時，哈利的心情總算在催狂魔闖進車廂之後，第一次真正地平靜下來。

「歡迎！」鄧不利多說，燭光將他的鬍鬚照得閃閃發亮，「歡迎大家到霍格華茲來度過新的一年！我這裡有幾件事得先跟大家報告一下，其中有件事非常重要，所以我想呢，最好還是趁大家還沒被我們的精采宴會弄昏頭之前，先把它給解決掉……」

鄧不利多清清喉嚨，再繼續說下去：「在牠們搜過霍格華茲特快車以後，我想大家應該都已經知道，霍格華茲目前正在做東道主，款待幾位來自阿茲卡班的催狂魔。牠們到這裡來，執行魔法部交代的任務。」

他暫停了一下，哈利回想起衛斯理先生說過的話：鄧不利多並不是很樂意讓催狂魔跑到學校來擔任守衛。

「牠們負責看守學校所有的出入口，」鄧不利多繼續說下去，「我必須先在這裡把話給說清楚，在牠們與我們共處的這段期間，不准有任何人未得到許可就擅自離開學校。幻術和偽裝全都騙不過催狂魔——甚至連隱形斗篷都不管用。」他淡淡地加上一句，而哈利和榮恩互望了一眼，「催狂魔天生就無法理解懇求或是藉口，因此我要警告這裡的每一個人，絕對不要讓牠們找到理由來傷害你。我希望各位級長，以及新任男女學生主席，能協助我避免讓學生與催狂魔發生任何衝突。」

坐在哈利旁邊幾個位子遠的派西，聞言又再度挺起胸膛，神氣十足地環顧四周。鄧不利多又暫時停下來，面色凝重地望著餐廳中的學生，大家全都端坐不動，連大氣也不敢喘一聲。

「現在我們來說點愉快的事吧，」他繼續說下去，「我很高興今年能有兩位新老師加入我們的行列。」

「第一位是路平教授，他已欣然接下黑魔法防禦術教師的職位。」

餐廳中響起一陣零零落落，並不怎麼熱情的掌聲。只有那些曾在火車上與路平教授同座的人用力拍手捧場，哈利自然也是其中之一。跟其他那些盛裝打扮的老師們一比，路平教授顯得格外地寒酸。

「你看石內卜！」榮恩附在哈利耳邊輕聲說。

魔藥學老師石內卜現在正睜大眼睛，瞪著坐在教職員餐桌另一邊的路平教授。大家全都曉得石內卜想當黑魔法防禦術老師都快要想瘋了，哈利雖然非常討厭石內卜，但當他看到那張瘦黃臉上的扭曲表情時，卻也忍不住嚇了一大跳。那並不只是憤怒，而是深沉的憎惡。哈利對這表情熟悉得很，那就是石內卜每次看到他時的標準表情。

「而我們的第二位新老師，」等到給路平教授的稀疏掌聲平息下來之後，鄧不利多又開口說，「嗯，我很遺憾地必須告訴大家，我們的奇獸飼育學老師焦壺教授，為了能與他殘餘的四肢保有更多的相處時間，因此已在去年宣告退休。不過呢，我很高興能在此宣布，負責接替這職位的人，正就是我們的魯霸．海格。他已同意在他獵場看守人的工作之外，再額外擔任教授的職務。」

哈利、榮恩和妙麗目瞪口呆地互相對望，然後他們就隨著大家一起鼓掌叫好，而葛來分多餐桌發出的掌聲比別人更加熱烈。哈利俯向前方望著海格，他正低頭望著自己的大手，臉脹成了鮮紅色，藏在蓬亂黑鬍鬚下的嘴巴大大咧開。

「我們早該猜到的！」榮恩吼道，並往餐桌上搥了一拳，「除了他還有誰會要我們去買本咬人的書？」

哈利、榮恩和妙麗一直等到所有掌聲全都平息後才停止拍手，當鄧不利多教授再度開口講話時，他們看到海格抓起桌布擦拭眼睛。

「好，我想重要的事就只有這些了，」鄧不利多說，「宴會開始！」

他們面前的金杯金盤在突然間盛滿了食物和飲料。哈利忽然感到肚子餓得要命，一古腦兒把他所能拿到的所有食物全都裝進盤子裡，開始埋頭大嚼。

這真的是一場很棒的宴會，餐廳中迴盪著笑語和叮叮咚咚的刀叉碰撞聲，但哈利、榮恩和妙麗卻希望宴會能快點結束，這樣他們才可以跑去跟海格說說話。他們心裡都很清楚能當上老師對海格有著多麼重大的意義。海格並不能算是一名合格的巫師，他在三年級的時候，因為一項他並未犯下的罪行，而被霍格華茲開除。直到去年，哈利、榮恩和妙麗三人才替他洗清了污名。

他們等了很久很久，直到金盤上最後幾小塊南瓜餡餅全都消失，鄧不利多終於開口要大家上床睡覺之後，他們才好不容易逮到機會。

「恭喜呀，海格！」妙麗在他們走向老師餐桌時尖聲喊道。

「這全都是託你們三個的福啦，」正忙著用餐巾擦臉的海格抬起頭來，望著他們說，「我簡直不敢相信……他真是個了不起的人，鄧不利多……一聽到焦壺教授說他受夠不幹了，就直接跑到木屋來找我……這是我一輩子的夢想哪……」

他再也控制不住情緒，把臉埋在餐巾裡號啕大哭，而麥教授連忙噓聲把他們給趕走。

哈利、榮恩和妙麗隨著葛來分多學生們爬上大理石階梯，再拖著早已累得要命的身軀，走過更多的走廊、爬上更多的階梯，來到葛來分多塔的入口。一大幅穿著粉紅禮服的胖女士畫像詢問他們：「通關密語？」

「借過，借過！」派西在人潮後方喊道，「新的通關密語是『**最年長的命運女神**』！」

「喔，不。」奈威．隆巴頓難過地說，他老是記不住這些通關密語。

他們爬進畫像洞口，穿越交誼廳，接著男生和女生就分成兩列，各自走向不同的樓梯。哈利爬上螺旋梯，他的腦袋裡只有一個念頭：能回到這裡真是太棒了。他們走進那間擺了五張四柱大床、十分親切熟悉的圓形寢室，而哈利環顧四周，感到自己終於回到家了。

6 獸爪與茶葉

第二天早上，當哈利、榮恩和妙麗進餐廳去吃早餐時，他們第一眼注意到的就是跩哥·馬份，他似乎正在對一大群史萊哲林學生述說一個非常有趣的故事。在他們經過的時候，馬份突然做出一副昏厥過去的滑稽相，把他的聽眾們逗得呵呵大笑。

「別理他，」妙麗說，她就跟在哈利身後，「別理他就行了，不值得為他這種……」

「嘿，波特！」一個臉長得像哈巴狗的史萊哲林女生潘西·帕金森尖聲叫道，「波特！催狂魔就要來囉，波特！**哇哇哇哇哇！**」

哈利走到葛來分多餐桌前，重重跌坐到喬治·衛斯理身邊。

「這是三年級生的新課程表，」喬治把課程表傳過來，「你怎麼啦，哈利？」

「是馬份啦。」榮恩坐到喬治的另一邊，怒目瞪視史萊哲林的餐桌。

喬治抬起頭來，正好看到馬份又再表演了一次嚇昏的怪相。

「那個小蠢貨，」他平靜地表示，「昨天晚上，在催狂魔走到我們這邊車廂的時候，他可不敢像現在這麼囂張。他甚至還嚇得逃到了我們的廂座，你說是不是啊，弗雷？」

「他差點就尿溼了褲子，」弗雷說，並滿臉不屑地瞄了馬份一眼。

「連我自己也覺得不太舒服，」喬治說，「牠們還真是一群恐怖的傢伙，這些催狂魔……」

「牠們簡直就讓你覺得肚子都快凍成冰塊了，對不對？」弗雷說。

「可是你並沒有昏倒，是吧？」哈利用一種消沉的語氣說。

「好了啦，哈利，」喬治鼓勵地說，「我爸有次得去阿茲卡班出差，你該記得這回事吧，弗雷？結果他說那裡是他這輩子去過最恐怖的地方。他回來的時候人變得非常虛弱，而且還一直發抖……這些催狂魔會把一個地方的快樂全都吸光，大部分囚犯都在那裡被逼瘋了。」

「不管怎樣，我們等著看吧。在第一場魁地奇比賽以後，看馬份還高不高興得起來，」弗雷說，「葛來分多對史萊哲林，這一季的第一場球賽，沒忘吧？」

在哈利和馬份唯一一場正面交鋒的魁地奇球賽中，馬份明顯地落於下風。哈利覺得心情稍稍好了些，開始動手拿了一點香腸和烤番茄來吃。

妙麗正在檢查她的新課程表。

「喔，太好了，我們今天就可以開始上好幾堂新課了欸。」她高興地說。

「妙麗，」榮恩湊到她肩膀後，一看之下忍不住皺眉問道，「他們把妳的課程表給排錯了。妳看——他們要妳在一天中上十幾堂課呢，妳哪來這麼多**時間**？」

「這我有辦法啦，我早就跟麥教授把這些全都安排好了。」

「但快看看這個，」榮恩大笑著說，「看到今天早上的課了嗎？九點，占卜學，而下面又寫著，九點，麻瓜研究，還有——」榮恩又湊近了一些，不敢相信地望著那張課程表，「妳看——還沒完呢，下面又是算命學，**九點**。我要說的是，我知道妳是很厲害，妙麗，但沒人可以厲害到**這種**程度。妳要怎樣同時上三堂課呀？」

「別傻了，」妙麗不耐煩地說，「我當然不會同時上三堂課。」

「好吧，那麼——」

「把果醬拿給我。」妙麗說。

「可是——」

「喔，榮恩，就算我的課程表排得有點緊，那又關你什麼事啊？」妙麗吼道，「我已經告訴過你，我早就跟麥教授把這些全都安排好了。」

海格正好在此時走進餐廳。他穿著他的鼴鼠皮長外套，大手裡拎著一頭死臭鼬，心不在焉地甩動。

「還好吧？」他在走向教職員餐桌途中停下來，熱切地表示，「你們就要上我的第一堂課囉！就在午餐以後！我早上五點鐘就爬下床，把所有東西全都準備好……希望還可以啦……我居然是老師……說真的……」

他咧嘴對他們笑笑，就往教職員餐桌走去，手裡仍在甩動那頭臭鼬。

「天曉得他究竟準備了些什麼東西？」榮恩說，他的語氣透出一絲不安。

大家紛紛離去上第一堂課，餐廳漸漸空了下來。榮恩看看他的課程表。

「我們最好快點走，你看，占卜學要在北塔頂端上課呢，我們得花上十分鐘才能走到那裡……」

他們匆匆吃完早餐，跟弗雷和喬治道別，就往回穿越餐廳走向門口。在他們經過史萊哲林餐桌時，馬份又做了一次昏倒的怪樣。哈利在踏進入口大廳後，仍然聽得見他們的哄笑聲。

穿越城堡前往北塔，是一段相當漫長的旅程。在霍格華茲度過的短短兩年歲月，並不能讓他們對城堡的一切瞭若指掌，而且他們從來沒去過北塔。

「一定……有……一條……捷……徑。」榮恩喘著氣說，此時他們已爬上第七道長梯，踏上一個陌生的樓梯台，這裡除了石牆上掛了一幅畫著大片空草地的大畫像之外，其他什麼也沒有。

「我想應該是往這邊走。」妙麗望著右手邊的空曠通道說。

「不可能，」榮恩說，「那邊是往南。妳看，妳可以從窗口瞄到一片湖水……」

哈利望著那幅畫，一頭渾身灰點的胖小馬緩緩踏上草地，漫不經心地低頭嚼青草。

哈利知道霍格華茲的畫中物老是動來動去，而日還常常離開畫框，跑到別家畫像中去串門子。他對這一切雖然早就習以為常，但他還是一直都很喜歡看。過了一會兒，一個穿著全副盔甲的矮胖騎士，鏗啷鏗啷地跟著他的小馬走進畫中。根據他金屬膝蓋上沾的草屑判斷，他顯然才剛從馬上摔了下來。

「啊哈！」他一看到哈利、榮恩和妙麗三人就大聲吼道，「何方狂徒，竟敢闖入我的私人領土？抑或是見我跌落，前來譏嘲於我？迎戰吧，大膽豎子，無恥畜生！」

他們驚訝地望著這位小騎士用力把劍拔出劍鞘，開始兇猛地揮舞，一面還憤怒地跳上跳下。但這把劍對他來說實在是太長了些，在特別用力的一揮之後，他一不小心失去平衡，倒在草地上摔了個狗吃屎。

「你還好吧？」哈利說，往畫像走近了一步。

「退下，卑鄙惡徒！快退，下賤雜種！」

騎士又抓住他的劍，把它當拐杖撐著站了起來，但劍鋒卻被他壓得深深陷入草地，而他雖然用盡全身力氣又拔又拉，就是沒辦法再把劍給拔出來。最後他只好猛然朝後一仰，跌落到草地上，推開面甲擦拭臉上的汗水。

「聽我說，」哈利趕緊趁騎士筋疲力竭的時候說，「我們在找北塔，你知道路嗎？」

「原來是有任務在身！」騎士的怒氣似乎立刻消失，他鏗啷鏗啷地站起來喊道，「隨我來吧，親愛的朋友，吾等必能達成任務，否則就捐軀沙場，誓死方休！」

他又徒勞無功地試拔了一次劍，想要上馬卻被小胖馬給甩開，於是他又喊道：「也罷，步行亦可，善良的先生與溫柔的姑娘！衝啊！衝啊！」

接著他就拔足狂奔，鏗啷鏗啷地跑進左邊的相框，完全失去蹤影。

他們連忙跟著盔甲的鏗啷聲，隨著他沿著走廊往前跑去。每隔一段時間，他們就會瞥見他在前面的畫像中奔跑。

「鼓起勇氣，前方有奇險逼近！」騎士喊道，而他們看到他又重新出現在前方一大群穿著襯架裙，滿臉驚恐的女人當中，她們的畫像旁邊有著一道狹窄的螺旋梯。

哈利、榮恩和妙麗氣喘咻咻地爬上不停繞圈子打轉的螺旋梯，覺得越來越頭昏眼花，直到他們聽到頭頂上方傳來一陣嗡嗡的談話聲，才終於確定自己已走到了教室。

「告辭！」騎士喊道，一頭撞進一幅長相邪惡的僧侶群畫像中，「告辭了，戰友們！日後汝等若是需要高貴心靈與強壯體魄，請勿客氣，再次呼喚卡多甘爵士！」

「沒錯，我們是會再來找你，」榮恩等騎士消失後才低聲說，「如果我們需要找神經病的話。」

他們爬上最後幾級階梯，踏上一個狹窄的樓梯台，班上大部分同學都已聚集在這裡。這個樓梯台附近完全看不到一扇門，榮恩用手肘頂了哈利一下，然後指著天花板，那裡有一扇鑲著黃銅名牌的圓形天窗。

「西碧．崔老妮，占卜學教授。」哈利念道，「我們要怎樣才能上去？」

天窗彷彿是在回答他問題似地忽然敞開，一架銀梯降落到哈利前方，大家開始安靜地爬上去。

「你先走。」榮恩咧嘴笑道，於是哈利先爬上銀梯。

他踏進了他這輩子見過最奇怪的一間教室，事實上，它看起來根本就不像是教室，反倒像是住家閣樓與老式茶館的混合體。房中擺滿了至少二十來張小圓桌，桌邊全都環繞著一圈印花布扶手椅和鼓鼓的小矮墊。這裡的一切全都籠罩著一層朦朧的深紅色光暈；窗簾全都拉了下來，許多燈上也都罩著一層深紅色的布。房間裡又悶又熱，在擁擠的壁爐架飾品下，一個大銅壺擱在爐火上，散發出一種令人作嘔的濃郁香味。環繞在圓形牆邊的架子上擠滿了灰灰的羽毛、短短的蠟燭頭、好幾副破爛紙牌，數不盡的銀水晶球和一大堆茶杯。

榮恩走到哈利旁邊，班上同學環繞在他們身邊，全都在嘰嘰咕咕地輕聲交談。

「她在哪裡呀？」榮恩說。

暗影中突然響起一個嗓音，一種朦朧柔和的嗓音。

「歡迎，」那個嗓音說，「終於能在物質世界中見到你們，感覺實在是太美好了。」

哈利第一眼看到她時，覺得她活像是一隻金光閃閃的大昆蟲。崔老妮教授走到火光下，他們發現她瘦得要命。她的大眼鏡把她的眼睛放大了好幾倍，她披著一襲釘滿亮片的薄紗披肩，瘦削的脖子上掛著數不清的鍊子和珠串，手臂和手指上戴滿了手鐲和戒指。

「坐下，我的孩子，坐下。」她說。他們所有人不是笨拙地爬上扶手椅，就是陷在坐墊裡。哈利、榮恩和妙麗圍在一張圓桌坐下。

「歡迎來到占卜學課堂，」崔老妮教授說，她現在已安坐在爐火邊的一張翼背扶手椅中，「我是崔老妮教授。你們以前可能沒看過我，因為我發現，要是太常降落到學校主區那種忙碌喧鬧的俗世，會蒙蔽了我的『心靈之眼』。」

聽到這麼離奇的宣言，大家全都不知道該如何答話。崔老妮教授優雅地調整她的披肩，再繼續說下去，「所以呢，你們大家都已經選擇要學習占卜學，這是所有魔法技藝中最困難的一門科目。我必須在一開始就先警告你們，如果你們本身不具備一份『靈性』的話，說實在我也沒法子教你們多少。在這個領域中，書本只會帶你越行越遠……」

一聽到這些話，哈利和榮恩兩人都笑著瞥了妙麗一眼，她看起來滿臉驚恐，似乎是被書本居然對這門科目沒用的消息給嚇壞了。

「有許多的女巫與巫師，雖然在那些砰砰響啦、發出味道啦和突然不見之類的領域中表現傑出，但偏偏就是沒辦法參透未來的神秘謎團，」崔老妮教授繼續說下去，閃亮的大眼睛掃過一張張緊張的面龐，「這是一種只有少數人才具有的『天賦』，孩子，」她突然對奈威說，嚇得他差點從矮墊上翻下來，「你奶奶好嗎？」

「我想還不錯吧。」奈威聲音抖抖地答道。

「如果我是你的話，我就不會這麼確定了，親愛的。」崔老妮教授說，火光把她的翡翠長耳環照得閃閃發亮。奈威倒抽了一口氣，崔老妮教授平靜地繼續說下去：「我們要在這一年中學習占卜學的基本技巧。第一學期主要是學習如何觀看茶葉，第二學期再進一步研究手相。對了，我親愛的孩子，」她突然對芭蒂．巴提喊道，「妳要當心一名紅髮男子。」

芭蒂驚恐地望了正好坐在她後面的榮恩一眼，並趕緊挪動椅子，離他越遠越好。

「在第三學期，」崔老妮教授繼續說下去，「我們還會進展到水晶球——也就是說，如果我們已經把火兆全都學完的話。不幸的是，課程將會在二月時被難纏的嚴重流行性感冒所打斷，我自己會沙啞失聲。在復活節前後，這裡將會有一個人永遠離開我們。」

在這段宣言之後，全班陷入一陣極端緊張的沉默，但崔老妮教授卻好像完全沒察覺到他們的異樣。

「我想知道，親愛的，」她對離她最近的文妲．布朗說，嚇得文妲縮進了扶手椅，「妳能不能把最大的銀茶壺拿過來給我？」

文妲露出如獲大赦的表情，她站起來，從架子上取下一個超大茶壺，放到崔老妮教授前面的桌子上。

「謝謝妳，親愛的。順便告訴妳一聲，妳最害怕的那件事，將會在十月十六日星期五發生。」

文妲嚇得發抖。

「現在聽我說，我希望大家分成兩人一組。每人到架子上拿一個茶杯，到我這裡來，讓我替你們倒茶。然後大家再坐下來，把茶喝光，只剩下最後一點渣滓。用你的左手將渣滓往茶杯內緣抹上三圈，再把杯子倒扣在茶碟上。等到茶渣全都乾了以後，就把杯子交給你的同組夥伴觀看。請你們參照《撥開未來的迷霧》第五至六頁的說明，來詮釋你們所看到的圖案。我會在教室裡四處走動，隨時為你們提供必要的協助與指示。喔，親愛的——」她一把捉住剛站起來的奈威，「在你打破第一個茶杯以後，能不能請你好心選一個藍色的？我很喜歡那些粉紅色茶杯呢。」

果然沒錯，奈威才剛走到茶杯架前，就響起一陣瓷器摔碎的叮噹聲。崔老妮教授拿著畚箕掃帚趕到他身邊說：「親愛的，如果你不介意的話，那就請你再拿個藍色的吧……謝謝你……」

哈利和榮恩把茶杯裝滿之後，就回到桌邊坐下，努力把熱得燙嘴的茶盡快喝光。他們依照崔老妮教授的指示，把渣滓抹了三圈，然後瀝乾杯子，再互相交換。

「好吧，」榮恩說，他們兩人都已經把課本翻到第五至六頁，「你在我的杯子裡看到了什麼？」

「一堆溼溼的咖啡色玩意兒。」哈利說。房中濃郁的香味，讓他感到腦筋遲鈍，昏昏欲睡。

「敞開你們的心胸，我親愛的孩子們，讓你們的目光穿透俗世的迷障！」崔老妮教授的聲音在昏暗中喊道。

哈利努力打起精神。

「好吧，你這裡有一個歪七扭八的十字……」他低頭參閱《撥開未來的迷霧》，「那表示你會遇到『考驗和痛苦』——真對不起呀——不過這裡有一個勉強可以算是太陽的東西，等一下……那代表『巨大的幸福』……所以你會遭受到痛苦，可是又非常幸福……」

「真是的，我看你最好把你的心靈之眼送去檢查一下。」榮恩說，崔老妮的目光隨即轉向他們，因此他們只好努力忍住笑聲。

「換我了……」榮恩凝神望著哈利的茶杯，看得眉頭都皺了起來，「那裡有一塊小斑點，看起來有些像是一頂圓頂禮帽，」他說，「說不定你以後會去魔法部上班……」

他把茶杯轉了一個方向。

「可是從這個角度看來，它又比較像是一個橡實……那又代表什麼？」他查閱《撥開未來的迷霧》，「『一筆意外之財』，太好了，你可以借我一點錢用。這裡還有一個東西，」他又把杯子轉了一下，「那看起來像是一隻動物。沒錯，如果這裡是頭的話……那看起來像是一隻河馬……不對，是一頭羊……」

哈利噗嗤一聲笑出來，而崔老妮教授急忙轉身。

「那個給我看看，親愛的。」她帶有譴責意味地吩咐榮恩，並快步趕到他身邊，一把搶過哈利的茶杯。大家全都安靜下來望著他們。

崔老妮教授望著杯子內緣，並把杯子往反時鐘方向轉動。

「獵鷹……親愛的，你有一個可怕的敵人。」

「**這**大家不是早就知道了嗎？」妙麗用一種清晰的耳語說，崔老妮教授緊盯著她。

「怎麼，我說的是實話呀，」妙麗說，「全世界都曉得哈利和『那個人』的事嘛。」

哈利和榮恩用一種既驚訝又崇拜的目光望著妙麗，他們以前從來沒聽過妙麗用這種口氣跟老師說話。崔老妮教授決定不做任何回應，她垂下她的大眼睛望著哈利的茶杯，並繼續轉動杯子。

「棍子……一次攻擊。天哪，天哪，這可真是個不愉快的杯子啊……」

「我本來還以為那是一頂圓頂禮帽呢。」榮恩不好意思地說。

「骷髏頭……你會遇到危險，親愛的……」

所有人全都目不轉睛地盯著崔老妮教授，她把杯子轉了最後一下，接著就倒抽了一口氣，放聲尖叫。

然後又響起另一陣瓷器摔碎的聲音，奈威打破了第二個茶杯。崔老妮教授跌坐到一張空扶手椅上，用一隻金光閃閃的手揪住胸口，眼睛閉了起來。

「我親愛的孩子——我可憐的孩子呀——不——還是別說的好——不——不要問我……」

「怎麼啦，教授？」丁．湯馬斯立刻問道。大家早就全都站起來，慢慢圍到哈利和榮恩桌邊，再往崔老妮教授的椅子擠過去，想要看清楚哈利的茶杯。

「親愛的，」崔老妮教授的大眼戲劇化地猛然一張，「你杯子裡有狗靈。」

「那是什麼？」哈利問道。

他看得出自己並不是在場唯一聽不懂的人；丁．湯馬斯朝他聳聳肩，文妲．布朗也是一臉迷惑，但幾乎其他所有人全都嚇得用手摀住嘴巴。

「狗靈，親愛的，狗靈！」崔老妮教授喊道，哈利的無知顯然讓她大為震驚，「在教堂墓園中作祟的巨狗怪！我親愛的孩子，這是一個預兆哪——最糟的一種——**死亡預兆**！」

哈利感到胃部一陣痙攣。華麗與污痕書店中那隻印在《死亡預兆》封面上的狗——那隻躲在蘭月街暗影中的狗……文妲．布朗現在同樣也用手摀住了嘴巴。所有人全都在看著哈利；所有人，但卻不包括妙麗，她站起來，繞到崔老妮教授的椅子後面。

「**我**覺得那看起來根本就不像狗靈。」她斷然表示。

崔老妮教授仔細打量妙麗，目光中的厭惡變得越來越強烈。

「請原諒我這麼說，親愛的，不過我感覺到妳的氣場弱得很，難怪妳沒法子感應到未來的波動。」

西莫・斐尼干一直把頭歪來歪去。

「你要是這樣看的話，它看起來就很像是一個狗靈，」他說，眼睛瞇得幾乎全閉，「可是從這個角度看的話，它又比較像是一頭驢子。」他說，又把頭歪到了左邊。

「你們夠了沒，我可不用你們來判決我會不會死！」哈利不假思索地衝口而出，甚至連他自己都被嚇了一跳。現在好像根本沒人敢看他了。

「我想我們今天的課就上到這裡，」崔老妮教授用她最朦朧的語氣說，「是的……請把你們的東西帶走……」

全班同學默默將茶杯拿去還給崔老妮教授，把書本收好，再繫上背包，甚至連榮恩都刻意避免跟哈利視線相接。

「在我們下次碰面以前，」崔老妮教授虛弱地說，「但願大家鴻運高漲。喔，對了，親愛的——」她指著奈威說，「你下次會遲到，所以請你多用功一點，才能趕上進度。」

哈利、榮恩和妙麗一言不發地爬下崔老妮教授的梯子，走下蜿蜒的螺旋梯，接著再走去上麥教授的變形學課。他們花了很長的時間才找到教室，因此占卜學雖然提早下課，這堂課他們也還是剛好趕上，並未早到。

哈利刻意坐到最後一排，感到自己頭上似乎有一盞光線強烈的聚光燈；其他同學有事沒事就偷偷瞄他一眼，就好像他隨時都會突然倒下來死掉似的。他幾乎完全沒聽麥教授解釋「化獸師」（可以隨心所欲變成動物的巫師）的種種情形，而當她在大家面前變成一頭眼睛周圍有鏡框般花紋的虎斑貓時，他甚至連看都沒看她一眼。

「真是的，你們大家今天是怎麼啦？」麥教授說，並輕輕砰地一聲變回原形，瞪大眼睛環視全班同學，「我並不是很在意啦，不過這可是我的變形表演，第一次沒在班上得到任何掌聲。」

大家的頭全都再次轉向哈利，但卻沒有人開口說話，然後妙麗舉起手來。

「請聽我說，教授，我們剛上完我們的第一堂占卜學課，我們學的是觀看茶葉，而——」

「啊，原來如此，」麥教授說，並立刻皺起眉頭，「妳不用再說下去了，格蘭傑小姐。告訴我，今年你們哪一個會死啊？」

大家全都望著她。

「我。」最後哈利終於開口答道。

「我懂了。」麥教授說，並用她銳利的目光緊盯著哈利，「那麼你應該知道，波特，西碧·崔老妮打從到我們學校任教開始，每年都預言會有一個學生死掉，他們到現在全都還活得好好的。看到死亡預兆，是她最喜歡用來歡迎一班新同學的方法。如果我不是從來都不願說我同事一句壞話——」麥教授停了下來，他們看到她的鼻翼朝外擴張。然後她用較為平靜的語氣繼續說下去：「占卜學是最不精確的魔法技術之一。我並不隱瞞我個人對它沒什麼耐心，真正的先知少之又少，而崔老妮教授……」

她再度停下來，然後用一種實事求是的口吻說：「在我看來你健康得很，波特，所以請你原諒我今天不能讓你免寫功課。我向你保證，你要是死掉的話，自然就不用再交什麼作業了。」

妙麗大笑，哈利心裡覺得好過了些。在離開崔老妮教授教室中的朦朧紅光和令人頭昏腦脹的香氣之後，實在很難再想像出一堆茶渣究竟有什麼好怕的。但並不是每個人都相信麥教授說的話，榮恩仍是一副憂心忡忡的模樣，文妲小聲說：「那奈威的杯子又怎麼說呢？」

在變形學課結束之後，他們隨著人潮湧到餐廳去吃午餐。

「榮恩，高興一點嘛，」妙麗說，把一盤燉菜推到他面前，「你自己也聽到麥教授說的話啦。」

榮恩舀了一匙燉菜放進他的盤子裡，拿起叉子，但卻遲遲不肯開動。

「哈利，」他用一種低沉嚴肅的口吻說，「你以前應該**沒**在任何地方看過一頭大黑狗吧，有沒有？」

「有啊，我看過，」哈利說，「我在離開德思禮家那天晚上看到過一隻。」

榮恩的叉子喀噠一聲掉到桌上。

「大概是一隻流浪狗吧。」妙麗鎮定地說。

榮恩望著妙麗，似乎是覺得她瘋了。

「妙麗，要是哈利看到一個狗靈，那真的是——那真的是很糟糕，」他說，「我的——我的畢流思叔叔看到過一隻，結果——結果他在二十四小時以後就死了！」

「巧合罷了。」妙麗不當一回事地說，順手替自己倒了一杯南瓜汁。

「妳根本不曉得自己在說些什麼！」榮恩開始生氣了，「狗靈可以把大部分巫師給活活嚇死！」

「這不就對了，」妙麗用一種充滿優越感的語氣說，「他們看到一個狗靈，結果自己就嚇死了。狗靈根本就不是一個預兆，而是致死的原因！哈利之所以還能跟我們在一起，是因為他還沒笨到一看到狗靈，心裡就想，好吧，我乾脆自我了斷算了！」

榮恩張大嘴巴望著妙麗，完全說不出話來。妙麗打開包包，取出她的新算命學課本，把它靠在果汁罐子上。

「我覺得占卜學好像很不清不楚，」她翻開書頁，「根本大部分都是用猜的。」

「那個杯子裡的狗靈可清楚得很！」榮恩暴躁地說。

「可是在你告訴哈利那是一頭羊的時候，你好像沒這麼有把握嘛。」妙麗冷冷地說。

「崔老妮教授說妳的氣場不好！妳只是不高興有人說妳差勁罷了！」

這下他戳到了痛處。妙麗把算命學課本用力摔到桌上，震得肉末和胡蘿蔔塊四處亂飛。

「如果要把占卜學學好，就表示我必須假裝在一堆茶渣裡面看到死亡預兆的話，那我實在不曉得我是不是該繼續念下去！跟我的算命學課一比，那種課完全是胡說八道！」

她一把抓起她的包包，揚起頭大步離去。

榮恩皺眉望著她的背影。

「她到底在說什麼呀？」他對哈利說，「她根本就還沒上過一堂算命學課。」

* * *

哈利很高興能在午餐後到城堡外面去透透氣，昨天的陰雨現在已經轉晴了，在他們出發前去上生平第一堂奇獸飼育學時，天空是一片清澄的淺灰，腳下的青草溼潤而柔韌。榮恩和妙麗兩人誰也不跟誰說話。哈利默默跟在他倆身邊，一同走下草坪斜坡，前往位於禁忌森林邊緣的海格小木屋。他一直到瞥見前方那三個化成灰他也不會認錯的背影時，才曉得今天他們一定又是得跟史萊哲林學生一起上課了。馬份正在比手畫腳地跟克拉和高爾說話，這兩人則在不住口地咯咯輕笑。哈利相當確定自己知道他們在說些什麼。

海格站在木屋前面等他的學生。他穿著鼴鼠皮長外套站在門前，獵豬犬牙牙蹲在他的腳邊，而他臉上露出一副等不及想要快點上課的表情。

「過來呀，還杵在那兒幹嘛，快動啊！」他在學生們逐漸走近時喊道，「今天有好東西給你們看唷！就要上一堂很棒的課囉！大家都到齊了嗎？好，跟我來！」

在那令人提心弔膽的一刻，哈利還以為海格要帶他們走進森林呢。哈利前幾次在那裡的不快經驗，就已經夠讓他回味一輩子了。但海格卻帶著大家慢慢繞過森林邊緣，在五分鐘之後，他們發現自己來到了一個類似小牧場的地方，但柵欄中卻什麼也沒有。

「大家全都圍到柵欄這兒來！」他喊道，「這就對了——大家都看得到了吧。現在聽我說，你們要做的第一件事呢，就是把課本給打開——」

「怎麼打開？」跩哥．馬份用他那冷漠的慢吞吞嗓音問道。

「嗄？」海格說。

「我們要怎樣才能把課本打開？」馬份又重複了一次。他掏出他的《怪獸的怪獸書》，上面綁了一段繩子。其他人也拿出他們的課本，有些人跟哈利一樣，用帶子把它捆緊，有些人不是把它塞進一個很緊的袋子，就是用大夾子把它給夾住。

「難道——難道沒有一個人有辦法把書打開嗎？」海格說，他看起來相當氣餒。

大家全都搖搖頭。

「你得去**撫摸**它呀，」海格說，就好像這是件再明顯不過的事，「你們看……」

他拿起妙麗的課本，撕下黏在上面的魔法膠帶。那本書張口就咬，但海格卻伸出一根粗大的食指，輕輕滑過它的書脊，而書本一陣顫抖，然後就倒下來攤開，乖乖地躺在他的手上。

「喔，我們大家怎麼都這麼笨哪！」馬份冷笑地說，「我們應該**撫摸**它們才對嘛！我們怎麼都沒想到呢！」

「我……我覺得它們很好玩。」海格不太有把握地告訴妙麗。

「喔，好玩透了！」馬份說，「真是太幽默了，開給我們一本會把手咬掉的書！」

「住口，馬份。」哈利平靜地說。海格露出一副垂頭喪氣的表情，哈利非常希望海格的第一堂課能夠事事順利。

「那麼，好吧，」海格說，他好像已亂了頭緒，完全想不起剛才說到哪裡，「所以……所以你們都有課本了，那麼……那麼……現在你們還得有奇獸才行。沒錯，我這就去把牠們帶過來，等一下……」

他離開他們，大步跑進森林，不一會兒就失去蹤影。

「我的天哪，這地方真是越來越不像話了，」馬份大聲說，「叫那個白痴來教課，我父親要是聽到一定會昏倒……」

「住口，馬份。」哈利又重複了一遍。

「小心呀，波特，你背後站了個催狂魔唷……」

「哇哇哇哇！」文妲．布朗大聲尖叫，伸手指著小牧場的另一邊。

從那裡跑過來十二頭哈利這輩子看過最怪異的生物。牠們有著馬的身體、後腿和尾巴，但牠們的前腿、翅膀和頭顱卻活像是一隻大老鷹，有著兇殘的鋼青色鳥喙和大而明亮的橘色眼睛。牠們前腿上的爪子大約有半呎長，看起來具有非常強的殺傷力。每一頭怪獸的脖子上都戴著一個粗粗的皮項圈，並附上長長的鍊子，而鍊子的另一端全都握在海格的大手裡，他正跟在怪獸後面用小跑步跑進小牧場。

「快進去，去那兒！」他吼道，並抖動鍊子，把怪獸趕向學生面前的柵欄。在海格跑到牠們附近，把那群怪獸拴到柵欄上時，大家全都微微倒退一步。

「鷹馬！」海格高興地朝牠們揮手喊道，「牠們很漂亮吧，對不對？」

哈利大概可以理解海格的意思。在你從第一眼看到半馬半鳥怪物的震驚中恢復過來之後，你就可以開始欣賞鷹馬那身從羽毛柔順地轉為毛髮的光亮毛皮，而且每一隻的毛色都不一樣：暴風雨般的濃灰、青銅、帶有淡紅色的雜褐、閃亮的栗色和如墨的漆黑。

「好了，」海格搓搓手，笑吟吟地望著大家說，「你們可以再靠近點兒看呀……」

但好像沒有人想這麼做。不過，哈利、榮恩和妙麗三人卻開始小心翼翼地走向柵欄。

「現在聽著，碰到鷹馬，你們得知道的第一件事，就是牠們驕傲得很。」海格說，「鷹馬是很愛生氣的，千萬不能對牠們沒禮貌，因為這樣倒楣的可是你們自己。」

馬份、克拉和高爾根本沒在聽；他們在低聲交談，哈利有一種很不快的預感，總覺得他們好像正在陰謀計畫要毀了這堂課。

「你們總是得先讓鷹馬採取行動，」海格繼續說下去，「這就是禮貌，懂了吧？你們朝牠走過去，先鞠個躬，再靜靜等著。要是牠也跟你鞠躬的話，你就可以去摸摸牠。牠要是沒鞠躬，那你就趕快離牠遠一點兒，被那對爪子抓到可痛得很呢。

「好了——誰要先去試試呀？」

大部分學生的回答都是再往後退了一步，甚至連哈利、榮恩和妙麗心裡也有些疑懼。鷹馬現在昂起牠們兇猛的頭顱，鼓起強而有力的翅膀，牠們好像不喜歡被綁住。

「沒人嗎？」海格露出懇求的表情說道。

「我來好了。」哈利說。

他背後響起一陣吸氣聲，文妲和芭蒂輕聲喊道，「喔喔，不要去，哈利，別忘了你的茶渣啊！」

哈利不理她們，他爬過小牧場的柵欄。

「好漢子，哈利！」海格吼道，「那就開始吧——讓我們看看你跟巴嘴能不能合得來。」

海格解開一條鍊子，把一頭灰色鷹馬從同伴中推出來，再鬆開牠的皮項圈。站在小牧場另一端的學生們似乎全都屏住氣息，馬份的雙眼滿懷惡意地瞇了起來。

「現在放輕鬆點兒，哈利，」海格鎮定地說，「你眼睛已經跟他盯上了，現在得忍著別眨眼——你要是太常眨眼，鷹馬是不會信任你的……」

哈利的雙眼立刻開始湧出淚水，但他並沒有閉上眼睛。巴嘴歪著牠那靈活的大頭，用一隻兇惡的橘眼瞪著他。

「就是這樣，」海格說，「就是這樣，哈利……現在，鞠躬吧……」

哈利不太想對巴嘴暴露出他的後頸，但他還是乖乖照做。他飛快地鞠了一個躬，然後抬起頭來。

鷹馬仍在傲慢地瞪著他，牠並沒有動。

「啊，」海格說，他的聲音聽起來有些擔心，「好吧——現在後退，哈利，動作放輕鬆一點兒——」

但接下來，哈利就震驚地發現，鷹馬突然彎下牠那布滿鱗片的膝蓋，垂下頭來鞠了一個非常明顯的躬。

「幹得好，哈利！」海格忘形地喊道，「好——你可以摸他了！拍拍他的嘴，快呀！」

哈利雖然恨不得能趕快溜走，但他還是慢慢走到鷹馬面前，伸出一隻手。他在鳥嘴上輕拍了好幾下，而鷹馬慵懶地閉上眼睛，好像很享受似的。

同學們全都鼓掌叫好，只有馬份、克拉和高爾三人沒有加入，他們露出非常失望的表情。

「好，接下來呢？哈利，」海格說，「我想他說不定會願意讓你騎呢！」

這可是哈利連想都沒想到的事。他是常常騎飛天掃帚沒錯，但他不曉得鷹馬究竟跟飛天掃帚差多少。

「你從那兒爬上去，就在翅膀根後面一點兒，」海格說，「我得先告訴你一聲，千萬別扯掉他的羽毛，他會不高興的……」

哈利把一隻腳跨到巴嘴的翅膀上，奮力爬到牠背上。巴嘴站了起來。哈利不曉得該抓哪裡才好，他眼前的部位全都覆蓋著羽毛。

「要走囉！」海格吼道，往鷹馬的後腿上拍了一下。

在毫無預警的情況下，哈利的兩旁各展開一隻十二呎寬的大翅膀。他才剛抱住鷹馬的脖子，牠就已經騰空飛起。這跟飛天掃帚完全兩樣，哈利非常確定自己偏愛的是哪一項，哈利兩旁的大翅膀拍得他很不舒服，還一直在他大腿下頂來頂去，讓他覺得自己好像就快要被甩掉了。滑不溜丟的羽毛害他老是抓不牢，而且他根本就不敢用力去抓。鷹馬的飛行實在不像光輪兩千那麼平穩順暢，巴嘴的後腿隨著翅膀的拍擊起起落落，哈利也跟著不停地前後晃動。

巴嘴載著他繞小牧場飛了一圈，然後就飛回地面。這是哈利最害怕的部分，在那柔滑的脖子垂下時，他就儘可能地把身子往後仰，生怕自己像溜滑梯似地從鳥嘴滑了下去。然後，當那四隻不搭調的腿重重落到地上時，他感到腿下猛然一震，好不容易才努力穩住身軀，撐著坐直。

「幹得好，哈利！」海格喊道，而除了馬份、克拉和高爾之外，所有同學全都在熱烈喝采，「好，還有誰想去試試？」

在哈利成功壯舉的鼓舞之下，其他同學紛紛小心翼翼地爬過柵欄。海格一隻接一隻地解開鷹馬的鍊子，沒過多久，大家全都在小牧場各處緊張地鞠起躬來。奈威老是不斷從鷹馬面前逃走，因為他分到的那隻好像一點也不想彎下膝蓋。榮恩和妙麗分到的是一頭栗色鷹馬，而哈利站在一旁看他們練習。

馬份、克拉和高爾三人接收了巴嘴，牠已經對馬份鞠了躬，而馬份正帶著一臉鄙夷的神情拍著牠的鳥嘴。

「這真是簡單得要命，」馬份慢吞吞地說，聲音大得剛好可以讓哈利聽見，「我就曉得，要是連波特都做得到的話，那一定是非常簡單……我看你根本一點也不危險，是吧？」他對鷹馬說，「是不是啊，你這醜陋的大畜生？」

他們只看到鋼青色的鳥爪一閃而過，而事情就已經發生了。馬份發出一聲淒厲的尖叫，在下一刻，海格就抱住正掙扎著想要撲向馬份的巴嘴，替牠重新套上皮項圈。馬份蜷曲在草地上，鮮血染溼了他的長袍。

「我就要死了！」馬份喊道，而其他學生全都驚惶失措，「我就要死了，大家快看我呀！是牠殺了我！」

「你不會死的！」海格說，他的臉色變得慘白，「誰來幫幫我——我得把他扛出來——」

妙麗跑過去拉開柵門，海格毫不費力地把馬份扛了起來。在他們經過哈利身邊時，哈利看到馬份手臂上有著一道又長又深的傷痕。鮮血滴落到草地上，海格開始扛著他跑上通往城堡的斜坡。

嚇得發抖的奇獸飼育學課學生們，跟在他們後面慢慢向前走去。史萊哲林學生全都在高聲咒罵海格。

「他們應該立刻把他解雇！」潘西．帕金森哭著說。

「那根本就是馬份自找的！」丁．湯馬斯厲聲吼道。克拉和高爾鼓起肌肉，擺出恐嚇的架式。

他們全都爬上石階，踏進空曠的入口大廳。

「我要去看他是不是真的沒事！」潘西說，而他們全都目送她跑上大理石階梯。史萊哲林學生們開始往他們地牢交誼廳的方向走去，一路上仍在低聲數落海格的不是。哈利、榮恩和妙麗爬上樓梯，走向葛來分多塔。

「你們覺得他會不會好？」妙麗緊張地說。

「他當然會好啦，這種小傷龐芮夫人只要花一秒就治好了。」哈利說，他以前受過比這更嚴重的傷，但全都在龐芮夫人的治療下奇蹟似地痊癒。

「海格在第一堂課就發生這種事，真的是非常糟糕，」榮恩擔心地說，「馬份一定會利用這機會來整他……」

當天吃晚餐時他們特地提早走進餐廳，希望能在那裡看到海格，但他並沒有出現。

「他們**應該**不會解雇他吧，對不對？」妙麗擔心地說，她的牛肉腰子布丁連碰都沒碰一下。

「他們最好是別這麼做。」榮恩說，他同樣也吃不下。

哈利望著史萊哲林餐桌。那裡圍了一大群人，克拉和高爾也夾在裡面，顯然正在進行熱烈的討論。哈利知道他們現在一定是在滿口胡言，替馬份受傷的經過捏造另一套說辭。

「真是的，你們不能否認，我們這開學的第一天還真是精采呢。」榮恩悶悶不樂地說。

晚餐過後，他們爬到擁擠的葛來分多交誼廳，試著靜下心來寫麥教授開給他們的作業，但他們三人有事沒事就暫時擱下筆來，朝塔樓窗外瞥上一眼。

「海格家的窗口亮起來了。」哈利突然開口說。

榮恩低頭看看錶。

「我們要是動作快一點的話，就可以先趕到那裡去看看他，現在應該還算滿早的吧……」

「我不知道。」妙麗遲疑地表示，哈利看到她偷瞄了他一眼。

「我總可以在**校園裡面**散散步吧，」他乾脆挑明了講，「天狼星・布萊克又還沒通過催狂魔的看守闖進來，妳說是不是？」

於是他們收拾好東西，爬出畫像洞口，走到城堡大門，一路上都沒有遇到任何人。這讓他們覺得很高興，因為他們並不確定自己是不是真的可以任意外出。

草地依然相當潮溼，在黃昏的薄暮中看起來幾近全黑。他們走到海格的小木屋前，敲敲門，接著就聽到一個聲音吼道：「進來。」

海格坐在他的粗木桌上，上衣已經脫掉，身上只剩下一件襯衫；他的獵豬犬牙牙把頭擱在他的腿上。他們只看了一眼，就知道海格已經喝了很多酒。他的面前擺了個桶子般大的白鑞大啤酒杯，而且他好像根本看不清他們的臉。

「我大概是破紀錄了，」他一認出他們，就啞著嗓子說，「我想這兒以前可從來沒出過只教一天就被解雇的老師。」

「你又還沒有被解雇，海格！」妙麗屏息說。

「是還沒有，」海格難過地說，又舉起杯子喝了一大口，「但那只是時間早晚的問題，是吧，在馬份……」

「他怎麼樣？」榮恩問道，現在他們已找位子坐了下來，「那應該不嚴重吧，對不對？」

「龐芮夫人已經盡力替他治病了，」海格無精打采地說，「但他還是說他痛得要命……他裹滿了繃帶……一直呻吟……」

「他是裝的，」哈利立刻表示，「龐芮夫人不管什麼病都可以治得好，她去年還讓我重新長出了一堆骨頭呢。馬份一定是故意小題大作，希望事情鬧得越大越好。」

「學校的理事全都已經知道了，這是當然的。」海格難過地說，「他們覺得我一開始就玩得太過火了，應該把鷹馬放到後面再教……先弄些黏巴蟲或是其他什麼的……但我只想到鷹馬可以讓我第一堂課變得很棒……這全都是我的錯……」

「這全都是**馬份**的錯，海格！」妙麗誠懇地表示。

「我們大家都可以替你作證，」哈利說，「你在我們開始練習前明明講過，要是我們對鷹馬不禮貌的話，就會受到攻擊。馬份沒聽到是他自己的問題，我們會把真正的情形告訴鄧不利多。」

「沒錯，不用擔心，海格，我們全都會支持你的。」榮恩說。

淚水從海格甲蟲般的黑亮眼睛滲出來，滑過布滿魚尾紋的眼角。他把哈利和榮恩兩人抓過來，緊緊擁抱他們，害他們覺得骨頭都要被壓斷了。

「你喝得夠多了，海格。」妙麗堅定地表示。她把桌上的大啤酒杯拿起來，帶到外面去倒掉。

「呃，我想她說得沒錯。」海格說，並鬆手放開哈利和榮恩，而他們兩人搖搖晃晃地走到一旁，伸手揉他們的肋骨。海格撐起身子，從椅子上站起來，踉踉蹌蹌地跟著妙麗走到屋外。他們聽到一陣響亮的潑水聲。

「他在幹嘛？」哈利一看到帶著空杯回到屋裡的妙麗，就立刻緊張地問道。

「把他的頭浸到水桶裡面。」妙麗答道，並把大啤酒杯給收起來放好。

海格走進來，他的長髮和鬍鬚都浸得溼透，他伸手拭去沾到眼睛上的水。

「舒服多了，」他像狗兒似地甩甩頭，他們全都濺溼了，「聽著，你們人真好，還特地跑到這兒來看我，我真的是──」

海格突然停下來，瞪大眼睛望著哈利，就好像才剛發現他在這裡似的。

「**你以為你這是在幹嘛，嗄？**」他突然沒頭沒腦地大吼，把他們三人全都嚇得跳到了半空中，「**你不能在天黑後跑出來亂晃啊，哈利！還有你們兩個！怎麼也不盯著他點兒！**」

海格大步踏到哈利面前，抓住他的手臂，把他拖到門口。

「走啊！」海格生氣地說，「我要帶你們回學校去，以後別再讓我逮到你在天黑後溜出來看我。我可不值得你冒這個險！」

7 衣櫥裡的幻形怪

馬份一直到週四接近中午時才重新回來上課，當時史萊哲林和葛來分多合上的雙堂魔藥學課，正好上到了一半。他神氣活現地走進地窖，右手裹滿繃帶，還用吊腕帶吊了起來，在哈利看來，他那副裝模作樣的德行，就好像他是一位剛打完某場慘烈戰役的英雄似的。

「你還好吧，跩哥？」潘西．帕金森傻笑地問道，「很痛嗎？」

「是啊。」馬份說，並露出一個勇敢的苦笑。但潘西目光一移開，哈利就看到馬份得意地朝克拉和高爾眨眨眼。

「坐好，坐好。」石內卜教授漫不經心地說。

哈利和榮恩皺起眉頭互望了一眼，要是**他們**上課遲到的話，石內卜才不會只說兩聲「坐好」就算了呢，他會直接罰他們勞動服務。但是在石內卜的課堂上，馬份不論做任何事都不會受到處罰。石內卜是史萊哲林的學院導師，他老是在大家面前公然偏袒自己學院的學生。

他們今天正在調製一種新魔藥：還童水。馬份把他的大釜架在哈利和榮恩旁邊，因此他們三人現在是共用一張餐桌準備各自的魔藥材料。

「先生，」馬份喊道，「先生，我需要有人幫忙我切雛菊根，因為我的手——」

「衛斯理，替馬份切雛菊根。」石內卜甚至連頭都沒抬一下。

榮恩的臉脹成了磚紅色。

「你的手根本就沒怎樣。」他對馬份嘶聲低吼。

桌對面的馬份露出得意的微笑。

「衛斯理，你自己也聽到石內卜教授說的話啦，快把這些根給切好呀。」

榮恩抓起他的刀，把馬份的根一古腦兒兜到面前，開始粗魯地胡劈亂砍，結果切出來的每一塊大小都不一樣。

「教授，」馬份慢吞吞地說，「衛斯理把我的根給切壞了，先生。」

石內卜走到他們桌前，垂下鷹鉤鼻望著那些雛菊根，然後透過他那頭油膩膩的長黑髮對榮恩露出不懷好意的微笑。

「把你的雛菊根換給馬份，衛斯理。」

「可是，先生——！」

榮恩花了整整十五分鐘，仔細地把他的雛菊根切成尺寸完全相同的小塊。

「**現在就換**。」石內卜用他最令人膽寒的語氣吩咐。

榮恩把他自己那些切得漂漂亮亮的雛菊根，推到桌對面給馬份，然後再重新抓起小刀。

「對了，先生，我還得找個人幫我削皺無花果的皮。」馬份說，他的嗓音透出一絲邪惡的笑意。

「波特，你去幫馬份削皺無花果皮。」石內卜說，露出他那專門為哈利保留的憎惡表情。

哈利抓起馬份的皺無花果，榮恩開始忙著把那些現在歸他用的雛菊根修得漂亮一些。哈利一言不發地用最快速度把皺無花果的皮給削好，再拋到桌對面還給馬份。馬份臉上那得意的笑容變得更深了。

「最近有碰到你的老兄弟海格嗎？」他低聲問道。

「不關你的事。」榮恩衝口而出，甚至連頭都沒抬一下。

「他當老師恐怕是當不久囉，」馬份用一種貓哭耗子的假惺惺語氣說，「我受傷的事讓我父親不太高興——」

「你要是再說一句，馬份，我就讓你身上再多個真正的傷口。」榮恩沉聲喝道。

「——他已經對學校理事會，**還有**魔法部表示不滿。你也曉得，我父親的影響力是很大的。像這種一輩子都好不了的傷——」他裝模作樣地重重嘆了口氣，「天曉得我的手還能不能恢復到跟以前一樣？」

「所以這就是你故意要這麼誇張的原因囉。」哈利氣得雙手發抖，不小心把一隻死毛毛蟲的頭給砍掉了，「你想要害海格被開除是不是？」

「這個嘛，」馬份刻意壓低聲音，耳語似地輕聲說，「**部分是**，波特。不過呢，這麼做其實也有些其他好處。衛斯理，替我去把毛毛蟲給切一切。」

跟他們隔了幾個大釜遠的奈威現在遇上麻煩了。奈威經常在上魔藥學時被整得慘兮兮的。這是他最差的一門科目，而他對於石內卜教授的恐懼，使得情況變得比原先更糟上十倍。他調配的魔藥本來應該是鮮豔的綠色，但結果卻變成了——

「橘色，隆巴頓，」石內卜說，他用勺了舀起一勺，再重新倒入大釜，好讓大家看清楚顏色，「橘色。告訴我，孩子，你那粗蠢的腦袋到底有沒有聽進過任何東西？我可是說得清清楚楚，這裡只需要加入一個老鼠脾臟就夠了，難道你沒聽到嗎？我不是告訴你們，只要放一小滴水蛭汁就夠了嗎？我到底要怎麼做，才能讓你聽得懂呢，隆巴頓？」

奈威滿臉通紅並全身顫抖，他看起來好像就快要哭出來了。

「請聽我說，先生，」妙麗說，「請聽我說，我可以幫奈威把顏色給改過來——」

「我並沒有請妳到這裡來賣弄知識，格蘭傑小姐。」石內卜冷冷地說，而妙麗的臉也脹得跟奈威一樣通紅，「隆巴頓，在這堂課下課前，我們會餵你的蟾蜍吞幾滴你自己調配的魔藥，看看會發生什麼樣的變化，希望這可以鼓勵你調配出正確的藥水。」

石內卜拋下嚇得半死的奈威，逕自走開。

「幫幫我！」他哀聲向妙麗求救。

「嘿，哈利，」西莫．斐尼干說，他俯過身來向哈利借黃銅天平，「你聽說了嗎？今天早上的《預言家日報》——他們認為有人看到了天狼星．布萊克。」

「在哪裡看到的？」哈利和榮恩立刻異口同聲地問道。桌對面的馬份抬起頭來，注意傾聽。

「就在這附近，」西莫露出興奮的表情說，「看到他的人是個麻瓜。當然啦，她不是真的很了解狀況。那些麻瓜還以為他只是個普通的罪犯咧，沒錯吧？所以呢，她就立刻打專線報案。等到魔法部趕到那裡的時候，他已經不見了。」

「就在這附近……」榮恩喃喃重複，並意味深長地望著哈利。哈利轉過頭去，卻看到馬份正在緊盯著他。「怎麼啦，馬份？你還有東西要削皮嗎？」

但馬份仍然目不轉睛地望著哈利，眼中散發出惡意的光芒，他彎身俯向桌子。

「你想要自己一個人逮到布萊克是吧，波特？」

「是啊，是這樣沒錯。」哈利隨口答道。

馬份的薄嘴唇露出一個惡意的笑容。

「當然啦，要是我的話，」他平靜地說，「我才不會等到現在呢。我絕不會像個乖寶寶似地待在學校裡，我一定會跑出去找他。」

「你在說什麼鬼話啊，馬份？」榮恩粗聲問道。

「難道你**不曉得**嗎，波特？」馬份輕聲說，他淺色的眼睛瞇了起來。

「曉得什麼？」

馬份發出一陣低沉的冷笑。

「說不定你是沒膽子拿自己的命去開玩笑，」他說，「想要把這件事全都丟給催狂魔去解決，是不是？不過呢，我要是你的話，我非去報仇不可，絕對會親手把他給逮到。」

「**你到底在說什麼呀**？」哈利生氣地說，但就在那一刻，石內卜忽然喊道：「大家現在應該都已經把材料全加進去了。這劑魔藥還需要再熬一段時間才能飲用，你們先把東西收拾乾淨，等藥慢慢燉好，然後我們就來試試隆巴頓調配的成果……」

克拉和高爾看到奈威滿頭大汗地用力攪拌藥劑，兩人毫不掩飾地縱聲大笑。妙麗嘴角微揚，不露痕跡地輕聲指點奈威，免得讓石內卜發現。哈利和榮恩把沒用完的材料收好，走到角落的石槽去洗勺子、洗手。

「馬份剛才是什麼意思？」哈利低聲問榮恩，把手伸到從石像鬼口中噴出的冰水下，「我為什麼要去找布萊克報仇？他又沒有對我怎樣——至少目前還沒有。」

「這全都是他自己編出來的，」榮恩氣得要命，「他是故意想要激你去做傻事……」

在快要下課的時候，石內卜大步走到奈威面前，奈威瑟縮著身子站在他的大釜旁邊。

「大家圍過來，」石內卜說，他的黑眼閃閃發亮，「看看隆巴頓的蟾蜍會出現什麼樣的反應。如果他成功製造出一劑還童水，這東西就會變成一隻蝌蚪。不過呢，要是我料得沒錯，他確實是完全調配錯誤的話，他的蟾蜍很可能就會中毒囉。」

葛來分多學生提心弔膽地站在旁邊觀看，史萊哲林學生卻露出興奮的神情。石內卜把蟾蜍吹寶拎到他的左手上，將一根小湯匙浸入奈威那鍋現在已變成綠色的藥汁中，往吹寶的喉嚨裡滴了幾滴藥水。

接下來是一段令人窒息的寧靜，只聽得到吹寶吞嚥的聲音。在輕輕的**啵**一聲之後，蝌蚪吹寶就開始在石內卜掌中扭來扭去了。

葛來分多學生爆出熱烈的喝采。滿臉不高興的石內卜從懷中掏出一個小瓶子，往吹寶身上倒了幾滴。吹寶立刻恢復原形，重新變成一隻完全長大成熟的蟾蜍。

「葛來分多扣五分，」石內卜說，這下立刻抹去了所有人的笑容，「我說過妳不准去幫他的，格蘭傑小姐。下課。」

哈利、榮恩和妙麗爬上通往入口大廳的的階梯。哈利心裡仍在想著馬份剛才說的話，而榮恩則在激動地大罵石內卜。

「魔藥調對了，反倒要扣葛來分多五分！妳幹嘛不撒謊呢，妙麗？妳應該告訴他，說那完全是奈威自己一個人調配好的！」

妙麗沒有答話，榮恩四下張望。

「她跑到哪裡去啦？」

哈利也轉過身來。他們站在樓梯最頂端，望著其他同學從他們身邊一一經過，前往餐廳去吃午餐。

「她剛才明明就走在我們後面呀。」榮恩皺著眉頭說。

馬份在克拉及高爾兩人的簇擁下經過他們身邊，他對哈利露出得意的笑容，隨後就揚長而去。

「她在那裡。」哈利說。

妙麗正氣喘吁吁地跑上樓梯，她一手抓著包包，另一手好像正把某個東西塞進長袍前襟。

「妳在變魔術啊？」榮恩說。

「什麼？」妙麗跑到他們身邊。

「前一分鐘妳還走在我們後面，而下一秒妳卻又突然重新退到樓梯最底下。」

「什麼？」妙麗顯得有些困惑，「喔——我得回去拿個東西。喔，不……」

妙麗的包包綻開了一條裂縫。哈利覺得這一點也不奇怪，他可以看到她的包包裡至少塞了十二本又大又重的書。

「妳幹嘛在身上背這麼多東西啊？」榮恩問她。

「你也曉得我有很多課要上嘛，」妙麗喘著氣說，「你就不能幫我拿一下嗎？啊？」

「可是——」榮恩把妙麗遞給他的書一一翻過來，檢查書的封面——「可是這些科目妳今天都不用上啊，下午就只有一堂黑魔法防禦術。」

「喔，對呀，」妙麗含混地應了一聲，但還是把所有書本重新塞回包包，「我希望今天午餐有些好吃的，我快要餓扁了。」她再加上一句，接著就大步走向餐廳。

「你覺不覺得妙麗好像有事情瞞著我們？」榮恩問哈利。

* * *

在他們走進教室去上路平教授的第一堂黑魔法防禦術時，這位老師還沒有出現。他們全都找位子坐下，取出課本，開始聊天，最後路平教授終於走進了教室。路平對大家微微一笑，把他的破爛舊公事包放在講桌上。他還是像以前一樣邋遢，但氣色卻變得比在火車上時要健康多了，大概是總算吃到了幾頓飽飯。

「午安，」他說，「能不能請大家把課本收回書包。今天我們要上一堂實習課，你們只要帶著魔杖就行了。」

大家把課本收好，有幾個人忍不住好奇地互望了一眼。嚴格說來，他們以前等於是從來沒上過一堂黑魔法防禦術的實習課，除非你把去年那場令人難忘的慘劇也算進去：當時那位老師把一籠綠仙帶到教室，而且還把牠們給放了出來。

「好了，」路平教授等大家全都準備好以後，就開口說，「請大家跟我來。」

大家雖然相當困惑，但也被勾起了興趣，他們紛紛站起來，跟著路平教授走出教室。他帶著他們走過一條空盪盪的走廊，再繞過一個轉角，他們一眼就看到了那個愛吵鬧的鬼魂皮皮鬼，他頭上腳下地浮在半空中，正忙著把口香糖往離他最近的鑰匙孔裡塞。

皮皮鬼直到路平教授快走到他面前時才抬起頭來，接著他就擺動他那腳趾扭曲的雙腿，引吭高歌。

「滷肉、滷蛋路平，」皮皮鬼唱道，「滷肉、滷蛋路平，滷肉、滷蛋路平——」

皮皮鬼雖然一直都很難纏又沒禮貌，但通常他對老師還是會有一點最起碼的敬意。大家立刻望著路平教授，想看看他對這會有什麼反應，但他們卻驚訝地發現，他居然還在微笑。

「我要是你的話，我就會把鑰匙孔裡的口香糖清乾淨，皮皮鬼，」他和藹地說，「要不然飛七先生就沒辦法進去拿掃帚了。」

飛七是霍格華茲的管理員，他是一名壞脾氣的不合格巫師，總是把學生們視為眼中釘，總是存心跟他們過不去，而皮皮鬼事實上也是他的假想敵之一。但皮皮鬼根本就把路平教授的話當作耳邊風，而且還咂著舌頭發出響亮的嘲笑聲。

路平教授輕輕嘆了口氣，掏出他的魔杖。

「這是一個非常好用的小咒語，」他回過頭來對學生說，「請大家注意看。」

他把魔杖舉到與肩同高的地方，念道：「哇嘀哇唏！」揮杖指向皮皮鬼。

鑰匙孔裡的口香糖塊如子彈般射出來，直接衝進皮皮鬼左邊的鼻孔。他旋轉竄向高空，然後就怒聲咒罵著疾飛而去。

「太酷了，先生！」丁．湯馬斯讚嘆。

「謝謝你，丁。」路平教授說，把魔杖重新塞回口袋，「我們可以繼續往前走了嗎？」

他們再度出發，同學們望著邋遢路平教授的目光，現在已增添了不少敬意。他帶領他們踏入另一條走廊，走到教職員休息室門前。

「請進去。」路平教授說，伸手拉開門，再退向後方。

教職員休息室是一個嵌著鑲板的狹長房間，裡面擺滿了不成套的舊椅子，現在房間裡面只有一位老師。石內卜教授坐在一張矮矮的扶手椅上，冷眼打量著排隊走進房中的學生。他的眼睛立刻亮了起來，嘴角泛出一絲惡意的冷笑。等路平教授走進來，準備順手拉上房門時，石內卜忽然開口說：「別關門，路平，我可沒興趣看你們上課。」他站起來，大步走過學生身邊，黑色的長袍後襬迎風飄揚。他在走到門前時突然轉過身來說：「大概還沒人警告過你，路平，你這班上有一個叫奈威．隆巴頓的傢伙。我在這裡先給你一個建議，千萬別叫他去做什麼困難的事。不過呢，要是有格蘭傑小姐附在他耳朵邊通風報信的話，那自然就另當別論了。」

奈威的臉脹成了深紅色。哈利怒目瞪視石內卜，他在自己課堂上欺負奈威就已經夠惡劣的了，現在竟然當著其他老師的面這麼做，真是惡劣百倍。

路平教授揚起眉毛。

「我正想請奈威擔任我第一階段的助手，」他說，「而且我確信他一定可以表現得非常好。」

奈威那張本來已經夠紅的臉，現在甚至又變得更紅了一些。石內卜的嘴唇撇了下來，但接著他就轉身離去，砰地一聲用力關上房門。

「好，那現在我們就開始吧。」路平教授說，示意要大家走到房間最裡面，但那裡什麼也沒有，只擺了一個用來放老師備用長袍的舊衣櫥。路平教授走過去，站在衣櫥旁邊，而衣櫥突然一陣晃動，把牆壁撞得砰砰響。

「沒什麼好擔心的，」路平教授看到有幾個人嚇得跳了起來，於是他冷靜地表示，「裡面有一隻幻形怪。」

但大部分人聽到這句話卻好像變得比先前更加擔心。奈威滿臉驚恐地望著路平教授，西莫．斐尼干不安地盯著正在嘎嘎作響的衣櫥門把。

「幻形怪喜歡黑暗封閉的空間，」路平教授說，「比方說像是衣櫥、床底下，或是水槽下的碗櫥——我以前還碰過一隻是住在老爺鐘裡面咧。**這一隻**是昨天下午搬過來的，我請校長叫其他同事先別去收拾牠，留給我讓我的三年級學生做些練習。

「所以呢，我們要問的第一個問題就是，**什麼**是幻形怪？」

妙麗舉起一隻手。

「牠是一種會變形的生物，」妙麗說，「牠可以隨心所欲地改變形貌，變成任何牠認為我們心裡最害怕的東西。」

「我自己都沒辦法解釋得這麼好。」路平教授說，而妙麗高興得滿臉發光，「所以呢，現在這隻坐在黑暗櫥櫃裡的幻形怪，還不曉得自己該採用哪一種形體。牠還不知道，站在門另一邊的那個人，心裡最害怕的是什麼東西。沒有人曉得幻形怪自己獨處的時候是什麼模樣，但我一把牠放出來，牠就會立刻變成我們每個人心裡最害怕的東西。

「而這表示，」路平教授說，假裝沒聽見奈威害怕的咕噥聲，「在我們開始之前，我們在面對幻形怪時，其實占了很大的上風。你知道這是為什麼嗎，哈利？」

身邊站了個高舉著手，雙腳急促上下抖動的妙麗，要試著去回答這個問題，實在是讓人感到又難又煩，但哈利還是勉力一試。

「呃——是不是因為我們人太多了，所以牠就不曉得該變成什麼樣子？」

「完全正確。」路平教授說，而妙麗帶著有些失望的表情放下手來，「在你對付幻形怪的時候，身邊最好是有同伴在場，這樣牠就會感到困惑。牠究竟是該變成一具無頭屍體，還是一隻食肉蛞蝓呢？我曾經看過一隻幻形怪犯下這樣的錯誤——牠為了想要同時嚇倒兩個人，所以就把自己變成一隻沒有頭的蛞蝓，根本一點也不可怕。

「驅逐幻形怪的符咒非常簡單，但卻必須用到心靈的力量。懂了嗎？能把幻形怪給真正解決掉的法寶，事實上就是**笑聲**。你們需要做的就是，逼牠變成一種會讓你覺得好笑的形體。

「我們暫時不用魔杖，先來練習一下這個咒語。請大家跟我念……叱叱，荒唐！」

「叱叱，荒唐！」全班同學齊聲念道。

「很好，」路平教授說，「非常好。但我必須說，這是最容易的部分。懂了嗎？光只念咒語是不夠的，而現在我們就得請你出場了，奈威。」

衣櫥又是一陣抖動，但卻沒奈威抖得那麼厲害，他往前走去，露出一副活像是要上絞刑架似的可憐相。

「好了，奈威，」路平教授說，「首先，我們要知道的第一件事就是，你在這世界上最害怕的東西是什麼？」

奈威的嘴唇動了一下，但卻沒發出聲音。

「對不起，奈威，我沒聽見。」路平教授愉快地說。

奈威慌亂地四下張望，似乎是想找人幫忙，然後他用一種細得像蚊子叫似的聲音說：「石內卜教授。」

幾乎所有人全都放聲大笑。甚至連奈威自己都抱歉似地咧嘴苦笑，但路平教授卻露出若有所思的神情。

「石內卜教授……嗯……奈威，我想你是跟你祖母住在一起吧？」

「呃——是啊，」奈威緊張地說，「可是——我也不想讓幻形怪變成她。」

「不，不，你誤會我的意思了，」路平教授說，現在他臉上也露出了微笑，「我是在想，你能不能告訴我們，你祖母平常喜歡穿什麼樣的衣服？」

奈威好像吃了一驚，但接著就說：「這個呀……她老是戴同一頂帽子，一頂上面站了隻禿鷹標本的高帽子。還有連身長洋裝……通常都是綠色的……有時候還會披一條狐皮圍巾。」

「是不是還帶了個手提包？」路平教授提示他。

「一個紅色的大手提包。」奈威說。

「這就可以了，」路平教授說，「你能不能很清楚地想像出這些衣服的樣子，奈威？你能不能在心裡看到它們的畫面呢？」

「可以。」奈威不太有把握地答道，顯然是在擔心路平教授接下來不知道又會有什麼新花樣。

「在幻形怪從衣櫥裡衝出來的時候，奈威，牠一看到你，就會變成石內卜教授的模樣。」路平教授說，「而你就舉起你的魔杖——就像這樣——喊道『叱叱，荒唐！』——並集中精神，專心地想著你祖母穿的服裝。如果一切順利的話，這位幻形怪石內卜教授呢，就會被迫戴上那頂上面站了隻禿鷹的帽子，穿上那件綠色長洋裝，而且手裡還拎著那個紅色的大手提包。」

全班哄堂大笑，衣櫥晃得更厲害了。

「奈威要是成功的話，幻形怪很可能就會把注意力輪流轉向我們這裡的每一個人。」路平教授說，「現在我要請你們大家花些時間，想想看你們心裡最害怕的是什麼東西，然後再發揮一點想像力，看要用什麼方法讓牠變得很滑稽……」

教室安靜下來，哈利默默思索……這世界上他最怕的是什麼？

他第一個想到的是佛地魔王——法力完全恢復，意圖東山再起的佛地魔。但他甚至還來不及開始籌劃擊退幻形怪佛地魔的方法，他的腦海中就突然浮現出一幅駭人的畫面……

一隻腐爛而微微發光的手，悄悄地縮回黑色斗篷底下……從一張看不見的嘴巴中，發出一陣悠長而嘎嘎作響的吸氣聲……然後是一種如同溺斃般冷入骨髓的強烈寒意……

哈利打了一個哆嗦，然後抬起頭來朝四周望了一圈，希望沒被別人發現。很多人都緊緊閉上眼睛，榮恩正在喃喃自語：「把腿給除掉。」哈利很清楚他在說些什麼，榮恩這輩子最怕的就是蜘蛛。

「大家都準備好了嗎？」路平教授問道。

哈利感到一陣強烈的恐懼，他還沒有準備好。他要怎樣才能讓催狂魔變得比較不恐怖？但他也不想開口請老師再多給他一點時間，其他每個人都在點頭，並躍躍欲試地開始捲起袖子。

「奈威，我們大家現在要退到後面去，」路平教授說，「清出一塊地方給你用，這樣可以嗎？輪到下一位的時候，我會點名請他走到前面……現在大家全都退到後面，這樣奈威才可以毫無顧忌地盡情發揮——」

他們全都退到後面，靠在牆邊觀看，只剩下奈威一個人孤零零地站在衣櫥旁邊。他臉色發白，看起來非常害怕，但他已把長袍袖子推到上面，握著魔杖擺出迎戰的姿勢。

「聽我數到三，奈威，」路平教授說，他舉起魔杖，指著衣櫥上的把手，「一——二——三——**就是現在！**」

路平教授的魔杖頂端射出一道火花，打中了衣櫥門把。衣櫥忽地敞開，長著鷹鉤鼻的石內卜教授，帶著滿臉恐嚇的神情走出來，用他銳利的目光掃向奈威。

奈威朝後退去，舉起魔杖，嘴唇無聲地蠕動。石內卜朝他步步逼近，並伸手探進長袍。

「叱——叱——叱叱，荒唐！」奈威尖叫。

立刻響起一陣揮鞭似的劈啪聲。石內卜踉踉蹌蹌地晃了幾步，他現在穿著一件花邊長洋裝，頭上戴著一頂上面站了隻破爛禿鷹的超高帽子，手裡還晃著一個深紅色的大手提包。

全班哄堂大笑，幻形怪困惑地停下腳步，而路平教授喊道：「芭蒂！走到前面！」

芭蒂往前走去，她的臉繃得死緊。石內卜轉向她，接著又響起另一陣劈啪聲，而原先石內卜站立的地方，突然出現了一具血跡斑斑、裹滿繃帶的木乃伊。牠將那張被遮住的面龐轉向芭蒂，並開始拖著沉重的雙腿，舉起僵硬的手臂，非常緩慢地朝她走去——

「叱叱，荒唐！」芭蒂喊道。

木乃伊腳上的一條繃帶鬆脫解開，牠被繃帶纏住，往前栽倒在地，頭滾落下來。

「西莫！」路平教授吼道。

西莫快步衝到芭蒂前方。

劈啪！原先木乃伊躺的地方出現了一個女人，她有一頭長到地的黑髮，和一張骷髏似的泛青面孔——一個報喪女妖。她大大張開嘴巴，房中立刻迴盪出一種令人毛骨悚然的聲音，一聲長而淒厲的哭嚎，讓哈利不禁感到寒毛倒豎——

「叱叱，荒唐！」西莫喊道。

報喪女妖的聲音突然破掉，而她抓住喉嚨，她變啞了。

劈啪！報喪女妖變成一隻老鼠，追著自己的尾巴不停打轉，然後——**劈啪**！——變成了一隻響尾蛇，在前方翻騰扭動——**劈啪**！——又變成了一顆血淋淋的眼珠子。

「牠被弄糊塗了！」路平喊道，「我們就快要成功了！丁！」

丁衝到前方。

劈啪！眼珠子變成了一隻被切斷的手，它猝然翻轉過來，像螃蟹似地在地面上爬行。

「叱叱，荒唐！」丁吼道。

喀噠一聲，斷手被老鼠鉗給夾住了。

「太棒了！榮恩，輪到你了！」

榮恩跳到前方。

劈啪！

有不少人大聲尖叫。一隻足足有六呎高，渾身長滿毛的大蜘蛛，威脅地夾動鉗爪朝榮恩走去。在那一刻，哈利還以為榮恩被嚇得呆住了，然後——

「叱叱，荒唐！」榮恩沉聲喝道，而蜘蛛的腿全都不見了。牠在地上滾來滾去。文妲．布朗尖叫著躲開，蜘蛛球滾到哈利腳邊停下來。他舉起魔杖，準備發動攻擊，但是——

「讓我來！」路平教授忽然喊道，並快步趕到前方。

劈啪！

無腿蜘蛛消失了。在那一瞬間，大家全都在慌亂地搜尋牠的蹤影。然後他們就看到路平面前飄浮著一個銀白色的球體，而他用一種幾乎可說是慵懶的語氣念道：「叱叱，荒唐！」

劈啪！

「走過去，奈威，把牠給解決掉吧！」路平說，現在幻形怪已落到地上，變成了一隻蟑螂。**劈啪！**石內卜又重新出現，這次奈威態度堅定地向前進攻。

「叱叱，荒唐！」他喊道，而他們看到穿著花邊洋裝的石內卜一出現，奈威就「哈！」的一聲縱聲大笑，幻形怪應聲爆裂，粉碎成數千縷細微的煙塵，然後就完全消失了。

「太棒了！」路平教授在全班同學的熱烈掌聲中喊道，「太棒了，奈威。大家都表現得非常精采，讓我看看……每位對付過幻形怪的同學，都可以替葛來分多贏得五分——奈威連續做了兩次，因此他可以得到十分——另外妙麗和哈利各得五分。」

「可是我什麼也沒做啊。」哈利說。

「在課堂一開始，你和妙麗不是就回答出正確的答案了嗎，哈利？」路平輕快地答道，「大家全都表現得非常好，我們上了一堂很精采的課。現在我要交代作業，請大家回去念關於幻形怪的章節，然後寫一份摘要報告……在下個星期一交給我。大概就是這樣了。」

同學們陸續走出教職員休息室，一路上仍在興奮地熱烈交談。但哈利的心情卻不太好。路平教授剛才分明是故意不讓他去對付幻形怪，這是為什麼呢？是不是因為路平在火車上看過哈利倒下，所以就認定他根本應付不來嗎？難道他以為哈利會再次昏倒嗎？

但其他人好像完全沒注意到這回事。

「你們有看到我是怎麼對付那個報喪女妖的嗎？」西莫喊道。

「還有那隻斷手！」丁轉著自己的手說。

「還有戴怪帽的石內卜！」

「還有我的木乃伊！」

「我想不通，路平教授為什麼會怕水晶球呢？」文妲沉吟地說。

「這是我們上過最精采的一堂黑魔法防禦術課，你們說是不是？」榮恩在他們走回教室去拿書包時興奮地表示。

「他好像真的是一位很棒的老師，」妙麗深表贊同，「可是我好希望能去對付那隻幻形怪唷——」

「那妳說牠碰到妳會變成什麼？」榮恩吃吃竊笑，「難道是一份滿分十分，卻只得九分的作業嗎？」

8 胖女士的逃亡

沒過多久，黑魔法防禦術就變成大多數人最喜歡的一門科目。現在只有跩哥・馬份和他的史萊哲林黨羽們，才會去挑路平教授的毛病。

「看看他穿長袍的那副德行，」每當路平教授經過時，馬份就會用一種清晰的耳語說，「他穿得活像是我們家以前的家庭小精靈。」

但其他人並不在乎路平教授的長袍有多舊多破。在幻形怪之後，他們又研究了紅軟帽，這是一種長得像妖精的難纏小生物，只要是有流血的地方，就可以發現到牠們的蹤跡。牠們通常是潛伏在城堡的地牢和戰場遺跡的壕溝中，等著偷襲那些迷路的人。在紅軟帽之後，他們又進一步地研究河童，一種住在水中的恐怖生物，長得活像是渾身布滿鱗片的猴子，一雙有蹼的手，迫不及待地想把所有不小心涉入他們池塘的倒楣鬼，全都給活活勒死。

哈利只希望他的其他科目也能上得這麼令人愉快，所有課程中最糟糕的就是魔藥學。石內卜近來的報復心特別強烈，大家心裡都很清楚這是為了什麼。幻形怪變成石內卜，而奈威又給牠穿上他奶奶衣服的故事，早就像野火般傳遍了整個校園。石內卜似乎並不覺得有趣，每當有人提到路平教授的名字，他的雙眼就閃出危險的光芒，他現在欺負奈威欺負得比以前更兇了。

哈利同樣也越來越害怕去上崔老妮教授的課。坐在那間悶熱的高塔房間裡，絞盡腦汁地去解讀那些不對稱的形狀和怪裡怪氣的圖案，而且還得努力不去理會崔老妮教授那對一看到他就熱淚盈眶的大眼睛。雖然崔老妮教授已贏得多數同學幾近崇拜的敬意，但哈利就是沒辦法喜歡她。芭蒂·巴提和文妲·布朗已經養成了每天午餐時跑去崔老妮教授塔樓教室的習慣，而且回來時總是帶著滿臉惹人厭的優越感，好像自以為知道的比別人都多似的。同時她們還開始有樣學樣，每當在跟哈利說話時，就刻意換上一副輕聲細語的溫柔語氣，讓他感到自己活像是快嚥氣的病人。

沒有人真的喜歡奇獸飼育學，在高潮迭起的第一堂課之後，這門科目就變得無聊透頂。海格似乎已經失去了信心，他們現在每堂課都在學習如何照顧黏巴蟲，而牠顯然是現今世上最乏味的一種奇獸。

「怎麼會有人**無聊到**想去照顧牠們？」榮恩在又花了一整個鐘頭，把碎生菜戳進黏巴蟲黏答答的喉嚨後，忍不住出聲埋怨。

不過，到了十月初，哈利就又多了另一件事情要忙，而這件事有趣到足以彌補他所有不盡滿意的科目。魁地奇球季就要來臨了，葛來分多代表隊的隊長奧利佛·木透，在星期四晚上召開了一場討論新一季戰術的會議。

魁地奇球隊總共有七名成員：三名追蹤手，他們的任務是把快浮（一種跟足球差不多大的紅球）扔進球場兩端五十呎高的籃框中射門得分；兩名打擊手，負責用沉重的棒子來驅退搏格（兩個在球場中飛來飛去、想要把球員撞下掃帚的沉重黑球）；一名守門手，他的工作就是守住球門柱；另外還有一位搜捕手，負責執行全隊最困難的任務：抓住金探子。只要能抓住這個長著翅膀、跟胡桃一樣大的小金球，就可以結束這場比賽，並為該名搜捕手的球隊額外贏得一百五十分。

奧利佛·木透是一個健壯結實的十七歲男孩，現在他已升上七年級，因此這是他待在霍格華茲的最後一年。當他在天色漸暗的球場邊那間冷風颼颼的更衣室裡，對他的六名球員發表宣言時，他的語氣透出一絲冷靜的拚命決心。

「這是我們最後一次——**我個人**最後一次——贏得魁地奇冠軍盃的機會，」他告訴他們，並邁開步伐來回踱步，「我在今年底就會離開學校，所以我再也不會有另一次機會了。

「葛來分多到目前為止已經有七年沒獲得冠軍了。沒錯，我們的運氣實在是太背了——先是有人受傷——然後去年的比賽又被取消……」木透嚥了一口口水，似乎只要一想到這些事他就忍不住喉頭發酸，「但我們也知道，我們擁有**全**——**校**——**最棒**——**最厲害**——**的**——**球**——**隊**。」他說，一拳擊向自己的另一隻手掌，雙眼又閃耀出他舊有的狂熱光芒。

「我們有三個**第一流**的追蹤手。」

木透伸手指著西亞．史賓特、莉娜．強森和凱娣．貝爾。

「我們有兩位**無人能及**的打擊手。」

「好了啦，奧利佛，這樣我們會不好意思的。」弗雷和喬治．衛斯理一起答道，而且還裝出一副羞答答的表情。

「而且我們還有一位**從來沒讓我們輸過一場比賽**的搜捕手！」木透沉聲喝道，並用一種帶有怒意的驕傲目光瞪著哈利，「對了，還有我。」他似乎才剛想起自己，趕緊又加上一句。

「我們覺得你也是非常厲害啊，奧利佛。」喬治說。

「超強的守門手。」弗雷說。

「重點是，」木透繼續說下去，又重新開始踱步，「前兩年的魁地奇冠軍盃上，根本就應該刻上我們的名字。自從哈利加入球隊以後，我就認為我們一定能夠穩操勝算，但我們並沒有成功，要想看到獎盃刻上我們的名字，今年真的是最後一次機會了……」

木透的語氣是這麼的消沉灰心，甚至連喬治和弗雷都不禁露出同情的表情。

「奧利佛，今年就看我們的了。」弗雷說。

「我們一定可以辦到的，奧利佛！」莉娜說。

「沒錯，就是這樣。」哈利說。

這支球隊懷著堅定的決心，開始他們每星期三個夜晚的訓練課程。天氣越來越寒冷潮溼，夜晚也變得更加黑暗，但不論是泥濘或是風雨，都無法毀損哈利心中那幅終於贏得魁地奇銀色大冠軍盃的美麗幻像。

一天晚上，哈利在練完球之後，身體雖凍得又冷又僵，但心情卻因剛才精采的練習而感到愉快舒暢。他爬上樓回到葛來分多交誼廳，卻發現大家全都擠在那裡興奮地熱烈交談。

「發生什麼事啦？」他問榮恩和妙麗，他們兩人坐在爐火邊最舒服的兩張椅子上，正在寫天文學老師交代的星雲圖作業。

「第一個活米村週末假期，」榮恩指著剛貼到破舊布告欄上的一張通知說，「十月底，剛好是萬聖節。」

「太好了，」弗雷說，他跟在哈利後面爬出了畫像洞口，「我正好得去一趟桑科的店補貨，我的小臭丸快要用光了。」

哈利頹然坐到榮恩旁邊的椅子上，他的心沉了下來。妙麗似乎看出他的心事。

「哈利，我相信你下次一定就可以去了，」她說，「他們很快就會抓到布萊克，他都已經被人看到過一次了。」

「布萊克可沒那麼笨，他才不敢在活米村作怪呢。」榮恩說，「快去找麥教授，問她你這次可不可以去，哈利，下次要等好幾百年呢——」

「**榮恩！**」妙麗說，「哈利應該待在**學校裡**——」

「三年級學生全都會去，難道妳忍心讓他落單嗎？」榮恩說，「去問麥教授吧，快去啊，哈利——」

「好，我會去問問看。」哈利下定決心。

妙麗張開嘴準備反駁，但歪腿就在那一刻輕輕跳到她的腿上。牠嘴裡銜了一隻晃來盪去的大死蜘蛛。

「他就非得在我們面前吃那個玩意兒嗎？」榮恩很不高興地說。

「歪腿好聰明唷，那是你自己抓到的呀？」妙麗說。

歪腿慢條斯理地嚼著蜘蛛，黃眼睛傲慢地緊盯著榮恩。

「叫他乖乖待在那裡別亂動，這樣總可以吧。」榮恩氣沖沖地說，回過頭去做他的星雲圖，「斑斑現在正躺在我的包包裡睡覺。」

哈利打了一個呵欠。他好想上床睡覺喔，可是他還是得先把他的星雲圖給做完。他把包包拉到面前，取出羊皮紙、墨水和羽毛筆，開始寫功課。

「你要是想的話，我可以借你抄。」榮恩說，用誇張的姿勢加上最後一個星星，再把星雲圖推給哈利。

妙麗最討厭他們抄功課了，她噘著嘴，但卻什麼也沒說。歪腿仍在目不轉睛地望著榮恩，一面還輕輕搖動牠那毛茸茸的尾巴。接著在毫無預警的情況下，歪腿突然撲向前方。

「**哎喲！**」榮恩吼道，一把抓起他的包包，但歪腿卻用四隻爪子緊抱著包包，並開始粗暴地撕扯，「**滾開，你這笨畜生！**」

榮恩試著把包包從歪腿懷中搶過來，但歪腿卻緊纏住包包不放，一面還嘶嘶怒吼地窮抓猛扯。

「榮恩，你不要傷到他！」妙麗尖叫。整間交誼廳的人全都在看著他們，榮恩抓起包包，死命地往空中兜圈子，歪腿仍然抓著它不放，但斑斑卻從包包口飛了出來——

「**抓住那隻貓！**」榮恩喊道，歪腿早已放開面目全非的包包，躍過餐桌，跑去追趕嚇得魂飛魄散的斑斑。

喬治．衛斯理縱身撲向歪腿，但卻沒抓住。斑斑飛快地一連繞過二十雙腿，一溜煙衝到一個舊五斗櫃下躲起來。歪腿衝到櫃前，彎下牠的外八字腿，蹲在縫隙邊，開始用前爪朝櫃子底下發動猛烈的攻擊。

榮恩和妙麗連忙趕過去，妙麗把歪腿攔腰抱起，走到別的地方；榮恩趴到地上，費了好大的工夫，才好不容易抓住斑斑的尾巴，硬把牠給拖了出來。

「妳看他！」他氣沖沖地對妙麗說，並把斑斑拎到她的面前，「他只剩下一堆皮包骨！妳最好讓那隻鬼貓離他遠一點！」

「歪腿又不曉得這麼做是錯的！」妙麗說，她的聲音在顫抖，「所有的貓都會追老鼠，榮恩！」

「那個畜生邪門得很！」榮恩說，忙著把拚命掙扎的斑斑塞進他的口袋，「他顯然是聽到我說斑斑就在我的包包裡！」

「喔，真是胡說八道，」妙麗不耐煩地說，「歪腿可以**聞出**他的味道啊，榮恩，難道你還以為——」

「那隻貓根本就是為了要對付斑斑，才故意混進我們這裡來的！」榮恩說，毫不理會身邊那些開始吃吃竊笑的觀眾，「可是斑斑比他先來呀，**而且**斑斑現在又在生病！」

榮恩大步越過交誼廳，爬上通往男生寢室的樓梯，一下就不見了。

* * *

榮恩一直到第二天還在生妙麗的氣。雖然在上藥草學的時候，他和哈利及妙麗三人共同照料一株膨豆莢，但他整堂課幾乎沒跟她說過幾句話。

「斑斑還好吧？」妙麗怯怯地問道，他們正忙著把肥鼓鼓的粉紅豆莢摘下來，把發亮的豆子剝出來放進木桶。

「他現在正躲在我的床底下發抖呢。」榮恩氣沖沖地說，一不小心沒對準木桶，把豆子撒到了溫室地板上。

「小心點，衛斯理，小心點！」芽菜教授喊道，地上的豆子在他們眼前迅速開花綻放。

他們下一堂課是變形學，哈利已經下定決心，要在下課後去找麥教授，問她可不可以讓他跟大家一起去活米村。他排進教室外的長龍隊伍，心裡盤算該用什麼樣的說詞來打動麥教授，但沒過多久，他的思緒就被隊伍前面的一陣騷動所打斷。

文妲．布朗好像在哭。芭蒂攬住她的肩膀，正在對西莫．斐尼干和丁．湯馬斯解釋某件事，他們兩人的表情都相當凝重。

「妳怎麼了，文妲？」妙麗擔心地問道，哈利和榮恩兩人快步趕到前面。

「她今天早上收到家裡寄來的信，」芭蒂輕聲說，「她的兔子冰奇被狐狸咬死了。」

「喔，」妙麗說，「真叫人難過，文妲。」

「我早該曉得的！」文妲悲痛地說，「妳知道今天是什麼日子嗎？」

「呃——」

「十月十六日！『妳最害怕的那件事，將會在十月十六日發生。』記得嗎？被她說中了，真的被她說中了！」

現在全班同學都環繞在文妲身邊。西莫面色凝重地搖搖頭，妙麗猶豫了一下，然後開口說：「妳——妳一直都在擔心冰奇會被狐狸咬死嗎？」

「喔，不一定是**狐狸**，」文妲淚眼迷濛地望著妙麗，「但我**顯然**是很怕他會死掉，不是嗎？」

「喔。」妙麗說，她又遲疑了一會兒，然後——

「冰奇**年紀很大**了嗎？」

「不——不！」文妲哭著說，「他——他還只是一個小貝比！」

芭蒂攬緊文妲的肩頭。

「那麼，妳為什麼會怕他死掉呢？」妙麗說。

芭蒂憤怒地瞪著妙麗。

「好吧，讓我們用比較邏輯的角度來看這件事，」妙麗轉過頭來對其他人說，「我的意思是，冰奇其實根本就不是今天死的，對不對？文妲只是今天才得到消息——」文妲大聲哭泣，「——而且她以前根本就**不可能**會害怕這件事，因為這對她來說簡直是青天霹靂——」

「不要理妙麗，文妲，」榮恩大聲說，「她向來就不把別人的寵物當做一回事。」

麥教授正好就在此時拉開教室大門，這對他們來說或許是件好事，榮恩和妙麗當時正劍拔弩張地怒目相向，而在走進教室以後，他們分別坐到哈利兩邊，整堂課沒跟對方說過一句話。

在下課鈴聲響起時，哈利還沒想好要跟麥教授怎麼說，她卻自己先提到活米村這個話題。

「請大家先等一下！」她在學生們準備離開的時候喊道，「你們都是我學院的學生，所以請大家在萬聖節以前，把同意書交到我這裡來。沒有同意書，就不准去村子裡玩，所以千萬別忘記這回事！」

奈威舉起手來。

「請聽我說，教授，我——我好像把它弄丟了——」

「你祖母已經把你的同意書直接寄給我了，隆巴頓，」麥教授說，「她似乎是認為這樣比較保險。好了，就是這樣，你們可以走了。」

「現在去問她。」榮恩低聲對哈利說。

「喔，可是——」妙麗準備出言阻止。

「快去啊，哈利。」榮恩執拗地說。

哈利等到其他同學都走光以後，才忐忑不安地走到麥教授的講桌前。

「有事嗎，波特？」

哈利深深吸了一口氣。

「教授，我的阿姨和姨丈——呃——忘了替我簽同意書。」他說。

麥教授抬起眼睛，從方框眼鏡上面望著他，但卻什麼也沒說。

「所以——呃——妳覺得我可不可以——我是說，我可不可能——去活米村玩？」

麥教授垂下眼睛，翻揀講桌上的紙張。

「恐怕不行，波特。」她說，「你剛才也聽到我說的話了，沒有同意書，就不能去村子裡玩，規定就是這樣。」

「可是——教授，我的阿姨和姨丈——妳也曉得，他們是麻瓜呀，他們其實搞不太懂——搞不太懂霍格華茲的這些表格。」哈利說，而榮恩在一旁猛點頭，慫恿他繼續說下去，「只要妳同意讓我去的話——」

「但我並不同意，」麥教授說，站起來把紙張整整齊齊地收進抽屜裡放好，「單子上寫得清清楚楚，必須得到父母或是監護人的許可。」她轉過頭來望著他，臉上出現一種古怪的神情，那是憐憫嗎？「我很抱歉，波特，但這就是我的決定。你最好動作快一點，要不然你下堂課就要遲到了。」

＊＊＊

現在真的一點辦法也沒有了。榮恩用了很多難聽的字眼來罵麥教授，惹得妙麗非常不高興，但妙麗臉上那副「幸好如此」的表情，也讓榮恩看了更加火冒三丈，而哈利還得去忍受其他同學的熱絡交談。大家全都在興高采烈地討論，他們到了活米村以後，要做的第一件事是什麼。

「反正還有一場宴會啦，」榮恩說，努力想讓哈利的心情變得好一點，「對不對？你晚上還可以參加萬聖節宴會啊。」

「是啊，」哈利悶悶不樂地說，「太棒了。」

萬聖節宴會向來都非常精采，但如果能先跟大家到活米村玩一整天，晚上再回來享用宴會大餐，那滋味一定會好上百倍。其他人不論說什麼，都不能讓他對這種孤零零被拋下的淒慘處境感到好過一些。善於模仿他人筆跡的丁・湯馬斯，主動表示要替哈利在單子上假造威農姨丈的簽名，但哈利已經告訴過麥教授沒人替他簽名，所以這麼做自然沒什麼用處。榮恩半開玩笑地建議他用隱形斗篷，但卻遭到妙麗的極力反對，提醒榮恩別忘了鄧不利多說過，隱形斗篷絕對瞞不過催狂魔的眼睛。派西也跑過來說了一堆適得其反的安慰話。

「大家一提到活米村，總是喜歡這麼大驚小怪的，不過我可以向你保證，哈利，它絕對沒有他們說的那麼棒。」他認真地說，「好吧，那裡的糖果店的確是很不錯，但桑科的惡作劇商店卻太危險了。對了，尖叫屋倒是很值得去看看，但說真的，哈利，除了這些地方以外，你其實也沒真正錯過什麼。」

＊＊＊

在萬聖節早上，哈利和其他人一起起床，到樓下去吃早餐。他的心情糟透了，但表面上卻努力表現得很正常。

「我們會到蜂蜜公爵買很多糖果帶回來給你。」妙麗說，她顯然替哈利感到非常難過。

「沒錯，帶一大堆。」榮恩說。他和妙麗看到哈利這麼失望，兩人不禁把昨天因歪腿而引起的口角給忘光了。

「別替我擔心了，」哈利裝出一副無所謂的語氣說，「晚上我會在宴會中跟你們碰面，好好玩吧。」

他跟著他們走到入口大廳，管理員飛七站在大門前，拿著一張長名單一一核對姓名，並用懷疑的目光緊盯著每一張面孔，免得讓哪個不該外出的人偷偷混出去。

「你得留下來呀，波特？」馬份喊道，他和克拉及高爾一起站在隊伍中，「這是不是因為你不敢從催狂魔面前經過啊？」

哈利沒理他，自己一個人踏上大理石階梯，經過空無一人的走廊，回到葛來分多塔。

「通關密語？」突然驚醒過來的胖女士問道。

「最年長的命運女神。」哈利有氣無力地說。

畫像敞開，而他爬入洞口，踏進交誼廳。房中擠滿了正在談天說地的一、二年級學生，另外還有幾名高年級學生。他們顯然是常常去活米村玩，現在那裡對他們來說已經喪失了新鮮感。

「哈利！哈利！嗨，哈利！」

那是柯林．克利維，一個非常崇拜哈利的二年級生，他從不放過任何可以跟哈利說話的機會。

「你沒去活米村玩啊，哈利？為什麼不去呢？嘿——」柯林滿臉發光地環視他的朋友們，「你要是願意的話，可以過來跟我們一起坐坐呀，哈利！」

「呃——不用了，謝謝，柯林。」哈利說，他現在可沒心情讓一大堆人緊盯著他額上的疤痕猛瞧，「我——我要上圖書館，去趕一些功課。」

說完之後，他就別無選擇，只好再回過頭來，重新爬出畫像洞口。

「那你幹嘛要把我給叫醒呀？」胖女士老大不高興地朝著他的背影喊道。

哈利無精打采地往圖書館晃過去，但走到一半卻又突然改變心意；他現在一點也不想寫功課。他回過頭來，卻跟迎面而來的飛七撞個正著，他顯然剛把要去活米村的人全都送走。

「你在做什麼？」飛七懷疑地吼道。

「沒什麼。」哈利坦白地說。

「沒什麼！」飛七啐了一聲，下巴上的肥肉難看地抖動，「說得跟真的似的！一個人鬼鬼祟祟地跑到這裡來。你幹嘛不跟那些討厭的小鬼一起上活米村去買什麼小臭丸、打嗝粉，還有咻咻蟲啊？」

哈利聳聳肩。

「好了，快回到你的交誼廳去！」飛七喝道，還站在那裡怒目瞪著哈利，直到他失去蹤影才肯罷休。

但哈利並不想回交誼廳，他又爬上一道樓梯，心不在焉地盤算是不是要到貓頭鷹屋去看看嘿美，而就在他沿著另一條通道往前走去時，旁邊的一個房間中突然傳出一聲：「是哈利嗎？」

哈利連忙回過頭來看是誰在說話，而他看到了正從辦公室大門探出頭來四處張望的路平教授。

「你在做什麼？」路平說，但他的語氣跟飛七可說是有天壤之別，「妙麗和榮恩呢？」

「在活米村。」哈利用一種自以為無所謂的語氣說。

「啊，」路平說。他打量著哈利，沉吟了一會兒，「你怎麼不進來坐坐呢？我剛收到我們下堂課要用到的一隻滾帶落。」

「一隻什麼？」哈利說。

他跟著路平教授走進辦公室。牆角放了一個非常大的水槽，一隻長著小尖角的慘綠色生物把臉貼在玻璃上，細長的手指呈爪狀張開，正在朝他們扮鬼臉。

「一種水中怪物。」路平說，若有所思地打量著滾帶落，「在上過河童以後，要對付牠應該不會太難才對。訣竅是去折斷牠用來抓握的手指，你注意到牠那長得驚人的手指嗎？很有力，但也非常易碎。」

滾帶落咧嘴露出牠綠森森的牙齒，然後就竄進角落一團糾結的水草。

「喝杯茶好嗎？」路平說，開始尋找他的水壺，「我正想泡壺茶喝。」

「好啊。」哈利不好意思地說。

路平用魔杖輕敲水壺，壺嘴立刻冒出一道蒸汽。

「坐吧。」路平說，打開一個鏽鐵罐的蓋子，「對不起，我只有茶包——但我想你大概已經受夠茶葉了吧？」

哈利望著他，路平的雙眼閃閃發光。

「你怎麼會曉得這件事？」哈利問道。

「是麥教授告訴我的，」路平說，順手遞給哈利一個缺口的馬克杯，「你應該不會為這種事擔心吧？」

「不會。」哈利說。

他考慮要把他在蘭月街遇到狗的事情告訴路平，但他思索了一會兒，還是決定放棄。他不希望讓路平覺得他是個懦夫，況且路平好像已經開始認為，他根本沒辦法去應付幻形怪了。

哈利的表情似乎多少透露出他心裡的想法，因為路平忽然問道：「你有什麼心事嗎，哈利？」

「沒有。」哈利撒謊。他喝了一點茶，望著朝他揮舞拳頭的滾帶落，「有，」他突然開口說，並把茶杯擱在路平的書桌上。「你還記得我們對付幻形怪那天的事吧？」

「記得。」路平緩緩答道。

「你為什麼不讓我去對付牠？」哈利猝然問道。

路平抬起眉毛。

「我還以為事情很明顯呢，哈利。」他的語氣顯得相當驚訝。

原本以為路平會一口否認的哈利，此時不禁感到有些遲疑。

「為什麼？」他再次問道。

「這個嘛，」路平微皺著眉頭說，「我以為幻形怪在面對你的時候，就會變成佛地魔王的形貌。」

哈利瞪大眼睛，讓他驚訝的不只是這個出乎意料之外的答案，同時也是因為路平竟然直呼佛地魔的名字。哈利過去唯一聽過敢大聲說出這名字的人（除了他自己以外），就只有鄧不利多。

「我顯然是想錯了，」路平依然蹙眉望著哈利，「不過，我當時是覺得，在教職員休息室裡，讓佛地魔王變成實體現身，好像並不是很妥當。我想那會把大家給嚇壞的。」

「我一開始是想到了佛地魔，」哈利誠實地說，「可是接下來我就──我就回想起那些催狂魔。」

「我懂了，」路平若有所思地說，「很好，很好……我很感動。」他看到哈利臉上的驚訝表情，微微一笑地說，「這表示你最恐懼的事物就是──恐懼本身。非常有智慧，哈利。」

哈利不知道該如何回應，所以他又再喝了幾口茶。

「所以說你一直以為，我不相信你有能力對付幻形怪囉？」路平狡黠地問道。

「嗯，是啊，」哈利說，他的心情立刻變得好多了，「路平教授，你曉不曉得那些催狂魔──」

他的話被一陣敲門聲所打斷。

「請進。」路平喊道。

房門敞開，石內卜走進來。他手裡拿著一個微微冒煙的高腳杯，而他一看到哈利就停下腳步，並瞇起他的黑眼睛。

「啊，賽佛勒斯，」路平微笑著說，「真是太感謝你了，請你替我把它放在桌子上好嗎？」

石內卜放下冒煙的杯子，目光往哈利和路平身上來回梭巡。

「我正在對哈利展示我的滾帶落呢。」路平指著水槽愉快地說。

「真迷人。」石內卜連看都沒看牠一眼就隨口答道，「你最好趕快把它喝下去，路平。」

「是，是，我會的。」路平說。

「我熬了一整釜，」石內卜繼續說下去，「有需要的話儘管跟我說。」

「我明天應該還需要再喝一些。非常感謝你，賽佛勒斯。」

「沒什麼。」石內卜說，但他的眼神卻讓哈利感到不太舒服。他退出房間，臉上帶著警戒的神情，完全看不到一絲笑容。

哈利好奇地望著那個杯子，路平微微一笑。

「石內卜教授非常好心地替我調製了一劑魔藥，」他說，「我對熬煮魔藥一直都很不在行，而這帖藥卻又特別複雜。」他抓起杯子，聞了一下，「真可惜，要是加糖藥就會失效了。」他再加上一句，輕啜了一口，接著就打了一個寒顫。

「為什麼——？」哈利欲言又止。路平望著他，主動回答了這個未問完的問題。

「我身體有點小毛病，」他說，「只有這種魔藥才能治得好。我能跟石內卜教授一起工作，實在是非常幸運，會調製這種魔藥的巫師並不太多。」

路平教授又啜了一口，而哈利突然有一種瘋狂的衝動，想伸手把他的杯子給打掉。

「石內卜教授對黑魔法非常感興趣。」他不假思索地衝口而出。

「真的嗎？」路平說，他又喝了一大口魔藥，顯然對這件事沒多大興趣。

「有些人認為——」哈利遲疑了一會兒，接著就不顧一切地坦率直言，「有些人認為，他為了當上黑魔法防禦術老師，不管什麼事情都做得出來。」

路平喝光魔藥，並扮了一個鬼臉。

「真難喝。」他說，「好了，哈利，我得開始工作了。待會兒宴會時再見囉。」

「好的。」哈利說，把空茶杯放到桌上。

那個空高腳杯仍在冒煙。

＊＊＊

「這全給你，」榮恩說，「我們能帶的全都帶過來了。」

一陣鮮豔的糖果雨落到哈利的大腿上。現在是傍晚時分，榮恩和妙麗剛回到交誼廳，他們的雙頰被冷風吹得紅通通的，露出一副這輩子從來沒玩這麼開心過似的快樂神情。

「謝了，」哈利說，抓起一包迷你型黑色胡椒鬼，「活米村是什麼樣子？你們去了哪些地方？」

結果聽起來像是——他們所有地方都去了。魔法用品商店「德維與班吉」、「桑科的惡作劇商店」，到「三根掃帚」去喝了幾杯滿是泡沫的熱奶油啤酒，還有其他許多許多地方。

「郵局，哈利！大約兩百隻貓頭鷹，全都站在架子上，而且全都用不同顏色來區分送信的速度喔！」

「蜂蜜公爵進了一批新的巧克力軟糖，而且還贈送免費樣品，這裡有一些，你看——」

「我們**覺得**自己看到了一個食人魔，是真的唷，三根掃帚裡面什麼怪物都有——」

「真希望我們能帶點奶油啤酒回來給你，那可以讓你的身體整個暖起來——」

「那你都在幹嘛？」妙麗露出擔心的表情，「你有做好一些功課嗎？」

「沒有，」哈利說，「路平請我到他辦公室裡去喝茶，然後石內卜就走進來……」

他把那個高腳杯的事情一五一十地告訴他們，榮恩的嘴巴大大張開。

「**路平真把它給喝下去了**？」他喘著氣說，「他瘋了嗎？」

妙麗低頭看看錶。

「我們最好快點下樓去，宴會再過五分鐘就要開始了……」他們匆匆爬出畫像洞口，加入蜂擁的人潮，一路上仍在繼續討論石內卜的事。

「但要是他——你們懂吧——」妙麗壓低聲音，緊張地往四周瞥了一眼，「要是他

真的想——毒死路平的話——他是不會當著哈利的面這麼做的。」

「沒錯，應該是這樣。」哈利說，他們走到入口大廳，再越過廳堂走進對面的餐廳。這裡已精心裝飾了成千上百個點著蠟燭的南瓜燈，一大群振翅飛舞的活蝙蝠，還有無數火般豔麗的橘色飄帶，如斑斕水蛇般懶洋洋地游過雲雨密布的天花板。

宴會的餐點美味至極，甚至連肚子快被蜂蜜公爵糖果撐破的榮恩和妙麗，也忍不住把每樣東西都嚐了兩次。哈利的目光老是繞著教職員餐桌打轉。路平教授看起來就跟平常一樣愉快活潑，正在神采奕奕地跟矮小的符咒學教師孚立維教授聊天。哈利的目光再沿著餐桌望過去，落到石內卜坐的地方。不知道這是不是他自己的想像，但他總覺得石內卜老是在鬼鬼祟祟地偷瞄路平。

宴會在霍格華茲幽靈們提供的娛樂節目中宣告結束，他們接二連三地從牆壁和餐桌冒出來，做了一小段美妙的空中滑翔表演。葛來分多幽靈差點沒頭的尼克，還特別重新搬演他當年不夠完美的斬首過程，獲得了大家的熱烈喝采。

這是一個非常美好的夜晚，甚至連馬份也不能破壞哈利的好心情。在大家離開餐廳時，馬份越過人群對他喊道：「催狂魔向你問好呢，波特！」

哈利、榮恩和妙麗隨著其他的葛來分多學生，循著平常慣走的路線走向葛來分多塔，但當他們踏上那條通往胖女士畫像的走廊時，卻發現這裡擠滿了學生。

「為什麼大家都不進去？」榮恩好奇地問道。

哈利從前方的頭頂上望過去，畫像洞口好像並未敞開。

「我過去看看，請讓一下。」這是派西的聲音，而他擺出一副神氣的派頭，急匆匆地穿越人潮，「為什麼全都堵在這裡？不可能所有人都忘了通關密語呀——對不起，我是男學生主席——」

接著前方的群眾迅速安靜下來，而一股令人毛骨悚然的寒意似乎立刻竄遍了整條走廊。他們聽到派西突然用一種高亢尖銳的聲音喊道：「派人去找鄧不利多教授，快點。」

大家紛紛轉頭望去，站在後面的人踮起腳來。

「怎麼回事？」金妮問道，她才剛走到這裡。

在下一刻，鄧不利多教授就出現了，他大步走向畫像。葛來分多學生們擠到一旁，空出路來讓他通過，哈利、榮恩和妙麗往前挪近了一些，想看清楚他們到底遇到了什麼麻煩。

「喔，我的——」妙麗失聲驚呼，並一把抓住哈利的手臂。

畫像中的胖女士已經不見了，畫面上布滿嚴重的劈砍裂痕，地板上散落著一條條細碎的帆布，一大片畫布被整個撕裂下來。

鄧不利多飛快地望了毀壞的畫像一眼，接著就轉過頭來，用陰鬱的眼神望著迎面趕來的麥教授、路平和石內卜。

「我們必須找到她，」鄧不利多說，「麥教授，請立刻去找飛七先生，叫他檢查整個城堡的每一幅畫像，把胖女士給找出來。」

「你找得到才怪！」一個咯咯怪笑的聲音說。

那是愛吵鬧的鬼魂皮皮鬼，他在人潮上方不停地上下擺動，神情顯得十分愉快。每當他看到遭受破壞或是引人憂心的景象時，心情總是特別的好。

「你這話是什麼意思，皮皮鬼？」鄧不利多平靜地問道，而皮皮鬼臉上的笑容立刻黯淡下來。他可沒膽子去嘲弄鄧不利多，因此他換上一副比咯咯奸笑好不到哪去的諂媚嗓音。

「丟人哪，校長大人，先生，她沒臉見人囉。她被整得好慘，看起來怪嚇人的。我看到她在五樓的風景畫裡沒命地狂奔，先生，還在樹林中閃來躲去的，哭得好慘唷。」他快樂地說，「可憐的東西。」他又加上一句，但語氣卻完全不是這麼回事。

「她有說出是誰下的手嗎？」鄧不利多沉著地問道。

「喔，有啊，教授頭子。」皮皮鬼說，立刻端起架子，就好像他懷裡揣了個大炸彈似的，「她不讓他進去的時候，可真是把他給氣壞囉，懂了吧？」皮皮鬼猝然倒轉過來，臉夾在雙腿間朝鄧不利多咧嘴而笑，「他的脾氣還真是壞呢，那個天狼星．布萊克。」

9 狗靈敗退

鄧不利多教授把所有葛來分多學生全都送回餐廳，在十分鐘之後，赫夫帕夫、雷文克勞，以及史萊哲林的學生，也都到這裡來跟他們會合，大家的表情全都顯得非常困惑。

「我和老師們必須徹底搜查整座城堡，」鄧不利多教授告訴他們，而麥教授和孚立維教授忙著關上餐廳的所有入口，「為了你們自己的安全著想，我看你們今晚是得在這裡過夜了。我希望級長們守住餐廳的每一個出入口，而我要把這裡交給男女學生主席兩位全權負責處理。不論出現任何騷動，都必須立刻過來跟我報告。」他吩咐派西，派西立刻露出一副驕傲得要命又神氣得不得了的德行，「派一位幽靈來告訴我。」

鄧不利多正準備踏出餐廳，又忽然停下腳步說：「喔，對了，你們會需要用到這些東西……」

他隨手一揮魔杖，長餐桌就飛到了餐廳兩邊，並自動靠牆排好；再一揮，地上就堆滿了數百個鬆軟的紫色睡袋。

「好好睡吧。」鄧不利多教授說，順手帶上了大門。

大廳裡立刻響起一陣興奮的嗡嗡交談聲，葛來分多學生們忙著跟其他同學們解釋剛才發生的事情。

「大家快躺進睡袋！」派西喊道，「現在動作快點，不要再講話了！十分鐘之後熄燈！」

「過來。」榮恩對哈利及妙麗說，他們抓起三個睡袋，拖到餐廳的一個角落。

「你們覺得布萊克現在還在城堡裡嗎？」妙麗不安地悄聲問道。

「鄧不利多顯然是認為，他很可能還躲在這裡。」榮恩說。

「你們知道嗎？他會挑在今晚動手，我們真的是非常幸運，」妙麗說，他們和衣鑽進睡袋，趴在地上繼續聊天，「剛好選在大家晚上沒待在塔裡的這一天……」

「我看他是跑路跑太久，早就失去時間觀念了。」榮恩說，「根本不曉得今天是萬聖節，否則他一定會乾脆闖進餐廳裡來。」

妙麗打了一個哆嗦。

他們四周的所有人，全都在交頭接耳問著同一個問題：「**他到底是怎麼進來的？**」

「說不定他會『現影術』，」一個離他們幾呎遠的雷文克勞學生說，「懂吧，就像這樣突然平空冒了出來。」

「他大概是偽裝成別的東西混進來的吧。」一個赫夫帕夫五年級生說。

「他可能是飛進來的。」丁．湯馬斯猜測。

「真是的，難道我是這裡**唯一**看過《霍格華茲：一段歷史》的人嗎？」妙麗沒好氣地問哈利和榮恩。

「大概是吧，」榮恩說，「怎麼啦？」

「因為這座城堡的防護設備，並不是只有一道**城牆**而已，懂了嗎？」妙麗說，「這裡到處都施了各式各樣的魔法，以免讓外人偷偷溜進來，你根本就不可能在這裡施現影術。我倒想看看，有哪種偽裝可以瞞過催狂魔的耳目。牠們守在校園的每一個出入口，就算他是飛進來的，牠們同樣也可以看得到啊。而且飛七知道學校所有的秘密通道，他應該早就把它們給封死啦……」

「現在就要熄燈了！」派西喊道，「大家立刻鑽進睡袋，不要再講話了！」

所有蠟燭在瞬間全數熄滅，現在唯一的光源就是銀白色的幽靈，他們在四處飄浮，神色凝重地跟級長交談，而上方的魔法天花板，就跟戶外的天空一樣，撒滿了點點繁星。望著這樣的天花板，再加上依然迴盪在餐廳中的耳語聲，哈利覺得自己就好像是睡在戶外的微風中一般。

每隔一個鐘頭，就會有一位老師重新回到餐廳，察看是否一切如常。大約在清晨三點，當許多學生終於陷入夢鄉時，鄧不利多教授走了進來。哈利看到他在東張西望地尋找派西，而派西正忙著在睡袋陣中四處巡邏，喝斥大家不要講話。派西離哈利、榮恩和妙麗只有幾步遠，而在鄧不利多的腳步聲逐漸接近時，他們三人趕緊假裝睡著。

「有發現到他的行蹤嗎，教授？」派西輕聲問道。

「沒有。這裡都還好吧？」

「一切都在掌握中，先生。」

「很好，現在沒必要叫他們換地方睡。我替葛來分多的畫像洞口，找到了一位臨時代理守衛，你明天就可以把他們帶回去了。」

「那胖女士呢，先生？」

「躲在三樓一幅阿蓋爾郡地圖裡面。她顯然是不肯讓沒說通關密語的布萊克通過，所以他就氣得動粗了。她現在還是非常傷心，不過等她平靜下來以後，我會請飛七先生盡快修復她的。」

哈利聽到餐廳大門唧唧嘎嘎地被再次推開，接著是另一陣腳步聲。

「校長？」這是石內卜。哈利盡力保持不動，並努力傾聽。「已經徹底搜過四樓，但卻沒找到他。而飛七搜過了地牢，同樣也沒找到。」

「那麼天文塔呢？崔老妮教授的房間？還有貓頭鷹屋呢？」

「全都搜過了……」

「非常好，賽佛勒斯，我其實也不認為布萊克會在此逗留。」

「你有想到他是怎麼進來的嗎，教授？」石內卜問道。

哈利略略抬起擱在臂上的頭，露出耳朵傾聽。

「想到很多種方法，賽佛勒斯，但全都不可能行得通。」

哈利微微張開眼睛，瞇眼朝他們站的方向望過去。鄧不利多背對著他，但他可以看到派西全神貫注的面龐，還有石內卜顯得相當憤怒的側面。

「你還記得我們上次談過的事嗎，校長？就在——呃——學期開始之前？」石內卜說，他的嘴唇幾乎不曾張開，似乎是有意不讓派西加入談話。

「我記得，賽佛勒斯。」鄧不利多說，而他的語氣中帶有一絲警告的意味。

「布萊克會潛進學校，這好像——幾乎是不可能的事，除非他有內應。我那時就表達過我的疑慮，你居然要委任——」

「我絕不相信，這座城堡裡有任何人會協助布萊克潛入學校。」鄧不利多說，他的語氣很明顯地表示話題到此結束，而石內卜並沒有答話，「我得去找催狂魔了，」鄧不利多說，「我跟牠們說過，在我們的搜查行動完成之後，我會去通知牠們一聲。」

「牠們不肯幫忙嗎，先生？」派西問道。

「喔，牠們當然肯啦。」鄧不利多冷冷地說，「不過只要我當一天校長，催狂魔就休想跨過城堡的門檻一步。」

派西的表情看起來好像有點慚愧，鄧不利多踏著輕悄而快速的步伐走出餐廳。石內卜在原地站了一會兒，帶著滿臉深沉的怨恨望著校長的背影，然後他也離開了。

哈利轉頭望著旁邊的榮恩和妙麗，他們兩人同樣也張著眼睛，目光在星空天花板照耀下閃閃發亮。

「這到底是怎麼回事？」榮恩用唇語問道。

* * *

在接下來的幾天中，學校裡全都在談論天狼星．布萊克的事情。關於他如何潛入城堡的說法，也變得越來越異想天開；赫夫帕夫的漢娜．艾寶在跟他們一起上下一堂藥草學課時，幾乎整堂課都在對所有願意聽的人極力鼓吹，說布萊克可以變成一株開花的灌木。

胖女士被割裂的畫布已經從牆上取下來，換上卡多甘爵士和他灰色胖小馬的畫像。這讓大家都覺得不太高興，卡多甘爵士大半時間都在找人跟他決鬥，剩下來的空檔就拿來發明一大堆荒謬複雜的通關密語，而且一天至少換上兩次。

「他根本就是個瘋子，」西莫．斐尼干生氣地對派西說，「難道我們就找不到其他畫像了嗎？」

「其他畫像都不願意接下這份工作，」派西說，「全都被胖女士的遭遇給嚇壞了。卡多甘爵士是唯一有膽量自告奮勇的畫像。」

但卡多甘爵士卻是哈利目前最不擔心的事。他現在受到嚴密的監視，老師們總是用各式各樣的藉口，陪著他一起經過走廊，而派西・衛斯理（哈利懷疑是受到他母親的指使）成天跟在他屁股後面，活像是一頭神氣十足的忠犬。最糟的是，麥教授還把他叫到辦公室，露出一臉憂鬱凝重的表情，害哈利還以為是有人死掉了呢。

「現在已經沒必要再瞞著你了，波特。」她用一種非常嚴肅的語氣說，「我知道這對你來說就像是青天霹靂，但天狼星・布萊克——」

「我知道他是要來找我，」哈利疲倦地表示，「我聽到榮恩的父親告訴他母親這件事，衛斯理先生在魔法部上班。」

麥教授似乎大吃一驚，她瞪大眼睛緊盯著哈利，過了一段時間，才再開口說：「我知道了！好吧，既然這樣的話，波特，你就可以理解，我為什麼會認為你不該在晚上練習魁地奇。跑到空盪盪的球場，身邊又只有同隊球員們作伴，這樣實在是太容易受到攻擊了，波特——」

「我們星期六就要打第一場比賽了！」哈利憤慨地喊道，「我不能停止練習啊，教授！」

麥教授仔細地打量著他。哈利曉得她對葛來分多球隊有著很大的期望，不管怎樣，她畢竟是第一個推薦讓哈利擔任搜捕手的人。他屏住氣息，靜靜等待。

「嗯……」麥教授站起來，望著窗外在雨水中依稀可見的魁地奇球場，「好吧……

天知道我有多希望我們能夠贏得獎盃……但事情還是一樣，波特……要是有老師在場我會比較放心，我會請胡奇夫人負責監督你的訓練課程。」

＊＊＊

隨著第一場魁地奇比賽逐漸接近，天氣也變得越來越惡劣。葛來分多球隊不屈不撓地在胡奇夫人的監督之下，進行比以往更加嚴格的訓練。然後，在星期六比賽前的最後一節訓練課程中，奧利佛·木透對他的球員們宣布了一個不太好的消息。

「我們不是跟史萊哲林比賽！」他告訴大家，神情顯得非常憤怒，「福林剛才來找過我，我們現在變成是要跟赫夫帕夫比賽。」

「為什麼？」其他球員異口同聲地問道。

「福林的藉口是，他們的搜捕手臂傷還沒好，」木透氣得咬牙切齒，「但我很清楚他們心裡在打什麼鬼主意。他們不想在這種天氣比賽，他們覺得這會壞了他們勝算……」

這一整天都是強風豪雨不斷，而就在木透講話的時候，他們聽到遠方響起一陣轟隆隆的雷聲。

「馬份的手根本**一點事也沒有！**」哈利狂怒地說，「他是裝的！」

「這我知道，可是我們沒辦法證明。」木透忿忿地說，「我們練習了這麼久，一直都是把史萊哲林當做假想敵來作戰術推演，結果現在卻換成了赫夫帕夫，兩邊的風格完全不一樣。他們現在找到了一個身兼搜捕手的新隊長，西追・迪哥里——」

莉娜、西亞和凱娣突然吃吃傻笑。

「怎麼啦？」木透問道，這種輕浮的舉動讓他忍不住皺起眉頭。

「他就是那個又高又帥的男生，對不對？」莉娜說。

「身材健美，又不太愛說話。」凱娣說，她們三人又開始吃吃傻笑。

「他不太愛說話，只是因為他蠢到沒辦法把兩個字連在一起。」弗雷不耐煩地說，「我真不曉得你幹嘛要這麼擔心，奧利佛，赫夫帕夫根本就不堪一擊。上次我們跟他們比賽的時候，哈利還不到五分鐘就抓到了金探子，記得吧？」

「現在情況完全不同了！」木透喊道，眼珠子微微凸出，「迪哥里讓他們的實力大大增強！他是一個非常優秀的搜捕手！我最怕的就是你這種不把對方放在眼裡的態度！我們絕對不能鬆懈！我們必須對準目標！史萊哲林是故意想讓我們亂了陣腳！我們**非贏不可！**」

「奧利佛，拜託你鎮定一點！」弗雷說，他顯然有點吃驚，「我們當然會把赫夫帕夫放在眼裡啦，**都快陷到眼窩裡去了呢。**」

＊＊＊

在比賽前一天，狂風增長成恐怖的咆哮，雨勢也越下越大。走廊和教室都變得異常陰暗，只好再多點上一些火炬和提燈。史萊哲林球隊顯得格外地沾沾自喜，馬份更是露出一副快飛上天的得意嘴臉。

「啊，真希望我的手傷能快點好！」他嘆了口氣，窗外的狂風重重拍擊窗戶。

哈利現在腦袋裡除了明天的比賽之外，完全沒有多餘的空間來替其他任何事情操心。奧利佛．木透每到下課時間就匆匆趕過來找他，為他提供各式各樣的情報。到了第三次的時候，木透說得太久了，而哈利過了許久才突然發現，黑魔法防禦術已經上課十分鐘了。於是他立刻拋下木透拔足狂奔，但木透仍不死心地朝著他大吼大叫，「迪哥里的瞬間轉向動作非常快，哈利，所以你最好是想辦法繞圈子圍住他——」

哈利跑到黑魔法防禦術教室前，拉開門衝了進去。

「對不起，我遲到了，路平教授，我——」

但講桌前那個抬起頭來望著他的人，並不是路平教授。那是石內卜。

「課已經上了十分鐘了，波特，所以我想葛來分多應該扣十分。坐下。」

但哈利並沒有移動。

「路平教授呢？」他問道。

「他說他覺得今天身體很不舒服。」石內卜帶著扭曲的笑容說，「我有叫你坐下吧？」

但哈利依然站在原處。

「他哪裡不舒服？」

石內卜的黑眼睛閃過一道光芒。

「沒什麼生命危險，」他說，並露出一副似乎覺得很可惜的表情，「葛來分多再扣五分，你要是再不肯坐下的話，我就要扣五十分了。」

哈利慢慢走到他的座位坐下，石內卜環視全班學生。

「在被波特打斷之前，我們正好說到，路平教授並沒有留下任何關於你們課程進度的紀錄報告——」

「對不起，先生，我們已經學過了幻形怪、紅軟帽、河童和滾帶落，」妙麗立即表示，「而我們正準備開始——」

「安靜，」石內卜冷冷地說，「我並沒有請你們提供情報，我只是在批評路平教授做事缺乏組織。」

「他是我們遇過最棒的一位黑魔法防禦術老師。」丁．湯馬斯勇敢地表示，而其他同學隨即發出一陣附和的嗡嗡聲。石內卜的表情變得比以前更加兇惡。

「你們可真容易滿足啊，路平顯然是沒給你們太大的壓力——我認為其實一年級學生就有能力對付紅軟帽和滾帶落了。我們今天要講到的是——」

哈利看到他把課本翻到最後一章，他明明曉得他們根本還沒上到這裡。

「——狼人。」石內卜說。

「可是，先生，」妙麗說，她似乎完全管不住自己了，「我們的進度還沒上到狼人啊，我們預定要開始上哼即砰——」

「格蘭傑小姐，」石內卜用一種不祥的冷靜語氣說，「我想教課的人應該是我，不是妳。我現在要大家全都把課本翻到第三百九十四頁。」他又用目光橫掃了全班一眼，**「所有人！現在就翻！」**

在眾多怨忿不平的眼神和幾句惱怒的咕噥聲中，全班同學乖乖打開了課本。

「你們誰能告訴我，該如何區別狼人和真狼之間的差異？」石內卜說。

大家全都悶不吭聲地呆坐不動、沒有反應，只有妙麗一個人例外，她的手就像平常一樣，筆直地舉向空中。

「有人嗎？」石內卜說，故意不理妙麗，他臉上又重新出現扭曲的笑容，「莫非你們是在告訴我，路平教授甚至連最基本的差異——」

「我們告訴過你，」芭蒂出其不意地開口說，「我們還沒上到狼人，我們還在上——」

「安靜！」石內卜怒吼道，「很好，很好，很好，我從來沒想到，一個三年級學生看到狼人居然會認不出來。我一定要去跟鄧不利多教授報告，說你們的程度有多落後……」

「求求你，先生，」妙麗說，她的手仍然高高舉起，「狼人和真正的狼有幾項細微的差異，狼人的鼻子——」

「這是妳第二次不按規矩隨便發言，格蘭傑小姐。」石內卜冷冷地說，「由於妳這種自以為萬事通的惹人厭態度，葛來分多再扣五分。」

妙麗的臉脹得通紅，她垂下手，帶著滿眼的淚水望著地面。只要看到全班同學全都憤怒地瞪著石內卜，就可以知道大家心裡有多討厭他了，因為他們每個人過去至少都叫過妙麗一聲萬事通，而平均每禮拜至少會叫妙麗兩次萬事通的榮恩，此時乾脆大聲說：

「你問我們一個問題，而她知道答案啊！你要是不想聽的話，那你幹嘛要問呢？」

大家一聽就知道他這次實在說的太過分了。石內卜緩緩朝榮恩走去，教室裡靜得聽不到一絲聲音。

「勞動服務，衛斯理。」石內卜把臉湊到榮恩面前，輕聲細語地表示，「要是再讓我聽到你批評我的教學方式，我就會讓你感到後悔莫及。」

在接下來的課程中，大家連大氣都不敢再吭一聲。他們乖乖坐在那裡，翻課本做狼人的重點摘要筆記，而石內卜則在課桌椅間來回梭巡，檢查他們在路平指導下做的筆記。

「解釋得極差……這是不正確的，河童應該是在蒙古比較常見……你說滿分是十分，而路平教授給這八分？我連三分都不會給……」

等到下課鈴聲終於響起時，石內卜還是不放他們走。

「你們每人回去以後，以如何分辨並殺死狼人為題，寫一篇文章過來交給我。我要你們根據這個題目寫兩捲羊皮紙，下禮拜一早上交給我，現在總該有人出來好好整頓一下這門科目了。衛斯理，你留下來，我們得安排進行你的勞動服務。」

哈利和妙麗和其他同學一起走出教室，大家先暫時忍耐，等到走出聽力所及範圍之後，就立刻開始激動地大罵石內卜。

「石內卜雖然對這份工作很眼紅，可是他從來也沒對其他黑魔法防禦術老師這麼忠劣過。」哈利對妙麗說，「他幹嘛偏偏要跟路平過不去？妳覺得會不會是因為那隻幻形怪。」

「我不曉得，」妙麗沉吟地說，「不過我真的很希望路平教授能快點好起來……」

榮恩在五分鐘之後趕上他們，他顯然氣得發昏。

「你們知道那個——」（他罵了石內卜一個很難聽的字眼，使得妙麗不禁大叫一聲「**榮恩！**」）「要我做什麼嗎？我得去擦醫院廂房的便盆，而且還**不能使用魔法！**」他握起拳頭，大口大口地喘氣，「布萊克幹嘛不躲到石內卜的辦公室去，啊？他至少可以替我們把這傢伙給解決掉！」

* * *

第二天早上，哈利很早就醒了，醒來時周遭仍是一片漆黑。剛開始，他還以為自己是被呼嘯的風聲給吵醒，但接著他就感到脖子後面吹來一陣冷颼颼的氣息，驚得他立刻直挺挺地坐起來——皮皮鬼飄浮在他身邊，正朝著他的耳朵用力吹氣。

「你幹嘛要這樣？」哈利狂怒地說。

皮皮鬼鼓起腮幫子，用力吹了一口氣，咻地一聲朝後飛出房間，一面還大聲咯咯奸笑。

哈利摸索著尋找他的鬧鐘，低頭看了一眼，現在是四點半。他喃喃咒罵皮皮鬼，躺下來翻了個身，想要再睡一下，但在醒來之後，實在很難不去注意天空轟隆隆的雷聲，強風吹擊城牆的呼嘯，和遠方禁忌森林嘎扎嘎扎的樹枝碎裂聲。再過幾個鐘頭，他就會到外面的魁地奇球場，在狂風中艱苦地作戰了。最後他終於打消了睡回籠覺的念頭，站起來穿好衣服，抓起他的光輪兩千，輕輕地走出寢室。

哈利一打開房門，就感到有某個東西從他的腿邊擦過。他彎下腰來，及時抓住歪腿毛茸茸的尾巴，把牠給拖出房間。

「你呀，我想榮恩真是沒看錯你。」哈利疑心地對歪腿說，「這地方有一大堆老鼠，你可以盡量去抓牠們啊，快去呀，」他又加上一句，並用腿把歪腿推下螺旋梯，

「少來找斑斑的麻煩。」

在交誼廳裡，暴風雨的咆哮甚至變得更加狂烈。哈利知道最好別奢望比賽會取消，魁地奇比賽，並不會為了像暴風雨這類的小事而取消，但他現在開始感到非常不安。木透曾在走廊上指過西追・迪哥里給他看；迪哥里是一名五年級生，而且塊頭比哈利大多了。搜捕手的身材通常都是苗條而敏捷，但在這樣的天氣裡，迪哥里的體重將會是極大的優勢，因為他比較不可能會被風吹得偏離航道。

哈利坐在爐火前打發時間，靜靜等待黎明到來，而每隔一段時間，他就得站起來去阻止歪腿溜進男生寢室。過了很久以後，哈利終於覺得早餐時間應該到了，於是他獨自穿越畫像洞口。

「迎戰吧，卑鄙惡徒！」卡多甘爵士喊道。

「喔，閉嘴。」哈利打了一個呵欠。

他喝下一大碗麥片粥，精神稍稍恢復了一些，在他開始吃吐司麵包的時候，其他隊員也陸續走了進來。

「今天勢必會有一番苦戰。」木透說，他什麼也沒吃。

「不要擔心嘛，奧利佛，」西亞安慰地說，「我們才不在乎這麼一點小雨呢。」

但這絕對不只是一點小雨。由於魁地奇球賽廣受大家歡迎，全校師生還是風雨無阻地照常到場觀賽，但他們必須用跑的衝過草坪奔向魁地奇球場，低垂著頭對抗暴烈的狂風，而手中的雨傘也紛紛被風吹走。哈利在踏進更衣室之前，看到馬份、克拉和高爾共撐著一把超大雨傘走向看台，一面還大笑著朝他指指點點。

球員們換上猩紅色球袍，等著木透進行他慣例的賽前精神喊話，但結果卻居然沒等到。木透試著講了幾次，但卻只能發出一種怪異的哽咽聲，然後他就絕望地搖搖頭，示意大家跟著他走向球場。

外面的風勢異常猛烈，他們在走向球場時，不由得被風吹得東搖西晃。就算有觀眾為他們鼓掌，但在天空爆出的一長串隆隆新雷聲中，他們也沒辦法聽得見。雨水濺溼了哈利的鏡片，他這樣怎麼可能看得見金探子呢？

赫夫帕夫球隊穿著淡黃色球袍，從球場的另一邊走進來。兩隊球長迎上前去跟對方握手；迪哥里對木透微微一笑，但木透現在卻好像突然得了牙關緊閉症似的，只是微微點了一下頭。哈利讀唇語似地看到胡奇夫人張開嘴巴說了幾個字：「騎上掃帚。」他把右腳從泥水裡咯吱一聲地拔出來，跨上他的光輪兩千。胡奇夫人把哨子湊到唇邊，用力一吹，發出一聲尖銳而遙遠的哨音——他們起飛了。

哈利快速向上竄升，但他的光輪兩千卻被風吹得微微偏向。他盡力抓穩掃帚，把方向拉回來，瞇眼望進眼前的雨幕。

還不到五分鐘，哈利就淋得全身溼透，冷得要命，現在他甚至連他的隊友都看不清楚，更別說是小小的金探子了。他在球場中往來飛行，一路上經過許多模糊的紅影和黃影，但卻完全不曉得比賽到底進行得怎麼樣了，他在狂風中根本就聽不到記播報員的實況報導。觀眾們全都躲在一大片斗篷海和破傘陣下面，有兩次哈利差點就被搏格打下掃帚，鏡片上的雨讓他的視線變得一片模糊，他根本沒注意到有搏格飛過來。

他失去了時間感。現在要握穩掃帚變得越來越困難了，天空也變得越來越暗，彷彿夜晚已忽然決定提早到來。哈利有兩次差點就撞到了其他球員，但他卻看不出那究竟是他的隊友還是對手。現在所有人全都淋成了落湯雞，而雨勢又如此急促濃密，他根本就分不清誰是誰……

在第一道閃電劃過天空時，胡奇夫人的哨聲也隨之響起。在大雨中哈利只能看到木透模糊的輪廓，而這位隊長正在比手畫腳地叫他飛回地面，整隊球員啪噠啪噠地降落在泥水中。

「是我請求暫停！」木透對著他的球員們吼道，「過來，到傘下——」

他們擠在球場邊的一支大傘下，哈利摘下眼鏡，往長袍上匆匆擦了幾下。

「現在分數怎樣？」

「我們領先五十分，」木透說，「但我們要是不趕快抓到金探子，看樣子恐怕得打到天黑。」

「戴這鬼東西我根本休想能抓得到。」哈利揮著他的眼鏡忿忿地說。

就在那一刻，妙麗突然出現在他身邊，她撐起斗篷罩住頭，不可思議地，她的臉上竟然帶著微笑。

「我想到一個好主意，哈利！把眼鏡給我，快點！」

他把眼鏡遞給她，在球員們驚訝的注視中，妙麗用魔杖往眼鏡上輕輕敲了一下，嘴裡念著：「止止，不透！」

「給你！」她說，把眼鏡還給哈利，「現在它可以防水了！」

木透露出一副恨不得抱住她狂吻的表情。

「太厲害了！」他望著她走回人群的背影，啞著嗓子朝她喊道，「好了，夥伴們，我們去奪標吧！」

妙麗的咒語果真發揮了效果。哈利仍然凍得全身發僵，仍然溼得像是落湯雞，但他現在可以看得見了。哈利懷著滿腔嶄新的決心，駕著掃帚飛過狂烈的氣流，凝神往四面八方搜尋金探子的蹤跡。他躲過一個搏格，閃到正往相反方向飛去的迪哥里下方……

接著又響起另一聲暴雷，而天空中隨即出現一道叉形閃電。氣候變得越來越險惡了，哈利非得快點抓到金探子不可——

他轉過身來，打算回頭飛向球場正中央，但就在那一刻，另一道閃電照亮了看台，而哈利看到了某個讓他完全亂了方寸的東西：天空中清晰地浮現出一頭毛茸茸大黑狗的翦影，牠一動也不動地坐在最上面一排空椅上。

哈利麻木的手指在掃帚柄上滑了一下，使得光輪兩千往下墜了好幾呎。哈利甩開眼前溼答答的劉海，瞇起眼睛重新望著看台。那隻狗已經不見了。

「哈利！」木透痛苦的吼聲從葛來分多球門柱傳過來，「哈利，就在你後面！」

哈利慌亂地東張西望。西追．迪哥里正在球場上方全速飛馳，而在他們兩人之間那片暴雨密布的空中，出現了一個微微發光的小金點……

哈利猛然一震，心裡感到又驚又慌，他連忙把整個身子趴到掃帚柄上，朝金探子的方向迅速飛升。

「來吧！」他對他的光輪兩千吼道，雨水啪嗟啪嗟地拍擊他的面龐，「**快一點！**」

但接著怪事就發生了，整個體育場突然變得詭異地寧靜。風勢雖然跟先前一樣猛烈，但卻不再呼呼怒吼。這就好像是有人突然把聲音全都關掉，就好像是哈利波特忽然變成了聾子──這到底是怎麼回事？

然後，當在一股熟悉的可怕寒意掠過他全身、鑽進他體內時，他才開始察覺到，下面的球場中有某些東西在移動……

哈利還來不及思考，目光就下意識地離開金探子，轉向下方。

下面至少站了一百名催狂魔，全都仰起隱藏在帽下的臉孔望著他。他感到彷彿有一股冰泉在瞬間溢滿他的胸膛、衝擊他的肚腹，然後他又聽到了……有某個人在尖叫，在他的腦袋裡尖叫……是一個女人……

「別殺哈利，別殺哈利，求求你別殺哈利！」

「滾到旁邊去，妳這個蠢妞……滾到旁邊去，快呀……」

「別殺哈利，求求你放過他，殺我吧，讓我代他死——」

一陣令人麻木的白霧漩渦逐漸瀰漫了哈利的整個腦袋……他在做什麼？他為什麼在飛呢？他得去救她……她快要死了……她快要被謀殺了……

他在朝下墜落，在冰寒的霧氣中朝下墜落。

「別殺哈利！求求你……發發慈悲吧……求你發發慈悲……」

一個尖銳的嗓音在狂笑，女人高聲尖叫，接下來哈利就什麼也不知道了。

＊ ＊ ＊

「幸好地還滿軟的。」

「我還以為他死定了呢。」

「可是他居然連眼鏡都沒摔破。」

哈利可以聽到有人在低聲耳語，但這些話對他來說並沒有任何意義。他完全不曉得自己是在哪裡，也不知道他怎麼會來到這個地方，甚至不記得他在來這裡之前是在做什麼。他只知道他全身上下的每一寸肌膚都在發疼，就好像是剛被人痛打了一頓似的。

「那是我這輩子見過最恐怖的東西。」

最恐怖……最恐怖的東西……罩著連帽斗篷的黑色人影……寒冷……尖叫聲……

哈利猛然張開眼睛。他躺在醫院廂房裡，葛來分多的魁地球員們圍在他的床邊，他們從頭到腳全都沾滿了污泥。榮恩和妙麗也在這裡，看起來活像是剛從游泳池爬出來似的。

「哈利！」弗雷說，他在污泥的襯托下顯得格外蒼白，「你現在覺得怎樣？」

哈利的記憶彷彿正在快速回轉，閃電……狗靈……金探子……還有催狂魔……

「這是怎麼回事？」他突然坐起來問道，害大家全嚇得倒抽了一口氣。

「你摔下來了，」弗雷說，「那少說也有——多少——五十呎高吧？」

「我們還以為你死了呢。」西亞說，她還在發抖。

妙麗發出一聲微弱的哽咽聲，她的眼睛紅得要命。

「可是比賽呢？」哈利說，「後來怎麼樣了？我們要重打一場嗎？」

大家全都不作聲，可怕的事實像石頭般重重壓到哈利心上。

「我們該不會是——輸了吧？」

「迪哥里抓到了金探子，」喬治說，「就在你摔下來以後。他不曉得剛才發生了什麼事，等到他一回過頭，看到你躺在地上。他還試著想要取消比賽咧，他想要重賽一場，但他們的確是贏得光明磊落——甚至連木透都不得不承認這一點。」

「木透呢？」哈利問道，這才突然發現木透並不在這裡。

「還站在那裡淋雨呢，」弗雷說，「我們覺得他大概是想把自己給淹死。」

哈利把頭埋進膝蓋，用力扯自己的頭髮。弗雷握住他的肩膀，粗魯地搖了幾下。

「好了啦，哈利，你以前從來沒漏抓過一次金探子。」

「你總得有一次沒抓到吧。」喬治說。

「而且我們還沒真的出局啊，」弗雷說，「我們這次輸了一百分，對吧？所以說，要是赫夫帕夫輸給雷文克勞，而我們又打敗雷文克勞和史萊哲林的話……」

「赫夫帕夫至少要輸上兩百分才行。」喬治說。

「可是他們要是打贏雷文克勞……」

「不可能的，雷文克勞太強了。不過，要是史萊哲林輸給赫夫帕夫的話……」

「這全都看分數——大約是上下一百分的差距——」

哈利躺在床上，一句話也沒說。他們輸了……這是他第一次在魁地奇比賽中落敗。

大約十分鐘之後，龐芮夫人走過來，叫隊員不要再待在這裡吵病人。

「我們會再來看你的，」弗雷告訴他，「別再責怪自己了，哈利，你仍然是我們有史以來最棒的搜捕手。」

球員全數走出房間，在地上留下無數個泥腳印。龐芮夫人帶著不以為然的神情把房門關上，榮恩和妙麗走到哈利床邊。

「鄧不利多真的很生氣，」妙麗用顫抖的聲音說，「我以前從來沒看過他這個樣子。你一往下掉，他就衝進球場，揮了一下魔杖，所以你在摔到地上前速度變慢了些。然後他就把魔杖轉向催狂魔，對牠們射出一些銀色的東西。牠們立刻離開運動場……他真的很氣牠們闖進校園，我們聽到他——」

「然後他就在你躺的地方變出一個擔架，」榮恩說，「讓你躺在浮起來的擔架上，帶你回到學校。大家都以為你已經……」

他的聲音沉了下來，但哈利根本沒在注意聽。他心裡正在想著催狂魔對他造成的影響……還有那些尖叫聲。他抬起頭來，看到榮恩和妙麗在憂心忡忡地望著他，於是他連忙四處搜索，想要找個實際性的話題來轉移目標。

「有人拿了我的光輪兩千嗎？」

榮恩和妙麗迅速互瞄了一眼。

「呃——」

「怎麼了？」哈利問道，目光在他們兩人臉上來回梭巡。

「好吧……你摔下來的時候，它就被風吹走了。」妙麗吞吞吐吐地說。

「然後呢？」

「然後它撞上了——撞上了——喔，哈利——它撞上了渾拚柳。」

哈利的胃部一陣翻攪。渾拚柳獨自矗立在學園中央，是一株惡名昭彰的粗暴兇樹。

「然後呢？」他問道，但他其實非常害怕聽到答案。

「嗯，你也曉得渾拚柳的脾氣，」榮恩說，「它——它不喜歡被撞到。」

「在你醒來以前，孚立維教授就把它給送過來了。」妙麗用非常小的聲音說。

她慢慢俯身抓起腳邊的袋子，翻轉過來，把十二片碎裂的木頭與細枝倒在床上，而這就是哈利那根忠實可靠，但卻完全毀損的飛天掃帚所留下來的殘骸。

10

劫盜地圖

龐芮夫人堅持要哈利待在醫院廂房裡度週末，他並沒有抗議或是抱怨，但卻死也不肯讓她把光輪兩千碎裂的殘骸給扔掉。哈利也曉得自己這樣很蠢，也曉得光輪兩千已經不可能修得好了，但他就是拿自己沒有辦法；他覺得他好像是失去了一位摯友。

他的病房中訪客川流不息，而大家全都打定主意要逗他開心。海格送給他一束看起來像是黃色包心菜的蠼搜花，金妮．衛斯理滿臉通紅地走進來，遞給他一張她自製的「早日康復」卡，但這張卡片老是尖起嗓子唱個不停，最後哈利只好拿了個果盤把它給壓住。葛來分多球隊在星期天早上又過來探望他，而這次木透也跟著來了。木透用一種彷彿萬念俱灰的空洞語氣，告訴哈利說自己並不怪他。榮恩和妙麗索性成天都待在哈利床邊，直到晚上才回去睡覺。但不論任何人說了任何話，或做了任何事，都不能讓哈利的心情略微好轉，因為他心裡的煩惱，他們事實上都是只知其一，不知其二。

他沒把狗靈的事告訴任何人，甚至連榮恩和妙麗都不知道，因為他曉得榮恩只會驚惶失措，而妙麗則會加以嘲笑。但事實擺在眼前，狗靈到目前為止已經出現過兩次，而每次出現後，都會發生幾乎致命的意外。第一次出現時，他差點就被騎士公車撞到；第二次出現時，他又在離地五十呎的空中從掃帚上摔下來。難道那個狗靈會不斷纏著他作祟，直到他真的死掉才肯罷休嗎？難道他這輩子以後不論走到哪裡，都得時時提心弔膽地回頭張望，看看那頭野獸是不是也跟在後面嗎？

另外還有催狂魔，哈利每次一想到牠們，就會覺得很不舒服，並感到顏面無光。大家都說催狂魔很恐怖，但卻沒人會一靠近牠們就不支昏倒……也沒有任何人會在腦袋裡聽到自己父母臨死前的哀號。

哈利現在已經知道尖叫的人是誰了，他聽到了她的說話聲。每當他在深夜清醒地躺在醫院廂房中，望著天花板上的一束束月光時，他就會一次又一次地重複聽到同樣的聲音。在催狂魔朝他逼近時，他聽到了他母親臨死前所經歷的一切，聽到她企圖保護他逃脫佛地魔王的魔掌，還有佛地魔在動手殺她前的尖聲狂笑……哈利睡睡醒醒，陷入一些充滿黏爛手掌和驚恐哀求的夢境，然而，當他在猛然驚醒之後，卻又將再度開始深深思念他母親的聲音。

＊　＊　＊

對哈利來說，能在星期一返回喧囂忙碌的主校區，實在可算是一種莫大的解脫，這樣他就可以被環境逼得分心，快點去想些其他事情了。就算這必須以忍受跩哥‧馬份的嘲弄來作為交換，他也覺得無所謂。葛來分多的落敗讓馬份快要樂歪了，他現在解開綁帶，並生動地模仿哈利從掃帚上掉下來的慘狀，來慶祝他的雙手功能恢復正常。在下一次魔藥學課時，馬份有大半時間都在搬演催狂魔橫越地窖的鬧劇，最後榮恩終於忍無可忍，抓起一個滑不溜丟的大鰻魚心丟馬份，結果不偏不倚地砸到他的臉上，讓石內卜狠狠扣了葛來分多五十分。

「要是這堂黑魔法防禦術還是石內卜代課，我就要請病假。」榮恩在他們吃完午餐後，走向路平教室時表示，「先檢查一下裡面是誰，妙麗。」

妙麗把頭探到門邊凝神細看。

「進去吧，沒問題了！」

路平教授已經回來上課了，他看起來果然是一副大病初癒的模樣。他的舊長袍顯得比往常更加空盪盪，他的雙眼下有著深深的黑影，但他依然微笑望著正在找座位坐下的學生，而他們憋了許久的怨氣立刻爆發，開始七嘴八舌地數落石內卜在路平生病時的種種惡行。

「那真是太不公平了，他只不過是暫時代課，怎麼可以給我們開作業？」

「我們根本就還沒學過狼人……」

「——兩捲羊皮紙欸！」

「你們有告訴石內卜教授，說我們還沒上到那裡嗎？」路平微皺眉問道。

接著又是一陣七嘴八舌的數落聲。

「有啊，可是他說我們進度落後太多——」

「——他根本就不肯聽我們說——」

「——**兩捲羊皮紙欸！**」

路平教授微笑望著他們憤慨的面龐。

「別擔心，我會去跟石內卜教授談談，那篇文章你們不用寫了。」

「喔，**不**，」妙麗顯然非常失望，「我已經寫完了！」

他們上了一堂非常有趣的課。路平教授帶來了一個玻璃盒，裡面裝著一隻哼即砰，這是一種彷彿煙霧凝成的單腿生物，外表上看來相當脆弱而無害。

「牠會引誘旅人陷入泥淖，」路平教授說，大家紛紛忙著記筆記，「大家注意到牠手上掛的燈籠了嗎？到前面來看——人們會跟著燈光走——然後就——」

哼即砰在玻璃上劃出一陣恐怖的咯吱聲。

在下課鈴聲響起時，大家收拾東西，走向門口，哈利也跟著大家一起走，但是——

「等一下，哈利，」路平喊道，「我有話要跟你說。」

哈利折回來，望著路平教授用一塊布把哼即砰的盒子罩起來。

「我聽說了比賽時的情形，」路平說，他回到講桌前，開始把書本疊好放進他的公事包，「我真的很替你飛天掃帚的事感到難過，有機會修得好嗎？」

「沒有，」哈利說，「那棵樹把它摔成了一堆碎片。」

路平嘆了一口氣。

「這棵渾拚柳，正好是在我進霍格華茲念書的那一年種下的。當時大家常玩一種遊戲，看誰有膽量走近去摸它的樹幹。到了最後，一個叫做達韋．哥傑的男孩差點被它弄瞎了一隻眼睛，在這以後學校就禁止我們靠近那棵樹了。飛天掃帚碰到它，真是一點機會也沒有。」

「那你也聽說催狂魔的事了嗎？」哈利費了好大的勁才問出口。

路平立刻抬頭望著他。

「是的，我聽說了，我想大家從來沒看到鄧不利多這麼生氣過。這陣子牠們變得越來越心浮氣躁……氣他硬是不肯讓牠們進入校園……我想，你就是因為牠們才摔下來的吧？」

「沒錯。」哈利答道。他遲疑了一會兒，然後在他還來不及管住自己之前，他想要問的問題就自動衝口而出，「**為什麼**？為什麼牠們會讓我變成那副德行？難道我只是一個——？」

「這跟軟弱沒什麼關係，」路平教授立刻接口說道，他似乎已看出哈利心裡在想些什麼，「你會比其他人更容易受到催狂魔的影響，只不過是因為，你過去曾經歷過他們所不曾有過的恐怖遭遇。」

一道冬陽射入教室，照亮了路平的灰髮和他年輕臉龐上的皺紋。

「催狂魔是世界上最邪惡的生物之一，牠們橫行於最黑暗齷齪的地方，生性喜愛腐敗與絕望，牠們會把周遭空氣中一切的和平、希望與快樂全都消耗殆盡。雖然麻瓜看不見牠們，但甚至連他們都可以感覺到催狂魔的存在。若是跟催狂魔太過接近，牠就會把你所有美好的情感，所有快樂的記憶全都吸得一乾二淨。如果可能的話，催狂魔會長期以你為食，到了最後，你就會變得跟牠們一樣可怕——無情而邪惡。你將會變得一無所有，只記得你一生中最糟糕的經歷。而**你**過去所遇到的可怕遭遇，哈利，足以讓任何人從掃帚上掉下來，你用不著為自己感到丟臉。」

「在牠們靠近我的時候——」哈利望著路平的講桌，感到喉頭一哽，「我可以聽到佛地魔殺死我母親的經過。」

路平的手突然動了一下，似乎是想握住哈利的肩頭，但最後他還是打消念頭。接下來是一段相當長的沉默，然後——

「牠們為什麼非得挑在比賽的時候走進來？」哈利忿忿地說。

「牠們餓了，」路平冷靜地說，啪的一聲關上他的公事包，「鄧不利多不准牠們踏進校園，所以牠們的人類獵物貨源斷了……我想牠們是沒辦法抗拒環繞在魁地奇球場邊的大批人潮。那裡所有的興奮與激動……升到最高點的情緒……對牠們來說等於是一場豪華的盛宴。」

「阿茲卡班想必是非常恐怖的地方。」哈利低聲說，路平神情凝重地點點頭。

「阿茲卡班堡壘位於一個小島上，四周是一望無際的海洋，但牠們不需要用城牆或是海水來關住囚犯，因為犯人全都被困在自己的腦海裡，完全無法想到任何愉快的念頭。大部分人在短短幾個禮拜中就瘋了。」

「但天狼星．布萊克卻逃了出來，」哈利緩緩地說，「他離開了……」

路平的公事包從桌上滑下來，他連忙彎下腰來把它接住。

「沒錯，」他再度挺起身來，「布萊克必然是發現到一種對抗催狂魔的方法，但我自己是認為不太可能……只要待在那裡的時間夠久，催狂魔照理是會把巫師的法力給完全廢掉……」

「但**你**就把火車上的催狂魔給打敗啦。」哈利突然開口說。

「是有——是有一些可以用的防禦術，」路平說，「但火車上就只有一名催狂魔。牠們數目越多，就越難對付。」

「是什麼樣的防禦術？」哈利立刻問道，「你可不可以教我？」

「我可不敢假冒是打敗催狂魔的專家，哈利——事實正好相反……」

「但要是催狂魔又在下一場比賽跑進來，我必須有辦法抵擋牠們呀——」

路平深深望著哈利堅決的面龐，猶豫了一會兒，然後說：「這個嘛……好吧，我會想辦法幫忙的。不過你恐怕得等到下個學期，我在假期前有很多事情要忙，我選在這個時候生病還真是不巧。」

* * *

在路平教授答應教他對抗催狂魔的方法之後，哈利知道自己以後或許再也不會聽到母親致死的過程，而雷文克勞又在十一月底的比賽中把赫夫帕夫打得慘敗，因此哈利現在的心情著實大為好轉。葛來分多依然有獲勝的機會，但此後他們再也不能輸掉任何一場比賽了。木透重新恢復他狂熱的旺盛精力，驅策他的球員們在直到十二月依然下不停的冰寒雨霧中，進行跟以往一樣嚴格的訓練。哈利再也沒有在校園中瞥見催狂魔的身影，鄧不利多的怒火似乎已讓牠們不敢再輕舉妄動，只好乖乖地待在入口站崗。

在學期結束的前兩個禮拜，天空突然放晴，變成一片如蛋白石般的燦爛瑩白，而泥濘的地面也在某天早上覆蓋上一層閃爍的白霜。城堡裡開始瀰漫著一股濃厚的聖誕節氣氛，符咒學老師孚立維教授，已動手在他的教室中裝飾了一團團閃亮的光影，仔細看才知道那居然是一群振翅飛舞的小仙子。學生們全都在快樂地討論他們的度假計畫，榮恩和妙麗已決定留在霍格華茲過節，雖然榮恩說這完全是因為他受不了跟派西共住兩個禮拜，妙麗則是不斷強調她必須用到圖書館，但哈利才沒那麼容易上當。他們這麼做完全是為了跟他作伴，他心裡真的非常感動。

除了哈利之外，大家全都欣喜地發現，在學期結束的最後一個週末，他們還可以再到活米村去玩一趟。

「我們可以在那裡把聖誕節禮物全都買齊！」妙麗說，「我爸媽一定會愛死蜂蜜公爵的薄荷潔牙線！」

哈利知道自己會是唯一留在城堡的三年級生，但他認命地接受這個事實，向木透借了一本《飛天掃帚型錄》，決定花上一天來好好研究不同的掃帚型號。他在球隊練習時騎過一根學校的掃帚，一根慢得要命又非常不穩的古董流星號，他非得買一根自己的飛天掃帚不可。

在大家前往活米村旅行的週六早晨，哈利跟罩著斗篷並裹上圍巾的榮恩及妙麗道別，然後轉身獨自踏上大理石階梯，準備回到葛來分多塔。窗外開始飄雪，城堡顯得異常寧靜安詳。

「噓——哈利！」

他在四樓走廊中間轉過身來，看到弗雷和喬治躲在一個駝背獨眼女巫雕像後面，微微探出頭來望著他。

「你們在這裡做什麼？」哈利好奇地問道，「你們怎麼沒去活米村呢？」

「我們是想在出發前，先過來想辦法逗你高興一點，」喬治神秘兮兮地眨眨眼，

「先進去再說……」

他用下巴朝獨眼雕像左邊的空教室點了一下。哈利跟著弗雷和喬治走進去，喬治輕輕帶上房門，然後就轉過身來，笑吟吟地望著哈利。

「提前送你一份聖誕禮物，哈利。」他說。

弗雷耍了一個華麗的姿勢，從斗篷中掏出一個東西，放在書桌上。那是一張非常破爛的大片方形羊皮紙，上面什麼也沒有。哈利瞪大眼睛望著它，忍不住懷疑弗雷和喬治又在跟他開玩笑了。

「這是什麼東西？」

「這個嘛，哈利呀，就是我們成功的秘訣呢。」喬治說，並憐愛地拍拍那張羊皮紙。

「要把它送給你，說實話還真是有點捨不得。」弗雷說，「不過我們昨天晚上已經決定好了，你比我們更需要它。」

「再說，反正我們早就把它背得滾瓜爛熟。」喬治說，「我們把它送給你了，反正我們也不需要再用到它了。」

「但我要一張舊羊皮紙做什麼？」哈利問道。

「一張舊羊皮紙！」弗雷說，閉上眼睛做出一臉苦相，活像快被哈利氣炸似的，「跟他解釋吧，喬治。」

「這個嘛……在我們一年級的時候，哈利——當時我們青春洋溢、無憂無慮又天真無邪——」

哈利哼了一聲，他懷疑弗雷和喬治這輩子從來沒天真無邪過。

「——好吧，至少是比現在天真無邪一點——我們不小心惹毛了飛七。」

「我們在走廊上發射了一枚屎炸彈，這不曉得為什麼讓他非常不高興……」

「所以呢，他就把我們拖進他的辦公室，開始威脅說要罰我們那稀鬆平常的——」

「——勞動服務——」

「——開膛剖肚——」

「——而我們立刻注意到，他的檔案櫃有一個標上『沒收充公與極端危險』的抽屜。」

「別告訴我——」哈利開始咧嘴微笑。

「好吧，要是你會怎麼做呢？」弗雷說，「喬治故意扔了另一枚屎炸彈，用來轉移飛七的注意力，而我迅速拉開抽屜，從裡面抓出了——**這個東西**。」

「其實事情沒有聽起來那麼嚴重，知道吧？」喬治說，「我們覺得飛七根本從來就沒搞懂它的使用方法，不過，他大概是猜到了它的用途，否則他也不會去沒收它。」

「那你曉得該怎麼用嗎？」

「喔，是的。」弗雷露出得意的微笑，「這個小寶貝教會我們的東西，可比學校所有老師加起來都要多呢。」

「你們別再吊我胃口了。」哈利說，並低頭望著那片破爛的舊羊皮紙。

「我們有嗎？」喬治說。

他掏出魔杖，往羊皮紙上輕輕點了一下，然後說：「我在此鄭重發誓，我絕對不懷好意。」

在頃刻間，細細的墨水線開始如蛛網般從喬治魔杖碰觸的地方開始朝外擴散。它們迅速連結合一，縱橫交錯，並以扇形蔓延至羊皮紙的每一個角落。然後在紙張上方開始出現一行字跡，大而華麗的綠色花體字跡顯示出：

專為魔法惡作劇製造者們提供幫助的

月影、蟲尾、獸足與鹿角

在此榮譽推出

劫盜地圖

這是一份呈現出霍格華茲城堡與校園所有細節的完整地圖，但它真正驚人的特點，卻是那些在上面四處移動的小墨水點，而每一個小黑點旁邊，還附著一個用超小字體寫的名字。哈利震驚地俯身細看，左上角一個附上名字的小黑點顯示出，鄧不利多正在他的書房中來回踱步，管理員的貓拿樂絲太太在三樓走廊上信步閒晃，而皮皮鬼目前是在獎品陳列室裡四處蹦蹦跳跳。當哈利的目光循著那些熟悉的通道四處移走時，他忽然發現到一些其他的東西。

這份地圖顯示出一組他從來沒走過的通道，而其中有許多條似乎都是通向——

「直接通往活米村，」弗雷用手指畫過其中一條通道表示，「總共有七條這樣的通道。現在仔細聽我說，飛七知道這四條通道——」他把它們一一指出來，「——不過我們可以確定，其他**這幾條**通道，除了我們之外沒有任何人曉得。別走那條藏在五樓鏡子後的通道，在去年冬天以前我們還常常用到它，但後來它就突然塌毀——現在已經完全堵住了。我們認為，也大概從來沒人走過另外這一條，因為渾拚柳正好就種在它的出口上。不過這邊這一條呢，它是直接通往蜂蜜公爵的地窖，我們走過好多次了。而且你大概也已經注意到，它的入口就在這間教室外面，從那個獨眼醜老巫婆的駝背爬進去。」

「月影、蟲尾、獸足和鹿角，」喬治嘆了一口氣，拍拍地圖上的標題說，「我們實在欠他們太多了。」

「了不起的男人，這樣孜孜不倦地勤奮工作，來幫助新一代的犯規者。」弗雷一本正經地表示。

「好了，」喬治輕快地說，「你用完以後別忘了把它給擦乾淨——」

「——要不然大家全都可以看得到囉。」弗雷提出警告。

「你只要再敲它一下，然後說『惡作劇完成！』它就會變成一片空白。」

「所以呢，小哈利呀，」弗雷怪腔怪調地模仿派西，「但願你能好自為之。」

「那就在蜂蜜公爵見囉。」喬治眨眨眼說。

他們走出房間，兩人臉上都露出既滿足又得意的笑容。

哈利站在那裡，望著那幅神奇的地圖。他看到拿樂絲太太的小黑點轉向左方，停下來嗅嗅地上的某個東西。如果飛七真的不知道……而且他又完全不用經過催狂魔的崗哨的話……

但就在哈利站在那裡，心中感到無比興奮時，他的腦海中卻浮現出衛斯理先生過去說過的一句話。

永遠不要相信任何會自己思考，但你卻看不出它把腦袋藏在哪裡的東西。

這份地圖無疑就是衛斯理先生口中那類的危險魔法物品……**專為魔法惡作劇製造者們提供幫助**……但接著哈利又找理由說服自己，他只不過是想借用它到活米村去玩而已。他又不是要用它去偷東西或是攻擊別人……何況弗雷和喬治都已經用了好多年，也從來沒發生過什麼可怕的事……

哈利用手指畫過通往蜂蜜公爵的秘密通道。

然後就像接到命令似的，他突然捲起地圖，塞進長袍，快步走向教室門前。他把門微微打開了一條縫，外面看不到一個人影，他小心翼翼地側身走出房間，溜到獨眼女巫雕像後面。

接下來他該怎麼做？他再掏出地圖，驚訝地發現上面新出現了一個旁邊標著「哈利波特」的墨水人影。這個人影就站在真正的哈利目前所在的地方，大約是在四樓走廊的中間位置。哈利凝神細看，地圖上的他顯然正在用他的迷你魔杖輕敲巫婆雕像，哈利連忙掏出他真正的魔杖，往雕像上輕敲了一下。什麼也沒發生，他再看看地圖，他的人影邊出現了一個迷你的對話框，裡面寫著：「咻咻降。」

「咻咻降！」哈利輕聲念道，再往巫婆石像上敲了一下。

在轉眼間，雕像的駝背就大大敞開，露出一個足以讓瘦子通過的入口。哈利往走廊上飛快地瞄了一眼，然後再把地圖塞回長袍，把頭探進洞口，撐起身子往上爬，再奮力鑽進去。

他沿著一條感覺好像是石頭溜滑梯的坡道，往下滑行了相當長的一段時間，然後跌落到一片又冷又溼的土地上。他站起來打量身邊的景象，四周一片漆黑，他舉起魔杖，低聲念道：「路摸思！」接著他就看清楚，原來自己是站在一條非常狹窄低矮的泥巴通道上。他拿起地圖，用魔杖頂端輕敲了一下，低聲說：「惡作劇完成！」地圖立刻變成一片空白。他小心翼翼地把地圖捲好，塞進長袍，然後，他就帶著急促的心跳和既興奮又不安的心情，開始往前出發。

通道蜿蜒曲折，感覺上很像是巨兔的洞穴。哈利將魔杖舉向前方，沿著通道匆匆往前趕路，不時還被凹凸不平的地面絆上一跤。

哈利走了好久好久，但他只要一想到蜂蜜公爵，體內就湧出一股支撐他繼續前進的力量。他感覺上大約走了一個鐘頭之後，通道開始往上攀升。哈利氣喘吁吁地加快速度，感到臉上發熱，但雙腳卻異常冰冷。

十分鐘之後，他走到了一列磨損石梯的底部，梯子往上延伸，長得看不見盡頭。哈利儘可能放輕腳步，開始往上爬。一百級、兩百級，他望著自己的雙腳，爬著爬著就忘了數到了哪裡……然後在毫無預警的情況下，他的頭撞到了某個堅硬的東西。

那似乎是一扇活板門，哈利站在那裡，揉著頭頂靜靜傾聽。他聽不到上面的任何聲音，他非常緩慢地推開活板門，透過縫隙望著上方的景象。

他現在是在一個堆滿木箱木盒的地窖裡面，哈利爬出活板門，再把它重新關好——它天衣無縫地與灰塵密布的地面融合為一，完全看不出它的存在。哈利躡手躡腳地慢慢爬上通往樓上的木梯，現在他已經可以清楚聽到說話的聲音，更別說是那些叮叮咚咚的鈴聲和乒乒乓乓的開門關門聲了。

就在他還拿不定主意該怎麼做的時候，他突然聽到近處響起一陣開門聲；有人就要走下樓來了。

「另外再拿一盒果凍蛞蝓，親愛的，他們簡直就快要把我們這裡給搬空了——」一個女人的聲音說。

一雙腿正沿著樓梯走下來，哈利連忙跳到一個大箱子後面，靜靜等著腳步聲從他面前經過。他聽到有人在搬動對面牆壁邊的木盒，這可能是他唯一的機會——

哈利彎下身來，靜悄悄但十分迅速地走出藏身處，再爬上樓梯。他回頭瞥了一眼，看到一個非常魁梧的背影，和一顆埋進盒子裡的閃亮禿頭。哈利走到樓梯上的大門前，輕輕溜了出去，隨即發現自己就站在蜂蜜公爵的櫃台後面——他連忙彎下身來，悄悄地往旁邊挪去，然後再挺起身軀。

蜂蜜公爵裡擠滿了霍格華茲的學生，根本沒人會多看哈利一眼。他側身擠進人潮，東張西望地四處打量。而他一想到達力要是能看到眼前的景象，那張肥豬臉上不知道會出現什麼樣的怪相時，他費了好大的勁才忍住沒笑出聲來。

這裡有著一櫃又一櫃你所能想像出最引人垂涎的糖果點心。乳香四溢的大塊牛軋糖、閃爍發亮的四方形粉紅椰子糖霜，和蜂蜜色的濃郁太妃糖。數百種各式各樣的巧克力，排成整齊的隊伍擺在一起。還有一大桶全口味豆，和另一大桶嘶嘶咻咻蜂，也就是榮恩提到過的那種可以讓人浮起來的雪寶球。另外也有一整牆的「特效」糖果：吹寶超級泡泡糖（它可以讓整個房間充滿藍鈴花色的泡泡，而且持續好幾天都不會爆破）、怪異而且容易碎裂的薄荷潔牙線、細小的黑色胡椒鬼（「替你的朋友吹火取暖！」）、冰鼠（「聽你自己的牙齒吱吱怪叫和嘎嘎打顫！」）、形狀像蟾蜍的薄荷奶油（「像真的一樣在胃裡面活蹦亂跳！」），以及脆弱的糖絲羽毛筆和會爆炸的夾心糖。

哈利從一群六年級生中間擠過去，看到在店裡最遠的一個角落上方，掛著一面寫著

「異常風味」的牌子。榮恩和妙麗就站在牌子下面，正在翻揀一盤鮮血口味的棒棒糖。哈利悄悄溜到他們背後。

「噁，不要啦，哈利才不會喜歡這種東西呢，我想這應該是給吸血鬼吃的。」妙麗正在說。

「那這個怎麼樣啊？」榮恩說，把一罐蟑螂串遞到妙麗的鼻子下面。

「絕對不要。」哈利說。

榮恩差點就把罐子給摔到地上。

「**哈利**！」妙麗尖叫，「你在這裡做什麼？你是——你是怎麼——？」

「哇噢！」榮恩露出大為感動的表情說，「你學會了現影術！」

「這我哪會呀。」哈利說。他壓低聲音不讓那些六年級生聽到，開始一五一十地把劫盜地圖的事告訴他們。

「弗雷和喬治怎麼從來都沒把它給過**我**呢！」榮恩憤慨地說，「我可是他們的親弟弟欸！」

「但哈利又不會真的把它留在身邊！」妙麗說，就好像這是個非常可笑的念頭似的，「他會把它交給麥教授的，你說是不是，哈利？」

「當然不是，我才不會把它交出去呢！」哈利說。

「妳瘋了嗎？」榮恩吃驚地瞪著妙麗，「居然把這麼棒的東西交出去？」

「如果我交出去，我就必須說出這是哪裡來的！飛七就會知道是弗雷和喬治偷的！」

「你忘了天狼星．布萊克了嗎？」妙麗噓聲說，「他可以利用那張地圖上的密道潛進城堡！這件事一定要報告老師！」

「他是不可能從密道潛進來的，」哈利立刻答道，「地圖上總共有七條秘密隧道，是吧？弗雷和喬治認為，飛七知道其中四條密道。至於另外三條呢——其中一條已經塌毀了，所以沒人能從那裡走進來。另一條的入口上面剛好種著渾拚柳，你根本沒辦法從那裡走出來。而我剛剛走的這一條——嗯——要在地窖裡找到入口真的非常困難——所以呢，除非他早就知道入口在那裡——」

哈利遲疑了一會兒。要是布萊克確實曉得那裡有一條密道呢？但榮恩卻煞有介事地清清喉嚨，指著貼在糖果店大門上的一張公告。

奉魔法部命令

在此提醒消費者注意，在新的公告發布之前，催狂魔將會於每天日落後，開始巡邏活米村街道。這項措施是為了維護活米村居民們的安全，並將於重新捕獲天狼星．布萊克之後宣告解除，因此我們在此恭請各位於天黑前採購完畢。

聖誕快樂！

「懂了吧？」榮恩平靜地說，「我倒想看看，在村子裡到處都是催狂魔的情況下，布萊克要用什麼方法闖進蜂蜜公爵？再說呢，妙麗，要是真有人闖進來的話，蜂蜜公爵的老闆總該聽得到吧，對不對？他們就住在樓上欸！」

「話是沒錯，可是——可是——」妙麗似乎正努力想要抓住另一個漏洞，「哈利現在根本就不應該到活米村來，他根本沒拿到同意書！要是被人發現的話，他就會惹上天大的麻煩！而且現在又還沒有天黑——要是天狼星．布萊克突然挑在今天出現呢？要是他現在就闖進來呢？」

「那他得費很大的工夫，才有辦法在這種情況下找到哈利。」榮恩說，頭往窗外飛舞的厚片雪花點了一下，「好了啦，妙麗，這可是聖誕節耶，哈利總該可以休息一下散散心吧？」

妙麗咬著嘴唇，露出非常擔心的表情。

「妳打算去告我的狀嗎？」哈利咧嘴笑著問她。

「喔——當然不會啦——但說真的，哈利——」

「看到嘶嘶咻咻蜂了嗎，哈利？」榮恩一把抓住哈利，拉著他走向裝著嘶嘶咻咻蜂的大桶，「還有果凍蛞蝓呢？酷酸果？我七歲的時候弗雷給了我一個——結果它把我的舌頭燒穿了一個洞，我還記得媽拿掃帚把他痛打了一頓。」榮恩若有所思地凝視盒子裡的酷酸果，「你覺得要是我告訴弗雷裡面裝的是花生，他會不會上當去嚐一口蟑螂串？」

等榮恩和妙麗付錢買好糖果後，他們三人就離開蜂蜜公爵，踏入戶外的暴風雪中。活米村看起來就像是一張聖誕卡，那些小茅屋和商店上全都覆蓋著一層鬆軟的雪花。家家戶戶門前懸掛著冬青花環，樹上也環繞著一圈圈的魔法蠟燭。

哈利打了一個寒顫，他不像其他兩人一樣穿著斗篷。他們低頭頂著狂風，沿著街道往前走去，臉上裹著圍巾的榮恩和妙麗一路上不停地喊叫。

「那是郵局——」

「桑科的店就在那裡——」

「我們可以從這裡走到尖叫屋——」

「你們聽我說，」榮恩說，他的牙關喀噠喀噠地打顫，「我們先到三根掃帚去喝杯奶油啤酒怎麼樣？」

這對哈利來說是求之不得，街上寒風刺骨，而他的手又凍得發僵。於是他們穿越街道，而在短短幾分鐘之後，他們就踏入了那家小酒店。

這裡極端擁擠，既吵鬧又溫暖，並瀰漫著一層煙霧。一名身段玲瓏、面目姣好的女子，正忙著侍候吧台前一大群粗暴的魔法師。

「那是羅梅塔夫人，」榮恩說，「我去點飲料，可以吧？」他臉色微紅地加上一句。

哈利和妙麗往房間後面走去，在那裡的窗戶和爐火邊一株漂亮聖誕樹中間，有著一張小小的空桌。榮恩在五分鐘之後，端著三大杯冒泡的奶油啤酒走過來。

「聖誕快樂！」他舉起杯子快樂地說。

哈利喝了一大口。這是他這輩子嚐過最美味的東西，而且它好像可以讓他的身體從裡到外地整個暖起來。

一陣突來的微風吹動他的頭髮，三根掃帚的大門再度敞開。哈利從杯緣上方往門前瞥了一眼，接著立刻就被酒給嗆到了。

麥教授和孚立維教授在一陣雪花中踏進酒吧，海格緊跟在他們身後，正在專心地跟一名頭戴檸檬綠高頂禮帽、身穿細紋斗篷的矮胖男人熱烈交談，而這名男子正就是魔法部長康尼留斯．夫子。

在轉眼間，榮恩和妙麗兩人就不約而同地把手放到哈利頭頂上，硬把他推下凳子，按到餐桌底下。哈利潑了一身的奶油啤酒，手握著空啤酒杯，蹲伏著躲到看不見的地方，眼睜睜望著老師們和夫子的腳移向吧台，暫時停下，然後再倒轉方向，朝著他走過來。

在他上方某處的妙麗輕聲念道：「呼呼移！」

他們餐桌旁邊的聖誕樹微微浮起，往旁邊飄過去，不偏不倚地輕輕降落在他們桌子前方，正好把他們給完全遮住。哈利透過聖誕樹根部的茂密枝椏望過去，看到有四組椅腿從他們旁邊的餐桌下移出來，接著就聽到部長和老師們紛紛咕噥輕嘆著坐了下來。

然後他又看到另一雙穿著閃亮藍綠高跟鞋的腳，並聽到另一個女人的聲音。

「一小杯紫羅蘭水——」

「我的。」麥教授的聲音說。

「四品脫加上香料的蜂蜜酒——」

「謝啦，羅梅塔。」海格說。

「一份櫻桃糖漿蘇打水，裡面再加上冰淇淋和小雨傘——」

「呣！」孚立維教授咂咂嘴。

「而你要的是紅醋栗甜酒，部長。」

「謝謝妳，羅梅塔，親愛的。」夫子的聲音說，「真高興能再見到妳，妳自己也來一杯吧，好嗎？過來跟我們坐坐吧……」

「好的，多謝了，部長。」

哈利看到那對耀眼的鞋跟先匆匆離開，然後再重新走回來。他的心臟跳得異常激烈，簡直就快要從喉嚨迸出來了，這讓他感到很不舒服。他為什麼沒早點想到，現在同樣也是老師們這學期最後一個週末假期呢？他們到底還要在這裡坐多久？如果他想要在今天晚上回到學校的話，他必須花上一點時間，才能重新溜回蜂蜜公爵啊……妙麗的腿在他旁邊緊張地抽動了一下。

「現在告訴我，究竟是什麼風把你給吹到我們這鄉下小地方來的呢，部長？」羅梅塔夫人的聲音說。

哈利看到夫子肥胖的下半身在椅子裡扭動了幾下，似乎是在檢查四周是否有人偷聽。然後他壓低聲音說：「除了天狼星．布萊克之外，親愛的，還會有什麼其他事呢？妳想必已經聽說學校在萬聖節發生的事了吧？」

「我是聽到了一些傳聞。」羅梅塔夫人坦白承認。

「你是不是把這件事告訴酒吧裡的所有人啦，海格？」麥教授憤怒地說。

「你認為布萊克目前還留在這個區域嗎，部長？」羅梅塔夫人輕聲問道。

「這點我很確定。」夫子簡短地答道。

「你知道催狂魔已經到我的酒吧裡來搜過兩次了嗎？」羅梅塔夫人的聲音稍稍變尖了一些，「把我的顧客全都嚇跑了……這對生意有很壞的影響呢，部長。」

「羅梅塔，親愛的，我自己也跟妳一樣，非常不喜歡牠們，」夫子不安地說，「但這是必要的防備措施呀……不過話說回來，妳的遭遇的確令人感到遺憾……我自己也碰到過幾個催狂魔。牠們很氣鄧不利多——他嚴令禁止牠們走進城堡校區。」

「本來就不應該讓牠們進來。」麥教授厲聲說，「有那些討厭鬼在附近飄來飄去的，那叫我們要怎麼教課啊？」

「說的好，說的真是太好了！」孚立維教授尖聲喊道，雙腳在離地一呎處的半空中晃來盪去。

「但事情還是一樣，」夫子出言辯駁，「牠們會到這裡來，完全是為了保護大家免於受到更嚴重的傷害……我們都曉得布萊克可以做出……」

「你知道嗎？我直到現在還是沒辦法相信，」羅梅塔夫人沉吟地表示，「在所有去投靠黑暗勢力的人當中，最出乎我意料之外的就是天狼星．布萊克……我要說的是，我還記得他當年在霍格華茲念書時候的模樣。如果你在那時候告訴我，他將來會變成現在這副德行，我一定會認為你是蜂蜜酒喝太多了。」

「妳是只知其一，不知其二哪，羅梅塔。」夫子啞聲說，「他做過最糟糕的那件事，其實知道的人並不太多。」

「最糟糕的事？」羅梅塔夫人說，她的語氣充滿了好奇，「你是說，甚至比殺死那麼多可憐人還要糟糕嗎？」

「確實如此。」夫子說。

「我實在沒辦法相信，怎麼會有比這還要糟糕的事？」

「妳剛才說，妳還記得他在霍格華茲念書時的模樣，羅梅塔，」麥教授低聲說，「妳應該沒忘記他最好的朋友是誰吧？」

「當然不會忘記啦，」羅梅塔夫人說，並忍不住輕輕笑了一聲，「他們兩個可說是形影不離，對吧？我在這裡見過他們好多次——喔，他們過去老是逗得我呵呵大笑。

真是一對活寶，天狼星・布萊克和詹姆・波特！」

哈利的大啤酒杯噹啷一聲摔到地上，榮恩踢了他一腳。

「完全正確，」麥教授說，「布萊克和波特，是他們那個小集團的領袖人物。兩人都非常聰明——事實上可說是聰明絕頂——但我想我們學校也從來沒出過像他倆這麼難纏的一對搗蛋鬼——」

「我可不這麼想，」海格咯咯輕笑，「弗雷和喬治・衛斯理兩兄弟，絕對比他們還要難纏。」

「你甚至會以為布萊克和波特是親兄弟咧！」孚立維教授插嘴附和道，「他們兩個簡直整天都黏在一塊！」

「他們的確是這樣，」夫子說，「波特在他所有的朋友裡，最信任的就是布萊克。在他們離開學校之後，情況也沒有任何改變。布萊克是詹姆和莉莉結婚時的男儐相，然後他們又指定要他做小哈利的教父。哈利自然不曉得這回事，你可以想像這會帶給他多大的痛苦。」

「就因為布萊克後來變成『那個人』的黨羽嗎？」羅梅塔夫人輕聲問道。

「甚至比那還要糟糕呢，親愛的……」夫子的聲音沉了下來，用模糊的低沉耳語繼續說下去，「知道『那個人』打算去對付波特夫婦的人並不多。鄧不利多當時自然是努力不懈地對抗『那個人』，並且還培養了幾名非常有用的間諜。其中一個間諜替他探聽到這個消息，於是他立刻去跟詹姆和莉莉示警。他建議他們快點躲起來，當然啦，要躲開『那個人』並不是那麼容易。鄧不利多告訴他們，目前最大的勝算就是使用忠實咒。」

「那有什麼作用？」羅梅塔夫人滿懷興趣地屏息問道，孚立維教授清清喉嚨。

「這是一種極端複雜的符咒，」他尖聲說，「主要是用魔法將一個秘密隱藏到一個活人心裡。這個訊息會藏在這個被選擇的人，也就是守密人的心裡，而在這之後，除非守密人自己選擇去洩漏秘密，否則這個秘密就永遠都不可能會被人發現。只要守密人拒絕吐露實情，『那個人』就算在莉莉和詹姆住的村子裡搜上好幾年，也永遠沒辦法找到他們，甚至連把鼻子貼到他家客廳窗戶上，也是一樣找不到！」

「所以布萊克就是波特的守密人囉？」羅梅塔夫人輕聲問道。

「自然是這樣，」麥教授說，「詹姆．波特告訴鄧不利多，說布萊克寧死也不會洩露他們的行蹤，而且布萊克自己也打算躲起來……不過，鄧不利多還是覺得不放心，我記得他還自告奮勇要當波特的守密人。」

「他懷疑布萊克？」羅梅塔夫人倒抽了一口氣。

「他確定有某個跟波特家很親近的人，一直在暗地裡向『那個人』報告他們的去向。」麥教授沉著臉說，「事實上，他早就懷疑我們這邊有某個人變成了叛徒，不斷在向『那個人』通風報信。」

「但詹姆．波特還是堅持要找布萊克？」

「沒錯，」夫子沉重地說，「然後，忠實咒才施展了一個禮拜——」

「布萊克就背叛了他們？」羅梅塔夫人低聲問道。

「他的確是如此。布萊克已經厭倦再扮演雙面間諜的角色，他準備公開宣告他支持『那個人』，而且他原先好像是計畫在波特夫婦死亡的那一刻宣布。不過呢，大家都知道，結果『那個人』卻在面對小哈利波特時嚐到失敗的滋味。他法力全失，只剩下最後一口氣，然後就這樣逃匿消失。這確實讓布萊克陷入艱難的窘境，他的主人偏偏就選在他布萊克露出叛徒真面目的時候敗亡，因此他別無選擇，只好立刻逃亡——」

「卑鄙、下流的叛徒！」海格喝道，聲音大得讓半個吧台的人全都安靜下來。

「噓！」麥教授說。

「我有碰到他！」海格吼道，「我想必是在他殺死那些人以前，最後一個見到他的人！在莉莉和詹姆被殺死以後，是我把哈利從他們的屋子裡給救了出來！我才剛把他從瓦礫堆裡抱出來，可憐的小東西，額頭上有好大一條傷口，又死了爹娘……接著天狼星．布萊克就騎著他常開的那輛飛天摩托車突然出現。我死都沒想到他是在那裡做什麼，我並不曉得他是莉莉和詹姆的守密人，我以為他只是聽到『那個人』下手殺人，所以跑過來看看能幫上什麼忙。他那時臉色慘白，而且還在發抖。你們知道我做了啥蠢事嗎？**我還去安慰那個殺人的叛徒！**」海格狂吼。

「海格，拜託你！」麥教授說，「聲音小一點！」

「我怎麼會曉得，他根本就不是在為莉莉和詹姆感到難過？他在乎的是『那個人』！接著他就說：『把哈利交給我吧，海格，我是他的教父，我會好好照顧他的——』哈！但我那時是奉了鄧不利多的命令，所以我跟布萊克說不成，鄧不利多交代要讓哈利去跟他的阿姨和姨丈住到一塊兒。布萊克自然跟我吵，可是到最後他也就死心了，叫我騎他的摩托車把哈利送到那裡去，他還說了一句：『我以後再也不需要用到它了。』

「我那時早該看出事情有點邪門，他愛死那輛摩托車了，他幹嘛沒事要把它送給我呢？他為什麼再也不需要用到它了呢？真相就是，因為那太容易被找到了。鄧不利多曉得他是波特夫婦倆的守密人。布萊克心裡清楚得很，他當天晚上就得趕快逃走，魔法部頂多再過幾個鐘頭就會來抓他了。

「**要是我那時真蠢到把哈利交給他會怎樣呢**，**嗄**？我敢打包票，他鐵定是飛到大海上，把哈利從摩托車上拋到海裡了事。那可是他最好朋友的兒子呢！但話說回來，一個巫師去投靠黑暗勢力以後，不管是任何人任何事，他全都不會再放在心上了……」

海格的故事說完後，有好長一段時間大家全都沉默不語。然後羅梅塔夫人用略帶滿意的語氣表示：「不過他最後還是沒能逃掉，對不對？魔法部在第二天就逮到了他！」

「哎呀，要是我們真有這麼行就好了，」夫子忿忿地說，「他不是被我們找到的，找到他的人是小彼得．佩迪魯——波特的另一個朋友。他那時悲傷得快要發狂，這是當然的，而且他也知道布萊克是波特夫婦的守密人，所以他乾脆自己去找布萊克。」

「佩迪魯……就是他們在霍格華茲念書的時候，老是跟在他們屁股後面那個肥嘟嘟的小男孩？」羅梅塔夫人問道。

「他把布萊克和波特當做英雄一樣崇拜，」麥教授說，「他在聰明才智上跟他們差了一大截。我那時經常對他非常嚴厲，你們可以想像我現在有多——現在有多麼後悔……」她的聲音聽起來就好像是鼻子突然塞住似的。

「好了，麥教授，」夫子體貼地說，「佩迪魯死得像位英雄。目擊證人們——全都是麻瓜，而我們自然也在事後消除了他們的記憶——告訴我們當時佩迪魯困住布萊克的經過。他們說他在低聲哭泣：『莉莉和詹姆，天狼星！你怎麼下得了手！』然後他就伸手掏他的魔杖。不過呢，布萊克的動作自然比他更快，當場就把佩迪魯炸得粉身碎骨……」

麥教授擤了一下鼻涕，聲音啞啞地說：「傻孩子……笨孩子……他向來就不善於決鬥……他應該把事情交給魔法部去……」

「我告訴你，要是我趕在小佩迪魯之前找到布萊克，我才不會浪費時間去耍什麼勞什子的魔杖哩——我要活生生把他的手腳一根——一根地——扯下來。」海格吼道。

「你根本不曉得自己在說些什麼，海格，」夫子說，「除了魔法執法組那些受過訓練的霹靂巫師之外，不論是任何人遇到被困住的布萊克，都可說是毫無勝算。我那時還是魔法災難部門的下級長官，同時我也是在布萊克殺了一大堆人之後，第一批趕到現場的少數人之一。我——我這輩子永遠也忘不了當時的情形。我現在有時候還會夢到那時的景象，馬路正中央有一個大彈坑，深得把下面的下水道都震裂了。路上到處都是屍體，麻瓜們在高聲尖叫，而布萊克就站在那裡大聲狂笑，前面躺著佩迪魯僅存的殘骸……一堆血跡斑斑的長袍和一點點——一點點碎片——」

夫子的聲音突然打住，接著就響起五個人擤鼻涕的聲音。

「是的，妳說的沒錯，羅梅塔，」夫子啞著聲音說，「布萊克被二十名魔法執法人員帶走，而佩迪魯得到了第一級梅林勳章，我想這至少可以帶給他可憐的母親一點安慰。布萊克在那之後，就一直被關在阿茲卡班。」

羅梅塔夫人發出一聲悠長的嘆息。

「他真的瘋了嗎，部長？」

「我真希望我能說他是真的瘋了，」夫子緩緩答道，「我是相信，他主人的敗亡，確實讓他頭腦錯亂了好一陣子。謀殺佩迪魯和其他所有麻瓜，看來的確是一個走投無路、自暴自棄的男人才會做得出的舉動——殘酷……毫無道理可言。不過呢，我在上次去阿茲卡班考察時遇到了布萊克，你們也知道，那裡大多數囚犯全都是坐在黑暗中喃喃自語，他們已經完全瘋了……但布萊克看起來卻似乎是那麼的**正常**，這讓我大吃一驚。他用相當理性的態度跟我說話，我當時感到很不自在。你會覺得他好像只是感到有點無聊——他問我報紙看完了沒，態度冷靜得不得了，說他很想玩填字遊戲。是的，催狂魔竟然沒對他造成多大影響，這情形實在是讓我大為震驚——而且他還是那裡受到最嚴密監視的重刑犯呢，他的牢房不論日夜都會有催狂魔守在門口。」

「但他逃出來究竟有什麼目的？」羅梅塔夫人問道，「天哪，部長，他該不會是想要去跟『那個人』重新會合吧？」

「我想那應該就是他——呃——最後的目的吧，」夫子言辭閃爍地答道，「但我們希望能在那之前逮到布萊克。我必須坦白說，一個孤孤單單、身邊沒有任何朋友的『那個人』，就已經夠讓人頭痛的了……要是再把他最忠貞的僕人送回到他身邊，我真不敢想他有多快就可以東山再起……」

接著響起玻璃輕撞木桌的叮噹聲，有人放下了玻璃杯。

「好了，康尼留斯，你要是想跟校長一起吃晚餐的話，我們最好現在就動身趕回城堡。」麥教授說。

哈利面前的好幾雙腿，又紛紛再度撐起它們主人的身軀，斗篷的衣襬出現在哈利眼前，隨後羅梅塔夫人閃亮的鞋跟也消失在吧台後方。三根掃帚的大門再度敞開，在另一陣風雪吹過之後，老師們就完全失去了蹤影。

「哈利？」

榮恩和妙麗的面孔出現在餐桌底下，他們兩人都怔怔地望著他，完全說不出話來。

11

火閃電

哈利不太記得自己那時究竟是怎樣返回蜂蜜公爵的地窖，再重新穿越隧道回到城堡的。他只知道回程似乎沒花什麼時間，而他也幾乎沒注意到自己在做些什麼，這是因為，他剛才聽到的談話，依然在他腦海中轟隆隆地迴盪不已。

為什麼從來都沒人告訴他呢？鄧不利多、海格、衛斯理先生、康尼留斯．夫子……為什麼從來就沒人提到過，哈利的父母其實是被他們最好的朋友出賣才會不幸喪生？

榮恩和妙麗在晚餐時一直緊張地盯著哈利，但卻不敢開口談論他們剛才無意中聽到的事情，因為派西不巧就坐在他們附近。當他們爬上樓回到擁擠的交誼廳時，卻發現弗雷和喬治在學期結束的高昂情緒鼓舞下，一時衝動發射了六枚屎炸彈。哈利不想讓弗雷和喬治走過來問他有沒有去成活米村，因此他悄悄溜回空盪盪的寢室，並直接走向他的床頭櫃。他推開書本，很快就找到了他要的東西——海格在兩年前送給他的皮面相本，裡面裝滿了他父母親的巫師相片。他坐到自己床上，把四周的簾幕拉上，開始翻動相本，仔細搜尋，最後……

他的目光停在一張他父母親婚禮時的相片上。照片中的父親正笑吟吟地朝他揮手，而那頭遺傳給哈利的亂髮，仍是不馴地四處亂翹。還有他的母親，她挽著他爸爸的手，滿臉洋溢著幸福的光彩。而在那裡……那想必就是他了，他們的男儐相……哈利過去從來沒注意到他。

要不是他已經知道他們兩個其實是同一個人，他絕對猜不出，這張舊照片中的人竟然就是布萊克。他的面孔既不蒼白也不凹陷，反倒還相當英俊，並帶著濃濃的笑意。他在拍這張照片的時候，是否已開始在替佛地魔工作了呢？他那時已計畫要殺死他身邊的那兩個人了嗎？他知道自己即將在阿茲卡班整整蹲上十二年苦牢，度過讓他變得面目全非的漫長歲月嗎？

但催狂魔卻沒辦法影響到他，哈利望著那張英俊的笑臉默默思索。**他在牠們接近時，並不會聽到我媽的尖叫聲——**

哈利砰地一聲闔上相本，探身將它重新塞進櫃子裡，再脫下長袍，摘下眼鏡，爬到床上，把簾幕拉得密不透風，這樣就沒人能看得到他了。

寢室大門突然被推開。

「哈利？」榮恩用不太有把握的語氣喊道。

但哈利卻假裝睡著，既不動也不肯作聲。他聽到榮恩走出去，於是他翻身躺到床上，眼睛大大睜開。

一股前所未有的恨意，如毒藥般竄遍他的全身。他可以在黑暗中看到布萊克的笑臉，就好像是有人把相本中的那張照片貼在他面前似的。接著他眼前就如放電影般出現了一連串的畫面，而他看到了天狼星．布萊克把彼得．佩迪魯（他長得很像奈威．隆巴頓）炸成碎片的可怕景象。他可以聽到（雖然他完全不曉得布萊克的聲音聽起來是怎樣）一陣低沉而興奮的低語：「已經成了，我的主人……我已經是波特大婦的守密人了……」然後又出現另一個尖聲狂笑的嗓音，而那正是每當催狂魔接近時，哈利在他自己腦袋中所聽到的同一陣笑聲……

* * *

「哈利，你——你看起來糟透了。」

哈利一直到天亮時才終於睡著。他醒來時發現寢室裡已經全空了，於是他穿上衣服，跑下螺旋梯，但卻發現交誼廳裡同樣也是空盪盪的，只剩下正在一面吃薄荷蟾蜍，一面揉肚子的榮恩，以及把作業攤滿三張餐桌的妙麗。

「大家都到哪裡去了？」

「走啦！這可是寒假第一天欸，沒忘吧？」榮恩說，並仔細打量哈利，「都快要吃午飯了，我正準備再過一分鐘就上去叫你起床。」

哈利頹然坐到爐火前的一張椅子上。窗外仍在飄雪，歪腿全身攤平地躺在爐火前，看起來活像是一張薑黃色的大毛毯。

「你的氣色真的很不好。」妙麗擔心地凝視他的面孔說。

「我沒事。」哈利說。

「哈利，聽我說，」妙麗說，並跟榮恩互望了一眼，「我們昨天聽到的事情，一定讓你覺得心裡很不好過。但我要說的是，你千萬不能為了這樣而去做傻事啊。」

「比方說什麼傻事？」哈利說。

「比方說想要去找布萊克。」榮恩厲聲說。

哈利可以看出，他們早就趁他睡覺的時候，事先排練過這段對話。他什麼也沒說。

「你不會這麼做的，對不對，哈利？」妙麗問。

「因為布萊克根本不值得你去送命。」榮恩說。

哈利望著他們，他們好像完全搞不清狀況。

「你們知不知道，每次有催狂魔靠近我的時候，我會看到和聽到什麼嗎？」榮恩和妙麗搖搖頭，並露出擔心的表情，「我可以聽到我媽的尖叫，和她懇求佛地魔的聲音。如果你聽到你自己媽媽在臨死前叫得那麼慘，你是絕對不可能馬上就忘掉的。而且，你要是發現有某個本來應該是她朋友的人，竟然狠心出賣她，讓她落到佛地魔手中——」

「可是你什麼也不能做啊！」妙麗憂心忡忡地說，「催狂魔會抓到布萊克，把他再送回阿茲卡班，這樣他就會——就會受到應有的懲罰！」

「妳自己也聽到夫子說的話了，布萊克不是普通人，他並不會受到催狂魔的影響。這對別人是一種懲罰，但對他來說根本就不算什麼。」

「那你說你到底要怎樣？」榮恩顯得非常緊張，「你想要——想要去殺死布萊克嗎？」

「別傻了，」妙麗用一種驚惶的語氣說，「哈利才不會想要去殺人呢，你說是不是，哈利？」

這一次哈利又沒有回答。他並不確定自己到底想要做什麼。他只曉得，只要一想到布萊克依然逍遙法外，而自己卻什麼也沒做，他就感到完全無法忍受。

「馬份知道這件事，」他突然開口說，「記得他在上魔藥學的時候跟我說的話嗎？『我要是你的話，絕對會親手把他給逮到……我非去報仇不可。』」

「難道你不肯聽我們的話，反倒要去聽馬份的建議不成？」榮恩憤怒地說，「聽著……你曉得佩迪魯的母親，在佩迪魯被布萊克解決掉以後拿到了什麼嗎？我爸告訴我——她拿到第一級梅林勳章，和裝著佩迪魯一根手指頭的小盒子，那是他們所能找到最大的一片殘骸。布萊克是個瘋子啊，哈利，而且他非常危險——」

「馬份的爸爸一定告訴過他，」哈利說，他根本就不理榮恩，「他爸爸是佛地魔身邊的親信——」

「**拜託你說『那個人』好不好**？」榮恩生氣地插嘴說。

「所以事情很明顯，馬份家想必也知道布萊克在替佛地魔工作——」

「而且馬份一定很想看到你像佩迪魯一樣，被炸成百萬個碎片！你醒醒吧，馬份只不過是希望，他能在下次跟你進行魁地奇球賽之前，先害你被殺死罷了。」

「哈利，**求求你**，」妙麗說，她的雙眼現在閃爍著淚光，「**求求你**理智一點。布萊克真的是做了非常非常可惡的事，但——但你可千萬別讓自己遇到危險啊，那正好就乘了布萊克的心意……喔，哈利，你要是真的跑去找布萊克的話，那就是中了他的計。你爸媽也不會想讓你受到傷害，你說是不是？他們絕對不會希望你去找布萊克的！」

「我永遠也不會曉得，他們心裡到底希望我怎麼做，而這得感謝布萊克，就是他害我這輩子從來沒跟我爸媽說過一句話。」哈利簡短地說。

大家全都沉默不語，而此時歪腿舒舒服服地伸了一個懶腰，並且把爪子大大張開。榮恩的口袋一陣抖動。

「聽我說，」榮恩說，他顯然是想趕緊換個話題，「現在是放假欸！聖誕節就快要到了！我們去——我們下樓去找海格，我們有好幾百年都沒去看他了！」

「不行！」妙麗立刻說，「哈利不應該離開城堡啊，榮恩——」

「好啊，我們走。」哈利坐了起來，「我可以去問問他，在他跟我說我爸媽的事情時，為什麼完全沒提到布萊克這個人！」

榮恩的原意自然不是要他再繼續討論天狼星．布萊克這個話題。

「要不然我們也可以來下一盤棋啊，」他趕緊說，「或是玩多多石，派西正好留下了一套——」

「不，我們去找海格吧。」哈利堅決地表示。

於是他們先回寢室拿斗篷，然後就穿越畫像洞口（「站住，迎戰吧，黃肚皮的蒙古雜種！」）走下空盪盪的城堡，溜出橡木大門。

他們慢慢走下草坪，在閃爍的粉狀雪花上留下一條淺溝，他們的襪子和斗篷下襬全都變得又溼又冰。禁忌森林看起來好像被施了魔法似的，每一棵樹上都灑滿點點銀光，而海格的小木屋看起來活像是一個糖霜蛋糕。

榮恩敲門，但裡面卻毫無反應。

「他該不會是出去了吧。」妙麗說，她裹緊斗篷冷得發抖。

榮恩把耳朵貼到門上。

「裡面有一種很詭異的聲音，」他說，「你們聽，那是牙牙嗎？」

哈利和妙麗也把耳朵貼到門上，小木屋裡面傳來一陣陣低沉顫抖的呻吟聲。

「我們是不是最好去找人過來看看？」榮恩緊張地問道。

「海格！」哈利捶著門喊道，「海格，你在裡面嗎？」

接著就響起一陣沉重的腳步聲，大門唧唧嘎嘎地敞開。海格雙眼紅腫地站在門前，斗大的淚珠滾落到他皮背心的前襟。

「你們聽說了！」他吼道，猛然撲過來抱住哈利的脖子。

海格的身材至少有平常人的兩倍大，這可不是開玩笑的事。就在哈利快要被海格的重量壓垮時，榮恩和妙麗及時伸出援手，他們兩人分別架住海格的兩隻手臂，把他給扶起來，然後在哈利的協助下，一同把海格推到屋子裡去。海格任由他們擺布，被推著坐到椅子上，接著就猛然趴倒在餐桌上，失去控制地號啕大哭。他的臉上沾滿淚水，眼淚淌落到糾結的鬍鬚深處。

「海格，到底**怎麼**啦？」被嚇呆了的妙麗問道。

哈利瞥見餐桌上有一份看起來像是公文的信函。

「這是什麼東西，海格？」

海格哭得更厲害了，但還是把信推到哈利面前。哈利把它拿起來，開始大聲朗讀：

親愛的海格先生：

在我們調查過貴班一名學生遭到鷹馬攻擊的事件之後，我們已同意接受鄧不利多教授的保證，因此閣下無需為這件令人遺憾的事件承擔任何責任。

「好啊，那不就沒事啦，海格！」榮恩說，伸手拍拍海格的肩膀。但海格卻依然哭個不停，並伸出大手揮了一下，叫哈利再繼續看下去。

然而，我們卻必須將注意力轉向該隻涉案鷹馬。我們已決定支持魯休思．馬份先生提出的正式控訴，因此該案將會呈交給危險生物處分委員會負責處理。聽證會將於四月二十日舉行，而我們請閣下與你的鷹馬於該日前往倫敦的委員會辦公室出庭。在這段期間，必須將該鷹馬以鏈子拴住並加以隔離。

你的同事……

接下來是一份學校理事們的名單。

「喔，」榮恩說，「可是你以前說過，巴嘴算是一頭滿乖的鷹馬，海格，我相信他一定可以順利脫罪的——」

「你不曉得危險生物處分委員會那些鬼怪是什麼德行！」海格用袖口揩揩眼睛，哽咽地說，「他們老是愛跟好玩的生物過不去！」

海格的小木屋角落突然傳來一陣聲響，驚得哈利、榮恩和妙麗猝然回過身來。鷹馬巴嘴正躺在角落，咯吱咯吱地大嚼某個鮮血淋漓的東西，並濺了滿地的血水。

「我不能讓他拴在雪地裡啊！」海格哽咽地說，「就他孤零零的一個！現在可是聖誕節啊！」

哈利、榮恩和妙麗三人不禁面面相覷。海格所謂的「好玩生物」，通常都是一般人眼中的「恐怖惡獸」，而他們自己在這方面向來就跟海格意見相左。但話說回來，巴嘴似乎也沒什麼特別危險的地方。事實上，以海格平常的標準來衡量，牠簡直可算是可愛透頂。

「你必須好好替他辯護啊，海格，」妙麗說，她坐下來，伸手按住海格粗壯的前臂，「我相信你一定可以向他們證明，巴嘴其實一點也不危險。」

「沒有用的！」海格哭著說，「那些處分委員會的妖魔鬼怪，他們全都被魯休思．馬份牽著鼻子走！大家全都怕他啊！要是我辯論輸了的話，巴嘴就會被——」

海格伸出手指，往喉嚨上迅速劃了一下，然後就發出一聲淒厲的哭嚎，身子往前一撲，把臉埋進臂彎。

「那鄧不利多呢，海格？」哈利問。

「他替我做的已經夠多了，」海格哭兮兮地說，「而且現在又有一大堆事情要他煩心：看緊催狂魔，別讓牠們走進校園，另外還有天狼星．布萊克潛伏在這附近——」

榮恩和妙麗瞥了哈利一眼，似乎是以為他會突然破口大罵，怪海格不把布萊克的真相告訴他。但哈利看到海格現在這麼傷心、這麼害怕，他實在是罵不出口。

「聽我說，海格，」他說，「你不能就這樣放棄呀。妙麗說的沒錯，你現在只需要替他好好辯護就行了，你可以叫我們去替你作證——」

「我確定我以前看過一個激怒鷹馬的案例，」妙麗沉吟地表示，「那頭鷹馬後來被判無罪開釋。我去替你查一下，海格，搞清楚到底是怎麼回事。」

海格哭得更大聲了。哈利和妙麗一起望著榮恩，示意他趕緊想法子幫幫他們。

「呃——我來泡杯茶好嗎？」榮恩說。

哈利瞪大眼睛望著他。

「我們家每次有人心情不好，我媽的法寶就是去泡壺茶。」榮恩聳聳肩，低聲表示。

最後，在他們再三保證一定會盡力幫忙，面前又擱了杯熱茶的情況下，海格終於用一條桌布般的大手帕擤擤鼻涕，然後說：「你們說的沒錯，我現在可不能被打倒，得快點兒想辦法讓自己振作起來……」

獵豬犬牙牙膽怯地從餐桌下爬出來，把頭擱到海格的膝蓋上。

「我最近像是變了個人似的，」海格說，他一手撫摸牙牙，另一手忙著擦拭自己的臉龐，「替巴嘴擔心，而且又沒人喜歡我教的課……」

「我們就很喜歡呀！」妙麗立刻昧著良心說。

「是啊，你的課真是太棒了！」榮恩說，暗暗在餐桌底下做出避邪的手勢，希望自己說謊不會遭到報應，「呃——黏巴蟲最近怎麼樣啊？」

「死掉了，」海格悶悶不樂地說，「生菜吃太多了。」

「喔，不！」榮恩立刻撇下嘴唇。

「那些催狂魔更是讓我難過得要老命，」海格突然打了個哆嗦，「我每次想上三根掃帚去喝一杯的時候，都得從牠們身邊走過去，感覺簡直就像是回到阿茲卡班——」

他停下來，喝了一大口茶。哈利、榮恩和妙麗提心弔膽地望著他，他們過去從來沒聽海格提起過他在阿茲卡班短期服刑的事。在一陣短暫的沉默之後，妙麗怯怯地問道：

「那裡是不是真的很可怕，海格？」

「妳絕對想像不到那兒是什麼樣子，」海格平靜地說，「從來沒見過像那兒一樣的地方。我那時還以為我就要瘋了呢。心裡老是想到過去那些可怕的事……我被霍格華茲開除……我爹死掉……我不得不把蘿蔔送走……」

他的眼眶溢滿了淚水。蘿蔔是海格以前玩撲克牌贏來的幼龍。

「過了一陣子，你根本就記不清自己是什麼人了。你會覺得活著很沒意思。我還想過乾脆一覺睡死算了……在他們放我出來的時候，我覺得自己簡直就像是重出娘胎似的，忘掉的一切全都湧回來了，那真是全世界最棒的感覺。不過我可以告訴你們，催狂魔其實不太想放我走哩。」

「但你是無辜的啊！」妙麗說。

海格哼了一聲。

「妳以為牠們會在乎這個啊？牠們才不管呢。牠們只要有一、兩百人困在牠們身邊，讓牠們能把那些倒楣鬼的快樂全都吸光就行了，牠們才懶得去理會誰有罪誰沒罪呢。」

海格望著他的茶，有好一陣子不作聲，然後他平靜地表示：「我是想過乾脆把巴嘴放走算了……試著叫他飛得遠遠的……但你要怎樣讓一頭鷹馬了解他得躲起來別讓人發現呢？而且——而且我真的不敢再犯法了……」他抬頭望著他們，臉上再度淌滿了淚水，「我死都不想再回到阿茲卡班。」

* * *

這趟拜訪海格的旅程，雖說一點也不好玩，但卻已經發揮了榮恩和妙麗原先希望的效果。哈利雖然絕不可能就此忘掉布萊克的事，但他要是真想幫海格打贏這場對抗危險生物處分委員會的案件，他就沒辦法一心沉溺於他的復仇計畫。在第二天，他、榮恩和妙麗就跑到圖書館，抱了一大疊為替巴嘴辯護時可能會派得上用場的書，回到空盪盪的交誼廳。他們三人坐在嗶啪作響的爐火前，慢慢翻閱那些關於著名粗暴野獸案件的塵封書籍，並不時暫停下來，向彼此報告一些他們找到的相關素材。

「我找到了一些……一七二二年有一個案例……但那頭鷹馬最後被判有罪——噁，看看他們對牠做了什麼，真是噁心死了——」

「這大概有點用，聽著——在一二九六年，一頭人面蠍尾獅忽然野性大發，對某個人亂踢亂咬，但他們後來把那頭人面蠍尾獅放走了——喔——不，那只是因為根本沒人敢靠近牠……」

現在雖然沒幾個學生留在學校，但在城堡的其他地方，全都已布置了如往常一般華麗壯觀的聖誕節裝飾。通道旁排列著冬青與槲寄生編成的粗飾帶，每一副盔甲內部都散發出神秘的光芒，餐廳裡也一如以往地擺了十二株綴著閃爍金星的聖誕樹。通道上瀰漫著一股強烈的食物香氣，而到了聖誕夜時，香氣就變得更加濃郁，甚至連斑斑都忍不住從榮恩口袋中探出鼻子來，貪婪地狂吸猛嗅。

在聖誕節早上，哈利被榮恩扔過來的枕頭給打醒。

「哇！禮物耶！」

哈利伸手抓起眼鏡戴上，瞇眼透過微暗的光線望著他的床腳，那裡出現了一小堆禮物。榮恩現在已經在動手拆他自己的禮物了。

「又是一件媽親手織的套頭毛衣……**又是**茶色……看看你是不是也有一件。」

哈利的確也收到一件。衛斯理太太送給他一件前面織著葛來分多獅圖案的猩紅色套頭毛衣，另外再加上十二個自製百果餡餅、一塊聖誕節蛋糕和一盒脆堅果。在他把這些東西全都撥開之後，他看到下面擺了一個又細又長的包裹。

「那是什麼？」榮恩手裡抓著一雙剛拆開的茶色襪子，探過頭來問道。

「不曉得……」

哈利拆開包裹，一根閃閃發亮的華麗飛天掃帚滾落到他的床單上，而他不由得屏住氣息。榮恩扔下襪子，從床上跳下來，想要看清楚些。

「我真不敢相信。」他聲音嘶啞地表示。

那是一根火閃電，就跟哈利在斜角巷時每天都會去看的夢幻飛天掃帚一模一樣。在他把它拿起來時，掃帚柄立刻散發出閃爍的光芒。他可以感覺到它在震動，於是他鬆開手，它毫無支撐地浮在半空中，不偏不倚地停在剛好可以讓他跨上去的正確高度。他的目光從掃帚柄頂端的金色出廠序號，一路往下移到掃帚尾那些光滑無比的流線型樺樹枝。

「這是誰送給你的？」榮恩輕聲問道。

「你檢查一下裡面有沒有放卡片。」哈利說。

榮恩撕開火閃電的包裝紙。

「什麼也沒有！天哪，到底誰會為你花這麼多錢啊？」

「這個嘛，」哈利感到十分震驚，「我只能確定絕對不會是德思禮家的人。」

「我想一定是鄧不利多，」榮恩繞著火閃電兜圈子打轉，鉅細靡遺地欣賞它那美麗的造型，「他以前匿名送過你一件隱形斗篷……」

「但那本來就是我爸的東西啊，」哈利說，「鄧不利多只不過是把它再還給我罷了。他才不會花好幾百加隆替我買禮物呢，他不可能隨隨便便就送學生這麼貴重的東西——」

「所以他才不願意表明那是他送的啊！」榮恩說，「他就是怕被馬份那些混蛋說他偏心嘛。嘿，哈利——」榮恩笑著大叫一聲，「**馬份**！等著讓他欣賞你騎火閃電吧！他一定會氣得露出一臉豬相！這絕對是一根**國際級**的飛天掃帚，不會錯的！」

「我真不敢相信，」哈利伸手滑過火閃電，喃喃地說，榮恩則倒在哈利床上，因想像馬份的反應而笑得死去活來，「到底是**誰**呢？」

「我知道了，」榮恩說，並努力忍住笑聲，「我知道這可能是誰了——路平！」

「什麼？」哈利說，現在連他自己都忍不住開始大笑，「**路平**？別扯了，他要是有這麼多金子的話，他早就可以替自己好好買幾件新長袍了。」

「話是沒錯，但他很喜歡你呀。」榮恩說，「而且他在你掃帚摔壞的時候，正好離開學校，說不定他一聽到消息，就決定到斜角巷去買這送給你——」

「你說他正好離開學校是什麼意思？」哈利說，「我比賽的時候他不是在生病嗎？」

「嗯，可是他沒住在醫院廂房。」榮恩說，「我那時候被石內卜罰勞動服務，正待在那裡擦便盆呢，你沒忘吧？」

哈利皺眉望著榮恩。

「我還是看不出，路平哪會有錢買這種東西。」

「你們兩個在笑什麼呀？」

妙麗剛走進來，她身上穿著睡袍，懷裡抱著歪腿，牠的脖子上圍了一圈金絲線環，露出一臉壞脾氣的拗相。

「別把他帶到這裡來！」榮恩連忙 把抓起躺在他床上的斑斑，放進他的睡衣口袋。但妙麗根本不理他，她把歪腿放在西莫的空床上，張大嘴巴瞪著火閃電。

「喔，**哈利**！**那東西**是誰送給你的？」

「我也搞不清楚，」哈利說，「裡面沒附上卡片。」

他十分驚訝地發現，妙麗聽到這個消息，居然既不興奮也不好奇，她反而咬著嘴唇沉下臉來。

「妳是怎麼啦？」榮恩說。

「我也不曉得，」妙麗緩緩表示，「但這真的有點奇怪，對不對？我是說，這看起來應該是一種相當不錯的飛天掃帚，我沒說錯吧？」

榮恩被激怒似地嘆了一口氣。

「這是目前世上最棒的一種飛天掃帚，妙麗。」他說。

「所以它想必是貴得要命……」

「大概比所有史萊哲林掃帚的總價還要貴上一些。」榮恩快樂地表示。

「那麼……誰會送給哈利這麼昂貴的東西，但卻不肯告訴他是誰送的呢？」妙麗問道。

「管他的，」榮恩不耐煩地說，「聽我說，哈利，你可以讓我騎騎看嗎？可以嗎？」

「現在不論任何人都不能去騎那根飛天掃帚！」妙麗尖聲喊道。

哈利和榮恩望著她。

「那妳說哈利要拿它來做什麼——難道要用來掃地嗎？」榮恩說。

但妙麗還來不及回答，歪腿就從西莫床上一躍而起，直接撲向榮恩的胸口。

「**把——他——給——我——帶——走！**」榮恩怒吼，此時歪腿的爪子已撕破他的睡衣，而斑斑正拚命想要竄過他的肩頭。榮恩抓住斑斑的尾巴，朝歪腿狠狠踢了一腳，但卻沒踢著，反而撞到了哈利床尾的行李箱，結果箱子被踢翻，榮恩自己也連連呼痛地在原地亂蹦亂跳。

歪腿的毛突然全都豎了起來。房中響起一種刺耳的尖銳咻咻聲，攜帶式測奸器從威農姨丈的舊襪子裡掉了出來，在地上滴溜溜地打轉，並發出閃亮的光芒。

「我都忘了我還有這個！」哈利說，彎下腰來拾起測奸器，「我只要可以就絕對不穿那雙襪子……」

測奸器在他的手掌中咻咻旋轉，歪腿齜牙咧嘴地朝它嘶嘶怒吼。

「妳最好立刻把那隻貓給帶出去，妙麗。」榮恩憤怒地說，他現在正坐在哈利床上揉他的腳趾，「你就不能把那個東西給關起來嗎？」他又對哈利吼了一聲。妙麗大步跨出房間，而歪腿那對黃色眼睛仍在不懷好意地緊盯著榮恩。

哈利把測奸器塞進襪子，再扔回行李箱。現在他能聽到的聲音，就只剩下榮恩又痛又怒的悶哼聲了。斑斑縮成一團躺在榮恩手中，哈利已經有好一陣子沒看到斑斑爬出榮恩的口袋了，而他驚愕地發現，過去那麼胖的斑斑，現在竟然瘦成了皮包骨，身上的毛好像也脫落了一大半。

「他看起來不太好欸，是不是？」哈利說。

「壓力太大了啦！」榮恩說，「只要那個白痴大毛球離他遠一點，他很快就會好起來的！」

但哈利卻想到，奇獸動物園的那個女人說過，老鼠通常只能活三年，而他忍不住暗自感嘆，除非斑斑具有某種牠從來沒顯露過的特殊力量，否則牠顯然是已走到了生命的盡頭。榮恩雖一天到晚抱怨斑斑既無趣又沒用，但哈利非常確定，要是斑斑真的死掉的話，榮恩一定會傷心的。

那天早晨，葛來分多交誼廳裡實在沒多少聖誕節氣氛。妙麗把歪腿關在她的寢室裡，但卻為榮恩踢她的貓的事而老大不高興。榮恩也還在為歪腿又想吃斑斑的壞主意而氣得七竅生煙。哈利打消了替他們充當和事老的念頭，專心研究他帶到交誼廳中的火閃電。由於某種原因，他這個舉動似乎也讓妙麗看不順眼。她什麼也沒說，但卻一直沉臉瞪著那根飛天掃帚，就好像它也說過她寶貝貓壞話似的。

到了午餐時間，他們一起下樓走進餐廳，看到學院餐桌已再度移到牆邊，而房間正中央擺了一張供十二人用的餐桌。鄧不利多、麥教授、石內卜、芽菜和孚立維等眾位師長都坐在那裡，而飛七也坐在他們旁邊，他換下平常那件褐色外套，穿了一套非常舊而且看起來有點發霉的燕尾服。此外只有三名學生：兩個看起來非常緊張的一年級生，和一名臉色陰沉的史萊哲林五年級學生。

「聖誕快樂！」鄧不利多在哈利、榮恩及妙麗走到餐桌邊時表示，「既然我們這裡沒剩下幾個人，用學院餐桌好像有點蠢……坐下，快坐下來！」

哈利、榮恩和妙麗並肩坐到餐桌尾端。

「爆竹！」鄧不利多熱情地喊道，抓起一個銀色大蠟燭，把線頭湊到石內卜手邊，而他只好勉強抓住線頭扯了一下。隨著一陣槍響似的砰砰聲，爆竹轟然爆裂，冒出一頂尖端鑲了隻禿鷹標本的女巫大尖帽。

哈利想到了幻形怪，抬頭迎上榮恩的目光，兩人心照不宣地咧嘴微笑。石內卜撇下嘴，把帽子推到鄧不利多面前，這位校長立刻摘下他的巫師帽，換上這頂新帽子。

「開動吧！」他吩咐大家，並笑吟吟地環顧身邊的夥伴。

哈利才動手取了一點烤馬鈴薯，餐廳大門就再度敞開。崔老妮教授輕飄飄地滑進來，就好像她腳底板裝了滑輪似的。她為這個場合特地換上一件綴著亮片的綠色洋裝，看起來比以前更像是一隻閃閃發光的超大蜻蜓。

「西碧，真是太讓我驚喜了！」鄧不利多說，並站了起來。

「我本來是在觀看水晶球，校長，」崔老妮教授用她最迷濛、最縹緲的聲音說，「而那卻讓我大吃了一驚，我看到自己拋下我孤單的午餐，跑下來跟你們作伴。小女子何德何能，如何能拒絕命運的提醒呢？於是我立刻從塔上趕下來，而我必須請你原諒我遲到……」

「當然啦，當然啦，」鄧不利多雙眼閃過一道光芒，「讓我替妳拉把椅子過來——」

接著他果真用魔杖把一張椅子從半空中拉過來，椅子在空中旋轉了好幾秒，然後砰地一聲落到石內卜教授與麥教授兩人中間。但崔老妮教授並沒有立刻坐下，她的大眼珠骨碌碌地沿著餐桌繞了一圈，然後忽然發出一聲輕柔的尖叫聲。

「我不敢哪，校長！要是我坐下來的話，這張餐桌就會變成坐了十三個人！再也沒有比這更不吉利的事了！千萬不要忘了，每當有十三個人同桌用餐時，最先站起來的那個人，就會慘遭橫死！」

「我們願意冒這個險，西碧。」麥教授不耐煩地說，「請妳快坐下來吧，火雞就快要冷掉了。」

崔老妮教授遲疑了一會兒，然後才彎身坐到椅子上，她閉上眼睛、咬緊牙關，就好像是害怕餐桌會突然被雷劈到似的。麥教授把大湯勺伸進離她最近的有蓋湯碗裡。

「來點牛肚好嗎，西碧？」

崔老妮教授根本不理她。她張開眼睛，目光再度往餐桌邊繞了一圈，然後說：「但親愛的路平教授在哪裡呢？」

「那可憐的傢伙又生病啦，」鄧不利多說，並開始招呼大家快點動手拿東西吃，「在聖誕節碰到這種事可真倒楣。」

「這妳不是早就知道了嗎，西碧？」麥教授抬起眉毛說。

崔老妮教授冷冷地瞪了麥教授一眼。

「我當然知道啦，米奈娃，」她鎮定地說，「但一個人總不能到處炫耀自己無所不知吧。我常常故意裝作自己並沒有心靈之眼，這樣才不會讓其他人太過緊張嘛。」

「那倒是解釋了很多事情。」麥教授尖酸刻薄地表示。

崔老妮教授的嗓音突然變得不再那麼迷濛縹緲了。

「妳要是真想知道的話，米奈娃，我早就看出，可憐的路平教授是不會留在我們身邊太久的。他自己好像也已經意識到，他的時間其實已剩不多了。在我主動表示要替他觀水晶球的時候，他簡直就是落荒而逃——」

「這我可以想像。」麥教授冷淡地說。

「我認為，」鄧不利多用一種愉快但卻略微提高的嗓音說，及時制止了麥教授與崔老妮教授的對話，「路平教授的病情並沒有那麼嚴重。賽佛勒斯，你應該有再替他調製魔藥吧？」

「有的，校長。」石內卜說。

「很好，」鄧不利多說，「那麼他很快就會好起來的……德瑞克，你嚐過這些直布羅陀腸了嗎？好吃得很哪。」

那個一年級男生發現鄧不利多竟然直接跟他說話，立刻羞得滿臉通紅，用顫抖的雙手接過那盤香腸。

在這之後的兩個鐘頭，崔老妮教授在聖誕節晚餐結束前，表現得幾乎可算是相當正常。但是當肚皮快被聖誕大餐撐破，而頭上仍然戴著爆竹帽的哈利和榮恩，率先起身離開餐桌時，她又突然大聲尖叫。

「我的天哪！你們兩個是誰先離開座位的？是哪一個？」

「不太清楚欸。」榮恩說，並不安地望著哈利。

「我想這根本沒什麼差別嘛，」麥教授冷靜地說，「除非門外就站了個拿斧頭的瘋子，正等著要把第一個走進入口大廳的人給砍死。」

這下甚至連榮恩都忍不住放聲大笑。崔老妮教授露出一副受到嚴重侮辱的神情。

「要一起走嗎？」哈利問妙麗。

「不，」妙麗喃喃地說，「我想先跟麥教授說幾句話。」

「八成又是想問問看，她可不可以再多選修一些課程。」榮恩打了一個呵欠，他們兩人走進入口大廳，這裡自然並沒有什麼拿斧頭的瘋子。

他們走到畫像洞口時，發現卡多甘爵士正在和兩位僧侶、幾名霍格華茲前任校長，和他的小胖馬享受他們的聖誕宴會。他推開面甲，舉起一個裝著蜂蜜酒的細口瓶向他們祝賀。

「聖誕——嗝——快樂！通關密語？」

「無恥畜生。」榮恩說。

「你也一樣，先生！」卡多甘爵士吼道，畫像洞口隨即敞開讓他們通過。

哈利直接走到寢室，再帶著他的火閃電，和他生日時妙麗送他的飛天掃帚保養工具箱回到樓下，想要替他的火閃電好好保養一番，但他卻完全找不到一根需要修剪的彎曲細枝，而掃帚柄同樣也光可鑑人，因此再去擦亮顯然是多此一舉。最後他和榮恩只好坐在那裡，從各種角度來欣賞它，接著畫像洞口就再度敞開，妙麗跟麥教授一起爬進來。

麥教授雖說是葛來分多的學院導師，但哈利過去只在交誼廳裡見過她一次，而且那次她還是為了過來宣布一件非常重要的事情。他和榮恩瞪大眼睛望著她，兩人都不約而同地緊握著火閃電。妙麗從他們身邊繞過去，坐下來，抓起離她最近的一本書，把臉藏到書後面。

「所以就是這個，對不對？」麥教授雙眼發光地說，走到爐火邊緊盯著火閃電，「格蘭傑小姐剛才向我報告，說有人送給你一根飛天掃帚，波特。」

哈利和榮恩轉頭望著妙麗，他們可以看到她露在書本上方的一截額頭迅速變紅，而且她的書根本就拿反了。

「可以給我看看嗎？」麥教授說，但她根本沒等他們回答，就從他們手裡把火閃電給拉了過來。她的目光從掃帚柄移向細枝，從頭到尾仔細檢查了一遍，「唔，而且裡面連一封信也沒附上，波特？也沒有卡片？難道連一張紙條也沒有嗎？」

「沒有。」哈利茫然地答道。

「我知道了……」麥教授說，「這樣的話，我想我得把這給帶走，波特。」

「什──什麼？」哈利趕緊站起來，「為什麼？」

「我必須檢查它有沒有被下惡咒。」麥教授說，「當然啦，我自己並不是專家，但我想胡奇夫人和孚立維教授會把它拆開來──」

「把它拆開來？」榮恩喃喃重複，似乎是覺得麥教授簡直是瘋了。

「大概只要花幾個禮拜就行了，」麥教授說，「等我們確定它沒被下惡咒以後，就會把它還給你的。」

「它一點問題也沒有！」哈利說，他的聲音微微顫抖，「說實話，教授──」

「就算有問題，你現在也看不出來呀，波特。」麥教授相當和藹地表示，「除非你用各種速度試飛過以後才會知道，但在我們確定它沒被人動過手腳以前，我們是不可能讓你去騎它的。一有消息我就會通知你。」

麥教授轉過身去，帶著火閃電爬出畫像洞口，大門在她身後再度闔上。哈利站在那裡目送她離去，手裡依然捧著那罐強效亮光劑，但榮恩卻突然對妙麗開火。

「**妳幹嘛要跑去找麥教授？**」

妙麗把書拋到一旁，她依然紅著臉，但卻站起身來，倨傲地面對榮恩。

「因為我認為——而且麥教授也同意我的看法——把那根飛天掃帚送給哈利的人，很可能就是天狼星．布萊克！」

12 護法

哈利知道妙麗是一番好意，但他還是很生她的氣。他曾在那短短幾個鐘頭裡，擁有過全世界最棒的飛天掃帚，但是現在卻因為她的多管閒事，他根本不曉得這輩子還能不能再看到它。他確信火閃電現在根本一點問題也沒有，但在經過一連串的防惡咒測驗後，天曉得它會被整成什麼樣的慘狀？

榮恩也被妙麗氣得半死，對他來說，拆開一根全新的火閃電，不啻於犯下惡行重大的毀損罪。妙麗仍然深信自己做得沒錯，但卻也開始刻意避開交誼廳。哈利和榮恩猜想她八成是躲到圖書館去避難，但他們卻一點也不想去把她給勸回來。因此大致說來，當其他學生在新年過後立刻返回學校，而葛來分多塔又重新變得喧囂擁擠時，他們心裡其實都感到相當高興。

在開學的前一天晚上，木透跑過來找哈利。

「聖誕節過得還不錯吧？」他說，然後他並沒有等哈利回答，就逕自坐下來，壓低聲音說：「上次比賽過後，我在聖誕節假期裡仔細考慮了一下，哈利。要是下場比賽催狂魔又突然跑過來的話……我的意思是——我們不能再讓你——呃，這個——」

木透停下來，神情顯得十分為難。

「這我正在想辦法解決，」哈利連忙接口說，「路平教授說他可以教我如何抵擋催狂魔。我們這個禮拜應該就可以開始進行了，他說他在聖誕節以後就會有空來教我。」

「啊，」木透的臉色立刻為之一亮，「嗯，既然這樣的話——說實在我也不想失去你這位搜捕手，哈利，你訂新的飛天掃帚了吧？」

「還沒有。」哈利說。

「什麼？你最好動作快一點哪，知道吧——你可不能騎流星號跟雷文克勞比賽呀！」

「他聖誕節的時候得到了一根火閃電。」榮恩說。

「一根**火閃電**？不！你是說真的？一根——一根真正的**火閃電**？」

「不要太興奮，奧利佛，」哈利悶悶不樂地說，「現在已經沒有了，它被沒收了。」接著他就把火閃電現在正在接受惡咒檢驗的事，一五一十地告訴木透。

「被下惡咒？它怎麼可能會被下惡咒？」

「是因為天狼星．布萊克啦。」哈利疲倦地說，「他好像要來對付我，所以麥教授認為火閃電可能是他送的。」

木透完全不理會有個著名殺人犯就要來對付他隊上搜捕手的消息，只是一個勁地喊道：「可是布萊克不可能買得到火閃電啊！他是在逃亡欸！全國的人都在注意他！他怎麼可能就這樣大剌剌地走進優質魁地奇用品商店，去買一根飛天掃帚呢？」

「這我知道，」哈利說，「但麥教授還是想要把它拆開來——」

木透的臉色變得慘白。

「我去跟她說，哈利，」他對哈利保證，「我會讓她看清事實……一根火閃電……我們隊上有一根真正的火閃電……她跟我們一樣希望葛來分多能贏得冠軍……我會讓她理智一點……一根**火閃電**欸……」

* * *

課程於第二天正式展開。大家最不想做的事，就是在這陰溼的一月天早上，跑到校園裡一連待上兩個鐘頭。但海格生起一堆滿是火蜥蜴的烽火供大家享用，而他們四處蒐集乾燥的木柴和樹葉，為火添加燃料。望著那些生性愛火的蜥蜴，在炙熱碎裂的原木上跑來跑去，上了出奇精采的一堂奇獸飼育學課。相較之下，第一堂占卜學課就顯得無趣多了，崔老妮教授開始教他們看手相，而她一點也不肯浪費時間，立刻告訴哈利，她這輩子從來沒看過像他這麼短的生命線。

哈利真正最想上的是黑魔法防禦術，在跟木透談過話之後，他恨不得馬上就能開始上他的催狂魔防禦課程。

「啊，是的，」路平在聽到哈利於下課時提醒他別忘了承諾時答道，「讓我看看……星期四晚上八點怎麼樣？魔法史教室應該夠大……我會好好想一下要怎樣進行……我們可不能把一個真的催狂魔帶到城堡裡來做練習……」

「他看起來還是病懨懨的，沒錯吧？」榮恩說，他們正沿著通道走去吃晚餐，「你覺得他到底是怎麼啦？」

他們背後傳來一聲響亮而不耐煩的嘖嘖聲。那是妙麗，她坐在一副盔甲腳邊，忙著重新整理她的包包，但那裡面塞了太多書，根本就闔不起來。

「妳幹嘛要嘖我們啊？」榮恩暴躁地質問。

「我沒有啊。」妙麗用一種傲慢的語氣答道，把包包重新扛到肩上。

「妳明明就有，」榮恩說，「我剛才說，我奇怪路平到底是怎麼了，而妳就——」

「這個呀，事情不是很**明顯**嗎？」妙麗臉上露出一副令人氣結的優越感。

「妳要是不想告訴我們的話，那就別說好了。」榮恩厲聲吼道。

「好。」妙麗高傲地表示，接著就大步離去。

「她根本什麼都不曉得，」榮恩憎恨地瞪著妙麗的背影，「她只不過是故意想激我們再跟她說話罷了。」

＊＊＊

在星期四晚上八點，哈利走出葛來分多塔，前往魔法史教室。他到達時教室裡黑暗無人，但他用魔杖點亮燈。只等了五分鐘，路平教授就帶著一個大貨箱走進來，把箱子搬到丙斯教授的講桌上。

「那是什麼？」哈利問道。

「另一隻幻形怪。」路平脫下他的斗篷說，「在星期二之後，我搜遍了整座城堡，非常幸運地在飛七先生的檔案櫃裡找到了這一隻。這是我們所能找到最接近真正催狂魔的替代品。幻形怪一看到你就會變成催狂魔，所以我們就可以拿牠來做練習。平常不用的時候，我可以讓牠住在我的辦公室裡面，我書桌底下有個牠會喜歡的碗櫥。」

「好啊。」哈利努力控制自己的語氣，希望能藏住心中的不安，讓路平教授聽起來以為他是在為找到這麼棒的催狂魔替代品而感到高興。

「那麼……」路平教授掏出他的魔杖，並示意哈利跟著他照做，「我現在要使用的是一種非常高深的魔法，哈利——遠超過普通巫術等級的水準。這種魔法叫做護法咒。」

「它有什麼作用？」哈利緊張地問道。

「嗯，在它被正確施展時，可以召喚出一名護法，」路平說，「這是一種對抗催狂魔的防禦術——一名可以在你和催狂魔之間，形成一道屏障的保護者。」

哈利腦海中突然浮現出一幅畫面：自己蹲著躲在一個手持大棍、魁梧如海格的高大人影背後。路平教授繼續說下去：「護法是一種正面的能量，是催狂魔所有食物來源——希望、快樂與生存的渴望——的一種投影，但它跟人類不一樣的是，它無法感到絕望，所以催狂魔傷不到它。但我必須警告你，哈利，這個符咒對你來說或許太深奧了，許多合格的巫師都沒辦法施展它。」

「護法長得什麼樣子？」哈利好奇地問道。

「每一名巫師所召喚出的護法都是獨一無二的。」

「那你要怎樣召喚它呢？」

「用一句咒語，但只有在你全神貫注地想著一個非常快樂的記憶時，它才能發揮作用。」

哈利努力搜尋一個快樂的記憶。他在德思禮家時的一切自然全都不管用，最後他終於決定採用他第一次騎飛天掃帚的那一刻。

「好了。」他說，儘可能精確地回想，當時他胃中那種無比美妙的飛翔感。

「咒文是這樣念的——」路平清清喉嚨，「疾疾，護法現身！」

「疾疾，護法現身。」哈利低聲默念，「疾疾，護法現身。」

「你有在專心想著你的快樂回憶嗎？」

「喔——有啊——」哈利回答道，並趕緊強迫自己專心想著他的第一次飛行經驗，「擠擠——不對，是護法——對不起——疾疾，護法現身。疾疾，護法現身——」

有某個東西忽然嘶嘶響地從他魔杖頂端冒了出來，看起來就像是一縷銀色的氣體。

「你看到那個了嗎？」哈利興奮地說，「真的有東西出現了欸！」

「非常好，」路平微笑著說，「那麼——準備好要用它來對付催狂魔了嗎？」

「是的。」哈利答道，他緊緊握住魔杖，走到空教室的正中央。他努力專心想著飛翔，但卻老是有其他念頭冒出來打斷他……現在他隨時都可能會再聽到他母親的聲音……但他實在不應該分心的，要是他再這樣繼續胡思亂想下去，他就一定**會**再聽到她的尖叫，可是他根本就不想再聽到……難道他心裡其實很渴望能聽到母親的聲音嗎？

路平抓住貨箱蓋，把它掀開。

一個催狂魔緩緩從箱子裡站起來，牠那張被帽子掩蓋的臉龐轉過來望著哈利，一隻微微發光、布滿斑點的手緊揪著牠自己的斗篷。教室四周的燈忽明忽暗地閃了一會兒，然後就完全熄滅。催狂魔從箱子裡跨出來，開始發出嘎嘎響的吸氣聲，靜悄悄地朝哈利飄過去，一陣刺骨的寒意朝他襲來——

「疾疾，護法現身！」哈利喊道，「疾疾，護法現身！疾疾——」

但教室和催狂魔全都在模糊消退……哈利又再度墜入濃厚的白霧，而他母親的尖叫在他腦海中隆隆迴盪，甚至變得比以前更加響亮——「不要殺哈利！不要殺哈利！求求你——要我做什麼都行——」

「滾到旁邊去——滾到旁邊去，小妞——」

「哈利！」

哈利驚醒過來。他平躺在地板上，教室的燈又重新亮起，他不用問也知道剛才發生了什麼事。

「對不起。」他喃喃地說，他坐起來，感到冷汗淌落到他的眼鏡後方。

「你沒事吧？」路平問道。

「沒事——」哈利抓住旁邊的桌子，撐著站起來，靠在桌邊。

「這給你——」路平遞給他一個巧克力蛙，「先把這吃下去，我們再開始練習。我本來就不期待你第一次就能成功，說實話，要是你真的成功的話，我一定會大吃一驚。」

「情況越來越糟了，」哈利喃喃地說，一口咬掉巧克力蛙的頭，「這次她的尖叫變得比以前更大聲——還有他——佛地魔——」

路平的臉色顯得比平常更加蒼白。

「哈利，要是你不想再繼續下去的話，我絕對可以理解——」

「可是我想啊！」哈利激動地說，一古腦兒把剩下的巧克力蛙全都塞進嘴裡，「我不能不練習呀！要是催狂魔在我們和雷文克勞比賽時，突然又跑過來怎麼辦？我絕對不能再摔下來了，我們要是再輸掉這場比賽，就休想拿到魁地奇冠軍盃了！」

「好吧……」路平說，「但你好像必須再另外選一段記憶，我是說，再選一段可以讓你專心去想的快樂記憶……剛才那個好像還不夠強……」

哈利努力思索，最後終於決定，去年葛來分多贏得學院盃時他心裡的感覺，絕對可算是非常非常快樂。他再度緊握著魔杖，走到教室正中央站好。

「準備好了嗎？」路平抓著廂蓋問道。

「準備好了。」哈利說，努力讓腦袋裡充滿葛來分多獲勝的快樂念頭，並盡量不去想箱蓋打開後會發生什麼事。

「來吧！」路平掀開蓋子。房中又再度變得冰冷黑暗。催狂魔嘎嘎響地吸氣，並輕飄飄地滑過來，一隻腐爛的手緩緩伸向哈利——

「疾疾，護法現身！」哈利喊道，「疾疾，護法現身！疾疾——」

白霧模糊了他的意識……巨大朦朧的影子在他四周晃動……接著又響起另一個新的嗓音，一個在驚惶喊叫的男人嗓音——

「莉莉，抱哈利先走！是他！走啊！快跑！我來拖住他——」

然後是某個人跌跌撞撞從房間跑出來的聲音、一扇門被推開、一陣高亢的咯咯笑聲——

「哈利！哈利……醒醒……」

路平在用力拍打哈利的面頰。這次哈利整整過了一分鐘才完全清醒過來，意識到自己是躺在灰塵密布的教室地板上。

「我聽到我爸的聲音，」哈利囁嚅地表示，「這是我第一次聽到他的聲音——他想要獨自對付佛地魔，好讓我媽有時間逃走……」

哈利忽然察覺到自己臉上淌下幾滴混雜了汗水的眼淚，他垂下頭來假裝繫鞋帶，並偷偷用長袍抹乾眼淚，以免讓路平發現。

「你聽到詹姆的聲音？」路平用一種古怪的語氣問道。

「沒錯……」哈利抹乾淚抬起頭來，「怎麼……難道你認識我爸嗎？」

「我——我是認識他沒錯，事實上，」路平說，「他是我在霍格華茲念書時的朋友。聽我說，哈利——也許我們今天晚上最好到此結束，這個符咒實在是太高階了……我根本就不該建議做這樣的練習……」

「不！」哈利說，他再度站起來，「我還要再練習一次！我剛才想的事還不夠快樂，所以才會出錯……等一下……」

他絞盡腦汁苦苦思索，一個真正非常快樂的記憶……一個讓他可以變出高強護法的記憶……

他剛發現自己是一名巫師，並且可以離開德思禮家，前往霍格華茲上學的那一刻！要是這還不能算是一個快樂記憶的話，他就實在不曉得還能想出什麼來了……哈利全神貫注地想著當他知道自己就要離開水蠟樹街時的感覺，站起來再度面對那個貨箱。

「準備好了嗎？」路平露出一副很不情願的勉強表情，「夠專心了嗎？好——那就來吧！」

他第三次掀開箱蓋，接著催狂魔就從裡面冒出來，房中變得又黑又冷——「**疾疾，護法現身！**」哈利吼道，「**疾疾，護法現身！疾疾，護法現身！**」

哈利腦袋裡又再度響起尖叫聲——但這次聽起來就好像是從一架調頻不準的收音機裡播出來似的。聲音忽大忽小……但他仍然可以看到催狂魔……牠停了下來……然後哈利的魔杖頂端爆出一團巨大的銀影，飄浮在他和催狂魔之間，而哈利雖感到雙腿發軟，卻依然穩穩站住腳步……但他不曉得自己還能撐上多久……

「叱叱，荒唐！」路平跳上前來吼道。

接著響起一陣響亮的劈啪聲，而哈利那團模糊的護法也隨著催狂魔一同消失。他倒在椅子上，感到筋疲力竭，雙腿打顫，就好像剛跑完一里路似的。他從眼角瞥見路平教授正在用魔杖將幻形怪逼進貨箱，牠又再度變成了一個銀色球體。

「太棒了！」路平說，大步走向哈利的座位，「太棒了，哈利！你確實已經開始摸到一點訣竅了！」

「我們可不可以再練習一次？只要再一次就好了？」

「現在不行，」路平堅決地表示，「一個晚上練習到這樣已經算夠多了，這給你——」

他遞給哈利一大片蜂蜜公爵最高級的巧克力。

「快把這吃下去，要不然龐芮夫人就要來找我算帳啦。你可以在下禮拜這個時間再過來練習嗎？」

「沒問題。」哈利說，他咬了一口巧克力，望著路平熄掉那些在催狂魔消失時又再度燃起的燈，他腦中突然閃過一個念頭。

「路平教授？」他說，「你要是認識我爸，那你一定也認識天狼星．布萊克囉。」

路平立刻轉過身來。

「你怎麼會想到這樣的念頭？」他厲聲問道。

「沒什麼……我是說，我只知道，他們在霍格華茲的時候也是朋友……」

路平的表情鬆懈下來。

「沒錯，我是認識他，」他簡短地答道，「或者應該說是，我自以為我認識他。你最好趕快回去，哈利，現在已經很晚了。」

哈利離開教室，沿著走廊向前走去，繞過一個轉角，然後再彎到一副盔甲背後，坐在盔甲底座上啃他的巧克力。他心中暗暗希望自己剛才沒提起布萊克，因為路平顯然不太喜歡這個話題，然後他的思緒又再度飄向他的父母親……

哈利雖然肚子裡塞滿了巧克力，但他卻感到全身虛脫，整個人空盪盪的。聽到自己父母親臨死前的情景在腦海中重演的感覺，雖然非常可怕，但卻也是他在襁褓之後，唯一能聽到他們聲音的機會。不過話說回來，如果他總是下意識地期待能再聽到父母的聲音，那他就永遠也沒辦法變出一名像樣的護法……

「他們死了，」他嚴厲地告誡自己，「他們已經死了，就算你去聽他們生前留下來的迴音，也不可能讓他們再活過來。你要是真想贏得魁地奇冠軍盃的話，你就最好自制一點。」

他站起來，把最後一塊巧克力塞進嘴裡，開始走向葛來分多塔。

* * *

雷文克勞與史萊哲林的對抗賽，於開學後第二個星期展開。史萊哲林以些微差距獲勝，木透認為，這對葛來分多來說算是個好消息，要是他們能再打敗雷文克勞，積分排名就可以晉升到全校第二。因此他索性把球隊練習時間增加到一個星期五次，這表示哈利要是再把那堂累人程度足足抵得上六次魁地奇練習的催狂魔防禦術課程加上去的話，他一個禮拜就等於只剩下一天晚上可以寫功課了。但即使如此，他看起來卻遠不及妙麗那麼緊張，她那超重的課業量似乎終於對她造成了影響。大家每天晚上都可以看到妙麗窩在交誼廳的一個角落，面前攤滿了好幾張餐桌的書本，算命學圖表、古代神秘文字字典、麻瓜舉重物過程圖解，和一疊又一疊的厚重筆記。她幾乎不跟任何人說話，而且每次受到干擾時就會發脾氣怒吼。

「她到底是怎麼辦到的？」榮恩有天晚上終於忍不住低聲問哈利，此時哈利正坐在他旁邊寫石內卜交代的作業：一篇關於無色無味魔藥的麻煩文章。哈利抬起頭來，妙麗整個人都快被一大堆搖搖欲墜的書本給完全遮住了。

「辦到什麼？」

「去上她所有的課啊！」榮恩說，「我聽到她今天早上跟薇朵教授，就是那個教算命學的女巫說話。她們是在討論昨天的上課內容，可是妙麗根本就不可能去上那堂課啊，因為她那時候是在跟我們一起上奇獸飼育學！而且阿尼・麥米蘭告訴我，說她從來沒錯過一堂麻瓜研究課，可是那堂課有一半時間是跟占卜學重疊，而她也從來沒錯過一堂占卜學！」

哈利現在沒時間去深思，妙麗詭異的課程表究竟藏了什麼樣的秘密，他必須快點把石內卜的作文趕完。但才過兩秒，他卻又再度被打斷，這次攪局的人換成了木透。

「壞消息，哈利，我剛才去找麥教授談火閃電的事。她——呃——有點生我的氣，罵我分不清事情的輕重。她好像覺得，我把贏球看得比你的命還要重要。而這只不過是因為我告訴她，只要你能騎火閃電先把金探子抓到，我才懶得管你會不會被掃帚甩下來呢。」木透不敢相信地搖搖頭，「說真的，你要是聽到她對我大吼大叫那副德行……你會以為我真說了什麼該死的話咧。然後我又問她，火閃電到底還要在她那邊留多久……」他皺起臉，模仿麥教授嚴厲的語氣，「『該留多久就留多久，木透。』……

我看你現在是真的該去訂一根新的飛天掃帚了，哈利。《飛天掃帚型錄》後面有附上一張訂購單……你可以買一根光輪兩千零一號，就像馬份那根一樣。」

「只要是馬份認為好的東西，我全都不會去買。」哈利斷然表示。

＊＊＊

一月在不知不覺間變成了二月，但酷寒的天氣卻絲毫不曾改變。跟雷文克勞比賽的日期逐漸逼近，但哈利還是沒有去訂購新的飛天掃帚。現在他在每堂變形學課下課後，都會跑去向麥教授探聽火閃電的近況，這時榮恩就會滿懷希望湊到他的背後，而妙麗則是故意別過臉去，快步衝過他們身邊。

「不，波特，你還不能把它拿回去。」到了第十二次，他甚至還沒來得及張開嘴，麥教授就主動表示，「我們已經試過了大部分的詛咒，但孚立維教授認為這根飛天掃帚可能被下了拋丟蠱。等我們檢查完以後，我就會立刻**通知**你，現在拜託你就別再來煩我了。」

而更糟糕的是，哈利的催狂魔防禦術課程，並沒有他原先希望的那麼順利。哈利在上了幾堂課之後，每當幻形怪變成的催狂魔走向他時，他都可以變出一團模糊的銀影，但他的護法卻弱得沒辦法驅退催狂魔。它只是像朵半透明雲彩似地浮在中間，把拚命撐著不讓它消失的哈利耗得精疲力竭。哈利很氣自己，而他那想再聽到父母聲音的秘密渴望，更是讓他感到格外心虛。

「你對自己要求太高了。」路平教授在他們練習到第四個禮拜時正色表示，「對一個十三歲的巫師來說，能召喚出一個模糊的護法，已經算是很了不起的成就了。你現在已經不會再昏倒了，是不是？」

「我本來還以為護法可以——把催狂魔打倒或是什麼的，」哈利喪氣地表示，「可以讓牠們完全消失——」

「真正的護法的確可以做到這點，」路平說，「但在這麼短的時間內，你的表現真的算是很不錯了。要是在你下一場魁地奇比賽時，催狂魔再出現的話，你已經可以暫時阻止牠們接近，爭取到足夠的時間飛回地面。」

「但你說過，牠們人越多就越難對付。」哈利說。

「我對你有十足的信心，」路平微笑著說，「這給你——犒賞你一瓶飲料。這是我從三根掃帚帶回來的，你應該還沒嚐過——」

他從公事包裡掏出兩個瓶子。

「奶油啤酒！」哈利不假思索地喊道，「太棒了，我好喜歡這種飲料！」

路平抬起一邊眉毛。

「喔——榮恩和妙麗從活米村帶了些回來給我喝過。」哈利連忙撒謊。

「我懂了，」路平說，但他看起來還是有些懷疑，「好吧——讓我們祝葛來分多打敗雷文克勞，贏得勝利！哎呀，身為老師，我真不該偏袒任何一方……」他趕緊加上一句。

他們默默啜飲奶油啤酒，然後哈利忍不住問了一個他思索許久的問題。

「催狂魔的帽子下究竟藏了什麼東西？」

路平教授沉吟地放下酒瓶。

「這個嘛——我們這麼說吧，唯一真正曉得下面藏了些什麼東西的人，全都已經沒辦法再告訴我們了。你懂了吧？催狂魔只有在施展牠最可怕的終極武器時，才會脫下牠的帽子。」

「是什麼武器？」

「他們稱之為『催狂魔之吻』，」路平臉上的笑容微微扭曲，「這是催狂魔想徹底毀滅一個人時所採用的手段。我想帽子下必然是有某種像嘴巴的東西，因為他們會咬住犧牲者的嘴，然後——吸出他的靈魂。」

哈利不小心噴出了一點奶油啤酒。

「什麼——牠們殺人——？」

「喔，不是這樣的，」路平說，「比殺人還要糟糕。只要你的大腦和心臟還在維持運作，你沒有靈魂照樣也可以活下去，但你卻不再有任何自我意識、不再有任何記憶……一切全都沒有了。而且這永遠都不可能復原，你將會只是——只是活著而已。就像是一具空殼，但你的靈魂卻已經永遠消失……毀滅了。」

路平再喝了一些奶油啤酒，然後說：「這就是天狼星．布萊克即將面臨的下場。今早的《預言家日報》上刊登了這則消息，魔法部已允許催狂魔在找到他時，用這個絕招將他就地正法。」

哈利呆坐了一會兒，催狂魔竟然可以把人的靈魂從嘴巴裡吸出去，這件事讓他不禁嚇得發愣，但接著他就想到了布萊克。

「他是罪有應得。」他突然開口說。

「你是這麼想的嗎？」路平溫和地說，「你真的認為，有人該遭受到這種待遇嗎？」

「沒錯，」哈利挑戰似地表示，「因為……因為他做了一些……」

他很想把他在三根掃帚偷聽到那些關於布萊克的談話告訴路平，說布萊克出賣了他的父母，但這樣他就不得不透露出，自己未經許可就偷偷跑到活米村玩的事，而他曉得路平聽了自然會不太高興。於是他只是喝完他的奶油啤酒，向路平道了聲謝，就踏出魔法史教室。

哈利真希望自己剛才沒問路平催狂魔帽子下面藏了什麼東西，因為答案實在是太恐怖了。他深深沉溺於這些不快的念頭，專心思索靈魂被吸掉是什麼樣的感覺，以至於在樓梯爬到一半時，不小心一頭撞上了麥教授。

「注意看路，波特！」

「對不起，教授——」

「我剛剛才到葛來分多交誼廳去找你。好了，這交給你吧，我們已經把能想到的所有測驗全都做過了一遍，它好像一點問題也沒有——你有位不知名的好友呢，波特……」

哈利驚訝得下巴都快要掉下來了。她把火閃電遞到他面前，而它看起來就像以前一般華麗耀眼。

「我可以把它拿回去了？」哈利虛弱地問道，「這是真的嗎？」

「是真的，」麥教授露出清晰的笑容說，「我想你在星期六的比賽以前，必須先花點時間去適應它，對不對？還有，波特……請盡力贏得這場比賽，否則我們就真的會被石內卜教授給說中。他昨晚特別好心提醒我，說我們已經連續當了八年的輸家了……」

哈利完全說不出話來，只是帶著火閃電繼續爬上樓梯，走向葛來分多塔。他才剛繞過一個轉角，就看到榮恩朝他迎面衝過來，笑得嘴巴都快要裂開了。

「她把它還給你了？太棒了！聽我說，你借我騎一下好嗎？明天可不可以？」

「好啊……什麼都可以……」哈利說，他的心情已經有整整一個月沒這麼輕鬆過了，「你知道我想到什麼嗎——我們應該去跟妙麗和好，她只是好意想要幫忙……」

「沒錯，好吧。」榮恩說，「她現在就在交誼廳裡……雖然換了個環境，但還是老樣子，在用功哪。」

他們轉進通往葛來分多塔的走廊，看到奈威．隆巴頓正在苦苦哀求卡多甘爵士，他似乎不肯放奈威進去。

「我把它們全都記在紙上，」奈威淚汪汪地說，「可是我不曉得把它掉到哪裡去了！」

「滿口胡言！」卡多甘爵士怒吼，然後他瞥見了哈利和榮恩，「晚安，我的好僕兒！快上呀，把這笨雜種銬起來，這傢伙膽大包天，竟想強行闖入內室！」

「喔，閉嘴。」榮恩說，他和哈利走到奈威身邊。

「我把通關密語弄丟了！」奈威傷心地告訴他們，「我要他先把這禮拜的所有通關密語全都告訴我，因為他老是變來變去，可是我現在根本就不記得放在哪裡！」

「怪粗釘。」哈利對卡多甘爵士說，而他露出非常失望的表情，心不甘情不願地敞開入口，放他們進入交誼廳。大家紛紛轉過頭來，室內立刻響起一陣興奮的嗡嗡耳語，在下一刻，哈利身邊就圍了一大群人，全都在為他的火閃電讚嘆不已。

「你這是在哪裡弄來的，哈利？」

「你可不可以讓我騎騎看？」

「你騎過了嗎，哈利？」

「雷文克勞這次是輸定了，他們騎的全都是狂風七號！」

「可不可以讓我**拿**一下，哈利？」

過了大約十分鐘，等火閃電被整個傳過一圈，並從各種角度欣賞過之後，人潮終於逐漸散去，而哈利和榮恩這才看到了妙麗，她是這裡唯一沒有衝到他們身邊的人。她俯身做她的功課，而且還刻意避開他們的視線。哈利和榮恩走到她桌邊，於是她終於抬起頭來。

「我把它拿回來了。」哈利說，咧嘴笑著把火閃電遞到她面前。

「**看到了吧，妙麗？它根本一點問題也沒有！**」榮恩說。

「嗯——但本來**可能會有啊！**」妙麗說，「我的意思是，至少你現在可以確定它沒有危險了！」

「沒錯，我想也是，」哈利說，「我最好先把它拿到樓上——」

「我幫你拿上去！」榮恩熱心地說，「我得上樓去餵斑斑吃鼠克補。」

他接過火閃電，像捧玻璃似地將它小心翼翼地握在手中，走上通往男生寢室的樓梯。

「我可以坐在這裡嗎？」哈利問妙麗。

「我想可以。」妙麗說，順手把椅子上的一大疊書搬開。

哈利低頭打量那張凌亂不堪的餐桌，望著那份墨水仍在閃閃發亮的長篇算命學作文，另一篇更長的麻瓜研究作文（〈試論麻瓜為何需要電力〉），和妙麗正在仔細推敲的古代神秘文字翻譯作業。

「妳怎麼有辦法應付這麼多功課？」哈利問她。

「喔，這個呀——你也曉得——就是多多用功囉。」妙麗答道。靠近一瞧，哈利發現她看起來簡直就跟路平一樣疲憊憔悴。

「妳幹嘛不乾脆放棄一、兩門科目算了？」哈利問道，望著她手忙腳亂地翻揀書本，尋找她的古代神秘文字字典。

「我怎麼能做這種事！」妙麗露出駭異的表情。

「算命學看起來真恐怖。」哈利說，撿起一份看起來非常複雜的數字圖表。

「喔，不，它棒極了！」妙麗認真地表示，「它是我最喜歡的一門科目！它——」

但哈利終究還是沒聽到算命學到底棒在哪裡。因為就在那一刻，男生寢室樓梯上方響起一聲如窒息般的喊叫聲。整間交誼廳立刻安靜下來，大家全都嚇呆似地望著樓梯口發愣。接著又傳來一陣越來越響亮的急促腳步聲——然後就看到榮恩拖著一張床單從樓梯上跳下來。

「**妳看！**」他厲聲怒吼，大步踏到妙麗桌前。「**妳看啊！**」他喊道，並把床單抖到她的面前。

「榮恩，什麼——？」

「**斑斑！妳看！斑斑！**」

妙麗挪動身子避開榮恩，露出一副大惑不解的神情。哈利低頭望著榮恩手中的床單，上面有一些紅色的東西，一些看起來非常像是——

「**血！**」榮恩在驚駭的沉默中吼道，「**他不見了！而妳曉得地板上有什麼東西嗎？**」

「不——不曉得。」妙麗用顫抖的嗓音答道。

榮恩把某個東西扔到妙麗的翻譯作業上，妙麗和哈利俯身向前。在那些多尖刺的怪誕圖案上面，躺著幾根長長的薑黃色貓毛。

13 葛來分多對戰雷文克勞

榮恩和妙麗的友誼似乎已走到了終點，他們兩人都氣對方氣得要命，而哈利覺得他們這輩子大概是永遠都不會和好了。

榮恩氣妙麗從來都不把歪腿想要吃掉斑斑的壞主意當做一回事，也不肯多花點心思去看住牠，而且到頭來她居然還建議榮恩到其他男生床底下去找斑斑，來營造出歪腿其實是清白無辜的假象。但在另一方面，妙麗卻堅決表示，榮恩根本就沒辦法證明歪腿真的吃掉了斑斑，那幾根薑黃色的毛，很可能是聖誕節時就留下來的，而且打從歪腿在奇獸動物園跳到榮恩頭頂上開始，榮恩就一直對她的貓有成見。

哈利自己倒是相當確定，斑斑是被歪腿吃掉了，但當他企圖對妙麗指出，目前所有的證據都指向同一個結論時，她也忍不住對哈利發火了。

「我就知道你會偏袒榮恩！」她尖聲吼道，「先是火閃電，現在又是斑斑，反正全都是我的錯，對不對！現在拜託別再來煩我了，哈利，我有一大堆功課要做！」

失去寵物鼠讓榮恩感到非常傷心。

「好了啦，榮恩，你不是老是抱怨說斑斑無聊得很嗎？」弗雷用鼓勵的語氣說，「而且他已經病很久了，身體變得越來越虛弱，快點做個了斷，對他來說大概還比較痛快呢。一口吞進肚子裡——說不定他連一點感覺也沒有咧。」

「**弗雷！**」金妮憤慨地喊道。

「他除了吃喝拉撒之外什麼也不會，榮恩，這可是你自己說的。」喬治說。

「他有一次替我們咬了高爾！」榮恩難過地說，「你還記得嗎，哈利？」

「沒錯，真的有這回事。」哈利說。

「這是他一生最光榮的時刻，」弗雷再也按捺不住臉上的笑意，「就讓高爾手指上的疤痕，成為我們對斑斑美好記憶中永不磨滅的禮讚。喔，好了啦，榮恩，到活米村去替自己買一隻新老鼠吧，幹嘛要這樣愁眉苦臉呢？」

為了鼓勵榮恩振作起來，哈利再發動最後一擊，勸他一起去參加葛來分多跟雷文克勞比賽前的最後一場練習，這樣他就可以在訓練結束後騎火閃電過過癮。這似乎確實讓榮恩暫時忘了斑斑（「太棒了！我可不可以騎它去射門？」），於是他們一同出發前往魁地奇球場。

胡奇夫人目前仍在為保護哈利而監督葛來分多練球，她看到火閃電時，也不禁跟其他人一樣大為動容。她在起飛前先把火閃電握在手中，讓大家有幸能聆聽到她的專業評論。

「看看它的平衡感！如果硬要挑光輪系列缺點的話，那就是帚尾部分微微有點傾斜——在用了幾年以後，你會常常發現，它在飛行時形成一種阻力。他們也更新了掃帚柄的樣式，比狂風系列略略纖細一些，這讓我想起以前的舊銀箭號——真可惜現在它已經停產了，我剛開始學飛行的時候就是用銀箭號，那也是一種非常棒的老式飛天掃帚……」

她像這樣繼續說了好一陣子，最後木透終於忍不住表示：「呃——胡奇夫人？現在哈利可不可以把火閃電拿回去了？我們真的得開始練習了……」

「喔——好吧——這就還給你囉，波特，」胡奇夫人說，「我跟衛斯理坐在這裡看你們練球……」

她和榮恩走出球場，坐到看台上，葛來分多球員全都圍在木透身邊，聽他為明天的比賽做最後的指示。

「哈利，我剛才探聽出雷文克勞是由誰擔任搜捕手，是張秋。她是四年級生，而且身手相當了得……我本來希望她不會參賽，因為她好像受了點傷……」木透橫眉豎目地表達出他對張秋完全復原的強烈不滿，然後說，「但從另一個角度看來，張秋騎的是彗星兩百六十號，跟火閃電一比簡直是個笑話，」他滿懷熱愛地望了哈利的飛天掃帚一眼，然後說，「好吧，夥伴們，讓我們出發吧——」

在經過長久的等待之後，哈利終於跨上他的火閃電，蹬腳飛離地面。

這比他夢想中的還要美妙。火閃電只要他輕輕一觸就立刻改變方向，它似乎並不只是服從他抓握的指示，而是能與他心意相通。它如風馳電掣般掠過球場，速度快得讓看台變成一團灰綠色的模糊光影。哈利在空中急急轉了個彎，把西亞·史賓特嚇得大聲尖叫，然後以控制完美的姿勢俯衝而下，腳趾輕擦過球場草地，接著立即拔高竄起，在瞬間疾升三十呎、四十呎、五十呎，重新回到空中——

「哈利，我要把金探子放出來囉！」木透喊道。

哈利轉過身來，跟一枚搏格進行空中賽跑，高速飛向球門柱。他輕而易舉地把搏格遠遠拋在背後，接著他就看到金探子從木透背後飛出來，而他在短短十秒內就把它抓在手中。

球員們瘋狂地喝采叫好。哈利再把金探子放走，先讓它飛了一分鐘左右，然後才疾飛過去，在其他球員之間往來穿梭地追趕它。他瞥見它躲在凱娣·貝爾的膝蓋附近，於是他連忙俐落地繞過她身邊，再度抓住了金探子。

這是他們有史以來最出色的一場練習，球員們在火閃電加入的鼓舞之下，完美無缺地排練出他們最優秀的攻守陣式。當他們重新回到地面時，木透竟然完全沒做出任何批評，而喬治·衛斯理特別指出，這可是破天荒第一遭，從來沒發生過的事。

「我看我們明天是贏定了！」木透說，「除非是——哈利，催狂魔的問題，你應該已經解決了是吧，對不對？」

「沒錯。」哈利答道，他想到他那虛弱的護法，不禁暗暗希望它能變強一些。

「催狂魔不會再出現的啦，奧利佛，鄧不利多會看住牠們的。」弗雷很有把握地說。

「好吧，希望是這樣，」木透說，「不管怎樣——大家今天都表現得非常精采。我們回塔裡去吧——早點上床睡覺……」

「我要在這裡多待一會兒，榮恩想騎一下火閃電。」哈利告訴木透。當其他球員走向更衣室時，哈利卻大步走向榮恩，榮恩立刻躍過看台邊的路障，跑到哈利面前。胡奇夫人早就在座位上睡著了。

「這給你。」哈利說，把火閃電遞給榮恩。

榮恩臉上露出欣喜若狂的表情，他跨上火閃電，咻地拔高竄升，飛向越來越黑的天空，而哈利則是一面看榮恩飛行，一面沿著球場慢慢兜圈子散步。等到胡奇夫人驚醒過來時，天已經全黑了，她氣得怒斥哈利和榮恩為什麼不早點叫醒她，並斬釘截鐵地命令他們立刻返回城堡。

哈利把火閃電扛到肩上，跟榮恩一起走出陰暗的看台，他們一路上仍在熱烈討論火閃電完美順暢的行進律動、卓越非凡的瞬間加速，和無比精準的轉彎角度。他們在走到一半時，哈利無意間往左方瞥了一眼，赫然看到了某個讓他心頭猛然一震的東西——一對在黑暗中閃閃發亮的眼睛。

哈利停下腳步，心臟在胸腔中怦怦狂跳。

「怎麼啦？」榮恩問道。

哈利指了一下。榮恩掏出魔杖，低聲念道：「路摸思！」

一道光芒越過草坪，射到一棵樹的根部，照亮了它的枝椏，而那頭蹲伏在初萌新芽間的生物，正是歪腿。

「滾開！」榮恩怒吼，彎下腰來抓起草地上的一塊石頭，但他還來不及展開行動，歪腿的薑黃色長尾巴就咻地一閃，失去了蹤影。

「你看到了吧？」榮恩憤怒地說，把石頭重新拋到地上，「她還是放他在外面四處亂晃——他現在大概是吞了一、兩隻鳥，好把斑斑給沖下去……」

哈利什麼也沒說。他深深吸了一口氣，一股解脫感滲透他的全身。在剛才那一刻，他十分確定那必然就是狗靈的眼睛。他們再度往城堡的方向走去，哈利剛才驚惶失措的表現，讓他自己覺得有點糗，所以他並沒有再跟榮恩說話——在他們踏入燈火通明的入口大廳前，他一路上都是雙眼直視前方，不敢再隨便東張西望。

＊　＊　＊

第二天早上，哈利是在同寢室其他男孩的簇擁下到樓下去吃早餐，他們好像全都認為，火閃電至少要有一支榮譽軍護送才算像樣。在哈利踏進餐廳時，大家的頭紛紛轉向火閃電，室內立刻出現一陣響亮的興奮耳語。哈利看到史萊哲林球員全都露出一副嚇呆的傻相，心裡覺得非常痛快。

「你看到他那張笨臉了嗎？」榮恩回頭望著馬份，滿心愉快地說，「他完全不敢相信！這真是太棒了！」

木透同樣也對火閃電所引起的騷動感到與有榮焉。

「把它放在這裡吧，哈利。」他說，把掃帚放到餐桌正中央，並仔細調整方向，特意把廠牌名露出來。雷文克勞和赫夫帕夫桌邊的人立刻擁過來看，西追．迪哥里走過來，恭喜哈利替他的光輪兩千找到如此卓越的替代品，而派西那位雷文克勞的女朋友潘妮．清水，乾脆問哈利可不可以讓她拿一下火閃電。

「好了，好了，潘妮，別把它給弄壞了！」派西在她仔細檢查火閃電時熱心地表示，「潘妮跟我打了一個賭，」他告訴球隊，「用十個加隆賭這場比賽是誰獲勝！」

潘妮放下火閃電，跟哈利道了聲謝，回到自己的餐桌。

「哈利——拜託你一定要贏，」派西急促地輕聲說，「**我根本就沒有十個加隆**。好，我馬上就來，潘妮！」然後他就急忙趕過去跟她共享一片吐司。

「你確定能控制得了那根掃帚嗎，波特？」一個懶洋洋的冷漠嗓音說。

跩哥．馬份走過來看火閃電，克拉和高爾站在他的背後。

「是啊，我想可以吧。」哈利隨口答道。

「它有一大堆特殊功能，是不是？」馬份說，眼中閃出惡意的光芒，「真可惜沒再多附上一個降落傘——以免你跟催狂魔靠得太近。」

克拉和高爾吃吃竊笑。

「真可惜你身上沒再多附上一隻手臂，馬份，」哈利說，「要不然它就可以替你抓到金探子了。」

葛來分多球隊放聲大笑。馬份淡色的雙眼瞇了起來，接著就昂首闊步地走開。他們望著他走到史萊哲林球隊面前，他們所有人的頭立刻湊到一起，顯然是在跟馬份探聽哈利的飛天掃帚是否真的是火閃電。

在十一點差一刻時，葛來分多球隊出發前往更衣室。今天的天氣跟他們和赫夫帕夫比賽時可說是有天壤之別，這是一個清朗涼爽的晴天，吹著輕柔的微風；這場比賽目前看不出有任何顯見的危機，而哈利雖然相當緊張，卻也開始感受到一種唯有魁地奇比賽才能帶來的興奮感。他可以聽到學校其他師生開始湧入外面的看台，哈利脫下他的黑色長袍制服，把魔杖從口袋裡掏出來，塞到他準備穿在魁地奇球袍下的T恤裡面，他希望自己根本就不需要用到它。他突然好奇地想到，不曉得路平教授現在是不是也坐在觀眾席上看比賽。

「大家都知道我們該怎麼做，」木透在他們準備走出更衣室時表示，「我們要是再輸掉這場比賽，就完全沒有獲勝的機會了。大——大家只要表現得像昨天練習時那樣，就不會有問題了！」

他們在震耳欲聾的歡呼聲中踏進球場。穿著藍色球袍的雷文克勞球隊已站在球場中等待，他們搜捕手張秋是全隊唯一的女孩子。她大約比哈利矮一個頭，而哈利雖然很緊張，但卻無法不注意到她驚人的美貌。在兩隊球員各自排在自己隊長身後，一對一地面對站好時，張秋對哈利嫣然一笑，讓他感到胃中有某個部位微微一顫，而他心裡清楚得很，這絕對不代表他的胃出了毛病。

「木透，達維，握手吧。」胡奇夫人輕快地說，木透跟雷文克勞的隊長握手。

「騎上掃帚……聽我口哨……三——二——一——」

哈利蹬腳飛入空中，而火閃電衝得比其他所有掃帚更高更快。他沿著看台邊繞場滑翔，開始瞇眼搜尋金探子的蹤影，並仔細聆聽由衛斯理雙胞胎兄弟的好友李·喬丹負責播報的實況報導。

「他們起飛了，這場比賽最令人振奮的特點，就是是由葛來分多隊哈利波特所騎的火閃電。根據《飛天掃帚型錄》的說法，火閃電將會成為今年世界盃國家代表隊採用的飛天掃帚型號……」

「喬丹，能不能請你告訴我們目前的比賽戰況？」麥教授的嗓音插嘴說道。

「沒問題，教授——只是在此先提供一點背景資料嘛。順帶一提，火閃電擁有內建自動煞車和——」

「喬丹！」

「好吧，好吧，目前球落在葛來分多手中，凱娣·貝爾飛向球門柱……」

哈利飛快掠過凱娣身邊，往相反的方向飛過去，開始凝神往四周搜尋金色的光芒。他注意到張秋緊緊跟在他的身後，她的確是一名出色的飛行高手——她老是冷不防地從哈利身邊竄過去，逼得他不得不改變方向。

「讓她見識一下你的瞬間加速，哈利！」弗雷喊道，接著就咻地一聲飛過去，前去追趕一枚朝西亞衝過去的搏格。

在他們繞過雷文克勞球門柱時，哈利加足馬力，驅策火閃電往前飛奔，把張秋遠遠拋在後面。而當凱娣成功投出這場比賽第一個得分球，讓葛來分多那端的球場樂得發狂時，哈利突然看到了它——金探子正在貼近地面的地方輕快地掠過路障。

哈利朝下俯衝，張秋發現到他的舉動，跟在他身後緊追不捨。他的速度越來越快，一陣興奮感竄遍他的全身。俯衝是他最拿手的絕招，他只要再飛十呎就可以抓到了——

然後一枚被雷文克勞打擊手送過來的搏格，不知從何處突地竄出，朝他猛衝過來。哈利連忙改變航向，以一吋之差避開攻擊，但就在這關鍵性的短短幾秒鐘內，金探子已經消失不見了。

「噢噢噢！」葛來分多支持者發出失望的響亮呼聲，但聲勢卻遠不及雷文克勞為他們的打擊手所發出的熱烈喝采。喬治・衛斯理為了發洩心中的怒火，立刻把另一枚搏格送到那名肇事打擊手的面前，逼得他在空中翻了個大筋斗才僥倖避開。

「葛來分多目前以八十比零領先，現在大家快看看火閃電飛得有多棒！波特直到現在才真正展現出它的速度，看看它平順的轉彎動作——張秋的彗星號完全不是它的對手。火閃電精準的平衡感，在長距離飛行時更是表露無遺……」

「**喬丹！難道有人付錢要你替火閃電打廣告嗎？快點給我做實況報導！**」

雷文克勞正在迎頭趕上，他們已經投進了三球，因此葛來分多目前只領先五十分——要是張秋再先他一步抓到金探子的話，雷文克勞就贏定了。哈利降到下方，及時閃過一名雷文克勞追蹤手，拚命往球場中搜尋金探子的蹤影。一點金光，一對噗噗拍動的小翅膀——金探子正在葛來分多球門柱邊往來盤旋……

哈利加快速度，目不轉睛地盯著前方的小金點——但在下一秒，張秋又忽地冒出來，擋住了他的去路——

「**哈利，現在可不是讓你講求紳士風度的時候！**」木透看到哈利連忙轉變方向，免得撞上張秋，忍不住大聲吼道，「**如果有必要的話，就乾脆把她給撞下掃帚！**」

哈利掉過頭來，瞥見了張秋，她咧嘴笑得好不開心，金探子又再度消失。哈利騎著火閃電朝上竄升，在瞬間衝到主戰區二十呎上的高空。他從眼角瞥見張秋也隨他衝了上來……她似乎已打定主意不去找金探子，只要緊盯住哈利就行了。那好吧……要是她偏要跟著他的話，那就只能怪她自作自受……

他再度朝下俯衝，而以為他發現了金探子的張秋，自然也緊追在後。哈利在俯衝途中忽地拔高竄起，而她卻收勢不及一路朝下猛衝。他再度像子彈般地迅速飛升，接著就又第三次看到了它：金探子在雷文克勞那端的球場上方發出閃爍的光芒。

他加足馬力往前衝刺，而在他下方幾呎處的張秋也同樣跟進。他就快要贏了，再過幾秒就可以抓到金探子了——然後——

「喔！」張秋指著下方尖叫。

哈利不禁分心往下看。

三個催狂魔，三個又高又黑、罩著連帽斗篷的催狂魔，正在仰頭望著他。

他並未多做思索，連忙伸手探進長袍領口，抽出魔杖吼道：「疾疾，護法現身！」

一團巨大的銀白光影自魔杖頂端噴射而出。他知道它擊中了催狂魔，但卻並未停下來多看一眼，而不可思議地，他的思緒竟依然清晰無比。他望著前方——他就快要飛到了。他伸出那隻仍握著魔杖的手，設法騰出手指抓住那拚命掙扎的小金探子。

胡奇夫人的哨聲響起，哈利在半空中掉過頭來，看到六團猩紅色的影子正朝他迎面衝過來。在下一刻，全隊球員就圍過來緊緊抱住他，差點就把他從掃帚上拉下來。他可以聽到下方葛來分多支持者的歡呼聲。

「好孩子！」木透不住口地讚道。西亞、莉娜和凱娣全都吻了哈利，弗雷狠狠摟了他一下，讓他覺得頭都快被夾斷了。在一陣混亂中，球員們三三兩兩地飛回地面，哈利跨下掃帚，抬起頭來，看到一群喧嘩吵鬧的葛來分多支持者，在榮恩領軍之下全速衝進球場。他還來不及意識到是怎麼回事，就被一群歡呼的群眾給完全淹沒。

「勝利！」榮恩喊道，猛然把哈利的手抬到空中，「勝利！勝利！勝利！」

「**幹得好**，哈利！」派西顯得非常開心，「替我贏了十個加隆！抱歉，我得去找潘妮了——」

「你真行，哈利！」西莫．斐尼干吼道。

「真是太精采了！」海格越過一片攢動的頭頂沉聲大喝。

「那個護法真的相當不錯。」哈利的耳邊響起一個聲音。

哈利回過頭來，看到路平教授正帶著驚喜交加的表情望著他。

「那些催狂魔完全沒影響到我！」哈利興奮地說，「我一點感覺也沒有！」

「那是因為他們——呃——並不是真的催狂魔，」路平教授說，「過來看看吧——」

他領著哈利擠出人潮，走到靠近球場邊緣的地方。

「你讓馬份先生嚇了一大跳。」路平說。

哈利瞪大眼睛。地上歪七扭八地躺了一堆人，分別是馬份、克拉、高爾和史萊哲林球隊隊長馬科．福林，他們全都在掙扎著想要脫掉身上那些附上帽子的超長黑袍，看來馬份剛才好像是站在高爾的肩膀上。麥教授站在一旁，滿臉怒容地瞪著他們。

「好個卑鄙的詭計！」她喊道，「竟然使出這麼低級下流的手段，企圖去傷害葛來分多的搜捕手！罰你們每個人勞動服務，還要扣史萊哲林五十分！這件事情我一定要去向鄧不利多教授報告！啊，現在他正好走過來了！」

這為葛來分多的勝利劃上一個最完美的句點。榮恩此時已擠出人群走到哈利身邊，當他們看到馬份拚命想掙脫長袍，而高爾的頭卻還卡在裡面的滑稽相時，榮恩忍不住笑彎了腰。

「走吧，哈利！」喬治努力擠過來，「開宴會去囉！現在快回葛來分多交誼廳！」

「好啊，」哈利說，感到自己有好久都沒這麼快樂過了。接著身上仍穿著猩紅球袍的哈利與其他球員，就開始領先踏出體育場，走向城堡。

* * *

他們感覺就像是已經得到魁地奇冠軍盃似的，宴會持續了一整天，大家直到深夜還不曾散去。弗雷和喬治．衛斯理消失了好幾個鐘頭，然後再捧著一大堆奶油啤酒、南瓜汽水和幾袋滿滿的蜂蜜公爵糖果重新出現。

「你們是怎麼買到的？」莉娜．強生在喬治開始對大家拋送薄荷蟾蜍時尖叫著問道。

「自然是靠月影、蟲尾、獸足和鹿角幫了一點小忙。」弗雷附在哈利耳邊輕聲說。

這裡只有一個人完全沒參加任何慶祝活動。妙麗竟然還不可思議地獨自窩在角落，努力閱讀一本書名為《英國麻瓜之家庭生活與社會習慣》的磚頭書。哈利在弗雷和喬治開始拋奶油啤酒瓶耍把戲時離開餐桌，走到妙麗面前。

「妳有來看比賽嗎？」他問她。

「我當然有啊，」妙麗用一種出奇高亢的嗓音答道，但卻並沒有抬起頭來，「而且我很高興我們贏了，我也覺得你表現得真的很棒，但我現在必須趕在星期一前把這本書給念完。」

「好了啦，妙麗，過來吃點東西嘛。」哈利說，並回過頭望著榮恩，暗暗猜想榮恩現在心情有沒有好到願意跟妙麗息戰和好。

「我不行啦，哈利，我還有四百二十二頁沒念呢！」妙麗說，現在她的語氣聽起來有點歇斯底里，「何況……」她同樣也回頭瞥了榮恩一眼，「**他**才不希望我過去呢。」

這個理由倒是無法辯駁，因為榮恩恰好就選在這一刻大聲表示：「要是斑斑沒**被吃掉**的話，現在就可以拿點糖醬蒼蠅去餵他，他以前最愛吃這個了——」

妙麗突然哭了出來。哈利還來不及說或是做任何事，她就已經把大書夾在腋下，抽抽噎噎地衝上通往女生寢室的樓梯，一下子就跑不見了。

「難道你就不能放過她嗎？」哈利平靜地問榮恩。

「不能，」榮恩斷然答道，「要是她能表現出一點點抱歉的樣子也就罷了——但這個妙麗偏偏死都不肯認錯。她直到現在還是擺出一副斑斑只不過是出門去度假似的德行。」

葛來分多的宴會一直到麥教授在凌晨一點，身披格子呢睡袍，頭罩嚴密髮網地走進來，堅持要他們全都上床睡覺時才宣告結束。哈利和榮恩爬樓梯回到寢室，一路上仍在討論這場魁地奇球賽。最後，早已累得筋疲力竭的哈利終於爬上床，拉上四柱大床的簾幕，遮住一道月光，再躺下來，幾乎在瞬間陷入夢鄉……

他做了一個非常奇怪的夢。他扛著火閃電，隨著某個銀白色的物體在森林裡行走。那個物體在前方的樹叢中穿梭前進，而他只能在葉縫間驚鴻一瞥地看到它的影子。他加快腳步，急著想要趕上它，但他走得越快，他的獵物也動得更快。哈利拔足狂奔，而他聽到前方響起一陣越來越急促的蹄聲。現在他用盡全力往前飛奔，而他可以清楚聽到前方疾馳的蹄聲。他繞過轉角，踏入一片林中空地，然後……

「啊啊啊啊啊啊啊啊喔喔喔喔喔喔喔噢噢噢噢噢噢噢！不不不不不不不不不不不不不！」

哈利彷彿臉上被打了一拳似地立刻驚醒過來。他在一片漆黑中看不清是怎麼回事，於是他開始伸手摸索床邊的簾幕——他可以聽到四周有東西在動，接著西莫．斐尼干的聲音就從房間另一端傳過來。

「怎麼回事？」

哈利覺得他好像聽到寢室大門砰地關上的聲音。最後他終於摸到了簾幕間的空隙，於是他趕緊把簾幕扯開，而丁．湯馬斯也在同一時間點亮了他的燈。

榮恩坐在他的床上，床邊的簾幕有一邊被撕裂，他臉上帶著無比驚恐的表情。

「布萊克！天狼星．布萊克！帶著一把刀！」

「**什麼**？」

「就在這裡！就是剛才！他割開了簾幕！把我吵醒！」

「你確定你不是在做夢吧，榮恩？」丁說。

「看看我的簾幕！我告訴你，他剛才就站在這裡！」

他們全都爬下床，哈利率先走到寢室門前，接著他們就全速衝下樓梯。他們身後的房門紛紛敞開，睡意矇矓的嗓音在他們背後喊著。

「是誰在大叫啊？」

「你們在幹嘛？」

殘餘的爐火照亮了交誼廳，裡面依然散落著宴會遺留下來的殘跡。這裡看不到一個人影。

「你**確定**你不是在做夢吧，榮恩？」

「我告訴過你，我看到他了！」

「怎麼這麼吵啊？」

「麥教授已經叫我們上床睡覺了欸！」

幾個女孩披著睡袍，呵欠連連地從樓梯走下來。男孩們也紛紛重新出現。

「太好了，我們要再繼續開宴會嗎？」弗雷．衛斯理開心地說。

「所有人全都回到樓上去！」派西匆匆趕進交誼廳，邊說邊把男學生主席徽章別在他的睡衣上。

「派西——天狼星．布萊克！」榮恩虛弱地說，「跑到我們寢室裡面！拿著一把刀！把我吵醒！」

交誼廳裡變得一片死寂。

「胡說！」派西帶著震驚地表情說，「你吃太飽了，榮恩——所以才會做惡夢——」

「我告訴你——」

「聽著，我說夠了！」

麥教授也來了。她踏進交誼廳，用力摔上畫像洞口大門，憤怒地瞪著大家。

「葛來分多贏球，我當然是非常高興，但你們實在是越來越不像話了！派西，你太讓我失望了！」

「我絕對沒允許他們這麼做，教授！」派西忿忿不平地鼓起胸膛，「我正在叫他們全都回到床上去呢！我弟弟榮恩做了一個惡夢——」

「那不是惡夢！」榮恩吼道，**「教授，我醒過來，看到天狼星・布萊克站在我面前，手裡還拿著一把刀！」**

麥教授瞪大眼睛望著他。

「別這麼荒唐，衛斯理，他怎麼有辦法穿越畫像洞口？」

「問他啊！」榮恩豎起一根顫抖的手指，指著卡多甘爵士畫像的背面，「去問他有沒有看到——」

麥教授狐疑地瞪了榮恩一眼，再推開畫像爬到外面。整個交誼廳裡的人全都在屏息傾聽。

「卡多甘爵士，你剛才是不是放了一個男人進葛來分多塔？」

「正是如此，我的好夫人哪！」卡多甘爵士喊道。

交誼廳裡外全都陷入一片驚駭的沉默。

「你——你**有**？」麥教授說，「可是——可是有通關密語啊！」

「這他自然知曉！」卡多甘爵士驕傲地說，「夫人哪，整整七日之密語，他全都謹記在心！他還拿著一張小紙頭，一字不漏地念給我聽了哩！」

麥教授重新從畫像洞口爬進來，面對嚇壞了的群眾，她的臉色白得像粉筆似的。

「是哪一個人，」她的聲音在顫抖，「是哪一個笨到無可救藥的人，把這個禮拜的通關密語全寫下來，然後把它到處亂扔？」

接下來是一片死寂，只聽見幾聲最細微的驚恐尖叫。從頭頂到毛茸茸拖鞋裡的腳趾全都在抖個不停的奈威・隆巴頓，此時緩緩把手舉了起來。

14 石內卜的怨氣

那天晚上，葛來分多塔中沒有一個人上床睡覺。他們知道城堡又再度受到搜查，整個學院的人全都清醒地待在交誼廳裡，等著想聽布萊克到底有沒有被抓到。麥教授在清晨時返回，告訴他們布萊克已再度脫逃。

到了第二天，不論他們走到哪裡，都可以看到學校加強安全措施的各種跡象；孚立維教授拿了一大張天狼星・布萊克的照片在教大門認人；飛七突然急匆匆地在走廊上跑來跑去，忙著把從牆上裂隙到老鼠洞口的一切漏洞全都封死；卡多甘爵士已經被解雇，他的畫像又重新被送回冷清清的八樓樓梯台；胖女士又再度回到原位，她雖已經過巧手修復，但卻還是緊張得要命，而且只有在受到額外保護的情況下，才答應重新回來工作；學校特地雇了一群陰沉乖戾的保全巨人來保護她，他們排出嚇人的陣式，在走廊上來回踱步，一面還咕嚕嚕地聊個不停，互相比較棍棒的大小。

哈利注意到，四樓那座獨眼女巫雕像，目前依然無人看守，同時也沒有被封死。看來弗雷和喬治想的沒錯，除了他們兩人——現在再加上哈利、榮恩和妙麗——之外，確實沒人曉得裡面藏了條密道。

「你覺得我們該不該把這件事告訴別人？」哈利問榮恩。

「但他又不是從蜂蜜公爵那裡溜進來的，」榮恩不當一回事地表示，「要是真有人闖進那間店的話，我們一定早就聽到消息了。」

榮恩對這件事的看法，讓哈利感到相當高興。要是連獨眼女巫也被封死的話，他以後就休想再到活米村去玩了。

榮恩突然變成了名人，他這輩子第一次受到比哈利還要多的注意力，而他顯然相當喜歡這種感覺。那天晚上發生的事，雖然仍讓他感到非常害怕，但每當有人問起時，他還是高高興興、仔仔細細地把事情的經過告訴他們。

「……那時候我正在睡覺，然後我突然聽到撕裂的聲音，我還以為我是在做夢咧，懂嗎？但接著我又感覺到好像有風吹進來……我醒過來，發現我床邊的簾幕有一邊被扯掉了……我翻了個身……就看到他站在我面前……瘦得活像是具骷髏，留著一大把髒兮兮的頭髮……手裡握著一把又大又長的刀，看起來少說也有十二吋長……而他看著我，我看著他，然後我大喊一聲，他就逃走了。」

「但這是為什麼呢？」榮恩等那群聽他講驚悚故事的二年級女生離開後，就轉頭詢問哈利，「他幹嘛要逃走？」

哈利也想過同樣的問題。找錯床的布萊克為什麼不乾脆殺榮恩滅口，再繼續去對付哈利呢？布萊克在十二年前就證明過，他殺起無辜者來絕不手軟，而這次他面對的只不過是五個手無寸鐵的男孩，其中有四個還在睡覺。

「他一定是知道，在你的大叫聲把所有人全都吵醒以後，他想要跑出城堡就不是那麼容易了。」哈利沉吟地說，「他得把整個學院的人全都殺光，才能爬出畫像洞口……然後他又可能會碰到老師……」

奈威這次真的是把大家給惹毛了。麥教授氣他氣得要命，她不准他以後再到活米村去玩，罰他勞動服務，並且禁止任何人把進塔的通關密語告訴他。因此可憐的奈威只好每晚在交誼廳外罰站，苦等其他人來放他進去，但這些處罰還沒有他奶奶準備用來對付他的手段來得厲害。在布萊克闖入事件的兩天之後，她寄來了一件霍格華茲學生早餐時最怕收到的東西——一封咆哮信。

學校的貓頭鷹如往常般帶著郵件飛入餐廳，而當一隻嘴裡啣著猩紅信封的大草鴞降落在奈威面前時，他立刻嚇得嗆到了。坐在他對面的哈利和榮恩，一眼就認出那是一封咆哮信——去年榮恩的母親曾寄給過他一封。

「逃吧，奈威。」榮恩提出建議。

奈威不需榮恩再多做吩咐。他立刻一把抓起信封，像捧炸彈似地舉向前方，一溜煙地衝出餐廳，而他這副傻相讓史萊哲林餐桌爆出一陣大笑。他們聽到咆哮信在入口大廳中爆發——奈威的奶奶那音量被魔法放大百倍的嗓音，開始尖叫著數落奈威，罵他辱沒了隆巴頓家族的家聲。

哈利忙著替奈威感到難過，以至於沒立刻發現到他自己也有一封信。直到嘿美往他手腕上用力啄了一下，才引起他的注意。

「哎喲！喔——謝了，嘿美……」

哈利撕開信封，而嘿美開始不請自來地享用奈威的玉米片。信裡面寫著：

親愛的哈利和榮恩：

今晚六點來跟我喝杯茶好嗎？我會上城堡來接你們。**待在入口大廳等我，你們可不准自己胡亂跑出去**。

祝好

海格

「他大概是想要聽布萊克的事！」榮恩說。

於是在當晚六點，哈利和榮恩走出葛來分多塔，跑步衝過保全巨人身邊，下樓走向入口大廳。

海格已站在那裡等待他們。

「好了，海格！」榮恩說，「你是想要跟我們探聽星期六晚上的事，沒錯吧？」

「這我已經全都聽說了。」海格說，並打開大門，領著他們走到外面。

「喔。」榮恩顯得有些掃興。

他們一踏進海格的小木屋，第一眼看到的就是巴嘴。牠趴在海格的百衲被上，巨大的羽翼收起來緊貼著身體，正在津津有味地享用一大盤死雪貂。哈利的目光避開這幅令人不快的畫面，看到海格的衣櫥門上面掛上一套毛茸茸的超大套裝，和一條慘不忍睹的橘黃相間領帶。

「那是要幹嘛用的，海格？」哈利說。

「巴嘴跟危險生物處分委員會的辯護案，」海格說，「就訂在這禮拜五。我和他要一起上倫敦去，我已經在騎士公車上訂了兩張床——」

哈利突然感到一陣痛苦的罪惡感。哈利完全忘了巴嘴的審判就快開庭了，而根據榮恩臉上的不安神情判斷，他顯然也好不到哪裡去。他們同樣也把自己答應幫忙海格準備巴嘴辯護資料的事忘得一乾二淨；火閃電的出現，讓他們把這一切全都拋到了九霄雲外。

海格替他們倒茶，並端來一盤水果乾小圓麵包，但他們知道還是別吃的好，他們早就領教過海格的手藝。

「我有件事兒要跟你們兩個商量一下。」海格坐到他們兩人中間，露出一副跟平常判若兩人的嚴肅神情。

「什麼事？」哈利說。

「妙麗。」海格說。

「她怎麼啦？」榮恩說。

「她情況不太妙，就是這樣。她在聖誕節以後，就常到這兒來看我。她覺得寂寞嘛，你們先是因為火閃電而不跟她講話，現在又因為她的貓而不理她——」

「——她的貓吃掉了斑斑！」榮恩生氣地插嘴說。

「就只是因為她的貓，做了全天下貓都會做的事。」海格固執地繼續說下去，「她已經哭了好幾回囉，知道吧？這段時間她真的不太好過，有這麼多功課要做，在我看來，她根本是貪多嚼不爛嘛。但她還是挪出時間來替我準備巴嘴的案件……她幫我找到了一些很有用的資料……我想他現在應該有希望可以……」

「海格，我們本來也應該幫忙的——對不起——」哈利侷促不安地解釋。

「我可不是在怪你們！」海格並不理會哈利的道歉，「天知道你已經有夠多事情要忙的了，我親眼看到你從早到晚都在忙著練習魁地奇——但我得告訴你們，我本來還以為，你們兩個會把朋友看得比什麼飛天掃帚或是老鼠來得重要。我要說的就是這些。」

哈利和榮恩不安地互望了一眼。

「在布萊克差點刺傷你的時候，她真的是很難過哪，榮恩。妙麗這個人是很重感情的，而你們兩個卻不肯跟她說話——」

「要是她願意把那隻貓丟掉，我就會再跟她說話！」榮恩氣憤地說，「但她直到現在還在替他撐腰，他根本就是隻瘋貓，而她卻聽不得別人說他一句壞話！」

「啊，這個嘛，人要是碰到自己的寵物，難免都會有點傻氣。」海格明智地表示。他背後的巴嘴往他枕頭上吐了幾根雪貂骨頭。

他們接下來的時間，全都在討論目前葛來分多贏得魁地奇盃的勝算又增添了多少。到了九點時，海格起身送他們返回城堡。

他們回到交誼廳時，發現布告欄前圍了一大群人。

「下個禮拜可以去活米村！」榮恩說，伸長脖子越過一大堆人頭閱讀那張新布告，「你打算怎麼樣？」榮恩在他們坐下來以後，又小聲對哈利加上一句。

「嗯，飛七還沒把去蜂蜜公爵的通道封上……」哈利更小聲地答道。

「哈利！」他右耳邊突然傳來一個聲音。哈利嚇一跳地轉過頭來，看到妙麗就坐在他們右方的桌子旁邊，正忙著在那堵擋住她的書牆上清出一塊空位。

「哈利，你要是再跑去活米村的話……我就要把地圖的事告訴麥教授！」妙麗說。

「你聽到有人在講話嗎，哈利？」榮恩連看都不看妙麗一眼。

「榮恩，你怎麼能讓他跟你一起去？天狼星．布萊克才差點傷了**你**欸！我是說真的，我要去告訴——」

「所以妳現在又想要害哈利被開除了是不是！」榮恩憤怒地說，「難道妳今年造成的傷害還不夠多嗎？」

妙麗張開嘴準備反駁，但歪腿卻在此時輕嘶一聲，跳到了她的腿上。妙麗用驚恐的目光望著榮恩猙獰的表情，接著就一把抱起歪腿，慌慌張張地衝向通往女生寢室的樓梯。

「怎麼樣啊？」榮恩對哈利說，就好像剛才根本就不曾被打斷過似的，「好啦，上次你根本沒看到什麼。你甚至連桑科的店都沒進去過！」

哈利環顧四周，檢查妙麗是否已走到聽不見的地方。

「好吧，」他說，「不過這次我要把隱形斗篷帶在身邊。」

* * *

在星期六早上，哈利把隱形斗篷塞進他的包包，再將劫盜地圖悄悄放進口袋，跟著其他人一起下樓去吃早餐。用餐時妙麗老是用懷疑的目光瞅著他，但他卻避開她的視線。當他踏進入口大廳，而其他人全都湧向城堡大門時，他還故意讓她看到他走上大理石階梯。

「拜啦！」哈利對榮恩喊道，「等你回來以後再見囉！」

榮恩咧嘴微笑，並對他擠擠眼。

哈利快步爬到四樓，邊走邊悄悄從口袋中掏出劫盜地圖。他蹲伏在獨眼女巫雕像後面，把地圖攤平。一個小細點正朝著哈利的方向移過來，他瞇眼細看。小點旁那排迷你字跡寫著：「奈威．隆巴頓。」

哈利趕緊掏出魔杖，低聲念道：「咻咻降！」再把包包推到雕像裡面，但他還來不及爬進去，奈威就繞過轉角走了過來。

「哈利！我忘了你也不能去活米村！」

「嗨，奈威，」哈利迅速離開雕像，把地圖塞進口袋，「你現在打算要幹嘛？」

「沒幹嘛，」奈威聳聳肩，「要不要來玩一盤爆炸牌？」

「呃──現在不行──我正要上圖書館去寫路平的吸血鬼作業──」

「我跟你一起去！」奈威高興地說，「我也還沒寫呢！」

「呃──等一下──對了，我忘了，其實我昨天晚上就寫完了！」

「太好了，那你可以幫幫我。」奈威說，圓臉上寫滿了期盼，「我完全搞不懂大蒜該怎麼用──究竟是要把它給吃下去，還是──」

奈威輕呼一聲停了下來，望著哈利的肩膀後面。

那是石內卜。奈威趕緊躲到哈利背後。

「你們兩個在這裡做什麼？」石內卜說，他停下來，目光在他們兩人身上來回梭巡，「約在這個地方碰面還真奇怪──」

哈利心慌意亂地望著石內卜的黑眼晃過他們倆旁邊的房門，落到獨眼女巫身上。

「我們不是——約在這裡碰面，」哈利說，「我們只是——剛好在這裡碰到。」

「真的嗎？」石內卜說，「你總是習慣出現在出乎意料的地方，波特，而且你通常都是在圖謀不軌……我建議你們兩個快回到葛來分多塔，那才是你們該去的地方。」

哈利和奈威一聲不吭地往前走去。在他們繞過轉角時，哈利回頭瞥了一眼。石內卜正把手放到獨眼女巫頭上仔細檢查。

哈利在胖女士畫像前把通關密語告訴奈威，再假裝自己把吸血鬼作文忘在圖書館，重新折返回來，成功地甩掉了奈威。他一走到保全巨人看不見的地方，就再度掏出地圖，湊到鼻子前細看。

四樓走廊現在好像沒人在。哈利仔細檢查地圖，發現那個標著「賽佛勒斯・石內卜」的小點已返回辦公室，不禁大大鬆了一口氣。

他全速衝到獨眼女巫雕像面前，打開她的駝背，爬進去，滑到石槽最下面，抓起躺在那裡的包包。他把劫盜地圖重新變回空白，開始拔足狂奔。

* * *

哈利披著隱形斗篷，踏到蜂蜜公爵戶外的陽光下，往榮恩背上戳了一下。

「是我。」他低聲說。

「你怎麼這麼慢？」榮恩輕聲問道。

「石內卜在附近賴著不走……」

他們沿著大街往前走去。

「你在哪裡呀？」榮恩不停嘴角微開地悄聲問道，「你還在吧？這種感覺真是詭異……」

他們走到郵局，榮恩假裝察看寄信到埃及給比爾的貓頭鷹價錢，好讓哈利仔細參觀此處的環境。貓頭鷹坐在架子上朝他嗚嗚輕啼，看起來少說也有三百隻。貓頭鷹的品種從大型的烏林鴞到超迷你的紅角鴞（僅限國內郵件）應有盡有，而後者小到可以坐在哈利的手掌心。

然後他們又去了桑科的店，裡面擠滿了學生，因此哈利必須非常小心，才不至於踩到某人的腳而引起一陣恐慌。這裡的惡作劇玩具和整人器材甚至可以滿足弗雷和喬治最瘋狂的夢想。哈利附在榮恩耳邊輕聲指示，再拿了點錢從斗篷底下傳過去。他們在離開桑科的店時，荷包比進來時輕了許多，但口袋卻變得鼓鼓的，裝滿了屎炸彈、打嗝糖、青蛙卵肥皂，另外還一人買了一個會咬人鼻子的茶杯。

這天天氣晴朗，微風徐徐，他們兩人都不想待在室內，於是他們過門不入地經過三根掃帚，爬上斜坡去參觀尖叫屋，也就是那間全英國鬧鬼最兇的住宅。它矗立在小丘上，跟村子隔了一小段距離，即使是在大白天看來，它那封上木板的窗戶和雜草叢生的陰溼庭院，也還是令人感到毛骨悚然。

「甚至連霍格華茲的幽靈都會避開這個地方。」榮恩說，他們兩人靠在欄杆邊，抬頭打量這棟房子，「我問過差點沒頭的尼克……他告訴我，他聽說這裡住了一群超級兇狠的厲鬼，根本沒人能進得去。弗雷和喬治顯然是試過，但所有入口全都被封得死死的……」

哈利剛才爬坡爬得全身發熱，他正考慮要先暫時把斗篷脫下來透透氣，卻忽然聽到附近傳來說話的聲音。有人正從小丘的另一邊爬向尖叫屋，沒過多久馬份就出現在眼前，克拉和高爾緊跟在他的身後。馬份正在講話。

「……現在我父親應該就快要派貓頭鷹送信給我了。他必須去聽證會報告我手臂的情形……告訴他們我的手有整整三個月不能動……」

克拉和高爾吃吃傻笑。

「我真希望能聽到，那個毛茸茸的大白痴是怎樣替他自己辯護……『牠乖得很哩，真的不會傷人』——那隻鷹馬是死定了——」

馬份突然瞥見了榮恩，他蒼白的臉上綻出一個惡意的笑容。

「你在這裡做什麼，衛斯理？」

馬份抬頭望著榮恩背後那棟搖搖欲墜的房子。

「你大概是很希望能住在這裡，對不對呀，衛斯理？夢想能擁有自己的臥室是吧？我聽說，你們全家都擠在一個房間裡睡覺——那是真的嗎？」

哈利從背後抓住榮恩的長袍，阻止他撲到馬份身上。

「讓我來對付他。」他附在榮恩耳邊輕聲說。

這是個不容錯過的大好機會。哈利靜悄悄地繞到馬份、克拉和高爾背後，彎下身來從小徑上抓起一大把污泥。

「我們剛才正談到你的朋友海格呢，」馬份對榮恩說，「想像他會對危險生物處分委員會說些什麼。你覺得在他們砍掉鷹馬腦袋的時候，他會不會號啕大哭啊——」

啪！

馬份的頭在被污泥打到時猛然扭向前方，他銀金色的頭髮上立刻淌滿了髒兮兮的泥巴。

「這是什麼——？」

榮恩快要笑癱了，他必須緊抓著欄杆才不至於倒在地上。馬份、克拉和高爾傻呼呼地在原地打轉，慌亂地四處搜尋，馬份企圖把他的頭髮擦乾淨。

「那是什麼？是誰丟的？」

「這裡鬧鬼鬧得真是兇啊，對吧？」榮恩用一種談論天氣的態度淡然表示。

克拉和高爾露出被嚇壞的神情，他們鼓凸凸的肌肉碰到幽靈可是完全派不上用場。

馬份氣急敗壞地環視周遭荒涼的風景。

哈利悄悄沿著小徑走向前方，那裡有一潭特別泥濘的污水坑，裡面有一些惡臭的綠泥。

啪啦！

這次連克拉和高爾也沾到了一些。高爾憤怒地在原地亂蹦亂跳，努力想把他呆滯小眼上的污泥給擦乾淨。

「是從那邊扔過來的。」馬份說，他邊擦臉，邊瞪著哈利左邊六呎處的某個定點。

克拉盲目地衝向前，兩隻長手臂像殭屍似地高高舉起。哈利閃到他後方，從地上撿起一根樹枝，投出一記漂亮的高緩球，把它扔到克拉背上。克拉在半空中做了個活像花式旋轉的動作，想要看清到底是誰朝他扔樹枝，但此時哈利卻早就拚命憋笑地返回原地。克拉只看得見榮恩，於是他立刻開始朝榮恩發動攻勢，但哈利卻適時伸出了一條腿。克拉絆了一跤——他的扁平大腳踩到了哈利隱形斗篷的下襬。哈利感到一股強大的拉力，然後斗篷就從他臉上滑了下來。

在那一剎那，馬份瞠目結舌地瞪著他。

「**啊啊啊！**」他指著哈利的頭喊道。然後他轉身就逃，用危險的高速一溜煙地衝下山坡。克拉和高爾緊跟在他的後面。

哈利重新拉上斗篷，但事情已經無法挽回了。

「哈利！」榮恩跌跌撞撞地衝上前來，絕望地瞪著哈利剛才消失的地方，「你快逃吧！要是馬份告訴別人的話——你最好趕快回到城堡，快走啊——」

「待會見。」哈利說，他並未再多說一句，就開始沿著小徑往下狂奔，一路衝向蜂蜜公爵。

馬份會相信自己看到的景象嗎？真有人會相信馬份的話嗎？並沒人知道隱形斗篷的事——除了鄧不利多。哈利的胃部緊抽了一下——要是馬份真去告狀的話，鄧不利多一聽就知道是怎麼回事——

他重新踏入蜂蜜公爵，走向地窖樓梯，越過石頭地板，穿越活板門——哈利脫下隱形斗篷，把它捲起來夾到腋下，用最快的速度沿著通道往前飛奔……馬份會先回到城堡……但他要花多久時間才能找到一位老師告狀？哈利跑得氣喘吁吁，腹側劇烈抽痛，但他並未減緩速度，一路狂奔到石槽前方。他必須把隱形斗篷留在這裡，要是馬份已經向老師告密的話，隱形斗篷就會變成壞事的證據。他把它藏到一個陰暗的角落，然後開始盡快往上爬，而他汗溼的手掌，老是滑得抓不牢石槽的扶手。他爬到女巫駝背裡面，用魔杖輕敲一下，把頭探出去，撐起身子爬出來。駝背再度封上，而哈利才剛從雕像背後跳出來，就聽到一陣迅速逼近的急促腳步聲。

那是石內卜。他快步走向哈利，黑色長袍在身後沙沙擺動，然後他在哈利面前停下來。

「好啊。」他說。

他臉上露出一絲按捺不住的勝利喜悅。哈利努力裝出無辜的表情，但卻強烈意識到自己汗溼的面龐和沾滿泥巴的雙手，他趕緊把手藏進口袋。

「跟我來，波特。」石內卜說。

哈利跟著他走下樓，趁石內卜不注意偷偷用長袍內裡把手擦乾淨。他們走向通往地窖的樓梯，然後踏進石內卜的辦公室。

哈利以前只到過這裡一次，而他那時也是遇到非常嚴重的麻煩。在這以後，石內卜又多弄到幾瓶黏答答的恐怖玩意兒，而它們全都擱在他書桌後的架子上，在火光映照下發出閃爍的光芒，更加增添了這裡的駭人氣氛。

「坐。」石內卜說。

哈利坐下來，但石內卜自己卻是站著沒坐。

「馬份先生剛才特地過來，跟我說了一個非常奇怪的故事，波特。」石內卜說。

哈利什麼也沒說。

「他告訴我，他在爬到尖叫屋的時候，在那裡遇到了衛斯理——顯然是孤零零一個人。」

哈利還是沒開口。

「馬份先生表示，當他站在那裡跟衛斯理說話的時候，突然飛來一大把污泥，打中了他的後腦勺。你知道這是怎麼回事嗎？」

哈利努力做出微微詫異的表情。

「我不知道，教授。」

石內卜的目光深深望進哈利眼裡。這簡直就像是在跟鷹馬做瞪眼比賽，哈利拚命忍著不要眨眼。

「接著馬份先生就看到了一個非常離奇的幻影。你能猜出那是什麼嗎，波特？」

「不能。」哈利現在努力讓他的聲音透出一絲天真的好奇。

「那是你的頭，波特，飄浮在半空中。」

接下來是一段長久的沉默。

「也許他最好趕快去找龐芮夫人，」哈利說，「要是他看到那種東西的話——」

「你的頭跑到活米村去幹什麼呢，波特？」石內卜柔聲說道，「你的頭並未獲准進入活米村。你身體的任何一個部位，全都不被允許進入活米村。」

「這我曉得呀，」哈利盡量讓自己臉上不露出一絲心虛或是害怕的神情，「這聽起來好像是馬份有幻覺——」

「馬份並沒有幻覺，」石內卜厲聲吼道，並彎下身來，用兩手抓住哈利椅子的扶手，因此他們兩人的面孔現在相距只有一呎，「你的頭要是出現在活米村的話，你身體的其他部分，顯然也跟著一塊兒去了。」

「我一直都待在葛來分多塔呀，」哈利說，「遵照你的吩咐——」

「你能證明這一點嗎？」

哈利閉嘴不語，石內卜的薄嘴唇扭出一個可怕的笑容。

「所以呢，」他挺起身來說，「上自魔法部，下至販夫走卒的所有人，全都在盡力維護名人哈利波特的安全，不讓他受到天狼星．布萊克的傷害，但名人哈利波特卻依然我行我素。就讓平凡人去替他的安危操心吧！名人哈利波特愛上哪裡就上哪裡，完全不用考慮後果。」

哈利依然保持沉默。石內卜現在故意想要激他吐露實情，他才不會讓他稱心如意。石內卜並沒有證據——目前還沒有。

「你跟你父親真是像透了，波特，」石內卜突然說，他的雙眼閃閃發光，「他同樣也是狂妄自大得要老命。就跟你一個德行，只不過是在魁地奇球場表現出一點點才華，就讓他自以為高人一等。成天跟他的朋友和崇拜者神氣活現地到處招搖……真是有其父必有其子。」

「我爸才沒有到處**招搖**呢，」哈利還來不及阻止自己就衝口而出，「而且我也沒有。」

「你父親也不怎麼重視規定，」石內卜繼續乘勝追擊，瘦削的臉龐充滿了怨恨，「規定只是替那些低等人設立的，才管不到像他那樣的魁地奇冠軍得主的頭上。他表現得實在是太自我膨脹了——」

「**閉嘴！**」

哈利突然站起來。一股自從他離開水蠟樹街當晚就從未有過的狂怒，如暴雷般掃過他的全身。雖然石內卜的面孔繃得死緊，黑眼閃出危險的光芒，但他現在已經全都不在乎了。

「**你剛才跟我說了什麼，波特？**」

「我叫你閉嘴，別再說我爸的壞話！」哈利吼道，「我早就知道事情的真相，懂了嗎？他救了你的命！是鄧不利多告訴我的！要不是我爸的話，你現在根本就沒辦法站在這裡作威作福！」

石內卜的蠟黃皮膚變成了酸奶的顏色。

「那麼校長有告訴過你，你父親是在什麼樣的情況下，救了我一命嗎？」他悄聲說，「或者他是考慮到，那些細節對寶貝波特來說，實在是太不堪入耳了？」

哈利咬著嘴唇。他並不清楚當時的情況，然而他不願承認這一點——但石內卜似乎已猜到了真相。

「我可不想讓你一廂情願地把你父親當成英雄崇拜，波特，」他臉上扭出一個可怕的獰笑，「你是不是把它想像成什麼光榮的英勇事蹟啦？那麼就讓我來糾正你吧——你那高尚的父親和他的朋友們，跟我開了一個非常有趣的玩笑，而要不是你父親在最後一刻臨陣退縮的話，這個玩笑很可能會害我送命。他做的事完全稱不上勇敢，他救了我，但同時也是救了他自己。要是他們的惡作劇成功的話，他就一定會被逐出校門。」

石內卜露出他參差不齊的黃板牙。

「把你的口袋掏出來，波特！」他突然啐道。

哈利並沒有動，他耳邊轟地響起一陣巨響。

「把你的口袋掏出來，否則我們就直接去見校長！把東西拿出來，波特！」

哈利嚇得全身發冷，緩緩將裝著桑科玩具的袋子和劫盜地圖掏出來。

石內卜抓起桑科的袋子。

「那是榮恩送給我的。」哈利說，暗暗祈禱他能在石內卜遇到榮恩前先知會榮恩一聲，「他——是在上次去活米村時帶回來給我的——」

「是嗎？之後你就一直把它帶在身邊嗎？多麼感人哪……那這又是什麼？」

石內卜已經抓起劫盜地圖。哈利儘可能維持冷靜的表情。

「一片備用羊皮紙啊。」他聳聳肩說。

石內卜把它翻過來，眼睛緊盯著哈利。

「你想必不會需要這麼舊的一張羊皮紙吧？」他說，「那我乾脆就——把它扔掉算了？」

他的手往爐火的方向移過去。

「不！」哈利立刻喊道。

「好啊！」石內卜說，狹長的鼻孔抽搐抖動，「這該不會又是衛斯理先生送你的另一件寶貝禮物吧？或者它也可能是——一些別的玩意兒？說不定是一封用隱形墨水寫的信？還是——一份教導你要如何不經過催狂魔前往活米村的說明書？」

哈利連連眨眼，石內卜的雙眼閃閃發亮。

「讓我瞧瞧，讓我瞧瞧……」他低聲說，掏出魔杖，把地圖攤平放在桌上，「顯露你的秘密！」他用魔杖輕觸羊皮紙說。

什麼也沒發生。哈利握緊拳頭，努力不讓雙手顫抖。

「現身吧！」石內卜說，並用力敲著地圖。

它仍是一片空白。哈利深深吸了一口氣，讓自己平靜下來。

「這所學校的老師賽佛勒斯．石內卜教授，在此命令你透露你隱藏的訊息！」石內卜用魔杖用力敲打地圖。

地圖光滑的表面上出現了幾行字跡，彷彿有一隻隱形的手正在上面書寫。

月影先生在此向石內卜教授致意，並請求他別再翹著他那畸形的大鼻子，到處去刺探別人的私事。

石內卜愣住了，哈利目瞪口呆地望著那段訊息，但地圖顯然還意猶未盡，接著下面又出現了更多的字跡。

鹿角先生完全同意月影先生的看法，並在此補充一句：石內卜教授是個醜混蛋。

如果哈利目前的處境不是那麼危急的話，他說不定會呵呵大笑。然後又出現更多的……

獸足先生想要表達他的驚訝，真不明白像石內卜這樣的白痴，怎麼能當得上教授。

哈利嚇得閉上眼睛。當他再度張開眼時，地圖上已出現最後一段話。

蟲尾先生向石內卜教授問好，並建議他去洗洗那頭像黏球似的髒髮。

哈利等著大難臨頭。

「好吧……」石內卜輕聲說，「我們這就來好好處理一下……」

他大步踏到爐火前，從壁爐上的瓶子裡抓出一把發亮的粉末，扔到火中。

「路平！」石內卜朝著火中喊道，「我有話跟你說！」

哈利一頭霧水地瞪著那堆爐火，火中出現了一個快速旋轉的巨大影子。幾秒鐘之後，路平教授就拍著他襤褸長袍上的煤灰，從壁爐裡爬出來。

「你找我嗎，賽佛勒斯？」路平溫和地說。

「我是要找你，」石內卜說，他大步走回書桌，面孔因憤怒而扭曲，「我剛才叫波特把他口袋裡的東西掏出來，結果他身上帶著這個東西。」

石內卜指著那張羊皮紙，上面依然閃爍著月影、蟲尾、獸足與鹿角遺留下來的字跡，路平臉上露出一種怪異的壓抑表情。

「怎樣？」石內卜說。

路平依然望著那張地圖，哈利覺得路平似乎是正在快速思索某件事。

「**怎樣**？」石內卜又問了一聲，「這張羊皮紙顯然帶有黑魔法，這應該是屬於你的專業範圍，路平。你能想像出，波特是從哪裡弄到這樣的東西嗎？」

路平抬起頭來，微微朝哈利使了一個眼色，警告他不要插嘴。

「帶有黑魔法？」他溫和地重複說道，「你真的這麼想嗎，賽佛勒斯？在我看來，它好像只是一張喜歡侮辱人的羊皮紙，誰想看它誰就倒楣。是很幼稚沒錯，但不至於有危險吧？我猜想，哈利應該是從惡作劇商店買來的──」

「是嗎？」石內卜說，他氣得繃緊了臉，「你覺得惡作劇商店真的會供應這種玩意兒嗎？難道你不認為，他其實比較像是**直接從製造者那裡拿到的嗎？**」

哈利搞不懂石內卜在說些什麼，路平顯然也是一樣。

「你的意思是，這是蟲尾先生或是其中某個人拿給他的嗎？」他說，「哈利，你認識其中任何一個人嗎？」

「不認識。」哈利立刻答道。

「懂了吧，賽佛勒斯？」路平教授轉過來對石內卜教授說，「我覺得它看起來很像是桑科的產品——」

榮恩正好在此時衝進辦公室，就好像是事先排演好似的，他跑得上氣不接下氣，一路直衝到石內卜桌前，用手揪著胸口，掙扎著吐出幾句話。

「那——東西——是——我——送給——哈利的，」他喘得幾乎說不出話來，「好久——以前——在——桑科——買的……」

「這不就結了！」路平拍了一下手，愉快地環視大家，「事情好像全都解決了！賽佛勒斯，我把這拿回去，可以嗎？」他捲起地圖，塞進長袍，「哈利、榮恩，跟我來吧，我要跟你們討論一下那篇吸血鬼作文。那我就告辭了，賽佛勒斯。」

在他們走出辦公室時，哈利根本不敢看石內卜一眼。他和榮恩及路平一言不發地走到入口大廳，然後哈利轉向路平。

「教授，我——」

「我不想聽你解釋。」路平立刻表示。他先往空無一人的大廳瞥了一眼，再壓低聲音說，「我恰好知道，那份地圖在多年以前，就被飛七先生沒收了。是的，我知道那是一份地圖，」他望著哈利和榮恩臉上的驚訝表情說，「不過，你居然沒把它給交出來，真的是讓我感到非常**震驚**。特別是在上次有個學生把城堡重要訊息隨地亂扔，結果發生了那種事之後。我不能讓你把它拿回去，哈利。」

這哈利早就料到了，他有很多疑問急著想要聽路平解釋清楚，所以他並沒有提出抗議。

「石內卜為什麼會認為，這東西是我直接從製造者那裡拿到的？」

「這是因為，」路平遲疑了一會兒，「因為這些製造地圖的人，目的是想要引誘你走出學校。他們覺得這非常好玩。」

「你**認識**他們？」哈利大為動容。

「我們見過。」他簡短地答道。他用一種前所未有的嚴肅目光凝視哈利。

「別希望我下次還會再替你掩飾了，哈利。我沒辦法讓你把天狼星·布萊克的事放在心上，但我以為，你在催狂魔接近你時所聽到的聲音，應該會對你造成更大的影響。你的父母是為了救你而喪命，哈利，你真不該這樣回報他們——只為了一小袋魔法花招玩具，就拿他們倆的犧牲去做賭注。」

他說完就逕自離去，留下哈利怔怔地站在原地，心情變得比剛才在石內卜辦公室時還要糟糕。他和榮恩慢慢爬上大理石階梯，哈利在經過獨眼女巫時想到了他的隱形斗篷——它還留在下面，但他不敢下去拿。

「這是我的錯，」榮恩突然開口說，「是我勸你去的。路平說的完全正確，這太蠢了，我們根本就不應該這麼做——」

他忽然閉上嘴，他們現在已到達那條有保全巨人巡邏的走廊，而妙麗正向他們迎面走來。哈利只朝她臉上望了一眼，就確定她一定已經知道剛才發生了什麼事。他的心猛然一沉——她已經去跟麥教授告狀了嗎？

「妳是來幸災樂禍的是不是？」她一走到他們面前，榮恩就蠻不講理地說，「還是妳才剛去打過我們的小報告啊？」

「不，」妙麗說。她手裡握著一封信，而她的嘴唇在顫抖，「我想這件事應該讓你們知道……海格打輸了官司，巴嘴就要被處死了。」

15 魁地奇決賽

「他——寄了封信給我。」妙麗舉起手中的信。

哈利接過信來。這張羊皮紙很潮溼，巨大的淚珠把字跡染得一塌糊塗，非常難以閱讀。

親愛的妙麗：

我們輸了。他們讓我先帶他回霍格華茲，正在安排處決日期。

嘴嘴很喜歡倫敦。

我不會忘記妳幫我們的忙。

海格

「他們不能這麼做啊，」哈利說，「他們怎麼可以這樣，巴嘴根本一點也不危險。」

「是馬份的爸爸逼委員會這麼做的，」妙麗擦著眼睛說，「你們也曉得他是什麼德行。委員會全都是一群連站都站不穩的老傻瓜，他們被他嚇到了。通常都還會有一次上訴機會，但我看一點希望也沒有……已經沒辦法挽回了。」

「不，一定有辦法的，」榮恩激動地說，「這次妳不用再一個人孤軍奮戰了，妙麗，我會幫忙的。」

「喔，榮恩！」

妙麗撲過來摟住榮恩的脖子，崩潰地失聲痛哭。榮恩露出驚恐的表情，笨拙地拍拍妙麗的頭頂，最後妙麗終於鬆開了手。

「榮恩，斑斑的事我真的非常非常抱歉……」她哭著說。

「喔——這個呀——他老了，」榮恩說，妙麗一放開他，他就露出一副如獲大赦的表情，「而且說實話他也不太中用。誰知道呢？說不定我爸媽會替我買一隻貓頭鷹呢。」

* * *

學校在布萊克二度闖入後所實施的安全措施，讓哈利、榮恩和妙麗沒辦法再在晚上去找海格。他們現在只有在上奇獸飼育學的時候，才有機會跟他講到話。

他似乎被委員會的判決給嚇傻了。

「全都是我的錯，舌頭好像打結了似的。他們全都穿著黑袍坐在那裡，而我老是把小抄給掉在地上，還把妳替我查到的日期全都忘得一乾二淨，妙麗。接著魯休思．馬份站起來發言，委員會就乖乖聽他的話照做……」

「還可以上訴啊！」榮恩激動地表示，「別這麼輕易放棄，我們正在想辦法！」

他們跟班上其他同學一起走向城堡，他們可以看到馬份，他和克拉及高爾走在他們前面，三不五時就回過頭來瞥上一眼，並發出嘲諷的笑聲。

「沒有用的，榮恩，」海格在他們走上城堡石階時難過地表示，「委員會那些人根本就是魯休思．馬份的應聲蟲。我現在只能盡量想辦法，讓嘴嘴在最後的日子裡過得開開心心的，這是我欠他的……」

海格轉過身去，用手帕蒙住臉，快步衝向他的小木屋。

「看啊，他在號啕大哭耶！」

馬份、克拉和高爾剛才就站在大門裡面偷聽。

「你們看過比他更沒用的傢伙嗎？」馬份說，「而他居然還有臉當我們的老師呢！」

哈利和榮恩兩人都憤怒地撲向馬份，但妙麗的動作卻比他們更快——**啪！**

她用盡全身力氣狠狠甩了馬份一個耳光。馬份被打得東搖西晃，妙麗再次舉起手來，而哈利、榮恩、克拉和高爾全都驚得呆立一旁。

「你竟然**敢**說海格沒用，你這個卑鄙——你這個壞心腸的——」

「妙麗！」榮恩虛弱地喊道，試圖抓住妙麗的手，但她卻立刻把手抽回來。

「**讓開**，榮恩！」

妙麗掏出她的魔杖，馬份後退一步。克拉和高爾完全不曉得該怎麼辦，只是手足無措地望著馬份，等著他下達指示。

「走。」馬份低聲說，接著他們三人就衝進通往地窖的通道，失去了蹤影。

「**妙麗**！」榮恩又喊了一聲，語氣顯得既驚訝又感動。

「哈利，你最好在魁地奇決賽時好好修理他一頓！」妙麗尖聲說，「你最好是把他們打得慘兮兮的，要是讓史萊哲林贏球的話，我一定會氣瘋！」

「我們下一堂是符咒課，」榮恩說，仍在吃驚地瞪著妙麗，「現在該走了。」

他們連忙爬上大理石階梯，前往孚立維教授的教室。

「你們遲到囉，男孩們！」哈利一打開教室大門，孚立維教授就用譴責的語氣說，「進來吧，快點，把魔杖掏出來，我們今天要練習幾個打氣咒。我們已經分好每兩人一組——」

哈利和榮恩快步走到最後一排座位，打開他們的包包。榮恩回頭看了一眼。

「妙麗跑到哪去了？」

哈利也轉頭張望了一下。妙麗並沒有走進教室，但哈利確定在他開門的時候，妙麗分明就站在他的背後。

「真詭異，」哈利望著榮恩說，「說不定——說不定她是去上廁所吧？」

但妙麗整堂課都沒有出現。

「她本來也可以對她自己施一個打氣咒的。」榮恩說，他們和班上同學一同走去吃午餐，而大家臉上都露出開心的笑容——打氣咒讓他們大家全都感到得意洋洋、自信十足。

妙麗也沒來吃午餐，等到他們吃完蘋果派，而打氣咒的作用也漸漸消退時，哈利和榮恩才開始感到有點擔心。

「她該不會是被馬份整了吧？」榮恩在他們匆匆爬向葛來分多塔時不安地表示。

他們經過保全巨人，把通關密語（「輕浮饒舌」）告訴胖女士，爬進畫像洞口，回到交誼廳。

妙麗坐在一張桌子旁邊，把頭靠在一本攤開的算命學書上熟睡。他們走過去，分別坐在她的兩邊，哈利伸手把她戳醒。

「什——什麼？」妙麗驚醒過來，慌亂地東張西望，「該走了嗎？我們現在要去上什麼課啊？」

「占卜學，但還有二十分鐘才會上課。」哈利說，「妙麗，妳為什麼沒來上符咒課？」

「什麼？喔，不！」妙麗尖叫，「我忘了去上符咒課！」

「但妳怎麼可能會忘記呢？」哈利說，「妳明明跟我們一起走到了教室外面欸！」

「我真不敢相信！」妙麗哀號，「孚立維教授是不是很生氣？喔，都是馬份害的，我一直在想他的事，結果把其他事全都忘光了。」

「妳知道我是怎麼想的嗎，妙麗？」榮恩低頭望著那本妙麗剛才用來當枕頭的算命學巨書說，「我覺得妳快要崩潰了，妳實在修太多課了。」

「不，我才沒有呢！」妙麗說，她拂去眼前的髮絲，絕望地四處搜尋她的包包，「我不小心犯了個錯，就只是這樣而已！我最好趕快去跟孚立維教授道歉……我們占卜學課再見囉！」

妙麗在二十分鐘後，到崔老妮教授教室的梯子下跟他們會合，她看起來非常煩惱。「我真不敢相信我竟然錯過了打氣咒！而且我確定考試一定會考到，孚立維教授跟我暗示過了！」

他們一起爬上梯子，踏進一個昏暗悶熱的高塔房間。每一張小桌子上，都擺了一個滿是珍珠白霧氣的發亮水晶球。哈利、榮恩和妙麗一起坐到一張搖搖晃晃的桌邊。

「我記得我們應該第三學期才會上到水晶球啊。」榮恩低聲說，並小心地往四周望了一圈，以防崔老妮教授潛伏在附近偷聽。

「別抱怨了，這表示我們手相已經上完啦。」哈利低聲答道，「我快被她煩死了，她每次一看到我的手，就要做出一副嚇得半死的窩囊相。」

「大家好！」那熟悉的朦朧嗓音響起，而崔老妮教授就像往常一樣，以極端戲劇化的姿態走出暗影，登台亮相。芭蒂和文妲興奮地全身抖動，水晶球乳白色的光芒，將她們的面孔照得閃閃發亮。

「我決定先開始介紹水晶球，這比我原先計畫的時間要早一些。」崔老妮教授說，她背對著爐火坐下來，目光環視全場，「命運告訴我，你們六月的考題將會跟球體有關，所以我急著要給你們充分的練習。」

妙麗不屑地嗤了一聲。

「嗯，說真的……什麼『命運告訴我』……考題到底是誰出的？就是她自己！還真是個了不起的預言咧！」她根本懶得把聲音壓低。

崔老妮教授的面孔藏在暗影中，所以很難看出她到底聽到了沒有，但她面不改色地繼續說下去，似乎什麼也沒聽到。

「觀看水晶球，是一門非常精緻的藝術，」她帶著如夢似幻的表情說，「我並不期待，在你們第一次凝視球體深不可測的內部時，就有人真的可以參透天機。我們一開始要先練習的是，如何去放鬆你們的意識與外在之眼。」——榮恩忍不住開始吃吃竊笑，他趕緊把整個拳頭塞進嘴裡，才沒有發出聲音——「這樣才能讓心靈之眼與潛意識變得清明澄淨。如果我們夠幸運的話，在這堂課結束前，或許有一些人可以看到預兆。」

於是他們就這樣開始練習。哈利雖然覺得這蠢得要命，但他還是乖乖照做。他茫然地望著水晶球，腦中不斷閃過「這蠢死了」的念頭，並努力讓自己的心思變得一片空白。但這一點用也沒有，因為榮恩老是在一旁憋笑憋得全身抖動，而妙麗又一直發出不以為然的嘖嘖聲。

「你有看到什麼嗎？」哈利在看了大約十五分鐘的水晶球後問道。

「有啊，桌子上有個燒焦的痕跡，」榮恩指著桌面說，「八成是有人把蠟燭給打翻了。」

「這根本就是在浪費時間嘛，」妙麗噓聲說，「早知道我就用這段時間來練習一些有用的東西。早知道我就趕快來學打氣咒，好趕上進度——」

崔老妮教授裙襬沙沙地走過他們身邊。

「有人需要我幫忙他詮釋球體中的模糊預兆嗎？」她在叮叮咚咚的手鐲碰撞聲中輕聲問道。

「我才不需要幫忙呢，」榮恩悄聲說，「我一眼就看出這代表什麼。今天晚上會起濃霧嘛。」

哈利和妙麗兩人都噗嗤一聲笑了出來。

「真是的！」崔老妮教授說，全班同學都轉頭望著他們，而芭蒂和文妲露出憤慨的表情。「你們干擾到千里眼的波動！」崔老妮教授走到他們桌前，專心凝視他們的水晶球。哈利感到他的心在往下沉，他很確定接下來會發生什麼事……

「這裡有某個東西！」崔老妮教授悄聲說，把臉湊到水晶球邊，讓她的大眼鏡上映出兩個水晶球倒影，「有東西在動……但這是什麼呢？」

哈利可以拿包括火閃電在內的所有財產來做賭注，不論那是什麼東西，他接下來聽到的一定不會是好消息，果然……

「我的天哪……」崔老妮教授細聲說，並抬頭凝視哈利，「牠在這裡，比以前還要清楚……我的天哪，牠正在慢慢向你逼近，越來越近了……那隻狗——」

「喔，**拜託妳**好不好！」妙麗大聲說，「不要**再**提那個荒唐的狗靈了！」

崔老妮教授抬起她的大眼睛，望著妙麗的面孔。芭蒂貼在文妲耳朵旁邊說了幾句悄悄話，然後兩人一起忿恨地瞪著妙麗。崔老妮教授站起來，帶著明顯的怒意打量妙麗。

「很抱歉我這麼說，但打從妳踏進教室的那一刻開始，**親愛的**，我就立刻看出，妳完全沒有占卜學這門高尚藝術所需要的天賦。說實在，我還沒看過有哪個學生的心智，會像妳這樣世俗到不可救藥。」

接下來是一陣短暫的沉默，然後——

「很好！」妙麗突然開口說，站起來把《撥開未來的迷霧》塞進包包，「很好！」她又說了一聲，用力把包包甩到肩上，差點就把榮恩從椅子上打下來，「我放棄！我要走了！」

妙麗在全班同學的驚愕目光中大步走向活板門，用腳把它踢開，再沿著梯子爬下去，一下就跑不見了。

班上同學過了好幾分鐘才再度安靜下來。崔老妮教授好像完全忘了狗靈這回事，她猝然轉過身來，背對著哈利和榮恩的桌子，裹緊她的薄紗披肩，呼吸變得有些重濁。

「噢噢噢！」文妲突然沒頭沒腦地喊道，把大家全都嚇了一跳，「噢噢噢噢，崔老妮教授，我想起來了！妳早就看出她會離開，對不對？我沒說錯吧，教授？『在復活節前後，這裡將會有一個人永遠離開我們！』妳**好久以前**就說過了，教授！」

崔老妮教授對她露出一個帶淚的微笑。

「是的，親愛的，我的確是曉得格蘭傑小姐會離開我們。不過人總是會抱著萬一的希望，但願是自己看錯了徵兆……心靈之眼有時會變成一種負擔，懂嗎……」

文妲和芭蒂露出非常感動的神情，並挪出一個位子，讓崔老妮教授坐到她們桌邊。

「今天妙麗還真不是蓋的，對吧？」榮恩帶著敬畏的表情低聲告訴哈利。

「沒錯……」

哈利朝水晶球裡面瞥了一眼，但他只看到一團打著渦漩的白霧。崔老妮教授真的又看到狗靈了嗎？這是真的嗎？他現在最害怕的，就是另一次幾乎致命的意外，因為魁地奇決賽就快要來臨了。

* * *

復活節假期其實並不怎麼輕鬆，升上三年級以後，他們的功課從來沒像現在這麼重過。奈威·隆巴頓似乎就快要精神崩潰了，而且有這種跡象的並不是只有他一個人。

「這叫做放假嗎？」西莫·斐尼干有天下午忍不住在交誼廳裡吼道，「考試還要好久才會到欸，他們到底是什麼意思？」

但沒人的功課會像妙麗那麼重。就算刪掉了占卜學，她修的科目還是比所有人都要多。她通常都是晚上最後一個離開交誼廳，第二天早上第一個進圖書館的人。她的眼睛下出現像路平一樣的黑影，而且常常露出一副好像快要哭出來的可憐相。

榮恩一手承擔起替巴嘴上訴的責任。他在沒做功課的時候，總是埋首研讀一些書名叫做《鷹馬心理學手冊》與《飛禽或是惡獸？鷹馬殘酷行為研究》之類的超厚磚塊書。他的心思全都放在這上面，甚至忘了要對歪腿兇一點。

在這段時間裡，哈利每天都必須練習魁地奇，另外還得跟木透進行沒完沒了的戰術討論，所以他只能利用零星的空檔時間來寫功課。葛來分多與史萊哲林的對抗賽，訂在復活節假期後的第一個星期六舉行。史萊哲林目前在比賽排名中，是以兩百分的差距遙遙領先。這表示（木透不厭其煩地反覆提醒他的球員們）他們至少得贏上兩百分以上，才能獲得冠軍獎盃。這同時也表示，贏球的重責大任，有大半落到了哈利身上，因為只要能抓到金探子，就可以一舉贏得一百五十分。

「所以你一定要等到我們領先**超過**五十分以後，**才能**去抓它。」木透不斷告誡哈利，「只有在我們領先五十分以上的時候，才能展開行動，要不然我們就算贏了這場比賽，也拿不到冠軍獎盃。你懂了吧？你在抓金探子的時候，一定要先——」

「**我知道了，奧利佛！**」哈利喊道。

整個葛來分多學院，都在為這場即將來臨的比賽瘋狂不已。葛來分多在那位傳奇性搜捕手查理．衛斯理（榮恩的二哥）的風雲時代過後，就再也沒贏得過魁地奇冠軍。但哈利猜想，大概沒有任何人（甚至包括木透在內）會像他自己這麼渴望贏球。他和馬份之間的敵意，已達到前所未有的最高點。馬份仍在為活米村被丟爛泥巴的事感到不高興，而事後哈利竟然能夠逃過處分，更足讓他氣得半死。哈利還沒忘記馬份在他跟雷文克勞比賽時企圖傷害他的惡跡，不過巴嘴的事情才是真正促使他下定決心，要在全校面前把馬份打得慘敗的真正原因。

在大家的記憶中，過去從沒有哪場即將來臨的比賽，曾在學校裡激起如此高度凝聚的氣氛。在假期結束後，兩支球隊和他們所屬學院之間的緊張情緒也升到了極限。走廊上爆發了幾起小型混戰，最後終於引發了一場讓一名葛來分多四年級生與一名史萊哲林六年級生，因耳朵長出韮菜而住進醫院廂房的嚴重衝突。

哈利這段日子特別不好過，他每次走去上課時，總會有幾個史萊哲林學生伸出腿來想把他絆倒；不論他走到哪裡，克拉和高爾都會鬼鬼祟祟地突然出現，但在看到他身邊圍了一大群人之後，卻又露出失望的表情垂頭喪氣地離去。木透已經下達命令，為了避免讓史萊哲林害哈利無法上場比賽，所以哈利不管是去哪裡，都一定要有人陪在身邊。整個葛來分多學院全都狂熱地投入這場競爭，哈利四周總是圍著一大群吱吱喳喳的人潮，因此他現在根本就不可能準時上課。但哈利自己卻把他的寶貝火閃電看得比他的安危更加重要，在他不用練球的時候，他總是把火閃電安安穩穩地鎖在行李箱裡，而且每到休息時間，他就飛也似地衝回葛來分多塔，去檢查它還在不在。

＊＊＊

在比賽前一天晚上，葛來分多交誼廳中平常的一切活動全都宣告暫停，甚至連妙麗都拋下了書本。

「我沒辦法做功課，我根本不能專心。」她緊張地說。

房間裡非常吵鬧。弗雷和喬治．衛斯理對付壓力的方法，就是變得比平常更聒噪更活潑。奧利佛．木透窩在角落，弓背俯視一個魁地奇球場模型，並喃喃自語地用魔杖戳動上面的小人。莉娜、西亞和凱娣被弗雷和喬治的笑話逗得呵呵大笑。哈利、榮恩和妙麗坐在遠離大家的地方，努力不去想明天的事，因為他每次一想到這場比賽，就會有一種非常恐怖的感覺，就好像有某個巨大的東西，正掙扎著要從他的胃裡迸出來似的。

「你不會有事的。」妙麗告訴他，但她臉上卻露出明顯的懼意。

「你有一根**火閃電**欸！」榮恩說。

「沒錯……」哈利說，他的胃一陣劇痛。

當木透突然站起來喊道「夥伴們，上床！」時，他不禁感到鬆了一大口氣。

* * *

哈利睡得很不好。在一開始，他先是夢到自己睡過了頭，而木透對他喊著：「你到底跑到哪去了？結果我們只好叫奈威代你上場！」接著他又夢到馬份和其他史萊哲林隊員，竟然全都騎著龍來參加比賽。他用危險的高速往前飛去，想要避開馬份坐騎嘴裡噴出的烈火，但卻忽然發現自己忘了帶火閃電。他從高空墜下，然後驚醒過來。

哈利過了好幾秒鐘，才想起來比賽根本還沒開始，他現在正安安穩穩地躺在床上，而且學校絕不會允許史萊哲林球隊騎龍參加比賽。他覺得口渴得要命，於是輕手輕腳地爬下四柱大床，走到放在窗下的銀水罐前，倒了一些水喝。

校園中一片寂靜，禁忌森林的樹梢平靜無波，沒有一絲微風吹過的痕跡；渾拚柳木然呆立，看起來一派天真無害的模樣。明天想必是個適合比賽的好天氣。

哈利放下他的高腳杯，但就在他準備回到床上時，卻忽然瞥見了某個東西。有某隻動物正慢慢潛過銀白色的草坪。

哈利連忙衝到床邊，抓起眼鏡戴上，然後再快步衝回窗前。那該不會是狗靈吧——拜託不要在現在出現——不要偏偏選在比賽前——

他再度凝視窗外的校園，而在經過一分鐘慌亂的搜索後，他終於看到了牠。牠現在正繞過森林邊緣……那根本就不是狗靈……那是一隻貓……在他認出那根像瓶刷似的尾巴時，他不禁如釋重負地伸手抓住了窗台。那只不過是歪腿罷了……

但那**真的**只是歪腿嗎？哈利把鼻子貼在窗玻璃上，瞇著眼睛凝神細看。歪腿好像已經停了下來。哈利確定自己看到，在樹林的陰影中，有另外一個東西在移動。

而接著牠就出現了：一頭毛茸茸的大黑狗正悄悄越過草坪，而歪腿用小跑步緊跟在牠的身邊。哈利瞪大眼睛，這是什麼意思？要是連歪腿都看得到那隻狗的話，那牠怎麼能算是哈利的死亡預兆呢？

「榮恩！」哈利噓聲說，「榮恩！快醒醒！」

「啊？」

「你快過來告訴我，你看不看得見下面那個東西？」

「現在這麼黑，哈利，」榮恩咕噥地說，「你到底在幹嘛呀？」

「就在下面——」

哈利快速地回望窗戶。

歪腿和狗已經消失了。哈利爬上窗台，低頭搜索城堡的黑影，但還是沒看到牠們。牠們究竟跑到哪去了？

他聽到一陣響亮的鼾聲，而他知道榮恩又睡著了。

＊＊＊

第二天，哈利和其他葛來分多球員們，在如雷的掌聲中踏進餐廳。當哈利看到連雷文克勞和赫夫帕夫餐桌的人都在替他們鼓掌時，他忍不住開心地咧嘴微笑。史萊哲林餐桌在他們經過時發出響亮的噓聲，哈利注意到，馬份的臉色顯得比平常還要蒼白。

木透整個早餐時間全都在勸隊員們多吃一些，但他自己卻是半點也不碰。而大家還來不及吃完，他就又急匆匆地把他們帶到球場，好讓大家先熟悉一下環境。在他們離開餐廳時，所有人又開始熱烈鼓掌。

「祝你好運，哈利！」張秋喊道，哈利感到自己的臉變紅了。

「好吧……沒什麼風……陽光有點強，可能會影響到你們的視力，大家要特別注意這一點……地面相當堅硬，很好，這可以讓我們快速起飛……」

木透帶著他的球員們在球場中來回梭巡，打量周遭的環境。最後他們終於看到遠方的城堡大門敞開，而學校其他師生們開始湧入草坪。

「進更衣室。」木透簡短地吩咐。

他們在換穿猩紅色球袍時，沒有任何人開口說話。哈利不曉得他們是不是跟他有同樣的感覺：就好像早餐時吞下了個跳球似的。但是沒過多久，木透就開口說：「好，時間到了，我們走吧……」

他們在如潮水般湧來的巨大聲浪中踏入球場。場內有三分之一的觀眾配戴著猩紅色的胸花，舉手搖動猩紅色的葛來分多獅旗，或是大力揮舞寫著「葛來分多必勝！」和「雄獅摘冠」之類標語的旗幟。不過，坐在史萊哲林球門柱後面的兩百人，身上全都穿著綠色長袍，史萊哲林的銀蛇在他們的旗子上閃閃發亮，而同樣穿著綠長袍的石內卜教授坐在第一排，臉上掛著一個異常冷酷的微笑。

「現在葛來分多進場了！」李．喬丹喊道，他一如以往地擔負起播報員的工作，「哈利波特、凱娣．貝爾、莉娜．強生、西亞．史賓特、弗雷．衛斯理、喬治．衛斯理以及木透．奧利佛，大家一致公認這是霍格華茲多年來的最佳球隊陣容……」

史萊哲林觀眾群發出一陣響亮的噓聲，完全掩蓋住李的播報聲。

「現在史萊哲林球隊在隊長福林的帶領下進場。他在球員陣容上做了一些調整，看來他似乎是把身材看得比技術還要重要……」

史萊哲林觀眾群發出更多的噓聲，但哈利倒覺得李說得很中肯。馬份無疑是史萊哲林最瘦小的一名球員，其他全都是魁梧的巨漢。

「兩位隊長，握手！」胡奇夫人說。

福林和木透走上前去，下死勁抓住對方的手；看來他倆似乎是非得把對方的手指折斷才甘心。

「騎上掃帚！」胡奇夫人說，「三……二……一……！」

十四根飛天掃帚騰空飛起，而群眾的歡呼聲淹沒了胡奇夫人的哨音。哈利感到風把他額前的髮絲吹向後方，他原先的緊張也在飛行的快感中完全消失。他環顧四周，看到馬份緊跟在他後面，於是他連忙加速，前進去搜尋金探子。

「目前球落到葛來分多手中，葛來分多的西亞．史賓特，帶著快浮飛向史萊哲林球門柱，幹得好，西亞！哎呀，不好——快浮被瓦林頓中途攔截，史萊哲林的瓦林頓快速飛過球場——**砰！**——喬治．衛斯理這記搏格送得真是漂亮，瓦林頓失掉快浮球，接著被——強生接住，球再度回到葛來分多手中，加油啊，莉娜——她俐落地從蒙塔身邊繞過去——**快閃啊，莉娜，有一個搏格飛過來了！——她得分了！葛來分多以十比零領先！**」

莉娜如子彈般地劃過空中，疾飛繞過球場邊緣，下方的猩紅色人海興奮地尖叫——

「**哎喲！**」

福林狠狠撞到莉娜身上，差點害她從掃帚上掉下來。

「對不起！」福林說，下方的群眾噓聲四起，「對不起，我沒看到她嘛！」

在下一秒，弗雷．衛斯理就把他的打擊棍扔到了福林的後腦勺上。福林的鼻子撞上自己的掃帚柄，立刻流出了鼻血。

「夠了！」胡奇夫人尖叫著迅速竄升到他們兩人中間，「葛來分多因追蹤手無故遭受攻擊而罰一球，史萊哲林因**他們**自己的追蹤手受到蓄意傷害而罰一球！」

「別扯了，小姐！」弗雷大吼，但胡奇夫人已吹響哨子，而西亞飛上前去進行罰球。

「加油啊，西亞！」觀眾立刻安靜下來，只聽得到喬丹在一片沉默中喊道，「**沒錯！她成功攻破守門手的防守！葛來分多以二十比零領先！**」

哈利駕著火閃電急急掉過頭來，看到鼻子仍冒出大量鮮血的福林，飛去代表史萊哲林進行罰球。木透下巴繃得死緊，在葛來分多球門柱前四處盤旋。

「當然啦，木透的確是一名一流的守門手！」李．喬丹在福林等待胡奇夫人哨音響起時告訴大家，「絕對一流！要攻破他的防守非常困難——可說是難如登天——**果然沒錯！我真不敢相信！他擋住了這一球！**」

哈利放下心來，駕著掃帚快速離去，四處搜尋金探子的蹤影，但耳朵還是一字不漏地仔細聆聽李的現況報導。現在最重要的就是，設法在葛來分多領先五十分以上之前看緊馬份，別讓他去接近金探子。

「球落到葛來分多，不，史萊哲林手中——！現在又重新回到葛來分多的凱娣．貝爾手中，凱娣・貝爾帶著快浮迅速掠過球場——**那分明就是故意的！」**

史萊哲林的一名追蹤手蒙塔，忽地竄過來擋在凱娣面前，但他並未伸手奪球，反而用力抓住她的頭。凱娣在空中做了一個側滾翻，緊抓住掃帚沒掉下來，但卻失掉了快浮。

胡奇夫人的哨聲再度響起，她陡然竄到蒙塔身邊，開始對著他大吼大叫。一分鐘之後，凱娣又攻破史萊哲林守門手的防守，罰進了另外一球。

「三十比零！看到了吧，你這只會作弊的卑鄙小人——」

「喬丹，請你用公平的態度進行播報！」

「我只是實話實說，教授！」

哈利感到一陣狂喜，他看到金探子了——它正躲在葛來分多其中一根球門柱下方，發出閃爍的光芒——他現在還不能去抓它，但要是它被馬份看到的話……

哈利突然裝出全神貫注的模樣，駕著火閃電轉過身來，朝史萊哲林球門柱的方向飛馳而去。他的詭計果然奏效了，馬份連忙快馬加鞭地趕上來，顯然是以為哈利發現了金探子……

咻。

哈利的右耳邊掠過一枚搏格，這是史萊哲林的高壯打擊手德瑞打過來的。在下一刻——

咻。

第二枚搏格從哈利的手肘邊擦過去，另一名打擊手波爾正在朝他逼近。

哈利飛快地往旁瞄了一眼，看到波爾和德瑞正舉著棍子朝他迅速飛來——

他在最後一秒拉起火閃電拔高竄升，而波爾和德瑞兩人猛然撞在一起，發出一陣噁心的嘎扎碎裂聲。

「哈哈哈！」李．喬丹在看到史萊哲林兩名打擊手用手摀著頭，分別往兩旁一傾時喊道，「太遜了，孩子！你們上升的速度這麼慢，哪裡會是火閃電的對手！目前球再度落到葛來分多手中，強生帶著快浮——福林緊跟在她的身邊——戳他的眼睛，莉娜！——只是開個玩笑，教授，只是開個玩笑嘛——喔，不——福林搶到球，開始飛向葛來分多球門柱，現在快過來呀，木透，快擋呀——！」

但福林已經射門得分，史萊哲林那一端爆出響亮的喝采聲，李破口大罵，而他罵得實在太過難聽，讓麥教授氣得想要把他的擴音器給搶過來。

「對不起，教授，對不起！我絕對不敢再犯了！所以呢，葛來分多目前是以三十比十領先，球再度落到葛來分多手中——」

結果這變成哈利參加過犯規最多的一場比賽。葛來分多一開場就一路領先，讓史萊哲林氣得要命，因此他們下定決心，不管用任何手段，都非得把快浮給奪到手不可。波爾用球棒打西亞，並強辯說他以為她是一枚搏格。喬治．衛斯理為了報仇，用手肘猛撞波爾的臉。胡奇夫人判兩支球隊各罰一球，而木透又漂亮地成功擋住一球，使得積分變成葛來分多以四十比十領先。

金探子又再度消失。當哈利竄升到其他球員上空，四處搜尋它的蹤跡時，馬份依然跟在他後面緊追不捨——只要葛來分多領先五十分以上……

凱娣射門得分，五十比十。弗雷和喬治．衛斯理舉著棍子在她身邊飛來飛去，以免史萊哲林球員要找她報仇。波爾和德瑞利用弗雷和喬治不在的空檔，朝木透一連發射了兩枚搏格；兩枚球一前一後地擊中木透的肚子，撞得他抓緊掃帚在空中翻滾，痛得喘不過氣來。

胡奇夫人氣得發狂。

「**快浮還沒到達射程區以前，你絕對不准去攻擊守門手！**」她對波爾和德瑞尖叫道，「葛來分多罰一球！」

接著莉娜射門得分。六十比十。沒過多久，喬治．衛斯理就朝瓦林頓發射一枚搏格，把他手中的快浮打了下來。西亞接住快浮，射向史萊哲林球門柱：七十比十。

下方的葛來分多觀眾喊得嗓子都啞了——葛來分多目前已領先六十分，而要是哈利再抓到金探子的話，他們就可以獲得冠軍獎盃了。當哈利在其他球員們上空疾飛繞過球場時，他幾乎可以感覺到下面有好幾百雙眼睛在緊盯著他瞧，而馬份依然在他後面緊追不捨。

然後他就看到它了，金探子在他上空二十呎處發出閃爍的光芒。

哈利在瞬間如子彈爆發般急速攀升，狂風在他耳邊呼嘯。他伸出手來，但火閃電的速度卻在突然間慢了下來——

哈利驚恐地回過頭來。馬份把整個身子撲向前方，緊抓住火閃電的尾巴，用力往後拉。

「你——」

哈利氣得想要伸手揍馬份，可惜卻打不到。馬份為了抓緊火閃電而累得氣喘吁吁，但他的雙眼卻散發出惡意的光芒。他已成功達到目的——金探子又再度失去蹤影。

「罰球！葛來分多罰球！我從來沒見過這種戰術！」胡奇夫人尖叫，高飛衝向已溜回光輪兩千零一號上坐好的馬份。

「**你這個無恥的人渣！**」李．喬丹避到麥教授抓不著的地方，跳腳對著擴音器吼道，「**你這專會作弊的齷齪混——**」

麥教授根本無心來責罵他，她現在正忙著朝馬份揮拳頭，她的帽子掉了下來，而她同樣也在憤怒地狂吼。

西亞代表葛來分多進行罰球，但她實在太氣了，以至於差了幾呎沒射進門。葛來分多球隊開始亂了陣腳，而史萊哲林卻因馬份對哈利用的詭計成功而感到士氣大振。

「球落到史萊哲林手中，史萊哲林奔向球門柱——蒙塔射門得分——」李．喬丹呻吟地播報，「葛來分多以七十比二十領先……」

哈利現在緊盯著馬份不放，而兩人距離近到膝蓋不停地互撞。哈利絕對不會讓馬份接近金探子……

「走開，波特！」馬份挫敗地喊道，他剛才想轉彎，卻被哈利給攔了下來。

「葛來分多的莉娜．強生搶到快浮，快呀，莉娜，**快呀！**」

哈利回過頭去。除了馬份之外的每一個史萊哲林球員，現在全都在疾飛越過球場奔向莉娜，甚至連史萊哲林的守門手也趕過來湊熱鬧——他們想要包圍住她——

哈利連忙將火閃電掉過頭來，俯身將整個身子趴到掃帚柄上，驅策它往前飛去。他如子彈般迅速衝向史萊哲林球員。

「**啊啊啊啊啊啊啊啊！**」

史萊哲林球員一看到火閃電正朝他們高速衝過來，就立刻嚇得落荒而逃；莉娜前方的阻礙全都清除了。

「**她得分了！她得分了！**葛來分多以八十比二十領先！」

哈利的衝勢猛得差點一頭撞上看台，他滑行著在空中停下來，再倒轉衝回球場中央。

接著他看到了某個讓他心跳停止的畫面。馬份正帶著滿臉勝利的表情朝下俯衝——就在那裡，在下面草坪上方幾呎處，有著一個閃爍發光的小金點。

哈利趕緊駕著火閃電飛往下方，但馬份已經領先了好幾哩。

「快！快！快！」哈利催促他的飛天掃帚。他逐漸趕上馬份……哈利把整個身子趴到掃帚柄上，及時躲過波爾送過來的一枚搏格……他飛到馬份的腳踝邊……他現在已跟馬份並駕齊驅——

哈利雙手放開掃帚，奮力往前一撲。他用力推開馬份的手臂，然後——

「成了！」

他拉起掃帚朝上竄升，一手高高舉起，而球場中爆出一陣驚天動地的歡呼。哈利在群眾上方高速飛馳，耳邊轟然響起一陣怪異的巨響。小金球緊握在他的手中，拚命地拍著翅膀想要掙脫他的手指。

接著木透就淚眼迷濛地朝哈利疾飛過來，一把攬住他的脖子，靠在他肩頭失聲痛哭。哈利感到弗雷和喬治朝他背上重重捶了兩拳，然後他聽到莉娜、西亞和凱娣的聲音：「**我們得到冠軍了！我們得到冠軍了！**」葛來分多球員們就這樣抱成一團，嘶聲吼叫著降落到地面上。

一波又一波的猩紅色人潮，開始越過路障湧入球場。無數的手掌如雨點般落到他們背上。哈利只模模糊糊感覺到有一團聲音和影子正在朝他逼近。而在下一刻，他和其他球員們就被群眾扛了起來。他在明亮的光線中，看到了渾身別滿猩紅色胸花的海格——「你打敗他們了，哈利，你打敗他們了！我要把這告訴巴嘴！」派西像個瘋子似地亂蹦亂跳，完全忘了要維護形象。麥教授用一面巨大的葛來分多旗擦眼淚，哭得甚至比木透還要厲害；而榮恩和妙麗正奮力穿越人群走向哈利。他們兩人都完全說不出話來，只是笑吟吟地站在一旁，望著群眾扛著哈利往看台上走去。鄧不利多正拿著巨大的魁地奇冠軍盃，站在那裡等待他們。

要是現在附近有一個催狂魔就好了……當哈利從哭得唏哩嘩啦的木透手中接過獎盃，將它舉向空中時，他覺得他現在可以召喚出一個全世界最厲害的護法。

16

崔老妮教授的預言

終於贏得魁地奇冠軍獎盃的幸福感，讓哈利至少持續快樂了一個禮拜，甚至連天氣似乎都在為他們慶祝。當六月的腳步逐漸接近時，氣候開始變得晴朗悶熱，而大家全都只想帶著幾大罐冰南瓜汁，慢慢晃到校園裡，噗通一聲倒在草地上，玩一盤輕鬆的多多石，或是欣賞大烏賊懶洋洋地在湖面上泅泳。

但他們卻不能這麼做。考試就快要到了，學生自然不能再到外面去偷閒遊蕩，他們得乖乖待在城堡裡，在窗外飄送進來的陣陣誘人夏日氣息中，強迫自己把心思專注在書本上。甚至連弗雷和喬治．衛斯理都開始用功了呢。他們就快要去參加「普等巫測」（O.W.Ls，普通等級巫術測驗的簡稱）鑑定考試了。派西正在準備接受「超勞巫測」（N.E.W.Ts，超級疲勞轟炸巫術測驗的簡稱），這是霍格華茲所頒發的最高等級資格證明。派西想要進入魔法部工作，所以他必須拿到第一流的成績。他的脾氣變得越來越暴躁易怒，而若是有任何人在晚上干擾到交誼廳的安寧，都必然會遭受到他最嚴厲的處分。事實上，整個學院裡似乎只有另外一個人看起來比派西更加焦慮，而那正就是妙麗。

哈利和榮恩早就死了心，不再費事去追問她怎麼有辦法同時上好幾堂課，但是當他們看到她自己排出的考試課程表時，他們卻再也忍不住了。她的第一排課程表是這麼寫的：

星期一

九點，算命學

九點，變形學

午餐

一點，符咒學

一點，古代神秘文字研究

「妙麗？」榮恩小心翼翼地問道，因為她最近只要一受到干擾，就非常容易發火，「呃——妳確定妳沒抄錯時間嗎？」

「什麼？」妙麗沒好氣地吼道，一把抓起考試課程表檢查了一下，「對啊，我當然沒有抄錯啦。」

「那我可不可以問妳一下，到底要怎樣同時去考兩堂課？」

「不可以，」妙麗不耐煩地答道，「你們有沒有看到我的《命理與測字》？」

「喔，有啊，我借去當睡前讀物了。」榮恩說，但他的聲音小得像蚊子叫。妙麗動手搬開她桌上的一堆堆羊皮紙卷，想要找到那本書。此時窗邊突然響起一陣窸窣聲，接著嘿美就叼著一封信飛進來。

「是海格寄來的，」哈利撕開信封，「巴嘴的上訴案——訂在這個月六號。」

「我們剛好在那天考完試。」妙麗說，她仍在到處尋找她的算命學課本。

「而且他們還準備到這裡來審理，」哈利一面看信一面說，「魔法部會派一名員工過來，還有——還有一個劊子手。」

妙麗驚恐地抬起頭來。

「他們要帶劊子手來審理上訴案！這聽起來好像是他們已經做好判決了！」

「沒錯，就是這樣。」哈利緩緩表示。

「他們不能這麼做啊！」榮恩狂吼，「我花了**好幾百年**的時間去替他查資料，他們怎麼可以完全不把這當作一回事！」

但哈利卻有一種可怕的感覺：危險生物處分委員會，顯然早就在馬份先生的影響下做出判決。在葛來分多贏得魁地奇冠軍後，跩哥的氣焰明顯收斂了許多，但在最近這幾天，他卻好像又恢復了以往那種神氣活現的德行。根據哈利無意間聽到的冷嘲熱諷推斷，馬份顯然非常確定巴嘴會被處死，並且為他自己所一手導致的後果而感到沾沾自喜。哈利所能做的，就只是在碰到這樣的場合時，努力控制自己別像妙麗一樣去甩馬份耳光。最糟糕的是，由於學校尚未解除新實施的嚴格安全措施，所以他們根本就找不到機會去看海格，而哈利也不敢溜到獨眼女巫下面，去取回他的隱形斗篷。

＊　＊　＊

考試週開始了，城堡裡籠罩著一片異常的寧靜。在星期一午餐時間，三年級學生雙腿發軟、面色灰敗地走出變形學考場，開始互相比較成績，怨聲載道地數落考試題目太難。其中有一題是要把茶壺變成陸龜，妙麗大驚小怪地抱怨說她變的陸龜看起來比較像是海龜，讓大家聽了心裡很不是滋味，暗罵她得了便宜還要賣乖，他們的問題可比她要嚴重多啦。

「我的陸龜尾巴還是一個壺嘴咧，真是恐怖死了……」

「那隻陸龜到底**該不該**噴出水蒸汽呀？」

「我那隻的殼上還有柳景圖案，你覺得我這樣會不會被扣分啊？」

他們匆匆吃過午餐後，就直接上樓去考符咒學。妙麗說的沒錯，孚立維教授的確出題考他們打氣咒。哈利考試時因緊張而施展得太過火了些，害同組的榮恩發出一陣陣歇斯底里的狂笑，最後只好把他帶到一間安靜的教室，讓他在那裡整整待了一個鐘頭，才好不容易恢復過來，換他自己去施展打氣咒。在晚餐過後，學生們就立刻趕回交誼廳，但這並不是為了要休息，而是開始復習明天要考的奇獸飼育學、魔藥學和天文學。

第二天早上，海格在監考奇獸飼育學時，顯得非常心不在焉，他的心思好像根本就沒放在這上面。他替全班準備了一大桶生氣勃勃的黏巴蟲，表示只要他們的黏巴蟲在一個鐘頭後還沒死，就可以順利通過考試。而大家都曉得，若要讓黏巴蟲狀況良好，最好的辦法就是根本別去理牠們，因此這變成所有人這輩子碰過最容易的一場考試，同時也讓哈利、榮恩和妙麗有足夠的機會和海格交談。

「嘴嘴心情變得不太好，」海格告訴他們，並彎下腰來，假裝檢查哈利的黏巴蟲是不是還活著，「他被關太久囉，但還是得……反正我們明天就曉得了。」

他們下午考魔藥學，而那真是一場十足的災難。不管哈利用盡各種方法，就是沒辦法讓他的困惑劑變得濃稠一些，而石內卜卻帶著復仇的快感冷眼旁觀，並草草在筆記本上畫了個很像是零的圖形，再轉身走開。

然後他們午夜時登上最高的塔去考天文學。星期三早上考的是魔法史，而哈利一面在試卷上振筆疾書，潦草填上伏林．伏德秋告訴他的所有中世紀追捕女巫奇聞軼事，一面暗暗希望能在這悶熱的教室裡，享受到一客伏德秋特製的巧克力堅果聖代。星期三下午他們在溫室裡，頂著炙熱的豔陽接受藥草學測驗，然後再帶著曬傷的後頸與背脊再度返回交誼廳，滿懷渴望地想著，只要捱到明天這時候他們就全都解脫了。

他們的倒數第二堂考試，是星期四早上的黑魔法防禦術。路平教授設計了一場他們這輩子遇過最不尋常的考試，他在戶外的陽光下，準備了一個類似通關障礙賽的會場，他們必須涉過一個裡面住了隻滾帶落的淺灘，穿越一排滿是紅軟帽的坑洞，劈哩啪啦地走過一片泥淖，努力不被哼即砰引誘得誤入歧途，然後再爬進一個舊行李箱，去跟一頭新的幻形怪作戰。

「太棒了，哈利，」路平在哈利笑著爬出行李箱時低聲說，「滿分。」

哈利興奮得滿臉通紅，站到一旁等著看榮恩和妙麗接受測驗。榮恩一開始表現得很好，但他一碰到哼即砰就被誘入歧途，腰部以下全都陷入了泥淖。妙麗一路毫無阻礙地過關斬將，順利進入裝著幻形怪的行李箱，但她在裡面只待了一分鐘，就尖叫著衝了出來。

「妙麗！」路平吃驚地問道，「怎麼回事？」

「麥——麥——麥教授！」妙麗喘著氣說，伸手指著行李箱，「她——她說我考試全都不及格！」

他們花了一段時間才讓妙麗鎮定下來，等她終於重新振作起來後，他們三人就一起返回城堡。榮恩一路上還是動不動就拿妙麗的幻形怪來開玩笑，但在他們走到石階頂端時，眼前的景象卻讓他們及時避免了一場爭吵。

身穿細條紋斗篷，額前微微冒汗的康尼留斯．夫子，正站在那裡凝望校園。他在看到哈利時嚇了一跳。

「哈囉，哈利！」他說，「我想你才剛考完一堂試吧？快全考完了嗎？」

「是的。」哈利說。沒被魔法部長點名問話的榮恩及妙麗，侷促不安地在他背後打轉。

「天氣真好。」夫子說，目光掠過湖面望向遠方，「可憐……真可憐……」

他深深嘆了一口氣，低頭望著哈利。

「我是到這裡來執行一項討厭的任務，哈利。危險生物處分委員會要求部裡派一名證人，來監督一頭瘋鷹馬的死刑。我原本就必須到霍格華茲來調查布萊克的案件，所以他們就請我順道執行。」

「這表示上訴案已經開始進行了嗎？」榮恩踏上前來，插嘴問道。

「不，還沒有，時間是訂在今天下午。」夫子說，並好奇地打量榮恩。

「那你說不定根本就不用去監督死刑！」榮恩執拗地表示，「那隻鷹馬也許可以脫罪咧！」

但夫子還來不及答話，就有兩名巫師從他背後的城堡大門走出來。其中一人年紀很大了，看起來活像是隨時都可能會在他們面前倒斃似的；另外一人是個留著細黑髭的高壯大塊頭。哈利推測他們大概是危險生物處分委員會派來的代表，因為那名年屆古稀的巫師瞇眼眺望海格的小木屋，用虛弱的聲音表示：「天哪，天哪，我這麼老了還要我做這種事……兩點是吧，夫子？」

蓄黑髭的男子正在把玩他皮帶上繫的某個東西，哈利順勢望過去，看到他正用寬闊的大拇指撫過一把利斧閃亮的鋒刃。榮恩張開嘴來準備講話，但妙麗卻用手肘往他肋骨上狠狠撞了一下，並朝入口大廳的方向點了點頭。

「妳幹嘛要攔住我？」榮恩在他們走進餐廳吃午餐時生氣地質問，「妳難道沒看到他們嗎？他們甚至連斧頭都準備好了！這實在太不公平了！」

「榮恩，你爸在魔法部上班欸，你不能對他的老闆不禮貌啊！」妙麗說，但她自己也露出非常難過的表情，「只要海格這次能鎮定一點，好好替這件案子辯護的話，他們是不可能會處死巴嘴的……」

但哈利可以聽出，這話連妙麗自己都不太相信。在他們吃午餐的時候，大家全都在四周興奮地聊天，高高興興地期待下午考試結束後的快樂時光，但哈利、榮恩和妙麗卻忙著替巴嘴擔憂，沒心情跟他們一起同樂。

哈利和榮恩的最後一堂考試是占卜學，妙麗則是麻瓜研究。他們一起走上大理石階梯，妙麗在二樓跟他們告別，而哈利和榮恩再繼續一路爬到八樓，那裡有許多同學坐在通往崔老妮教授教室的螺旋梯下，正忙著臨時抱佛腳，做最後的考前復習。

「她要我們一個一個走進去考。」奈威在他們走過去坐在他旁邊時告訴他們。他把《撥開未來的迷霧》的抄本擱在腿上，翻到講水晶球的那一頁，「你有沒有在水晶球裡看到過**任何**東西？」他難過地問他們。

「沒。」榮恩隨口應了一聲。他老是低頭看手錶，哈利知道他是在替巴嘴上訴案的開庭時間倒數計時。

教室外長龍的縮減速度非常緩慢，每當有人從銀梯爬下來時，其他同學就會噓聲問道：「她叫你做什麼？會不會很難？」

但他們全都不肯透露口風。

「她說水晶球告訴她，要是我告訴你們的話，我就會大難臨頭！」奈威尖叫著說，他爬下梯子回到榮恩和哈利身邊，他們兩人現在已走到了樓梯台。

「這還真方便咧，」榮恩不屑地說，「你知道嗎？我現在開始覺得，妙麗還真是沒看錯她，」（他用大拇指猛戳頭上的活板門）「她根本就是個老騙子。」

「沒錯。」哈利說，並低頭看看手錶。現在已經兩點了，「希望她能快一點……」

芭蒂從梯子上爬下來，滿臉閃耀著得意的光彩。

「她說我擁有真正預言家所必須具備的一切特質，」她向他們報告，「我看到了**一大堆**東西……好吧，那就祝你們好運囉！」

她快步跑下螺旋梯去找文妲。

「榮恩・衛斯理。」他們頭頂上方傳來那熟悉的迷濛嗓音。榮恩朝哈利做了一個鬼臉，接著就爬上銀梯失去蹤影。現在就只剩下哈利一個人還沒考試了，他靠牆坐在地板上，聽著一隻蒼蠅在陽光普照的窗口邊嗡嗡飛過，而他的心思早已越過校園，飄到了海格身邊。

最後，在過了大約二十分鐘後，榮恩的大腳終於重新出現在銀梯頂端。

「怎麼樣？」哈利站起來問他。

「亂扯一通，」榮恩說，「根本什麼也沒看到，所以我只好順口胡掰，但我看她好像不太相信……」

「我等一下去交誼廳找你。」哈利低聲說，此時崔老妮教授已揚聲喊道：「哈利波特！」

塔樓房間比以往還要悶熱，窗簾全都拉了下來，壁爐裡點著火，而當哈利跌跌撞撞地穿越散亂的桌椅，走向正坐在一個大水晶球前等待他的崔老妮教授時，他不禁被那令人作嘔的熟悉香味嗆得連連咳嗽。

「你好，親愛的，」她柔聲說，「我要請你好好注視這個球體內部……現在慢慢來吧……然後告訴我，你在裡面看到了什麼……」

哈利彎下身來望著水晶球，儘可能地努力觀看，想要運用意志力讓它顯示出除了白霧渦漩之外的某個東西，但卻什麼也沒發生。

「怎樣？」崔老妮教授關心地提醒，「你看到了什麼？」

這裡實在是太熱了，而從背後爐火飄送出的香煙，讓他感到鼻孔陣陣刺痛。他想到榮恩剛才說的話，於是他決定開始胡謅。

「呃——」哈利說，「有一個黑影……嗯……」

「它看起來像什麼？」崔老妮教授悄聲說，「現在仔細想想看……」

哈利在心中飛快地思索，接著他就想到了巴嘴。

「一隻鷹馬。」他肯定地表示。

「的確！」崔老妮教授悄聲說，並熱心地在她腿上的羊皮紙上畫了幾個字，「我的孩子，你很可能是看到了海格跟魔法部那場糾紛的最後結果！再看仔細點……那隻鷹馬看起來……牠的頭還在嗎？」

「在。」哈利堅定地答道。

「你確定嗎？」崔老妮教授勸誘他，「你真的確定嗎，親愛的？你沒看到牠在地上打滾，說不定後面還站了個舉著斧頭的模糊人影？」

「沒有！」哈利說，他開始感到有些不舒服。

「沒看到血嗎？海格沒哭嗎？」

「沒有！」哈利又說了一次，比以前更想逃離這個房間和那逼人的酷熱，「牠看起來好得很，牠——飛走了……」

崔老妮教授嘆了一口氣。

「好了，親愛的，我想我們就到此結束……是有些令人失望……但我相信你已經盡力了。」

哈利如獲大赦地站起來，抓起包包，轉身準備離去，但接著他背後就傳來一句響亮而刺耳的話語。

「**今晚就會發生了。**」

哈利連忙回過身來。坐在扶手椅上的崔老妮教授，現在已變得全身僵硬。她的目光渙散，嘴巴垮了下來。

「對——對不起？」哈利說。

但崔老妮教授似乎根本沒聽見他說的話，她的眼珠開始骨碌碌地轉動。哈利驚慌失措地杵在那裡，她看起來就好像是快要中風了。他遲疑了一會兒，考慮是不是要趕快跑到醫院廂房去求救——接著崔老妮教授又再度開口說話，聲音還是像剛才一般刺耳，跟她平常的迷濛嗓音完全不同：

「**黑魔王被他的信徒拋棄，無依無靠地獨自飄零。他的僕人已被束縛了十二年之久，在今晚午夜以前，這名僕人將會獲得自由，並出發前去與他的主人重新會合。黑魔王將會在他僕人的援助下東山再起，比以前更加強大，且更加駭人。在今晚……午夜以前……這名僕人……將會出發前去……與他的主人……重新會合……**」

崔老妮教授的頭垂到了胸前，她發出一陣咕嚕咕嚕的聲音。然後她又冷不防地抬起頭來。

「真對不起，親愛的孩子，」她用做夢般的語氣說，「今天實在太熱了……我失神了一會兒……」

哈利依然瞪大眼睛站在那裡。

「有什麼事不對勁嗎，親愛的？」

「妳——妳剛才告訴我說——說黑魔王就要東山再起……說他的僕人就要回到他身邊……」

崔老妮教授看起來非常震驚。

「黑魔王？那個不能說出名字的人？我親愛的孩子，這可不是能隨便拿來開玩笑的事啊……東山再起，真是的……」

「但這是妳自己說的啊！妳說黑魔王——」

「我看你自己一定也打了一下瞌睡，親愛的！」崔老妮教授說，「我絕對不敢冒昧做出**這麼**牽強的預言！」

哈利在爬下銀梯、走下螺旋梯的時候，心裡一直在思索……他剛才是否聽到崔老妮教授做出一個真正的預言？或者那只不過是她故弄玄虛，想替這場考試劃下一個令人難忘的句點？

五分鐘之後，當他快步衝過葛來分多入口外的保全巨人身邊時，崔老妮教授的話語依然在他腦中迴盪不已。人們朝相反的方向大步經過他身邊，一路上開心地說笑打趣，出發到校園去享受他們期待已久的自由。在他到達畫像洞口，爬進交誼廳時，裡面幾乎已經全空了，但榮恩和妙麗仍坐在角落等待他。

「崔老妮教授，」哈利喘著氣說，「剛才告訴我——」

但他一看到他們臉上的表情，就立刻閉上嘴。

「巴嘴輸了，」榮恩虛弱地說，「海格剛寄來這封信。」

海格的信這次並沒有溼，上面也沒有淚水的痕跡，但他寫信時手似乎抖得很厲害，字跡潦草得非常難以辨認。

上訴案輸了。他們要在日落的時候處死巴嘴，你們什麼也不能做。不要過來，我不想讓你們看到。

海格

「我們非去不可，」哈利立刻說，「我們不能讓他一個人坐在那裡等劊子手！」

「但時間是定在日落的時候，」榮恩帶著茫然的神情望著窗外說，「學校不會准我們出去的……特別是你，哈利……」

哈利把頭埋進手裡苦苦思索。

「要是我們有隱形斗篷就好了……」

「它在哪裡？」妙麗問道。

哈利把自己將隱形斗篷留在獨眼女巫雕像下面通道的事，一五一十地告訴她。

「……要是再讓石內卜看到我跑到那裡去的話，我就慘了。」哈利做下結論。

「說的沒錯，」妙麗邊說邊站起來，「要是他看到**你**的話……你要怎樣才能再把女巫的駝背打開？」

「妳——妳輕輕敲它一下，念聲『咻咻降』就可以了，」哈利說，「可是——」

妙麗沒等他把話說完，就大步跨過房間，推開胖女士畫像，一下子就跑不見了。

「她該不會是去拿隱形斗篷吧？」榮恩瞪著她的背影說。

她的確是。妙麗在十五分鐘之後，把細心疊好的隱形斗篷藏在長袍底下，回到了交誼廳。

「妙麗，我真搞不懂妳最近是怎麼了！」榮恩震驚地表示，「妳先是去打馬份，接著又大剌剌地放棄崔老妮教授的課——」

妙麗露出一臉受到恭維的高興表情。

* * *

他們跟大家一起下樓去吃晚餐，但吃完後卻並未返回葛來分多塔。哈利把隱形斗篷藏在長袍前襟底下。他必須一直雙手抱胸，才能遮住胸前鼓凸凸的怪相。他們悄悄溜進入口大廳旁的一個空房間，凝神聆聽外面的動靜，好確定大廳中是否已空無一人。他們聽到最後兩人匆匆穿越大廳，接著就響起一聲重重的摔門聲，妙麗把頭探出門外。

「可以了，」她悄聲說，「外面沒人——把斗篷穿上吧——」

為了避免露出任何破綻，他們三人貼得緊緊地躲在隱形斗篷下，躡手躡腳地穿越入口大廳，然後再步下前門石階，踏進校園。太陽已經沉落到禁忌森林後方，為樹林頂端的枝椏鍍上一層金光。

他們走到海格的小木屋前，舉手敲響大門。他整整過了一分鐘才來開門，而他一打開，就臉色發白、渾身顫抖地四處張望，想知道訪客到底在哪裡。

「是我們啦，」哈利輕聲說，「我們穿了隱形斗篷。快讓我們進去，這樣我們才能把它給脫掉。」

「你們不應該過來的！」海格小聲說，但他還是往後退了一步，讓他們走進屋中。海格立刻關上大門，哈利也跟著脫掉了隱形斗篷。

海格並沒有哭，也沒有撲過來抱住他們的脖子。他只是露出一副不曉得自己人在哪裡，也不知道該何去何從的失魂落魄神情，但這種絕望無助的模樣，看起來比眼淚還要令人難過。

「要喝點兒茶嗎？」海格說。他拿水壺的時候手在顫抖。

「巴嘴在哪裡，海格？」妙麗吞吞吐吐地問道。

「我——我把他帶到外面去了，」海格說，他想把牛奶倒進罐子裡，但卻潑得滿桌都是，「他現在就拴在我的南瓜田那兒。我想讓他看看樹林，還有——呼吸點兒新鮮空氣——讓他在——以前——」

海格的手實在抖得太厲害了，一不小心把牛奶罐掉到地上摔得粉碎。

「讓我來，海格。」妙麗連忙表示，快步趕過去清理地上碎片。

「碗櫥裡還有另一個罐子。」海格說，坐下來用袖子揩揩額頭。哈利瞥了榮恩一眼，榮恩只是無助地回望。

「難道沒人能幫得上忙嗎，海格？」哈利坐到海格身邊激動地詢問，「鄧不利多——」

「他已經試過了，」海格說，「但他沒權力取消委員會的決定。他跟他們說巴嘴很乖，可是他們怕呀……你也曉得魯休思．馬份是什麼德行……我想他大概有恐嚇過他們……還有那個叫麥奈的劊子手，他根本就是馬份的老友……但他下手很乾淨俐落……我也會陪在巴嘴身邊……」

海格嚥了一口口水，他的目光在木屋中四處遊走，似乎是渴望能找到一線希望或是一絲慰藉。

「鄧不利多在——在事情進行的時候，會趕到這兒來。他今天早上寫信給我，說他想要——想要陪在我身邊。鄧不利多真是個了不起的人哪……」

妙麗本來正忙著伸手往海格的碗櫥中摸索，想要找到另一個牛奶罐，而她聽到這裡忍不住發出一聲輕微的啜泣，但接著就立刻停下來。她強忍著淚水，握著牛奶罐挺起身來。

「我們也會留下來陪你的，海格。」她開口表示，但海格卻搖搖他那毛茸茸的頭顱。

「你們趕快回到城堡裡去，我告訴過你們，我不想讓你們看。而且你們根本就不應該跑到這兒來的……要是被夫子或是鄧不利多逮到你們偷跑出來，哈利呀，那你就會遇上大麻煩囉。」

妙麗臉上現在依然淌著無聲的淚水，但她卻藏著不讓海格看到，衝來衝去地忙著準備替大家泡茶。然後當她抓起牛奶瓶，準備把牛奶倒進罐裡時，她忽然發出一聲尖叫。

「榮恩！——我真不敢相信——是**斑斑**！」

榮恩張嘴望著她。

「妳說什麼？」

妙麗把牛奶罐帶到桌邊，把它整個倒過來。在經過一陣狂亂的吱吱尖叫，與掙扎著想爬回罐子裡的徒勞嘗試之後，老鼠斑斑終於滑落到餐桌上。

「斑斑！」榮恩茫然地說，「斑斑，你在這裡幹什麼？」

他抓起那隻拚命掙扎的老鼠，湊到燈光下仔細檢查。斑斑看起來糟透了。牠以前從來沒這麼瘦過，身上的毛皮脫落大半，裸露出大片人片光禿禿的皮膚。牠在榮恩手中不停地扭動翻滾，似乎是不顧一切地想要重獲自由。

「沒事了，斑斑！」榮恩說，「這裡沒貓！沒有東西會傷害你的！」

海格突然站起來，目光專注地望向窗外。他那張總是健康紅潤的面龐，現在已變成了羊皮紙的顏色。

「他們來了……」

哈利、榮恩和妙麗連忙回過身來。一群男子正走下遠方的城堡石階，阿不思・鄧不利多走在最前面，一把銀髯在夕陽下閃閃發亮。康尼留斯・夫子用小跑步跟在他身後，他們兩人後面緊跟著那名虛弱的老委員會代表以及劊子手麥奈。

「你們得走了。」海格說，他全身的每一寸肌肉都在顫抖，「不能讓他們發現你們在這兒……快呀，現在就走……」

榮恩把斑斑塞進口袋，而妙麗抓起隱形斗篷。

「我帶你們從後門出去。」海格說。

他們跟著他走向通往後院的大門。哈利突然有一種怪異的不真實感，而當他看到巴嘴就拴在幾碼外海格南瓜田後的樹邊時，這份不真實感甚至變得比先前更加強烈。巴嘴好像也知道有某件事即將發生，牠那靈活的頭顱不停左顧右盼，並用爪子緊張地刨抓地面。

「沒事，嘴嘴，」海格柔聲說，「沒事的……」他轉身望著哈利、榮恩和妙麗，

「走吧，」他說，「快走。」

但他們並沒有移動。

「海格，我們不能——」

「我們會把真相告訴他們——」

「他們不能殺他呀——」

「走！」海格激動地喊道，「已經夠糟了，你們別再惹上麻煩！」

他們別無選擇。妙麗才剛把隱形斗篷罩到哈利和榮恩頭上，他們就聽到木屋前門傳來一陣交談聲。海格望著他們三人消失前站的地方。

「快走，」他啞聲說，「不要聽……」

接著前門就響起一陣敲門聲，於是他大步走回屋中。

哈利、榮恩和妙麗在一種被嚇壞的恍惚狀態中，靜悄悄地開始慢慢繞過海格的木屋。在他們順利繞到屋子另一邊時，前門忽然砰地一聲關上。

「拜託！走快一點好不好？」妙麗悄聲說，「我受不了，我真的受不了……」

他們開始爬上通往城堡的草坡。太陽此刻正迅速沉沒，天空轉變成一種帶有紫色調的清澄淺灰，但西邊卻閃出一道寶石紅的光輝。

榮恩突然停下來。

「喔，拜託你好不好，榮恩。」妙麗說。

「是斑斑啦——他不肯——乖乖待著不動——」

榮恩彎下腰來，努力把斑斑按在口袋裡，但那隻老鼠卻突然開始發狂了。牠瘋狂地吱吱怪叫，扭來扭去並揮舞四肢，甚至還想用牙齒去咬榮恩的手。

「斑斑，是我啊，你這個笨蛋，我是榮恩啊。」榮恩嘶聲說。

他們聽到後面傳來開門聲與男人的說話聲。

「喔，榮恩，拜託你快往前走好不好，他們就快要動手了！」妙麗小聲說。

「好啦——斑斑，待著**別動**——」

他們往前走去，哈利就跟妙麗一樣，儘可能不去聽背後那嘰哩咕嚕的交談聲。榮恩又再度停下來。

「我抓不住他——斑斑，閉嘴，這樣大家全都會聽到的——」

老鼠瘋狂地吱吱尖叫，但仍無法掩蓋住從海格庭院飄送過來的聲音。他們聽到一陣混亂模糊的男人說話聲，接著是一陣沉默，然後在毫無預警的情況下，響起了斧頭劈下與砍斷物體的清晰聲響。

妙麗的身體晃了一下。

「他們動手了！」她悄聲對哈利說，「我真——真不敢相信——他們真的動手了！」

17
貓、鼠、狗

哈利被嚇得腦中一片空白，他們三人躲在隱形斗篷底下，驚恐得全身無法動彈。夕陽最後的餘暉，在光影狹長的地面上灑下一道血紅的光芒，然後他們聽到背後傳來一聲瘋狂的哭嚎。

「是海格。」哈利低聲說，他尚未意識到自己在做什麼，就急匆匆地轉過身去，但榮恩和妙麗兩人卻同時抓住了他的手。

「我們不能回去，」榮恩說，他的臉白得像紙，「要是被他們發現，我們去看過他的話，他的情況會比現在還要慘……」

妙麗的呼吸聲變得雜亂而急促。

「他們──怎麼──可以？」她哽咽地說，「他們怎麼**可以**這麼做？」

「別再說了。」榮恩說，他的牙關似乎在打顫。

他們開始往城堡走去，他們走得很慢，以免讓隱形斗篷露出任何破綻。現在天色已迅速轉暗，當他們走到城堡前的空曠庭院時，夜幕已如符咒般在瞬間籠罩住他們四周。

「斑斑，不要動。」榮恩輕聲說，並用手緊抓住胸口。老鼠正在拚命地扭動身軀，榮恩忽然停下腳來，努力把斑斑按進口袋裡去，「你到底是怎麼啦，你這隻笨老鼠？不要動——**哎喲**！他咬我！」

「榮恩，小聲點！」妙麗急得悄聲說，「夫子現在隨時都可能會走到這裡來——」

「他不肯——乖乖——待著不動——」

斑斑現在顯然是非常害怕，牠用盡全力拚命扭動，想要掙脫榮恩的掌握。

「他到底是**怎麼**啦？」

但此時哈利已經看到了，那頭正低伏著身子朝他們潛過來，黃色大眼睛在黑暗中散發出詭異光芒的生物，正就是貓兒歪腿。但哈利卻完全看不出，歪腿究竟是真的看到了他們，還是被斑斑的吱吱叫給引了過來。

「歪腿！」妙麗呻吟地說，「不要，走開，歪腿！走開！」

但那隻貓卻越走越近——

「斑斑——**不**！」

太遲了——老鼠已從榮恩緊握的手指縫中滑下來，摔到地面上，一溜煙地落荒而逃。歪腿一躍而起，撲過去追趕牠，哈利和妙麗還來不及阻止，榮恩就甩開隱形斗篷，快步衝進黑暗。

「**榮恩**！」妙麗哀號。

她和哈利互望了一眼，接著就狂奔著追過去。但躲在斗篷下根本就不可能全速奔跑，於是他們索性脫下斗篷，而在他們飛奔追趕榮恩時，斗篷就如旗幟般在他們身後迎風飄揚。他們可以聽到榮恩在前方的響亮跑步聲，以及他對歪腿的叫罵聲。

「離他遠一點——滾開——斑斑，到**這裡**來——」

接著就傳來一陣重重的撞擊聲。

「**抓到你了**！滾開，你這可惡的臭貓——」

哈利和妙麗差點就撲倒在榮恩身上，他們急忙收住腳步，在他的正前方停下來。他整個身子趴在地上，但斑斑已重新回到他的口袋裡，他用雙手緊按住那團不斷抖動的腫塊。

「榮恩——快點——快躲到斗篷下——」妙麗喘著氣說，「鄧不利多——還有部長——他們隨時都可能會回到這裡——」

但在他們還驚魂未定，甚至還來不及喘過氣來時，他們就聽到一陣獸足落到地面的輕柔撞擊聲。有某個東西正從黑暗中朝他們撲過來——一頭有著淺色雙眸與漆黑毛皮的巨狗。

哈利連忙伸手抓他的魔杖，但已經來不及了——那隻狗已縱身一跳，兩隻前爪撞上了他的胸膛。他被一團雜亂的黑毛撲得朝後翻倒，他感覺到巨狗灼熱的氣息，看到那長達一吋的利齒——

但牠的撲勢太過猛烈，以至於收勢不及，從哈利身上滾了過去。哈利感到一陣頭暈目眩，覺得自己的肋骨好像被撞斷了，但他還是努力站起身來。他聽到牠發出一陣咆哮，接著牠就滑行著轉過身來，準備發動另一次新的攻擊。

榮恩已經站了起來，當那頭狗重新撲向他們時，榮恩奮力把哈利推到一旁，狗嘴立刻咬住榮恩伸出的手臂。哈利朝牠衝過去，揪住那頭野獸的毛，牠卻還是毫不費力地把榮恩拖走，彷彿他只不過是個布娃娃……

接著不知道從哪裡冒出來一個東西，忽地狠狠掃過哈利的面龐，把他打得再度倒在地上。他聽到妙麗也發出呼痛的尖叫，並重重摔倒在地。哈利摸索著尋找他的魔杖，眨眼甩掉淌到眼中的鮮血……

「路摸思！」他輕聲念道。

魔杖的光暈照亮了一株巨樹的樹幹。原來他們在追斑斑時，不知不覺追到了渾拚柳的樹蔭下，而它的枝椏此刻正發出如狂風吹過般的吱嘎聲，惡狠狠地往來揮舞，不讓他們靠近一步。

他們看到就在那裡，就在渾拚柳樹幹的根部，黑狗正忙著將榮恩拖進樹根間的一條大裂縫——榮恩激烈地掙扎，但他的頭和上半身卻漸漸滑進裂縫，完全看不見了——

「榮恩！」哈利喊道，他企圖追過去，但一條粗樹枝卻猛然劃過空中，朝他揮出致命的一擊，逼得他再度後退。

現在榮恩就只剩下一條腿還露在外面，他用腿緊勾住一根樹根，努力撐著不讓黑狗把他拖到地下。接著就響起一聲如槍響般的恐怖碎裂聲，榮恩的腿應聲骨折，沒過多久，甚至連他的腿都看不見了。

「哈利——我們必須去找人幫忙——」妙麗哭喊，她自己也在流血，渾拚柳打傷了她的肩膀。

「不！那東西大得可以把他給吞下去，我們沒時間了——」

「但沒人幫忙的話，我們永遠也過不去呀——」

另一條枝椏朝他們橫掃過來，細枝蜷握成拳頭的模樣。

「要是那隻狗過得去的話，我們就一定可以過得去。」哈利喘著氣說，他不停地衝過來衝過去，想要找到一道空隙，好讓他穿越那些咻咻作響的惡毒枝椏，但看來他只要再稍稍接近樹根半步，就一定會被這棵惡霸樹給打到。

「喔，救命呀，救命呀，」妙麗慌亂地輕聲喊道，急得在原地兜圈子打轉，「拜託……」

歪腿衝向前方，牠如蛇一般從枝椏間竄過去，用兩隻前爪按住樹幹上的一個節瘤。在剎那之間，那棵樹就像變成大理石似地完全靜止下來，甚至連葉子都不曾晃動一下。

「歪腿！」妙麗遲疑地輕聲喊道，而哈利的手現在被她緊抓得發疼，「他怎麼會曉得那裡有——？」

「他跟那隻狗是朋友，」哈利冷酷地說，「我看過他們兩個在一起——來吧——把魔杖掏出來——」

這次他們只花了幾秒就到達樹幹前，但他們還來不及走到樹根間的裂縫，歪腿就揮動牠那如瓶刷般的尾巴，一溜煙地滑了進去。哈利跟在歪腿後面，頭前腳後地爬進去，滑下一道泥坡，落到一條非常低矮的隧道中。歪腿就在站在前面不遠處，雙眼在哈利魔杖燈照耀下閃閃發亮。幾秒之後，妙麗也跟著滑了下來。

「榮恩在哪裡？」她用驚恐的語氣輕聲問道。

「走這裡。」哈利說，彎下腰來跟著歪腿往前走去。

「這條隧道是從哪冒出來的？」妙麗在他背後提心吊膽地問道。

「我也不曉得……劫盜地圖上是有標出這條隧道，但弗雷和喬治說，這裡從來就沒人走進去過。它在地圖上畫到邊緣就看不見了，但看起來好像是通向活米村……」

他們彎下腰來，儘可能快步往前走去，歪腿的尾巴在前方忽隱忽現。這條通道不斷向前拓展，感覺上就跟那條通往蜂蜜公爵的密道一樣漫長。哈利腦袋裡完全容不下其他任何念頭，只是一心想著榮恩，和那隻巨狗可能會對他採取的行動……哈利低伏著身子往前狂奔，他喘得實在太過厲害，不禁感到胸口微微發疼……

接著隧道開始向上攀升，不久之後又變得蜿蜒曲折，而此時歪腿已經失去了蹤影。

但哈利現在已可以看到，從遠方的一道小缺口，透進來一絲隱約的光亮。

他和妙麗停下來，氣喘吁吁地慢慢向前移動。他們兩人都高舉著魔杖，想看清缺口外的情形。

那是一個房間，一個非常凌亂且灰塵密布的房間。牆上的壁紙斑駁剝落下來，地上到處都是污痕，每一件家具都非常破爛，看起來似乎被人狠狠砸過。窗戶全都用木板封死。

哈利瞥了妙麗一眼，她顯然非常害怕，但仍堅定地點點頭。

哈利從洞口爬出去，開始打量周遭的情形。房間裡沒人，但他們右手邊的一扇門卻大大敞開，門後是一條陰暗的走廊。妙麗突然又抓住哈利的手臂，雙眼圓睜地望著那些被封死的窗戶。

「哈利，」她悄聲說，「我想我們現在是在尖叫屋裡面。」

哈利望著四周的環境。他的目光落到他們附近的一張木椅上，這張椅子殘破不堪，看起來坑坑疤疤的，甚至還有一根椅腳被整個扯了下來。

「這不是鬼會做的事。」哈利緩緩表示。

此時他們頭頂上忽然響起一陣吱吱嘎嘎的聲音。樓上有某個東西在動，他們兩人同時抬頭望著天花板。妙麗下死勁抓緊哈利的手臂，害他的手指都快要失去知覺了。他朝她抬起眉毛，她再度點點頭，並鬆開了手。

他們盡量放輕腳步，躡手躡腳地踏進走廊，爬上搖搖欲墜的樓梯。這裡的一切全都覆蓋著一層厚厚的灰塵，但地板上卻有一道發亮的寬痕，這顯然是某個東西被拖上樓時所留下來的痕跡。

他們走到黑暗的樓梯台。

「吶咯噺。」他們一起輕聲說，而他們魔杖頂端的亮光立刻應聲熄滅。這裡只有一扇門是敞開的，他們悄悄走過去，他們聽到門後有東西在動；先是一聲輕微的呻吟，接著又響起一陣響亮的低沉呼嚕聲。他們互望了最後一眼，接著再點了最後一次頭。

哈利將魔杖舉向前方，抬腿踢開大門。

妙麗的貓歪腿躺在一張垂掛著塵封簾幕的華麗四柱大床上，朝著剛出現的他們發出響亮的呼嚕聲。而那個坐在床邊的地板上，抱著一條角度怪異斷腿的人，正就是榮恩。

哈利和妙麗連忙衝到他身邊。

「榮恩，你沒事吧？」

「那隻狗呢？」

「那不是狗，」榮恩呻吟著說，他痛得咬緊牙關，「哈利，這是一個陷阱——」

「什麼——」

「**那隻狗就是他變的……他是一個化獸師……**」

榮恩目不轉睛地望著哈利背後，哈利猛然回過身去，喀噠一聲，那個躲在暗影中的男人關上了大門。

他有著一頭垂落到手肘邊、看起來髒兮兮的糾結亂髮。若是少了那對在凹陷黑眼窩中精光閃爍的眼睛，他很可能會被誤認為是一具乾屍。他蒼白的皮膚緊繃住臉骨，看起來活像是一副骷髏。他咧嘴微笑，露出一排黃牙。他正就是天狼星．布萊克。

「去去，武器走！」他發出低沉的沙啞嗓音，用榮恩的魔杖指向他們。

哈利和妙麗的魔杖從他們手中飛出去，竄到半空中，被布萊克一把抓住。接著布萊克就往前踏了一步，直勾勾地盯著哈利。

「我就曉得你一定會過來救你的朋友，」他啞聲說。他的嗓音顯得相當生硬，聽起來似乎是有很長一段時間沒開口說過話了，「你父親想必也會為我做同樣的事。你很勇敢，居然沒跑去找老師求救。我很感激這一點……這讓事情變得容易多了……」

布萊克這段嘲弄他父親的話語，如暴雷般在哈利耳邊轟然迴盪。哈利胸中湧出一股沸騰的恨意，讓他完全忘卻了恐懼。這是他這輩子第一次，在他渴望能拿回魔杖時，心中所想的並不是要用它來保護自己，而是去攻擊……去殺戮。他毫不自覺地開始往前走去，但他身邊的兩人卻同時猛然一震，及時伸手把他給拉了回來。「不要，哈利！」妙麗用一種嚇呆的語氣輕聲驚呼，但榮恩卻直接對布萊克喊話。

「你要是想殺死哈利，你就得連我們也一起殺了！」他激動地表示，但站起來的動作卻讓他臉色變得更加慘白，他說話時甚至連站都站不穩。

布萊克眼中閃過一絲異樣的神情。

「躺下來。」他平靜地對榮恩說，「這樣你的腿會傷得更厲害。」

「你聽到我說的話了嗎？」榮恩虛弱地說，但現在他已痛得必須靠在哈利身上，才不至於倒下來，「你要殺就得把我們三個全都殺光！」

「今晚我只會殺一個人。」布萊克說，他臉上的笑意變得更深了些。

「幹嘛呀？」哈利啐道，奮力想要掙脫榮恩和妙麗的掌握，「你上次根本就不在乎多殺幾個，不是嗎？為了除掉佩迪魯，你不眨眼地殺了那麼多麻瓜……你現在是怎麼了，阿茲卡班讓你心腸變軟啦？」

「哈利！」妙麗嗚咽地說，「不要再說了！」

「**他殺了我的爸媽！**」哈利怒吼道，他猛然奮力一掙，甩掉榮恩和妙麗的手，撲向前方——

他完全忘了使用魔法——他完全忘了自己又瘦又矮，只有十三歲，而布萊克卻是個高大的成年男子。哈利現在一心只想痛下殺手，把布萊克傷得越重越好，完全沒考慮到自己的安危……

布萊克也許是被哈利的愚勇給嚇愣了，他竟然沒有及時舉起魔杖。哈利一手扣住布萊克瘦削的手腕，用力掰開魔杖，另一手握拳猛擊布萊克的太陽穴，接著他們兩人就一起朝後栽到牆上——

妙麗在尖叫，榮恩在大喊，在一陣炫目的強光中，布萊克的魔杖朝空中射出一道火花，以幾吋之差擦過哈利的臉頰。哈利感覺到那隻枯瘦的手臂在他手中瘋狂掙扎，但他仍緊抓著它不放，並抬起另一隻手，往布萊克身上胡敲亂打。

但布萊克卻用另一手握住了哈利的咽喉——

「不，」他嘶聲說，「我已經等太久了——」

他的手指越握越緊，哈利感到呼吸困難，他的眼鏡歪向一邊。

然後他看到妙麗的腿忽地橫掃過來。布萊克痛得悶哼一聲，放開了哈利。榮恩撲向布萊克握著魔杖的手，哈利聽到一聲輕微的喀噠聲——

他自那堆扭成一團的人球中脫身出來，看到他的魔杖在地板上滾動。他朝魔杖撲過去，但是——

「哎喲！」

歪腿竟然也跑過來湊熱鬧，牠的兩隻前爪深深陷入哈利的手臂，哈利把牠甩開，但接著歪腿又急急衝向哈利的魔杖——

「**你少來搗蛋！**」哈利咆哮著朝歪腿狠踢了一腳，把這隻貓驚得縱身往旁一跳，齜牙咧嘴地嘶嘶怒吼。哈利一把抓起他的魔杖，轉過身來——

「讓開！」他對榮恩和妙麗喊道。

他們立刻會意。妙麗嘴角淌著血，氣喘吁吁地滾到一旁，抓起她和榮恩的魔杖。榮恩爬向四柱大床，頹然倒落在床上，大口大口地喘氣，用雙手緊抱住他的斷腿，他慘白的面龐現在已開始微微泛青。

布萊克四肢攤平地躺在牆邊。當他看到哈利用魔杖指著他的心臟，朝他一步步緩緩逼近時，他瘦弱的胸膛開始劇烈地上下起伏。

「你要殺我嗎，哈利？」他輕聲說。

哈利停在布萊克正前方，低頭注視著他，但依然用魔杖指著他的胸膛。布萊克的左眼一片瘀青，他的鼻子也在淌血。

「你殺了我的父母。」哈利說，他的聲音微微顫抖，但他握著魔杖的手卻相當穩定。

布萊克抬起那對深陷的眼睛望著他。

「這我並不否認，」他十分沉著地說，「但要是你知道整件事情……」

「整件事情？」哈利重複了一遍，耳邊響起一陣狂烈的撞擊聲，「你把他們出賣給佛地魔，我只要知道這些就夠了！」

「你必須聽我解釋，」布萊克說，現在他的語氣帶有一絲急迫的意味，「你不聽會後悔的……你不懂……」

「我懂的可比你以為的要多多了，」哈利說，他的聲音抖得比先前更加厲害，「你從來就沒聽過她臨死前的聲音，對不對？我媽媽……想要阻止佛地魔下手殺我……而這全都是你害的……全都是你害的……」

但他們兩人還來不及再多說一個字，一團薑黃色的影子就忽地竄過哈利身邊。歪腿跳上布萊克的胸膛，不偏不倚地安坐在布萊克的心口上。布萊克眨眨眼，低頭望著那隻貓。

「走開。」布萊克喃喃地說，想要把歪腿從身上推下來。

但歪腿卻用爪子牢牢勾住布萊克的長袍，死都不肯移動分毫。牠醜陋的大扁臉轉向哈利，用黃色大眼睛仰望哈利。他右手邊的妙麗發出一聲無淚的低泣。

哈利低頭凝視布萊克和歪腿，抓著魔杖的手握得比剛才更緊。就算他把這隻貓也殺了，那又怎麼樣呢？反正牠跟布萊克是一夥的……要是牠準備為保護布萊克而死，那也不關哈利的事……就算布萊克企圖救牠，那也只能證明他把歪腿看得比哈利的父母還要重要……

哈利舉起魔杖。現在就動手吧，現在就替父母報仇吧。他就要殺死布萊克了，他必須殺死布萊克，他不能放過這個機會……

時間一秒秒地過去，但哈利依然高舉著魔杖，像定住似地站在那裡，而布萊克仰頭望著哈利，歪腿依舊端坐在他的胸膛上。床上傳來榮恩急促不平的呼吸聲，但妙麗卻顯得相當安靜。

接著就出現了另一個聲音——

一陣迴音梟梟、越過地板奔來的模糊腳步聲——有某個人在樓下走動。

「我們在上面！」妙麗突然放聲尖叫，**「我們就在上面——天狼星．布萊克在這裡——快來呀！」**

布萊克的身體猛然一震，差點把歪腿給震了下來。哈利奮力握緊魔杖——**現在就動手吧！**有一個聲音在他腦中說——但直到那陣腳步聲已砰砰響地爬上樓梯時，哈利依然沒有動手。

房間大門在一陣紅火花雨中猛然敞開，哈利連忙回過身來，看到路平教授快步衝進房中。他高舉著魔杖，擺出攻擊的姿勢，面孔看起來毫無血色。他的目光掠過躺在地上的榮恩，掠過瑟縮著躲在門邊的妙麗，掠過站在那裡用魔杖指著布萊克的哈利，然後落到淌滿鮮血、癱在哈利腳邊的布萊克身上。

「去去，武器走！」路平喊道。

哈利的魔杖再次從他手中飛出，妙麗握住的兩根魔杖也是一樣。路平俐落地接下所有魔杖，然後踏進房間，凝視著布萊克。歪腿仍然端坐在布萊克身上，護住他的胸口。

哈利站在那裡，心中忽然感到一陣空虛。他並沒有動手，他的勇氣還是不夠，現在布萊克就要重新落到催狂魔手中了。

然後路平用一種奇怪的嗓音，一種因某種壓抑的情感而微微顫抖的嗓音說：「他在哪裡，天狼星？」

哈利立刻轉頭望著路平。他不懂路平這話是什麼意思。路平指的是什麼人？他再度回過頭來望著布萊克。

布萊克臉上並沒有什麼表情。在剛開始的幾秒鐘，他完全沒有移動，然後他用非常緩慢的動作，抬起他那隻空出的手，直接指向榮恩。哈利滿頭霧水地瞥了榮恩一眼，榮恩同樣也是一臉茫然。

「那麼……」路平低聲說，他望著布萊克的目光是如此專注，似乎是想要看透他的心，「……他為什麼在這之前都不肯現身呢？除非——」路平的雙眼突然瞪得大大的，彷彿是看到了布萊克之外的某種東西，某種其他所有人都看不到的東西，「——除非他們最後選擇的其實是**他**……除非是你們兩個最後掉換過來……但卻沒有告訴我？」

布萊克深陷的雙眼一直緊盯著路平的面孔，此刻他非常緩慢地點了點頭。

「路平教授，」哈利大聲插嘴道，「這到底是——」

但他並沒有把這個問題問完，因為他所看到的景象，讓他震驚得完全發不出任何聲音。路平放下他的魔杖，走到布萊克身邊，握住他的手，把他從地上拉起來，但卻害歪腿摔到了地上，然後像兄弟般地擁抱布萊克。

哈利感到他的胃彷彿破了一個大洞。

「**我真不敢相信！**」妙麗尖叫。

路平放開布萊克，轉過來望著她。此時她已從地上爬起來，瞪大眼睛指著路平說：

「你——你——」

「妙麗——」

「——你和他！」

「妙麗，鎮定一點——」

「我都沒有告訴別人！」妙麗尖著嗓子喊道，「我一直替你隱瞞——」

「妙麗，拜託妳聽我說！」路平喊道，「我可以解釋——」

哈利可以感覺到自己在發抖，但這並不是因為恐懼，而是沸騰的狂怒。

「我這麼信任你，」他對路平喊道，聲音失控地劇烈顫抖，「結果你竟然是他的朋友！」

「你錯了，」路平說，「這十二年來，我一直都不肯認天狼星這個朋友，但我現在的確是把他當做朋友看……讓我解釋……」

「**不！**」妙麗尖叫道，「哈利，不要相信他，他一直都在暗中接應，放布萊克溜進城堡。他也希望你死掉——**他是一個狼人！**」

接下來是一陣撼人心弦的沉默。所有人的目光現在全都落到路平身上，他看起來非常平靜，但臉色卻變得更加蒼白。

「這完全不符合妳平常的水準，妙麗，」他說，「妳這三題恐怕只答對了一題。我並沒有放天狼星進入城堡，我當然也不會希望哈利死掉……」一陣古怪的戰慄掠過他的面龐，「但我並不否認我是一個狼人。」

榮恩勇敢地想要再站起來，但卻立刻痛得嗚咽一聲，重新倒回床上。路平露出關心的神情朝他走去，但榮恩卻喘著氣說：「**離我遠一點，狼人！**」

路平猛然停下腳步，他顯然費了很大的勁，才努力轉過身來，望著妙麗說：「妳知道多久了？」

「很久了，」妙麗輕聲說，「在我寫石內卜教授指定的文章時就……」

「他想必會很高興，」路平冷冷地說，「他之所以會開那樣的作文題目，就是希望有某個人能了解到，我的症狀究竟代表什麼意義。妳是在檢查月亮圖表時，發現到我總是在月圓時生病嗎？或者妳是看出，幻形怪一見到我就會變成月亮？」

「兩樣都是。」妙麗小聲答道。

路平擠出一陣乾笑。

「以妳的年齡來說，妳可算是我見過最聰明的一個女巫，妙麗。」

「我並不是，」妙麗輕聲說，「我要是夠聰明的話，我早就該把你的真面目告訴大家！」

「但他們早就知道了，」路平說，「至少教職員們全都曉得。」

「難道鄧不利多在雇用你的時候，就知道你是一個狼人？」榮恩屏息說，「他瘋了嗎？」

「有些同事也是這麼想，」路平說，「他花了很大的工夫來說服某些教師，讓他們相信我是可以信賴的——」

「**可是他錯了！**」哈利喊道，「**你一直都在暗中接應他！**」他伸手指著布萊克。此時布萊克已走到四柱大床邊，頹然倒在床上，用一隻顫抖的手摀住臉。歪腿跳到他身邊，呼嚕呼嚕地爬到他的大腿上。榮恩拖著腿挪到旁邊，盡量離他們兩個越遠越好。

「我**並沒有**暗中接應天狼星，」路平說，「你們要是願意給我一個機會，我可以解釋清楚，你們看——」

他把哈利、榮恩和妙麗的魔杖一一分開，拋過去還給它們的主人。哈利傻愣愣地接下魔杖，驚得目瞪口呆。

「好了，」路平把他自己的魔杖塞進皮帶，「現在你們有武器，而我們手無寸鐵。你們總該可以聽我解釋了吧？」

哈利腦中一片混亂，這是一個詭計嗎？

「但你要是沒暗中接應他的話，」哈利說，並憤怒地瞪布萊克一眼，「那你又怎麼會曉得他人在這裡？」

「那張地圖，」路平說，「劫盜地圖。我正在辦公室檢查這份地圖——」

「你知道該怎麼用嗎？」哈利懷疑地說。

「我當然知道該怎麼用，」路平不耐煩地揮了揮手，「那是我跟他們一起畫出來的。我就是月影——那是我在學校時朋友對我的暱稱。」

「是你畫的……？」

「我要說的重點是，我今晚一直在仔細盯著它看，因為我想你和榮恩及妙麗，很可能會趕在海格的鷹馬被處死前，偷偷溜出城堡去看他。我猜的沒錯吧，對不對？」

他開始在房中往來踱步，但目光依然緊盯著他們不放。灰塵在他腳下翻飛舞動。

「你當時應該是穿著你父親的舊斗篷吧，哈利——」

「你怎麼會曉得有那件斗篷？」

「我以前常看到詹姆穿上那件斗篷變不見……」路平又不耐地揮揮手說，「重點是，就算你穿上隱形斗篷，劫盜地圖還是可以顯示出你所在的位置。我看到你們走過校園，進入海格的小屋。在二十分鐘後，你們離開海格，開始走回城堡，但這次你們身邊卻多了另外一個人。」

「什麼？」哈利說，「不，才沒有呢！」

「我真不敢相信自己的眼睛。」路平依然在房中踱步，完全不理會哈利的插嘴反駁，「我那時還以為，這份地圖一定是突然故障了。他怎麼可能會跟你們走在一起呢？」

「根本就沒人跟我們走在一起！」哈利說。

「然後，我又看到了另一個旁邊寫著天狼星・布萊克的小黑點……我看到他跟你撞到一起，我看到他把你們之中的兩個人拖進渾拚柳……」

「明明就只有我一個人！」榮恩生氣地說。

「不，榮恩，」路平說，「是兩個人。」

他已停止踱步，並將目光轉向榮恩。

「你可以讓我看看那隻老鼠嗎？」他平靜地表示。

「幹嘛？」榮恩說，「這跟斑斑有什麼關係？」

「一切都跟他有關，」路平說，「請你讓我看看他好嗎？」

榮恩猶豫了一會兒，然後把手探進長袍。斑斑被拉了出來，但卻在拚命地掙扎翻滾。榮恩必須緊抓住牠那光禿禿的長尾巴，才沒讓牠給逃走。歪腿從布萊克腿上站起來，發出一陣輕微的嘶嘶聲。

路平走向榮恩，他專注地凝視斑斑，接著他似乎忍不住倒抽了一口氣。

「怎麼啦？」榮恩又說了一次，並帶著害怕的神情把斑斑拎到懷裡，「我的老鼠到底跟這有什麼關係？」

「那並不是一隻老鼠。」天狼星・布萊克突然啞聲說。

「你這話是什麼意思——他當然是一隻老鼠啦——」

「不，他不是，」路平沉著地表示，「他是一個巫師。」

「一個化獸師，」布萊克說，「名字叫做彼得・佩迪魯。」

18 月影、蟲尾、獸足與鹿角

過了好幾秒以後，他們才意識到這個宣言有多麼荒謬，接著榮恩就大聲說出了哈利心裡的想法。

「你們兩個都瘋了。」

「太荒唐了！」妙麗無力地說。

「彼得・佩迪魯早就死了！」哈利說，「在十二年前就被他殺死了！」

他伸手指著布萊克，而布萊克的臉上掠過一陣激烈的痙攣。

「我是想要殺他，」他露出黃牙咆哮道，「但小彼得卻擺了我一道……這次他休想再讓我上當！」

布萊克朝斑斑衝過去，歪腿又摔到了地上。布萊克把整個身子全都壓在榮恩的斷腿上，害榮恩痛得哇哇大叫。

「天狼星，**不行！**」路平喊道，他撲過去把布萊克從榮恩身上拉起來，「**等一下！**你不能就這樣下手啊——必須先讓他們了解才行——我們必須解釋清楚——」

「等他死後再解釋也不遲！」布萊克怒吼，他掙扎著想要甩開路平，一隻手怒張著伸向空中，想要去把斑斑抓過來。斑斑像殺豬似地吱吱尖叫，拚命掙扎著想要逃跑，把榮恩的臉和脖子抓得傷痕累累。

「他們——有——權利——知道——這一切！」路平喘著氣說，他仍在奮力拖住布萊克，「榮恩把他拿來當寵物養！況且有些事情，甚至連我自己都不太明白！還有哈利——你有義務讓哈利知道真相，天狼星！」

布萊克停止掙扎，但他深陷的雙眼仍緊盯著斑斑不放，而榮恩卻用他那雙鮮血淋漓、滿是咬痕刮傷的手，把斑斑緊緊夾在懷裡。

「好吧，」布萊克說，他的目光一直不曾自那隻老鼠身上移開，「把你想說的事情告訴他們吧。但盡量長話短說，雷木思。我背了這麼多年莫須有的罪名，現在我是真的想要下殺手了……」

「你們兩個都瘋了。」榮恩顫聲說，並回頭尋求哈利和妙麗的支持，「我受夠了，我要走了。」

他企圖用那隻沒斷的腿撐著站起來，但路平卻再度舉起魔杖指向斑斑。

「你必須聽我說完，榮恩，」他平靜地表示，「但在聽我說的時候，千萬別忘了把彼得給抓緊。」

「**他不是什麼彼得，他是斑斑！**」榮恩喊道，他努力想把斑斑塞回胸前的口袋，但斑斑實在掙扎得太厲害了。榮恩用力太猛，不由得晃了一下，身體失去平衡，哈利連忙伸手扶住他，把他推回床上去。然後哈利完全不理會布萊克，直接轉向路平。

「看到佩迪魯死掉的證人多的是，」他說，「整條街的人全都可以……」

「他們自以為看到的事，根本全都是想像！」布萊克狂怒地說，雙眼依然緊盯著在榮恩手中掙扎的斑斑。

「大家都以為是天狼星殺了彼得，」路平點點頭說，「甚至連我自己都相信了——但是，當我在今晚看到這份地圖之後，我的想法就完全改變了。因為劫盜地圖絕對不會說謊……彼得還活著。他現在就在榮恩手中，哈利。」

哈利低頭望著榮恩，當他倆目光交接時，兩人頓時默默達成共識：布萊克和路平兩個人都發瘋了。他們的故事不管怎樣都說不通，斑斑怎麼可能會是彼得．佩迪魯？阿茲卡班終究還是讓布萊克變得精神失常了——但路平為什麼會跟他瘋到一塊兒了呢？

然後妙麗用一種自以為平靜的顫抖嗓音開口說話，似乎是企圖想跟路平教授講理。

「可是路平教授……斑斑不可能會是佩迪魯啊……這不可能是真的，你明明知道這不可能呀……」

「為什麼不可能呢？」路平冷靜地說，彷彿他們現在是在課堂上，而妙麗只不過是在上滾帶落實習課時，問了他一個課業問題罷了。

「因為……因為彼得．佩迪魯如果是化獸師的話，大家應該會知道啊。麥教授在上課時提到過『化獸法』。我自己在做功課的時候，也去查了一些這方面的資料——魔法部一直在密切注意那些能變成動物的巫師和女巫。他們那裡有一份詳細的紀錄，上面記載著一些他們是變成哪一種動物，而身上又有什麼花紋特徵之類的事……而我去查過，那份紀錄上有麥教授的名字，而且在這個世紀中，一共就只出了七名化獸師，但名單上並沒有佩迪魯這個人——」

哈利還來不及為妙麗在功課上所下的功夫而暗自驚嘆，路平就開始縱聲大笑。

「又被妳說中了，妙麗！」他說，「但魔法部並不曉得，霍格華茲曾經出過三名未登記的化獸師。」

「你要是想跟他們說故事的話，最好說快一點，雷木思，」布萊克吼道，目光依然注意著斑斑如困獸般的一舉一動，「我已經等了整整十二年，我不想再等下去了。」

「好的……但我需要你的幫助，天狼星，」路平說，「我只知道事情的開頭……」

路平突然停下來，他背後傳來一陣響亮的唧嘎聲，臥室的門突然自動敞開。他們五人全都望著那扇門，然後路平大步踏過去，檢查外面的平台。

「外面沒人……」

「這地方鬧鬼！」榮恩說。

「這裡沒有鬼，」路平說，他依然帶著迷惑的神情望著那扇門，「尖叫屋從來就沒鬧過鬼……村民過去所聽到的尖叫和哭嚎聲，其實全都是我發出來的。」

他拂去垂在眼前的灰髮，沉吟了一會兒，然後說：「一切就是從這裡開始的——從我變成狼人開始。如果我沒被狼人咬到，如果我不是那麼魯莽不小心的話……這一切也就不會發生了……」

他看起來既嚴肅又疲憊。榮恩開口準備插嘴，但妙麗卻對他「噓！」了一聲。她用非常專注的神情望著路平。

「我被狼人咬到的時候，還是個小男孩。我的父母試過各種辦法，但那時這種症狀還沒有辦法可以治療。石內卜教授替我調製的魔藥，是近幾年才發展出來的配方，它可以讓我變得安全無害，懂了吧？只要我在月圓前一個禮拜持續服用，在變形時我的頭腦就依然能保持清醒……這樣我就可以窩在我的辦公室裡做一隻馴狼，等待月亮再度轉盈為虧。

「但是，在那個魔藥『縛狼汁』出現之前，我每個月都會變成一隻成長完全的狼。我似乎根本就不可能到霍格華茲來念書，其他父母不會希望他們的孩子跟我太過接近。

「但後來鄧不利多當上了校長，而他很有同情心。他說，只要我們採取特定的預防措施，就沒理由不讓我入學……」路平嘆了一口氣，正眼望著哈利說，「我在幾個月前告訴過你，渾拚柳是在我進入霍格華茲的那一年種下的。但真相是，當時就是因為我要到霍格華茲念書，學校才會栽下那株渾拚柳。這棟房子——」路平憂傷地環視房間，「還有通往這裡的隧道——全都是建來給我用的。我每個月都會偷偷溜出城堡，躲到這裡來變形。學校就是為了不讓任何人在我變得危險時不小心撞見我，才會把樹種在隧道的出口。」

哈利完全看不出這個故事跟現在有什麼關連，但他還是聽得入迷。除了路平的說話聲之外，這裡就只聽得見斑斑驚恐的吱吱尖叫。

「那時候我的變形期——真的是非常可怕。變成狼人的過程，會讓你痛得死去活來。當時我跟大家完全隔離，根本找不到人咬，所以我只好抓自己、咬自己來做為代替。村民聽到我發出的聲音和尖叫，以為這裡住了特別兇暴的厲鬼。鄧不利多刻意助長了這樣的謠言……甚至到現在，在這棟屋子已經安靜了這麼多年之後，村民還是不敢靠近它……

「但除了我的變形之外，這段時間可算是我這輩子最快樂的一段日子。我生平第一次交到了朋友，三個非常棒的朋友。天狼星．布萊克……彼得．佩迪魯……當然，還有你的父親，哈利——詹姆．波特。

「現在仔細聽我說，我這三位朋友，自然不可能沒注意到，我每個月都會消失一陣子。我為此捏造出各式各樣的故事，我告訴他們我母親生病，我必須回家去看她……我非常害怕他們一旦發現我的真面目，就會不認我這個朋友。但是，當然啦，妙麗，他們就跟妳一樣，自己發現到了真相……

「但他們卻沒有不理我。他們反而還為我做了一件事，讓我的變形期不僅變得可以忍受，甚至還成為我這一生最美好的時光。他們變成了化獸師。」

「我爸也是？」哈利震驚地問道。

「沒錯，他的確是，」路平說，「他們花了將近三年的時間，來研究該如何進行。你的父親和天狼星是全校最聰明的學生，幸好他們天資絕頂，因為修煉化獸法，一不小心就會走火入魔——這也是為什麼所有想要成為化獸師的人，都會受到魔法部密切注意的原因之一。彼得需要天狼星和詹姆的大力援助，才有辦法應付得來。最後，在我們五年級的時候，他們終於成功了。他們每個人都可以隨心所欲地變成一種不同的動物。」

「可是這對你有什麼幫助呢？」妙麗的語氣顯得十分迷惑。

「他們在身為人類時，沒辦法跟我作伴，所以他們就變成動物來陪著我，」路平說，「狼人只對人類有危險。他們每個月都會披著詹姆的隱形斗篷溜出城堡，他們用化獸法變形……彼得變的動物體積最小，可以在渾拚柳揮舞枝椏時從空隙竄進去，按住樹上那個可以讓它靜止不動的節瘤。然後他們再滑進隧道，過來跟我會合。在他們的影響下，我漸漸變得沒有那麼危險了。我的身體仍然是狼人沒錯，但在跟他們共處時，我的心卻似乎不像過去那麼狼性十足了。」

「講快一點，雷木思。」布萊克怒吼，他仍然帶著恐怖的饑渴神情緊盯住斑斑。

「就快講到重點了，就快講到了……既然我們大家現在都可以變形，這就表示，外面有無數的驚險刺激，正在等著我們去探索。我們很快就走出尖叫屋，在夜晚到校園和村子裡四處漫遊。天狼星和詹姆變成的動物相當龐大，絕對有能力制住一個狼人。我想霍格華茲從來沒有任何學生，能像我們對校園和活米村的環境摸得這麼清楚，而我們就是在這樣的情況下畫出了劫盜地圖，並在上面簽上我們的暱稱。天狼星是獸足，彼得是蟲尾，詹姆是鹿角。」

「我爸變的是——」哈利正準備開口詢問，卻立刻被妙麗打斷。

「但那還是很危險呀！在黑夜跟一個狼人到處亂晃！要是你從他們身邊溜走，偷偷跑去咬人怎麼辦？」

「這個念頭直到今天還讓我捏了一把冷汗，」路平沉重地表示，「有好幾次我們幾乎出了差錯，但在事後我們只是覺得好玩。我們那時候太年輕了，做事欠缺考慮——自恃聰明而目空一切，有些得意忘形了。

「有時我會因自己背叛了鄧不利多的信任而感到內疚……其他校長絕對不會准我入學，但他卻獨排眾議，讓我進入霍格華茲念書，而他完全沒有想到，我竟然會違反他為了保護我和其他人所立下的規定。他也從來不曉得，我甚至還誘使自己的三位同學成為非法的化獸師。但每當我們坐下來，開始計畫下個月的冒險行動時，我總是有辦法把罪惡感拋到九霄雲外。我一直都是如此……」

路平的面色變得十分凝重，語氣中帶有一絲自我厭惡的意味：「這麼多年來，我一直都在跟自己交戰，不知道該不該把天狼星是一名化獸師的事告訴鄧不利多。但我一直沒有開口。這是為什麼呢？因為我太懦弱了。若要告訴鄧不利多，我就必須承認，我在學校念書時背叛了他的信任，並承認我讓別人跟我走上相同的道路……而鄧不利多的信任等於是我的一切。他在我小時候准我入學念書，而當我在成年生涯中處處受挫，無法找到一份足以餬口的工作時，他又給了我這份工作。因此我說服自己相信，天狼星是運用他從佛地魔那裡學來的黑魔法潛進學校，跟他是化獸師這件事一點關係也沒有……因此，從某方面來說，石內卜對我的看法並沒有錯。」

「石內卜？」布萊克沙啞地說，他的目光第一次自斑斑身上移開，抬頭望著路平，「石內卜跟這又有什麼關係？」

「他也在這裡，天狼星，」路平沉重地說，「他也在這裡教書。」他抬頭望著哈利、榮恩及妙麗。

「石內卜教授是我們在學校時的同學，他極力反對學校聘我擔任黑魔法防禦術專任教師。而這一年來，他也不斷在鄧不利多耳邊絮絮叨叨，說我完全不可信賴。他有他的原因……天狼星曾經跟他開過一個玩笑，結果差點害他送命，而那個玩笑也跟我有點關係——」

布萊克發出嘲笑的聲音。

「他活該，」他不屑地說，「老是鬼鬼祟祟跟在我們身邊打轉，想要刺探我們的行動……希望害我們被學校開除……」

「賽佛勒斯非常想知道，我每個月消失的時候，到底是去了什麼地方。」路平告訴哈利、榮恩及妙麗，「我們是念同一年級，懂了吧，而我們——呃——都不是很喜歡對方。他看詹姆特別不順眼。我想大概是嫉妒吧，嫉妒詹姆在魁地奇球場展現出的才華……總而言之，有天晚上，在龐芮夫人帶我去渾拚柳那裡準備變形的時候，被石內卜看到我跟她一起穿越校園。而天狼星告訴石內卜，只要拿根長樹枝戳戳樹幹上的節瘤，就可以跟進去找我。天狼星覺得這樣很——呃——很好玩。嗯，石內卜當然不會放過這個機會——要是他真的走到這棟房子，他就會碰到一個成長完全的狼人——但你父親一聽到天狼星做的事，就立刻冒著生命危險走進來找石內卜，及時把他救了出來……但那時石內卜已在隧道盡頭瞥見了我。鄧不利多囑咐他不得聲張，但從那時候開始，他就知道我的真面目了……」

「所以那就是石內卜為什麼不喜歡你的原因囉，」哈利緩緩表示，「就因為他覺得那個惡作劇你也有份？」

「沒錯。」一路平背後的牆邊響起一個充滿譏嘲意味的冷漠嗓音。

賽佛勒斯．石內卜脫下隱形斗篷，舉起魔杖指向路平。

19 佛地魔王的僕人

妙麗尖叫，布萊克跳了起來，哈利如遭到嚴重電擊似地蹦到半空中。

「這是我在渾拚柳下面找到的，」石內卜說，順手把隱形斗篷扔到一邊，但他的魔杖仍小心翼翼地對準路平的胸口，「真的是很好用，波特，我很感謝你……」

石內卜說話時氣有點喘，但他臉上卻洋溢著按捺不住的勝利感，「你們或許想不通，我為什麼會曉得你們在這裡？」他的雙眼閃閃發光，「我剛才到你的辦公室去，路平。你今晚忘了服用你的魔藥，所以我帶了一整杯過去。我這麼做實在是很幸運……我是說，對我來說真的是非常幸運。你的辦公桌上放了一份地圖，我只朝它瞄了一眼，我想知道的一切就全都找到了答案。我看到你沿著這條密道往前跑，接著人就不見了。」

「賽佛勒斯——」路平開口解釋，但石內卜卻根本不理他。

「我早就不斷地警告校長，說你在暗中接應你的老友布萊克，放他溜進城堡，路平，而現在證據就擺在眼前。但我絕對沒想到，你竟然有膽子用這個老地方來做你的藏身處——」

「賽佛勒斯，你弄錯了，」路平急切地說，「你並沒有聽完事情的真相——我可以解釋——天狼星到這裡來，並不是為了要殺哈利——」

「今晚阿茲卡班又多添了兩名人犯。」石內卜說，他的雙眼現在散發出狂熱的光芒，「我倒想看看，鄧不利多對此會作何反應……他可是很相信你不會傷害任何人的，知道吧，路平——一隻**溫馴**的狼人……」

「你這個傻瓜，」路平柔聲說，「難道學生時代的恩怨，真的值得讓你把一個無辜的人送回阿茲卡班嗎？」

砰！石內卜的魔杖頂端射出多條如蛇般的細繩，竄過去纏繞住路平的嘴巴、手腕與腳踝；他失去平衡摔倒在地，完全無法移動。布萊克發出一聲憤怒的咆哮，開始朝石內卜撲過去，但石內卜卻舉起魔杖直指布萊克的眉心。

「過來呀，」他輕聲說，「這樣我就有理由動手了，而我發誓我一定不會手軟。」

布萊克立刻停下來。他們兩人的面孔上都流露出濃濃的恨意，完全看不出究竟是誰的恨意更深一些。

哈利像癱了似地杵在原地，完全不曉得該怎麼辦，或是該相信誰。他回頭瞥了榮恩和妙麗一眼，榮恩仍在努力緊抓住拚命掙扎的斑斑，他同樣也是一臉迷惑。但妙麗卻遲疑地朝石內卜踏了一步，用提心弔膽的語氣說：「石內卜教授——先——先聽聽他們要說些什麼，也不會有什麼壞處，對——對不對？」

「格蘭傑小姐，妳自己都快要被學校停學了，」石內卜罵道，「妳、波特還有衛斯理，這次實在是做得太過分了，居然跟一名被定罪的謀殺犯和一個狼人混在一起。現在妳給我安分一點，**少再跟我囉嗦**。」

「但要是——要是弄錯了——」

「**閉嘴，妳這個笨女孩！**」石內卜喊道，他突然露出發狂似的表情，「**不懂的事妳就少囉嗦！**」他那根對準布萊克面龐的魔杖冒出了幾點火花。妙麗不敢再開口了。

「復仇的滋味是如此甜美，」石內卜對布萊克輕聲說，「我一直希望能親手逮到你……」

「別再鬧笑話了，賽佛勒斯，」布萊克怒吼，「只要你讓這個男孩把他的老鼠帶回城堡——」他往榮恩的方向點了點頭，「我就乖乖跟你走……」

「回到城堡？」石內卜輕聲細語地表示，「我想我們不需要走那麼遠。我只要在我們走出渾拚柳以後，把催狂魔叫過來就行了。牠們見到你一定很高興的，布萊克……我想牠們一定會高興得賞你一個小吻……」

布萊克的臉上現在幾乎毫無血色。

「你——你必須聽我說完，」他啞著嗓子說，「那隻老鼠——看看那隻老鼠——」

但石內卜的眼中閃過一絲哈利從未見過的瘋狂光芒，他似乎已變得不可理喻了。

「好了，你們全都過來吧。」他說。他搓響手指，而那些綑住路平的細繩線頭，就立刻飛到了他的手中，「我來拖狼人，說不定催狂魔也會賞給他一個吻呢——」

哈利還來不及意識到自己在做什麼，就往前連跨三大步越過房間，擋住了大門。

「讓開，波特，你惹的麻煩已經夠多了，」石內卜怒吼，「我要是沒趕到這裡來救你的話——」

「路平教授在這一年來，有上百次可以殺死我的機會。」哈利說，「我常常單獨跟他在一起上課，學習對抗催狂魔的防禦課程。要是他真的在暗中接應布萊克的話，他為什麼不乾脆就在那時殺了我？」

「我哪會曉得狼人腦袋裡在想什麼鬼念頭，」石內卜嘶聲說，「讓開，波特。」

「**你實在太差勁了！**」哈利喊道，「**就只是因為他們在學校時把你當傻瓜耍，你就連聽都不肯**——」

「**住口！不准你這樣跟我說話！**」石內卜尖叫道，看起來比先前更加瘋狂，「真是有其父必有其子啊，波特！我才剛救了你一命，你根本就應該跪下來感謝我！就算你被他殺了也是活該！這樣你就會落到跟你父親同樣的下場：太過狂妄自負，死都不肯相信自己會看錯布萊克——現在快給我讓開，別逼我對你**動手**。**讓開，波特！**」

哈利在那一瞬間做下決定。在石內卜還來不及朝他踏出一步時，他就先舉起了魔杖。

「去去，武器走！」他喊道——但喊出這句咒語的並不是只有他一個。房中響起一陣爆炸聲，把拴著鉸鏈的大門震得喀噠喀噠響；石內卜整個人離地飛起，撞到牆上，然後再滑落到地板上，髮際滲出一道細細的血痕。他被撞昏了。

哈利環顧四周。榮恩和妙麗剛才都正好選在同一時間舉起魔杖，對石內卜施出繳械咒。石內卜的魔杖竄到高空，劃出一道弧線，然後掉落到床上，躺在歪腿的旁邊。

「你不應該這麼做的，」布萊克望著哈利說，「你應該把他留給我來對付……」

哈利避開布萊克的目光，他甚至到現在也還不能確定，自己是否做對了事。

「我們攻擊一位老師……我們攻擊一位老師……」妙麗嗚咽地說，用驚恐的眼神望著毫無生氣的石內卜，「喔，這下我們真的慘了——」

路平掙扎著想要掙脫身上的繩索。布萊克連忙彎下腰來，替他解開繩索。路平站起來，揉著手臂上被繩子勒出的凹痕。

「謝謝你，哈利。」他說。

「我可還沒說我已經相信你了。」哈利回嘴道。

「那現在就讓我們來給你看個證據吧，」布萊克說，「喂，孩子——把彼得交給我，快啊。」

榮恩把斑斑緊抱在懷裡。

「別扯了，」他無力地說，「難道你是說，你千辛萬苦從阿茲卡班逃出來，就只是為了要來抓**斑斑**嗎？我要說的是……」他抬頭尋求哈利和妙麗的支持，「好吧，就算佩迪魯可以變成老鼠——但世界上有好幾百萬隻老鼠啊——而且布萊克一直都被關在阿茲卡班，他怎麼會曉得究竟該去抓哪一隻？」

「你知道嗎？天狼星，我想這的確是個好問題，」路平轉頭望著布萊克，並微微蹙起眉頭，「你怎麼**會**發現他在這裡呢？」

布萊克將一隻像爪子般的枯掌探進他的長袍，掏出一個皺巴巴的紙團，他把紙團攤平，遞過來讓他們看清楚。

那是榮恩全家去年夏天登在《預言家日報》上的照片，而斑斑就坐在榮恩的肩頭。

「這你是從哪裡弄來的？」路平大吃一驚地詢問布萊克。

「是夫子給我的，」布萊克說，「他去年到阿茲卡班視察時給了我一份報紙。而彼得就登在頭版……坐在那個男孩的肩上……我一眼就認出了他……他變形後的模樣，我數不清已經看過多少次了。照片旁的說明表示，這個男孩馬上就要回到霍格華茲……回到哈利念書的地方……」

「我的天哪，」路平輕聲說，目光從斑斑移向照片，然後再重新轉回來，「他的前爪……」

「那又怎麼啦？」榮恩挑戰似地質問。

「他少了一根腳趾。」布萊克說。

「原來如此，」路平低聲說，「這麼簡單……這麼**高明**……是他自己砍斷的嗎？」

「就在他變形以前，」布萊克說，「就是在我把他困住，而他開始大呼小叫，讓整條街全都聽到，是我背叛了莉莉和詹姆的那一刻砍斷的。然後我還來不及開口詛咒他，他就用藏在背後的魔杖轟垮街道，把他方圓二十呎內的人全都殺光——接著他就立刻跟其他老鼠一起溜進下水道……」

「這你難道沒聽說過嗎，榮恩？」路平說，「佩迪魯所遺留下最大片的遺骸，就是他的一根手指。」

「聽著，斑斑說不定只是跟別的老鼠，或是其他東西打過一架！他已經在我們家待了好幾百年了——」

「事實上是十二年。」路平說，「難道你從來沒想過，他為什麼可以活這麼久嗎？」

「我們——我們一直把他照顧得很好！」榮恩說。

「但他目前看起來並不是很好，對吧？」路平說，「我猜想，他是在聽到天狼星再度脫逃以後，體重就開始減輕了……」

「這全都是被那隻瘋貓嚇出來的！」榮恩說，頭往歪腿的方向點了一下，歪腿仍坐在床上打著呼嚕。

但這麼說不對呀，哈利突然想到……斑斑在碰到歪腿以前，就開始顯得病懨懨的……大約是在榮恩自埃及回來之後……在布萊克逃出來之後……

「這隻貓並沒有瘋，」布萊克啞聲說。他伸出一隻骨瘦如柴的手，撫摸歪腿毛茸茸的頭顱，「他是我見過最聰明的一隻貓。他立刻就認出彼得的真面目，在他遇見我的時候，他也曉得我並不是一隻狗。他過了一陣子才開始信任我，最後我終於設法把我的意圖傳達給他，而他也一直都在幫我的忙……」

「你這麼說是什麼意思？」妙麗低聲問道。

「他想要把彼得抓過來給我，但卻做不到……所以就替我偷了一份進入葛來分多塔的通關密語……據我所知，他是從一個男孩的床頭桌上拿過來的……」

哈利的腦袋裡裝滿了這些前所未聞的事情，讓他覺得頭都快要爆炸了。這的確是很荒謬……但是……

「但彼得聽到了風聲，於是他就立刻逃跑了……這隻貓——妳叫他歪腿是吧？——告訴我彼得在床單上留下血跡——我想是他自己咬流血的……好吧，既然裝死已經成功過一次……」

這段話語讓哈利猛然一震，迅速恢復理智。

「但他幹嘛要裝死呢？」他憤怒地說，「就是因為他曉得你要過來殺他，就像當年你殺死我父母一樣！」

「不，」路平說，「哈利——」

「而現在你又要來殺死他！」

「沒錯，我是打算這麼做。」布萊克說，露出猙獰的神情盯著斑斑。

「我剛才真應該讓石內卜把你給帶走！」哈利大叫。

「哈利，」路平急急表示，「現在你還沒想通嗎？我們一直以為是天狼星背叛你的父母，而彼得跑去搜捕他——但事情恰好相反，難道你完全看不出來嗎？事實上是**彼得背叛你的爸爸媽媽——而天狼星去搜捕彼得**——」

「**這不是真的！**」哈利喊道，「**他是他們的守密人啊！這是在你出現以前他自己說的，他承認是他殺了他們！**」

他伸手指著布萊克。布萊克緩緩搖頭，那對凹陷的雙眼突然散發出異常明亮的光彩。

「哈利……那就跟我親手殺了他們沒有兩樣，」他啞聲說，「是我在最後一刻，勸莉莉和詹姆把人換成彼得，是我勸他們用他來代替我擔任守密人……我知道這全都怪我……他們死去的那天晚上，我正準備去檢查彼得的狀況，確定他是否安全無恙，但在我到達他的藏身處時，他卻已經不見了，可是那裡完全沒留下一絲掙扎打鬥的痕跡。我看出事情很不對勁，非常害怕。我馬上動身趕到你父母家，當我看到他們的房子被摧毀，看到他們的屍體時——我立刻了解到彼得做了什麼，我自己做了什麼。」

他的聲音哽住，臉轉向一旁。

「夠了，」路平說，他的語氣流露出一絲哈利從未聽過的冷酷意味，「有個方法可以證明事情的真相。榮恩，**把那隻老鼠交給我**。」

「我要是把他交給你，你會對他做什麼？」榮恩緊張兮兮地詢問路平。

「逼他現出原形，」路平說，「但如果他真是老鼠的話，這也不會傷害到他的。」

榮恩猶豫了很久，最後才終於把斑斑交到路平手中。斑斑開始不住口地吱吱尖叫，奮力地翻滾扭動，小黑眼瞪得從臉上暴凸出來。

「準備好了嗎，天狼星？」路平說。

布萊克已到床邊抽出石內卜的魔杖。他走向路平和那隻不斷掙扎的老鼠，淚溼的雙眼散發出燃燒般的光芒。

「一起動手吧？」他平靜地說。

「我也是這麼想。」路平說，他一手緊抓著斑斑，另一手握住魔杖。「聽我數到三，一——二——**三！**」

兩根魔杖頂端同時射出一道藍白色的光芒，斑斑在那一瞬間如停格般地定在半空中，小小的黑色身軀在空中瘋狂地扭動翻滾——榮恩大聲喊叫——老鼠落下來，摔到地板上。接著又是另一道炫目的光芒，然後——

那就好像是在看一段記錄植物成長過程的快轉影片似的，地上忽然冒出一顆朝上攀升的頭顱，再如萌芽般長出了四肢，沒過多久，一個男人就出現在斑斑剛才墜落的地方，絞著手，露出一副搖尾乞憐的巴結相。歪腿在床上嘶嘶怒吼，背上的毛全都豎了起來。

他個子很矮，甚至沒比哈利和妙麗高多少。他那稀疏的淺色頭髮十分凌亂，頭頂上還禿了一大塊。他看起來就是一副大胖子在短期迅速減肥後所特有的皺縮相，他的皮膚髒兮兮的，活像是斑斑的毛皮，而他那尖尖的鼻子，和那對水淋淋的小眼，依然帶有一絲老鼠的特徵。他抬頭環視他們，他的呼吸顯得又淺又急。哈利看到他的目光往大門的方向飛快瞄了一眼，接著又重新轉回來。

「好了，哈囉，彼得呀，」路平愉快地說，彷彿老鼠在突然之間變成老同學，對他來說是司空見慣的事，「好久不見了。」

「天——天狼星……雷——雷木思……」佩迪魯甚至連聲音聽起來都像是老鼠在吱吱叫，他的目光又再次往大門的方向瞄了一眼，「我的朋友……我的老朋友啊……」

天狼星握著魔杖的手舉了起來，但路平卻一把捉住他的手腕，並用警告的眼神盯了他一眼，然後再回過頭來望著佩迪魯，而他的語氣顯得既輕鬆又隨意。

「我們剛才談了一下，彼得，談到莉莉和詹姆死去那天晚上所發生的事。但你說不定錯過了一些重點，因為你一直在床上吱吱叫個不停——」

「雷木思，」佩迪魯屏息說，哈利可以看到他那張蒼白的臉上，開始冒出一顆顆的汗珠，「你不會相信他的話吧，對不對……他想要殺我啊，雷木思……」

「那你應該已經全都聽到了，」路平的聲音變得冷漠了一些，「我有一、兩件小事，想先找你澄清一下，彼得，如果你——」

「他又想要來殺我了！」佩迪魯突然指著布萊克放聲尖叫，哈利看到他用的是他的中指，因為他的食指已經不見了，「他殺了莉莉和詹姆，現在他又要把我也殺掉……你一定要救救我啊，雷木思……」

布萊克用那對深不可測的雙眼凝視佩迪魯，這讓他的面孔看起來更像是一具骷髏。

「在我們把幾件事情弄清楚之前，是不會有人想要殺你的。」路平說。

「把事情弄清楚？」彼得尖叫，再度慌亂地環顧四周，他的目光停駐在封上木條的窗戶上，然後又再度落向房中唯一的一扇門。「我早就知道他會跑來對付我！我早就知道他會回來找我！這我已經等了整整十二年了！」

「你是說，你早就知道布萊克會逃出阿茲卡班？」路平皺著眉頭說，「難道你不曉得，過去從來就沒人能逃得出來嗎？」

「他擁有我們死都想不到的黑魔法力量啊！」佩迪魯尖聲喊道，「要不然他怎麼可能逃得出來？我想『那個不能說出名字的人』，大概是教他耍過幾個花招！」

布萊克開始放聲大笑，一陣陰森恐怖的笑聲在房中迴盪不已。

「佛地魔，教我耍花招？」他說。

佩迪魯彷彿挨了布萊克一鞭似地縮起身子。

「怎麼，怕聽到你過去老主人的名字嗎？」布萊克說，「這我不怪你，彼得。他的爪牙對你並不是很滿意，我沒說錯吧？」

「我不知道——你這話是什麼意思，天狼星——」佩迪魯囁嚅地說，呼吸變得比先前更加急促，現在他滿臉都閃爍著汗光。

「你這十二年來，要躲的並不是**我**，」天狼星說，「你要躲的其實是佛地魔過去的支持者。我在阿茲卡班聽到了一些事情，彼得……他們全都以為你死了，否則他們就會要你給他們一個交代……我聽到他們在睡夢中，尖叫著吐露各式各樣的內幕。聽起來他們好像是認為，那個出賣老友的人，也同樣出賣了他們。佛地魔就是聽信你的情報，才會去找波特夫婦……結果佛地魔在那裡栽了個筋斗，變得一敗塗地。但佛地魔的黨羽並沒有全都被送進阿茲卡班，對不對？這裡還是有很多他們的餘黨，表面上裝做已改過自新，但其實是在默默等待時機……要是讓他們發現你還活著的話，彼得——」

「不曉得……你在說些什麼……」佩迪魯又重複了一遍，但嗓音卻變得比先前更加尖銳，他用袖子揩揩臉，再抬頭望著路平說，「你不會相信這些——這些瘋話吧，雷木思——」

「我必須承認，彼得，我的確沒辦法理解，一個無辜的人，為什麼要假扮老鼠度過整整十二年呢？」路平平靜地表示。

「無辜是無辜，但卻嚇得半死啊！」佩迪魯尖叫道，「就算佛地魔的黨羽要找我算帳，那也只是因為，我把他們最厲害的一個角色送進了阿茲卡班——而我說的就是那個間諜：天狼星．布萊克！」

布萊克的面孔憤怒地扭曲。

「你竟敢這麼說，」他厲聲咆哮，聲音又突然變得很像是先前的狗吠聲，「我，替佛地魔做間諜？你什麼時候看過我鬼鬼祟祟地跟在比我強、比我有能力的人身邊打轉啦？倒是你，彼得——我真不曉得，我為什麼沒在一開始就看出你是間諜。你總是喜歡找些大朋友來照顧你，不是嗎？過去是我們……我和雷木思……還有詹姆……」

佩迪魯又擦擦臉，他現在呼吸急促得像是在喘氣了。

「我，是一個間諜……你一定是瘋了……絕對沒有……真不曉得你怎能說出這種話來……」

「莉莉和詹姆完全是因為我的建議，才會選你擔任守密人，」布萊克嘶聲說，他的語氣是如此怨毒，讓佩迪魯不禁嚇得倒退了一步，「我當時還以為，這會是個完美的計畫……放一個煙幕彈……佛地魔一定會來找我。他絕對想不到，他們竟然會選一個像你這樣膽小低能的蠢物，來做他們的守密人……在你告訴佛地魔，你可以把波特夫婦交到他手中時，想必是你卑賤一生中最輝煌的一刻吧。」

佩迪魯慌亂地喃喃自語；哈利隱約聽到幾句像是「牽強附會」和「精神錯亂」之類的辭句，但更吸引他注意力的卻是佩迪魯面如死灰的臉龐，和他那老是瞄向窗戶門口的鬼祟眼神。

「路平教授？」妙麗怯怯地說，「我可不可以——可不可以說幾句話？」

「當然可以啦，妙麗。」路平彬彬有禮地表示。

「嗯——斑斑——我是指這個——這個男人——他這三年來，一直都睡在哈利的寢室裡。如果他真的是在替『那個人』工作的話，那為什麼在這之前，他從來就沒想到要去傷害哈利呢？」

「問得好呀！」佩迪魯尖聲喊道，舉起他殘廢的手指著妙麗，「真是太感謝妳了！你看吧，雷木思？我可從來沒傷過哈利一根寒毛！我為什麼要去傷害他呢？」

「讓我來告訴你這是為什麼，」布萊克說，「像你這種人，除非是知道自己能從中撈到什麼好處，否則你是絕對不會為任何人做任何事的。佛地魔已經銷聲匿跡了十二年，他們說他等於是送了半條命。你是不會為了一個喪失所有法力的落魄巫師，而在阿不思·鄧不利多眼前動手殺人的，沒錯吧？你想先確定他仍是江湖上最有勢力的大哥，你才要回到他身邊，對不對？那麼你幹嘛不先找個願意收容你的巫師家庭呢？你一直在留神探聽消息，是不是啊，彼得？說不定哪天你過去的保護者又重新獲得力量，那你就可以安安穩穩地回去跟他會合了……」

佩迪魯有好幾次張開嘴巴，但卻又重新閉上。他似乎已完全喪失說話的能力。

「呃——布萊克先生——天狼星？」妙麗怯生生地說。

這個稱呼讓天狼星驚得跳起來，並轉頭凝視妙麗，似乎已經很久沒人這麼禮貌地跟他說過話了。

「如果你不介意的話，我想問問看，如果——如果你沒用到黑魔法的話，那你怎麼有辦法逃出阿茲卡班呢？」

「感謝妳！」佩迪魯屏息說，並狂亂地朝妙麗點頭，「說得正是！完全說出了我——」

但路平的一個眼神就讓他立刻閉上嘴巴。布萊克對妙麗微微皺起眉頭，但看起來並不像是在生她的氣。他似乎正在考慮該如何回答這個問題。

「我不太清楚我是怎麼辦到的，」他緩緩表示，「我想，我之所以沒有失去理智，唯一的原因就是，我知道自己是無辜的。那並不是一個快樂的念頭，所以催狂魔沒辦法把它給吸走……但它可以讓我的頭腦保持清醒，不至於忘了自己是什麼人……它幫助我保有我的法力……因此當一切全都變得……令人難以忍受的時候……我還可以在我的牢房裡變形……變成一隻狗。你們應該曉得，催狂魔是看不見的……」他嚥了一口口水，「催狂魔是靠牠們對於人類情感的知覺，來判斷出人們所在的位置……當我變成一隻狗的時候，牠們可以察覺到我的情感變得比較——比較不像人類，比較沒有那麼複雜……但牠們自然會以為，我只是跟那裡的所有人一樣，已經開始發狂了，所以這並不會讓牠們起疑。但我那時很虛弱，非常非常虛弱，而且我身邊沒有魔杖，自然不可能把牠們從我身邊趕走……

「但接著我就在那張照片中看到了彼得……我了解到，他現在正跟哈利一起待在霍格華茲……只要讓他探聽到一點黑暗勢力重新復起的風聲，那就會是一個他最完美的下手地點……」

佩迪魯緩緩搖頭，嘴唇無聲地蠕動，但眼睛卻一直緊盯著布萊克，就像是被催眠了似的。

「……他準備在確定找到盟友的那一刻出手攻擊……把波特家最後一人交到他們手中。只要他交出哈利，誰還敢說他背叛了佛地魔王？這樣他就可以光榮返回他們的陣營……

「所以你們懂了吧，我非得展開行動不可。只有我一個人知道佩迪魯還活著……」

哈利回想起衛斯理先生跟他太太說過的話：「獄卒說他經常說夢話……總是重複同樣一句……『**他在霍格華茲**。』」

「那就好像是有人在我腦袋裡點燃了一把火，甚至連催狂魔也無法讓火熄滅……那並不是一種快樂的感覺……那是一種執念……但它給了我力量，讓我的頭腦保持清醒。於是，有天晚上，在牠們開門替我送飯的時候，我變成一隻狗，從牠們身邊溜了出去……牠們不太能察覺到動物的情感，所以牠們只是感到有些困惑……我當時很瘦，非常非常瘦……瘦得可以穿過鐵欄……我維持狗的形貌游回大陸……接著再前往北方，悄悄潛入霍格華茲校園……在那之後，我就一直待在禁忌森林裡……當然啦，只有來看魁地奇比賽的時候例外……你飛得跟你父親一樣漂亮，哈利……」

他望著哈利，而這次哈利並沒有移開視線。

「相信我，」布萊克啞聲說，「相信我，我絕對沒有背叛詹姆和莉莉。我寧死也不會背叛他們。」

而在過了這麼久以後，哈利終於開始相信他了。哈利感到喉頭一哽，完全說不出話來，因此他只是點點頭。

「不！」

佩迪魯已雙腿一軟，跪倒在地，彷彿哈利一點頭，就等於是宣判了他的死刑。他急忙匍匐著膝行向前，並雙手交握，擺出祈禱般的姿勢。

「天狼星——是我啊……是彼得呀……是你的朋友呀……你該不會……」

布萊克踢出一腳，佩迪魯嚇得往旁一縮。

「我的長袍已經夠髒了，不需要你的髒手再來碰它。」布萊克說。

「雷木思！」佩迪魯轉向路平尖聲喊道，跪在他面前扭著身子求饒，「你不會相信這些吧……要是他們真的改變計畫，天狼星怎麼會不告訴你呢？」

「因為他以為我是間諜，彼得，」路平說，「我想，這應該就是你為什麼沒告訴我的原因吧，天狼星？」他漫不經心地越過佩迪魯的頭頂問道。

「原諒我，雷木思。」布萊克說。

「別放在心上，獸足，老朋友。」路平說，並伸手捲起袖口，「那麼，你是不是也可以原諒我把**你**當成間諜？」

「當然可以。」布萊克說，他那憔悴的臉龐掠過一絲隱約的笑意。他同樣也開始捲起袖口，「我們一起動手殺他吧？」

「好，我也是這麼想。」路平冷酷地說。

「你們不是……你們不會……」佩迪魯喘著氣說，接著他就轉身爬向榮恩。

「榮恩……我一直都是個好朋友……好寵物是吧？你不會讓他們殺我的，榮恩，對吧……你會站在我這一邊的，對不對？」

但榮恩卻帶著強烈的厭惡神情瞪著佩迪魯。

「我居然還讓你睡在我的**床上**！」他說。

「好心的男孩……好心的主人哪……」佩迪魯爬到榮恩面前，「你不會讓他們動手吧……我是你的老鼠啊……我是一個好寵物啊……」

「就算你做老鼠比做人成功，也沒什麼好拿來吹噓的，彼得。」布萊克嚴厲地表示。榮恩為了不讓佩迪魯碰到，猛然扭開他的斷腿，痛得臉色更加慘白。佩迪魯跪著轉過身來，搖搖晃晃地移向前，一把抓住妙麗的長袍下襬。

「可愛的女孩……聰明的女孩……妳——妳不會讓他們……救救我呀……」

妙麗用力把她的長袍從佩迪魯手中扯出來，滿臉驚恐地退到牆邊。

佩迪魯頹然跪倒在地，失去控制地全身打顫，然後他緩緩將頭轉向哈利。

「哈利……哈利……你長得真像你父親……真像他……」

「**你居然還敢跟哈利說話？**」布萊克咆哮，「**你還有臉面對他？你還有膽子在他面**

前提到詹姆？」

「**哈利呀，**」佩迪魯輕聲說，並連忙伸出雙手，膝行走向哈利，「哈利呀，詹姆不會希望我死啊……詹姆會了解的，哈利……他會大發慈悲放我一馬……」

布萊克和路平兩人一起大步向前，抓起佩迪魯的肩膀，把他扔到地板上。他坐在那裡，抬頭凝視他們，嚇得身子陣陣抽搐。

「你把莉莉和詹姆出賣給佛地魔，」布萊克說，他自己也在發抖，「這你能否認嗎？」

佩迪魯忽然放聲大哭。這幅畫面實在是慘不忍睹：他縮成一團坐在地上，看起來活像是個已開始禿頭的超大嬰兒。

「天狼星，天狼星哪，你說我還能怎麼辦呢？黑魔王……你不懂啊……他擁有你想都想不到的可怕武器啊……我嚇壞啦，天狼星，我本來就不像你跟雷木思和詹姆那麼勇敢嘛。我絕對不是故意要陷害他們……全都是『那個不能說出名字的人』逼我做的——」

「**謊話連篇！**」布萊克怒吼，「**你早在莉莉和詹姆去世的前一年，就開始替他通風報信了！你是奸細！**」

「他——幾乎所有地方全都被他控制住啦！」佩迪魯喘著氣說，「拒——拒絕他又會有什麼好處呢？」

「難道你是在問我，去對抗有史以來最邪惡的巫師，能得到什麼樣的好處嗎？」布萊克臉上露出駭人的狂怒，「只有無辜者才能活命，彼得！」

「你不懂啊！」佩迪魯嗚咽地說，「他會殺了我啊，天狼星！」

「那你就應該死！」布萊克咆哮，**「死總比背叛朋友來得好，我們同樣也會願意為你而死！」**

布萊克和路平並肩站在一起，雙雙舉起魔杖。

「你早該知道，」路平平靜地說，「就算佛地魔沒殺你，我們也不會放過你的。永別了，彼得。」

妙麗用雙手蒙住臉，轉身正對著牆壁。

「**不！**」哈利喊道。他跑上前，擋在佩迪魯前方，挺身面對魔杖，「你們不能殺他，」他屏息說，「你們不能這麼做。」

布萊克和路平兩人都是一臉錯愕。

「哈利，這個人渣害你變成孤兒，」布萊克吼道，「這堆縮成一團的穢物，也想要你的小命，下手時連眼睛都不會眨一下。你剛才也聽到他自己說的話了，對他來說，他自己發臭的皮膚，可比你們全家的性命都還要重要得多。」

「這我知道，」哈利喘著氣說，「我們把他帶到城堡裡去。我們把他交給催狂魔，讓他去阿茲卡班坐牢……但不要殺他。」

「哈利！」佩迪魯屏息喊道，連忙撲過來抱住哈利的雙腿，「你——感謝你——我真是受之有愧呀——感謝你——」

「放開我！」哈利啐道，嫌惡地甩開佩迪魯的手，「我這麼做又不是為了你。我這麼做只是因為，我想我爸不會希望他的好友變成殺人犯——你不值得讓他們這麼做。」

房中沒有任何人移動或發出聲響，只聽得見佩迪魯一個人的聲音，他揪住胸口，發出咻咻響的哮喘聲。布萊克和路平互望了一眼，然後他們就一起放下了魔杖。

「你是唯一有權做決定的人，哈利，」布萊克說，「但你再多想想……想想他做過的事……」

「讓他去阿茲卡班坐牢吧，」哈利又重複了一遍，「他去那個地方可算是罪有應得……」

佩迪魯仍在他們背後咻咻喘氣。

「很好，」路平說，「讓開，哈利。」

哈利遲疑不決。

「我只是要把他綁起來，」路平說，「就只是這樣而已，我可以保證。」

哈利踏到一旁。這次換成從路平的魔杖頂端射出許多細繩，在下一刻，佩迪魯就被封上嘴巴、五花大綁地躺在地上打滾了。

「你要是膽敢變形的話，彼得，」布萊克吼道，他同樣也舉起魔杖指著佩迪魯，

「我們**就會**殺了你。這你該同意吧，哈利？」

哈利低頭望著地上那個既可憐又可恨的人影，用力點了點頭，刻意讓佩迪魯看清楚。

「好，」路平忽然換上一副公事公辦的口吻，「榮恩，我對治療斷腿沒有龐芮夫人那麼在行，但在把你送到醫院廂房之前，我想最好是先把你的腿固定起來。」

他匆匆走到榮恩身邊，彎下腰來，用魔杖輕敲榮恩的腿，低聲念道：「咕咕圈。」數條繃帶迅速纏繞住榮恩的腿，把它緊緊捆在一根支架上。路平扶他站起來，榮恩小心翼翼地把重量放在那隻斷腿上，而他這次並沒有呼痛退縮。

「好多了，」他說，「謝謝。」

「那石內卜教授呢？」妙麗很小聲地問道，並低頭望著石內卜俯臥的身影。

「他沒什麼大問題，」路平彎下腰來，檢查他的脈搏，「你們只是有點——熱心過頭了。他還在昏迷，呃——也許在我們安全回到城堡以前，最好還是先別讓他醒過來。我們可以就這樣帶他走……」

他低聲念道：「浮浮，殭屍行。」接著石內卜的手腕、脖子和膝蓋，就好像被隱形線綁住似的，整個人被拉得站起來，頭難看地歪垂一邊，看起來活像是一個醜怪的大傀儡。他懸掛在離地幾吋高的半空中，雙腿癱軟地在空中晃來盪去。路平撿起隱形斗篷，塞到口袋裡放好。

「我們必須派兩個人跟這東西綁在一起，」布萊克用腳趾輕推佩迪魯說，「以防萬一。」

「我來好了。」路平說。

「還有我。」榮恩惡狠狠地說，並一跛一跛地走上前。

布萊克低聲念咒，憑空變出粗重的手銬；佩迪魯很快就被拉起來，左手跟路平的右手，右手跟榮恩的左手銬在一起。榮恩臉上露出堅決的表情。他似乎是把斑斑的真實身分，視為對他個人的莫大侮辱。歪腿輕輕跳下床，得意洋洋地高舉牠瓶刷似的尾巴，領先走出房間。

20 催狂魔之吻

這是哈利所參加過最古怪的一個團體，歪腿一馬當先地走下樓梯，而路平、佩迪魯和榮恩跟在後面，看起來活像是在進行三人四腳競賽。接下來是石內卜教授，他在自己魔杖的操控下，陰森森地向前飄動，下樓時腳趾還乒乒乓乓地撞過每一級樓梯，而負責操縱魔杖的天狼星緊跟在他後面，哈利和妙麗兩人殿後。

重新穿越隧道的路程並不好走，路平、佩迪魯和榮恩必須橫著走才有辦法通過。此時路平仍在用魔杖指著佩迪魯，而哈利可以看到他們排成一列縱隊，笨拙地側身往前移動。歪腿依然走在最前面，哈利緊跟在天狼星身後。天狼星用魔杖驅趕在他們前方飄行的石內卜，但石內卜歪垂的頭老是撞到低矮的天花板，讓哈利不禁感到，天狼星好像根本無意設法保護石內卜的頭。

「你知道這代表什麼嗎？」他們在隧道中緩緩前進時，天狼星突然沒頭沒腦地問道，「把彼得交出去以後會怎樣呢？」

「你就自由了。」哈利說。

「沒錯……」天狼星說，「不過我也是——我不曉得有沒有人跟你提過——我是你的教父。」

「是的，這我知道。」哈利說。

「嗯……你父母指定我做你的監護人，」天狼星不太自然地說，「要是他們出事的話……」

哈利默默等著，天狼星真的是那個意思嗎，他會不會是誤解了？

「當然啦，要是你想留在你的阿姨和姨丈身邊，我絕對可以理解，」天狼星說，「不過……呃……你可以考慮一下。等我洗清名譽以後……你要是想換一個……一個不一樣的家……」

哈利胃中似乎有某個東西轟然爆炸。

「什麼——跟你一起住嗎？」他說，頭不小心撞到了天花板上凸出的岩塊，「你是說離開德思禮家？」

「當然啦，我想你是不會想要跟我住的，」天狼星急急表示，「這我可以理解，我只是想我——」

「你瘋了嗎？」哈利說，他的聲音變得跟天狼星一樣沙啞，「我當然想要離開德思禮家！你有房子嗎？我什麼時候可以搬進去？」

天狼星立刻轉身望著他，石內卜的頭頂猛然擦過天花板，但天狼星好像一點也不把這放在心上。

「你想跟我住？」他說，「你是說真的？」

「沒錯，我是說真的！」哈利說。

天狼星憔悴的面孔上，綻放出哈利在他臉上看到的第一個真正的笑容。它造成的效果非常驚人，就好像在那張飢餓的面具下，突然閃耀出一個年輕十歲的發光人影；在那一瞬間，他終於可以讓人認出，他的確就是那個曾在哈利父母婚禮中開懷大笑的男子。

他們在到達隧道出口前，一直沒有再開口說過話。歪腿第一個跳出去，牠顯然是用爪子在樹瘤上按了一下，因為當路平、佩迪魯和榮恩爬到上面時，並沒有聽到樹枝兇猛揮舞的聲音。

天狼星把石內卜送出洞口，接著再退到一旁，讓哈利和妙麗通過，最後他們終於全都走了出來。

校園裡現在一片漆黑，只看得見遠方城堡窗口透出的燈光。他們一言不發地往前走去，佩迪魯仍在咻咻喘氣，並不時發出一聲嗚咽。哈利感到腦中嗡嗡作響，他就要離開德思禮家了，他就要去跟他父母最好的朋友天狼星．布萊克住在一起了……他感到一陣暈眩……若他告訴德思禮家，說他就要搬去跟他們在電視上看過的逃犯同住，天曉得他們會做何反應？

「你要是再敢亂動一下，你就小心了，彼得。」路平在前方出言恐嚇，他的魔杖依然斜指著佩迪魯的胸膛。

他們默默踏過校園，城堡的燈火漸漸變得越來越巨大明亮。石內卜仍在天狼星前方詭異地飄行，而他垂在胸前的下巴不停地亂點亂跳，然後——

一片雲彩飄過，地上忽然灑落下朦朧的影子，接著他們這群人就已沐浴在明亮的月光中。

石內卜撞到了突然停下腳步的路平、佩迪魯和榮恩。天狼星像定住似地呆立原地，並揮手擋住哈利和妙麗。

哈利可以看到路平的翦影，他顯得渾身僵硬。然後他的四肢開始抖動。

「喔，我的天哪——」妙麗倒抽了一口氣，「他今晚忘了服用他的魔藥！他現在很危險！」

「快跑，」天狼星輕聲說，「跑啊！快跑啊！」

但哈利完全無法移動。榮恩和佩迪魯都跟路平銬在一起，路平往前一撲，卻被天狼星攔胸抱住，拉了回來。

「這裡交給我——**快跑！**」

然後就響起一陣恐怖的咆哮，路平的頭迅速變長，他的身體也一樣。他的肩膀拱起，雙手蜷縮成獸爪，臉跟手上都冒出清晰可見的毛髮。歪腿的毛又再度豎起來，並開始往後退去——

當狼人人立起來，喀喀咬動牠那長長的狼嘴時，天狼星就從哈利身邊消失了。他已在瞬間變形完成，那頭如熊般大的巨犬縱身躍向前方。在狼人扯下腕上的手銬時，那隻狗及時抱住狼人的脖子，把牠從榮恩和佩迪魯身邊拉開。牠們打成一團，張口互咬，並用爪子撕扯彼此的毛皮——

哈利站在原地，被眼前的景象嚇得發愣。他全神貫注地看牠們打鬥，以至於完全沒注意到其他事情，直到聽到妙麗的尖叫，他才警覺過來——

佩迪魯撲向路平掉在地上的魔杖，而拖著一隻斷腿、連站都站不穩的榮恩隨即倒在地上。接著砰地一聲，爆出一道光芒——榮恩動也不動地躺在地上，又是砰地一聲——歪腿飛到半空中，再縮成一團摔到地上。

「去去，武器走！」哈利舉起魔杖指著佩迪魯喊道，路平的魔杖高高飛起，然後失去蹤影。「待著別動！」哈利大喊著往前跑去。

太遲了，佩迪魯已經變形完成。哈利看到他光禿禿的尾巴，在榮恩的手銬間一閃而逝，接著就聽到一陣竄過草地的窸窣聲。

然後又響起一聲長嚎和一陣低沉的咆哮，哈利轉過身來，正好看到狼人倉皇逃跑，牠飛奔著跑進森林——

「天狼星，他不見了，佩迪魯變形了！」哈利喊道。

天狼星在流血，他的鼻口和背上都有著深深的傷痕。但他一聽到哈利的話，就再度爬起來，拖著沉重的步伐越過校園，而在轉眼間，牠的跑步聲就迅速遠去消失。

哈利和妙麗衝到榮恩身邊。

「他到底對榮恩做了什麼？」妙麗輕聲說。榮恩的眼睛半睜半閉，嘴巴大大張開。他顯然還活著，他們可以聽到他的呼吸聲，但他卻好像不認識他們了。

「我不曉得。」

哈利絕望地環顧四周。布萊克和路平兩個都走了……現在只有石內卜跟他們在一起，但他依然不省人事地懸掛在半空中。

「我們最好是先把他們帶回城堡，再去找某位老師報告這件事，」哈利說，他伸手掠開眼前的髮絲，儘可能往好的地方想，「走吧——」

但就在那時，他們聽到從黑暗中傳來一陣痛苦的狗吠和嗚咽聲……

「天狼星。」哈利喃喃地說，張大眼睛望進黑暗深處。

他遲疑了一會兒，但他們目前並不能為榮恩做任何事，而照這個聲音聽來，布萊克顯然情況危急——

哈利拔足狂奔，妙麗緊跟在他的身後。吠聲似乎是從湖邊傳過來的，他們飛奔著衝向湖邊，而正在全速往前衝刺的哈利，雖突然感到一陣寒意，但卻並未意識到這代表了什麼——

狗吠聲突然停下來。而他們一到達湖畔時，就看出這是什麼原因——天狼星已經回復人形，他趴倒在地上，雙手緊抱著頭。

「**不不，**」他呻吟道，「**不不不不……求求……**」

哈利就在那一刻看到了牠們，上百隻催狂魔，在湖邊環繞成一個巨大的黑影，正朝著他們滑行過來。他連忙轉過身來，一股熟悉的刺骨寒意鑽進他的體內，霧氣開始模糊了他的視線。更多的催狂魔從四面八方的黑暗中湧出來，牠們正在包圍住他們……

「妙麗，拜託想點快樂的事！」哈利舉起魔杖喊道，他拚命眨眼，想要看得清楚些，並連連搖頭，企圖甩掉那開始在他腦中響起的微弱尖叫聲——

我就要去跟我的教父住在一起，我就要離開德思禮家了。

他強迫自己摒除一切雜念，專心想著天狼星，並開始念咒：「疾疾，護法現身！疾疾，護法現身！」

布萊克突然打了一個哆嗦，翻過來　動也不動地躺在地上，他的臉色就像死人一樣慘白。

他不會有事的，我就要去跟他住在一起了。

「疾疾，護法現身！妙麗，快幫我啊！疾疾，護法現身！」

「疾疾——」妙麗輕聲念道，「疾疾——疾疾——」

但她沒辦法再念下去了，催狂魔正在步步逼近，現在距離他們已不到十呎了。牠們在哈利和妙麗四周圍成一座堅固的高牆，朝他們迅速圍過來……

「疾疾，護法現身！」哈利喊道，努力不去聽耳邊的尖叫聲，**「疾疾，護法現身！」**

他的魔杖頂端飄出一縷淡淡的銀煙，像霧一般飄浮在他面前，但就在此時，哈利感到妙麗在他身邊倒了下來。現在只剩下他一個人了……一個人孤軍作戰……

「疾疾——疾疾，護法——」

哈利感覺到自己的膝蓋撞到了冰冷的草地，霧氣讓他的眼前變得一片模糊。他用盡全力地努力想著……天狼星是無辜的——無辜的——**我們不會有事的——我就要去跟他住在一起了**——

「疾疾，護法現身！」他喘著氣說。

在他那不成形護法的微弱光芒下，他看到一個催狂魔在非常接近他的地方突然停下來。牠無法穿越哈利變出的那片銀色霧雲，一隻又黏又滑，看起來毫無生氣的手，從牠斗篷下輕輕探了出來，牠做出一個似乎是想把護法揮開的手勢。

「不——**不**——」哈利喘著氣說，「他是無辜的……疾疾——疾疾，護法——」

他可以感覺到牠們在觀察他，聽到牠們的嘎嘎吸氣聲，聽起來就像是一陣環繞在他四周的慘慘陰風。靠他最近的那個催狂魔，似乎正在考慮該如何對付他，然後牠就同時舉起兩隻腐爛的手——並拉下了牠的斗篷帽。

在那原本應該是眼睛的地方，只有一層斑斑點點的薄皮，緊繃住空洞洞的眼窩。但那裡卻有一張嘴……一個張開的醜陋凹洞，正發出有如死前喘鳴般的用力吸氣聲。

一陣令人癱瘓的恐懼竄遍哈利全身，讓他完全無法移動或是說話。他的護法忽隱忽現地閃了一會兒，接著就完全消失了。

白霧模糊了他的視線，他必須奮起作戰……疾疾，護法現身……他看不見了……他聽到遠方響起熟悉的尖叫聲……疾疾，護法現身……他在霧氣中摸索著尋找天狼星，碰到了天狼星的一隻手臂……牠們不能把他帶走……

一雙冰冷黏溼但卻強而有力的手，忽然勒住哈利的脖子，強迫哈利把臉抬起來……他可以感覺到牠的氣息……牠準備先除掉他……他可以感覺到牠腐臭的氣息……他的母親在他耳邊尖叫……這將是他這輩子聽到的最後一個聲音——

然後他彷彿在那陣淹沒他的濃霧中，看到了一團越來越明亮的銀光……他感到自己往前栽倒在草地上——

哈利臉貼在地上，胃裡作嘔並渾身打顫，虛弱得完全無法移動。他張開眼睛，那團炫目的銀光照亮了他四周的草地……尖叫聲已經停止，寒意也漸漸消退……

某個東西正在驅趕催狂魔……牠在他和天狼星及妙麗四周不停兜圈子打轉……催狂魔的嘎嘎吸氣聲逐漸遠去。牠們要走了……空氣又重新變暖了……

哈利奮力擠出他僅存的最後一絲力氣，微微把頭抬高了幾吋，他看到那團銀光中有一隻動物正飛馳著越過湖面……牠跟獨角獸一樣會發光。哈利努力撐著不要昏過去，望著牠在到達對岸後慢跑著停下來。在那一刻，哈利在牠發出的光芒中，看到有某個人正站在那裡迎接牠……而且還伸手拍了拍牠……某個看起來出奇面熟的人……但這不可能啊……

哈利想不通這是怎麼回事，他再也無法思索了。他感到自己已用盡最後一絲力氣，他倒下來，頭撞到地上，昏死了過去。

21 妙麗的秘密

「真是驚人……太驚人了……他們沒死還真是個奇蹟……從來沒聽過這類的事……哎，說真的，幸好有你在那裡，石內卜……」

「謝謝你，部長。」

「我想你一定可以得到第二級梅林勳章，但要是我能效勞的話，我騙也要替你騙到第一級勳章。」

「真的是非常謝謝你，部長。」

「你這裡有一道很深的傷口……我想應該是布萊克的傑作吧？」

「事實上，這是波特、衛斯理和格蘭傑三個人的傑作……」

「**不會吧！**」

「布萊克對他們施了法術，這我一眼就看出來了。照他們的態度看來，那應該是一個『迷糊咒』。他們似乎認為布萊克可能是無辜的，他們根本沒辦法替自己的行為負責，但從另一個角度看來，他們的干擾，很有可能會讓布萊克再次脫逃……他們顯然是認為，光靠他們自己就可以獨力逮住布萊克。他們在這之前，已經逃過了很多次懲罰……我擔心這恐怕會讓他們自以為高人一等……當然啦，校長向來總是給波特許多額外的特權——」

「啊，這個呀，石內卜……哈利波特嘛，你也曉得……我們一碰到跟他有關的事情，難免會出現一些盲點。」

「不過——給他這麼多特殊待遇，就真的對他好嗎？我個人是盡量做到一視同仁，把他當普通學生看待。而其他學生要是讓朋友陷入這樣的危險，早就該被停學了——這是最起碼的處分。部長，你想想看，我們為了保護他，而採用了這麼多防範措施，結果他卻違反學校所有規定——在三更半夜溜出城堡，跑去跟狼人和謀殺犯混在一起——同時我有理由相信，他也曾經偷偷混進過活米村——」

「好了，好了……我們看看，石內卜，我們看看吧……這孩子的確是很傻氣……」

哈利緊閉著雙眼，躺在那裡靜靜傾聽。他感到極端虛弱乏力，他所聽到的話語，似乎要經過一段很長的時間，才能從耳朵傳達到大腦，所以他不太能理解那是什麼意思。他的四肢好像變成了鉛塊，他的眼瞼重得抬不起來……他只想躺在那裡，躺在這張舒服的床上，永遠永遠不要起來……

「最讓我吃驚的，就是那些催狂魔的行為……你真的不曉得牠們為什麼會撤退嗎，石內卜？」

「不曉得，部長。在我醒過來的時候，牠們已經開始退回入口處的崗位了……」

「這太反常了，但是布萊克、哈利還有那個女孩呢——」

「在我到達的時候，他們全都昏迷不醒。我自然是先把布萊克綁起來，封住他的嘴巴，再變出幾張擔架，將他們直接帶回城堡。」

接下來談話聲停頓了一會兒。哈利的腦筋似乎變得靈活了一些，但在同時，他的胃中卻出現一種彷彿有東西在咬的痛苦感覺……

他張開眼睛。

一切都顯得相當模糊，有人摘下了他的眼鏡。他現在是躺在黑暗的醫院廂房裡，他可以隱約辨識出，龐芮夫人現在正背對著他，站在病房最裡面，彎身俯向一張病床。哈利瞇眼細看，龐芮夫人的手臂下露出一簇榮恩的紅髮。

哈利躺在枕頭上轉過頭來，妙麗就躺在他右邊的病床上。月光灑落在她的床上，而她的眼睛也是張開的。她露出嚇呆的神情，當她看到哈利也已經醒過來時，她連忙豎起手指放在唇上，然後再指向醫院廂房的大門。大門半開半掩，而康尼留斯．夫子和石內卜的聲音正透過門縫，從外面的走廊上飄送進來。

龐芮夫人現在踏著輕快的步伐，越過黑暗的房間走向哈利的病床。哈利轉過來望著她，她拿著一個哈利這輩子見過最大塊的巧克力，那看起來簡直就像是一塊小岩石。

「啊，你們醒啦！」她輕快地說。她把巧克力放在哈利的床頭桌上，開始用小槌子把它敲開。

「榮恩還好吧？」哈利和妙麗一起問道。

「他死不了的，」龐芮夫人冷酷地說，「至於你們兩個呢……你們得在這待到我滿意為止——波特，你想幹什麼？」

哈利坐起來，戴上眼鏡，並撿起他的魔杖。

「我必須去見校長。」他說。

「波特，」龐芮夫人安撫地表示，「沒事了。他們已經抓到了布萊克，他現在就關在樓上，催狂魔馬上就會過來對他執行催狂魔之吻——」

「**什麼？**」

波特跳下床，妙麗也跟著照做，但他的叫喊聲卻已傳到外面的走廊，而在下一刻，康尼留斯．夫子和石內卜就一起走進了病房。

「哈利，哈利，這是怎麼啦？」夫子說，他的神情顯得相當焦急，「你應該待在床上啊——他吃過巧克力了嗎？」他擔心地詢問龐芮夫人。

「部長，請聽我說！」哈利說，「天狼星．布萊克是無辜的！彼得．佩迪魯根本就是假死！我們今天晚上看到他了！你不能讓催狂魔對天狼星做那種事啊，他是——」

但夫子卻搖搖頭，臉上露出淡淡的微笑。

「哈利，哈利，你現在頭腦很混亂，你剛才經歷過非常可怕的事情，現在快躺下來，我們已經全都控制住了……」

「**你們還沒有！**」哈利喊道，「**你們抓錯了人！**」

「部長，請聽我說，」妙麗說，她匆匆趕到哈利身邊，用懇求的目光望著夫子的面龐，「我也看到他了。他以前是榮恩的老鼠，他是一個化獸師呀，我是指佩迪魯，而且——」

「看到了吧，部長？」石內卜說，「兩個都變得腦筋混亂，是非不分啦……布萊克對他們施的咒術還真是成功呢……」

「**我們才沒有是非不分呢！**」哈利怒吼。

「部長！教授！」龐芮夫人生氣地說，「我必須請你們離開。波特是我的病人，千萬不能讓他心情沮喪呀！」

「我不是心情沮喪，我只是想要告訴他們事情的真相！」哈利憤怒地說，「要是他們肯聽的話——」

但龐芮夫人突然把一大塊巧克力塞進哈利嘴裡，哈利完全說不出話來，她趕緊抓住這個機會，把他推回床上。

「聽我說，**我拜託你們**，部長，這些孩子需要好好休養。請你們離開——」

大門再度敞開，這次是鄧不利多。哈利奮力把口中的巧克力嚥下去，再度站了起來。

「鄧不利多教授，天狼星．布萊克——」

「看在老天的份上！」龐芮夫人歇斯底里地說，「這裡到底是不是病房啊？校長，我必須──」

「我向妳道歉，帕琵，但我必須跟波特先生和格蘭傑小姐談一談，」鄧不利多平靜地表示，「我剛才跟天狼星．布萊克談過──」

「我想，他大概也跟你說了他灌輸給波特的那個天方夜譚吧？」石內卜啐道，「某個跟老鼠有關的故事，說什麼佩迪魯還活著──」

「布萊克確實是跟我這麼說的。」鄧不利多說，並透過他的半月形眼鏡仔細打量石內卜。

「那我的證詞就全都不算數嗎？」石內卜吼道，「彼得．佩迪魯並沒有出現在尖叫屋，而且我也看不出有任何他出現過的跡象。」

「那是因為你昏倒了，教授！」妙麗認真地表示，「你到的時候沒來得及聽到──」

「格蘭傑小姐，**妳給我閉嘴！**」

「好了，石內卜，」夫子吃驚地說，「這位小姐現在腦筋不太清楚，我們必須要體諒她呀──」

「我想跟哈利和妙麗私下談談，」鄧不利多突然開口說，「康尼留斯、賽佛勒斯、帕琵，請你們暫時離開一下。」

「校長！」龐芮夫人急促地說，「他們需要治療，他們需要休息啊──」

「這件事不能等，」鄧不利多說，「我很堅持。」

龐芮夫人噘著嘴，大步走向她位於病房盡頭處的辦公室，砰地一聲用力摔上房門。夫子察看他那懸掛在背心上的金色大懷錶。

「催狂魔現在應該快到了，」他說，「我這就去跟牠們會合。鄧不利多，我們樓上見吧。」

他走到門前，開門先請石內卜出去，但石內卜卻不肯移動腳步。

「你想必是不會相信布萊克的故事吧？」石內卜輕聲問道，目光緊盯著鄧不利多的面龐。

「我想跟哈利和妙麗私下談談。」鄧不利多又重複了一遍。

石內卜踏向鄧不利多。

「天狼星・布萊克在十六歲的時候，就顯示過他有殺人的傾向，」他悄聲說，「這你沒忘記吧，校長？你該不會忘記，他曾經想要殺死**我**吧？」

「我的記性就跟以前一樣好，賽佛勒斯。」鄧不利多平靜地說。

石內卜轉過身來，大步踏出那扇夫子仍開著等待他的房門。大門被關上，鄧不利多轉向哈利和妙麗，他們兩人立刻同時開口，七嘴八舌地搶著說個不停。

「教授，布萊克說的是實話——我們**看到了**佩迪魯——」

「——他在路平教授變成狼人的時候逃走了——」

「──他是一隻老鼠──」

「──佩迪魯的前爪，我是說他的手指，是他自己砍掉的──」

「──攻擊榮恩的是佩迪魯，不是天狼星──」

但鄧不利多卻舉起一隻手，制止住他倆滔滔不絕的解釋。

「現在輪到你們聽我說了，而我請你們不要打斷我，因為現在時間真的不多了。」他平靜地說，「除了你們兩個說的話之外，完全沒有證據可以證明布萊克的說詞──而兩名十三歲巫師的證詞，並不能讓人感到信服。有整條街的目擊證人，都曾發誓說他們親眼看到天狼星殺了佩迪魯。我自己也到魔法部做過證，告訴他們波特夫婦的守密人是天狼星。」

「但路平教授可以告訴你──」哈利控制不住自己，忍不住脫口而出。

「路平教授目前正躲在森林深處，完全沒辦法告訴任何人任何事。等到他恢復人形，時間就已經太遲了，那時天狼星將會變得比死還要慘。我要在此補充一句，我們這個世界非常不信任狼人，所以他的證詞其實也沒多大用處──再加上他跟天狼星又是老友──」

「可是──」

「**聽我說，哈利**。現在時間已經太遲了，你懂我的意思嗎？你想必也知道，石內卜教授對於事情經過的說詞，確實比你們要可信多了。」

「他恨天狼星啊，」妙麗不顧一切地說，「就只是因為天狼星跟他開過一個蠢玩笑——」

「天狼星的行為，實在也不像是個無辜的人。攻擊胖女士——帶著一把刀潛進葛來分多塔——要是找不到佩迪魯（不論他是死是活），我們就完全沒機會替天狼星翻案。」

「**但你相信我們**。」

「是的，我是相信，」鄧不利多平靜地說，「但我沒有能力讓其他人看清真相，也無法駁回魔法部的判決……」

哈利抬頭望著那張凝重的面孔，感到腳下的地面似乎在瞬間塌毀。他早就習慣把鄧不利多當作無所不能的救星，他原本以為，鄧不利多一定可以奇蹟似地想出某個神奇的解決方式，但他錯了……他們連最後一絲希望也破滅了。

「我們現在需要的，」鄧不利多緩緩表示，而他那淡藍的雙眼自哈利移到妙麗身上，「是更多的**時間**。」

「可是——」妙麗開口說。然後她突然雙眼圓睜地喊道：「**喔！**」

「現在注意聽我說，」鄧不利多說，他說得非常慢，也非常清楚，「天狼星就關在孚立維教授位於八樓的辦公室裡面，也就是西塔從右邊數過來的第十三個窗口。如果一切順利的話，你們今晚就能拯救一個以上的無辜生命。但你們兩個都要好好記住這一點，**你們絕對不能被人看到**。格蘭傑小姐，妳也知道規定——妳知道這關係到什麼……**你們——絕對——不能——被人——看到**。」

哈利完全搞不清這是怎麼回事。此時鄧不利多已急急轉身走開，但他在走到門前時，又再度回過頭來。

「我現在要把你們鎖起來，現在是——」他看看手錶，「差五分就到午夜十二點了。格蘭傑小姐，翻三次應該就夠了。祝你們好運。」

「祝我們好運？」哈利等鄧不利多一關上門，就喃喃重複，「翻三次？他到底在說什麼？我們究竟要幹嘛呀？」

但妙麗卻把手探進長袍領口中摸索，從裡面掏出一條又細又長的金鍊。

「哈利，過來，」她急促地說，「**快呀！**」

哈利一頭霧水地走到她身邊。她舉起鍊子，他看到上面掛著一個閃閃發光的小沙漏。

「過來——」

她也把鍊子套到哈利的脖子上。

「準備好了嗎？」她屏息問道。

「我們要幹嘛呀？」哈利一臉茫然地問道。

妙麗把沙漏翻轉過來，一連翻了三次。

黑暗的病房迅速溶解消失，哈利感到自己似乎是在高速往後飛翔。他耳邊轟然作響，身旁掠過一團朦朧的色彩光影。他想要大喊，但卻完全發不出聲音——然後他腳下又重新感覺到堅實的地面，而眼前的一切也再度變得清晰——他和妙麗並肩站在空盪盪的入口大廳，一道金陽自敞開的大門流瀉而入，灑落在鋪石地板上。他慌亂地轉頭望著妙麗，沙漏的金鍊緊勒住他的脖子。

「妙麗，什麼——？」

「走這裡！」妙麗一把抓住哈利的手臂，拉著他穿越大廳，走到一個掃帚櫥門前。她打開門，把他推到水桶和拖把中間，再跟著他一起擠進去，然後關上門。

「什麼——怎麼——妙麗，到底發生了什麼事？」

「我們回到了過去，」妙麗悄聲說，在黑暗中把金鍊從哈利脖子上取下來，「回到三個鐘頭以前……」

哈利伸手往自己大腿上狠狠掐了一下。痛死了，所以他不可能是在做怪夢。

「可是——」

「噓！你聽！有人來了！我想——我想那可能就是我們自己！」

妙麗把耳朵貼到櫥櫃門上。

「聽腳步聲是在走過大廳……沒錯，我想外面就是正要走去找海格的我們自己！」

「妳這是在告訴我，」哈利悄聲說，「我們現在雖然是躲在這櫥櫃裡，但我們同時也在外面走路嗎？」

「是啊，」妙麗說，她的耳朵依然緊貼著櫥門不放。「我確定那就是我們……聽起來就只有三個人……而且我們走得很慢，因為我們披著隱形斗篷——」

她突然閉上嘴，但仍在專注地傾聽。

「我們已經走下門前的石階了……」

妙麗坐到一個倒置的水桶上，顯得憂心忡忡，但哈利有幾件事非弄清楚不可。

「那個像沙漏的玩意兒，妳到底是從哪裡**弄來**的？」

「這叫時光器，」妙麗輕聲說，「是開學第一天麥教授給我的。我這一年來，完全是靠它才能去上所有的課。麥教授要我發誓不能告訴任何人，她寫了好多信給魔法部，才能讓我擁有一個時光器。她必須告訴他們，我是一個模範生，而我除了用來讀書之外，絕對不會拿它去做其他用途……我以前常把它轉回去，這樣時間就可以重來一遍，而這就是我為什麼能同時上好幾堂課的原因，懂了吧？可是……

「哈利，**我不懂鄧不利多到底要我們做什麼**。他為什麼叫我們回到三個鐘頭以前？這要怎樣才能幫助天狼星呢？」

哈利望著她藏在暗影中的面龐。

「我想在現在這段時間中，一定有某件他希望我們能去改變的事情，」他緩緩表示，「到底是什麼事呢？我們三個鐘頭前是去找海格……」

「現在**就是**三個鐘頭以前啊，而我們現在**正**走去找海格，」妙麗說，「我們剛剛才聽到我們自己走出去……」

哈利皺起眉頭，苦苦思索，感到自己好像快把腦汁給搾乾了。

「鄧不利多剛剛說──他剛剛說，我們可以拯救一個以上的無辜生命……」然後他腦中突然靈光一閃，「妙麗，我們要去救巴嘴！」

「可是──這又怎麼能幫助天狼星呢？」

「鄧不利多說──他只告訴我們窗口在哪裡──孚立維的辦公室窗口！他們就是把天狼星關在那裡！我們必須騎巴嘴飛到窗口去救天狼星！天狼星可以騎巴嘴逃走──他們兩個可以一起逃走！」

哈利只能隱約看見妙麗的面孔，但他仍可以看出她顯然非常害怕。

「我們這麼做一定會被人看到的，除非奇蹟出現！」

「好了啦，我們非試不可呀，對不對？」哈利說。他站起來，把耳朵貼到門上。

「聽起來外面好像沒人了……來吧，我們走──」

哈利推開掃帚櫥門，入口大廳空無一人。他們儘可能不發出任何聲音，用最快的速度奔出櫥櫃，跑下石階。地上的影子已開始拉長，禁忌森林樹梢又再次鍍上一層金色的光暈。

「要是有人從窗口往外看怎麼辦──」妙麗尖聲說，抬頭望著他們背後的城堡。

「我們快跑吧，」哈利斷然表示，「直接跑進森林裡去，好嗎？我們得躲在一棵樹或是其他東西後面，隨時注意偷看——」

「好，但我們最好是從溫室繞過去！」妙麗屏息說，「我們必須避開海格家的前門，要不然我們就會看見我們了，我們現在一定就快要走到海格家了！」

哈利還沒想清楚她這話是什麼意思，就開始拔足狂奔，妙麗緊跟在他的身後。他們飛奔越過菜園到達溫室，躲在後面停了一會兒，然後再重新出發，全速向前衝刺，繞過渾拚柳，奔向可以藏身的森林……

在安全躲進樹林的陰影後，哈利就轉過身來，沒過幾秒，妙麗也氣喘吁吁地跟了進來。

「好了，」她上氣不接下氣地說，「我們現在要偷偷走到海格家附近。小心別被人看到，哈利……」

他們開始沿著森林最邊緣默默穿越樹林，然後，就在他們瞥見海格家前門時，正好聽到門前傳來一陣敲門聲。他們趕緊躲到一根粗壯的橡木樹幹後面，分別從兩邊探頭朝外偷窺。海格出現在他家門口，看起來臉色發白且渾身打顫，並東張西望地尋找敲門的訪客，接著哈利就聽到他自己的聲音。

「是我們啦，我們穿了隱形斗篷。快讓我們進去，這樣我們才能把它給脫掉。」

「你們不應該過來的！」海格輕聲說。他退後一步，並立刻關上大門。

「這是我們做過最詭異的一件事。」哈利激動地說。

「我們再往前走幾步，」妙麗輕聲說，「我們必須離巴嘴近一點！」

他們悄悄穿越樹林，接著他們就看到在那南瓜田周圍的柵欄邊，拴著那頭緊張不安的鷹馬。

「現在就動手嗎？」

「不行！」妙麗說，「要是我們現在就把他偷走，那些委員會的人，一定會以為是海格把他放走的！我們必須等他們看到他拴在外面以後，才能展開行動！」

「這樣我們就只有大概六十秒的時間可用。」哈利說。這件事看來是越來越不可能成功了。

此時海格的小屋中響起一陣瓷器摔碎的聲音。

「那是海格打破牛奶罐的聲音，」妙麗輕聲說，「我馬上就要找到斑斑了——」

果然沒錯，幾分鐘後，他們就聽到妙麗驚訝的尖叫聲。

「妙麗，」哈利突然開口說，「要是我們——我們就這樣跑進去，抓住佩迪魯——」

「不行呀！」妙麗用一種驚恐的耳語說，「難道你還不懂嗎？我們現在違反了一條最嚴重的巫師法律欸！沒有人可以去改變時間，絕對不能！你自己也聽到鄧不利多說的話，要是我們被人看到——」

「但我們只會被我們自己和海格看到呀！」

「哈利，要是你看到你自己突然闖進海格的小屋，你心裡會怎麼想呢？」妙麗說。

「我——我會以為自己發瘋了，」哈利說，「要不然就是有人施了黑魔法——」

「**完全正確**！你難道不明白嗎，你說不定還會攻擊你自己咧！懂了吧？麥教授跟我說了一大堆關於巫師擾亂時間所導致的可怕後果……有很多人最後都不小心殺死了他們過去或是未來的自己！」

「好啦！」哈利說，「這只是一個想法嘛，我只是覺得——」

但此時妙麗卻用手肘頂了他一下，並伸手指向城堡。哈利把頭往旁邊挪了幾吋，好看清遠方的城堡大門。鄧不利多、夫子、那名老委員和劊子手麥奈，正在走下前門石階。

「我們就快要出來了！」妙麗低聲說。

果真沒錯，過了一會兒，海格家的後門就忽地敞開，哈利看到他自己、榮恩和妙麗跟著海格走了出來。他躲在樹後面，望著站在南瓜田裡的自己，而這無疑是他這輩子經歷過最古怪的一種感覺。

「沒事，嘴嘴，沒事的……」海格對巴嘴說。然後他轉身望著哈利、榮恩和妙麗，「走吧，快走。」

「海格，我們不能——」

「我們會把真相告訴他們——」

「他們不能殺他呀——」

「走！已經夠糟了，你們別再惹上麻煩！」

哈利看到南瓜田中的妙麗，伸手將隱形斗篷罩到他自己和榮恩頭上。

「快走，不要聽……」

海格家前門傳來一陣敲門聲，行刑隊伍已經到達。海格轉身走回他的小木屋，但他並未把後門關上。哈利看到小木屋周圍的草坪上，出現了一片片有東西壓過的痕跡，並聽到三雙腿逐漸遠去的腳步聲。榮恩、妙麗和他自己已經走了……但藏在樹林中的哈利和妙麗，現在卻可以透過半開的後門，聽到屋中的交談聲。

「那個畜生在哪裡？」麥奈冷漠的聲音說。

「外——外面。」海格嗄聲說。

窗口出現麥奈的面孔，他望著外面的巴嘴，嚇得哈利連忙把頭縮回去。接著他們就聽到夫子的聲音。

「我們——呃——必須向你宣讀正式行刑通告，海格。我會盡量念快一點，然後你和麥奈必須在上面簽名。麥奈，你也應該過來一起聽，這是必要程序——」

麥奈的面孔自窗口消失，要是錯過現在，就再也沒有機會動手了。

「妳在這裡等，」哈利輕聲告訴妙麗，「我去。」

當夫子的聲音再度響起時，哈利就從樹後衝出來，越過柵欄，跳進南瓜田，朝巴嘴走去。

「**危險生物處分委員會已做出判決，鷹馬巴嘴，此後簡稱為死囚，已定於六月六日日落時分處斬——**」

哈利硬撐著不要眨眼，再一次抬頭注視巴嘴兇猛的橘眼，然後向牠鞠了一個躬。巴嘴那對布滿鱗片的膝蓋跪到地上，接著再站了起來。哈利開始摸索著解開那條把巴嘴拴在柵欄上的繩索。

「……**判決斬首處死，由委員會指派的劊子手瓦頓．麥奈負責執行**……」

「來吧，巴嘴，」哈利低聲說，「過來啊，我們是來救你的。小聲一點……小聲一點……」

「……**特此簽名作證**。海格，你在這裡簽名……」

哈利用全身的力量拉動繩子，但巴嘴卻用前爪緊抓著地面不放。

「好了，我們快點把這件事兒給解決掉吧，」老委員尖細的嗓音從海格的小屋中飄送出來，「海格，也許你待在裡面比較好——」

「不，我想陪著他……我不想讓他孤零零的……」

小木屋中響起一陣迴音裊裊的腳步聲。

「**巴嘴，快動啊！**」哈利噓聲說。

哈利奮力扯動巴嘴脖子上的繩索。鷹馬開始暴躁地拍動翅膀，往前走去。他們離森林還有十呎遠，只要有人往木屋後門外瞥上一眼，就可以清楚地看到他們。

「請等一下，麥奈，」屋中傳來鄧不利多的聲音，「你也必須簽名。」腳步聲停止了。哈利下死勁拉動繩索，巴嘴咯咯咬動鳥嘴，總算走得比剛才快了一些。

妙麗慘白的面孔從樹後探了出來。

「哈利，快點！」她用唇語說。

哈利依然可以聽到鄧不利多在小木屋中的說話聲，他又狠狠拉了一下繩子，巴嘴心不甘情不願地開始小跑步，他們已到達樹林了。

「快！快呀！」妙麗呻吟地說，並從樹後衝出來，一把抓住繩子，也開始用盡全身的力量往前拉，逼巴嘴再走快一些。哈利回過頭來，發現他們現在已被樹林遮住了，而他完全看不見海格的庭院。

「停！」他輕聲對妙麗說，「他們說不定會聽見——」

海格的後門已砰地一聲敞開。哈利、妙麗和巴嘴靜靜站著不動，甚至連這隻鷹馬似乎都在專心傾聽。

沒有聲音……然後——

「牠在哪裡呀？」傳來老委員尖細的嗓音，「那隻畜生在哪裡呀？」

「牠本來是拴在這裡的！」劊子手憤怒地說，「我剛才有看到牠！就在這裡！」

「真是太離奇了。」鄧不利多說，他的嗓音隱隱透出一絲笑意。

「嘴嘴！」海格啞著嗓子喊道。

接著響起一陣咻咻風聲和斧頭砍落的聲音，劊子手似乎在盛怒中揮斧砍向柵欄。然後傳來一陣哭嚎，這次他們聽到了海格抽抽噎噎的說話聲。

「走了！走了！上天保佑他的小嘴兒，他**走**了！一定是他自己掙脫的！嘴嘴，你這孩子真是太聰明了！」

巴嘴開始拉緊繩子，掙扎著想要回到海格身邊。哈利和妙麗手裡使勁，腳跟用力頂著地面，努力撐著不讓牠跑走。

「有人放走了牠！」劊子手在怒吼，「我們應該立刻搜遍校園、搜遍森林——」

「麥奈，如果巴嘴真的是被人偷走的，你以為那個小偷還會需要走路嗎？」鄧不利多說，他的聲音依然帶著一絲笑意，「如果真要搜的話，就搜搜天空吧……海格，我需要喝杯茶，或是一大杯白蘭地。」

「沒——沒問題，教授，」海格，他聽起來高興得有點虛脫了，「進來，進來吧……」

哈利和妙麗仔細傾聽。他們聽到腳步聲、劊子手的輕聲咒罵，和一聲關門聲，接著又再度安靜下來。

「現在要怎樣？」哈利東張西望地輕聲問道。

「我們必須躲在這裡，」妙麗說，她看起來非常害怕，「我們得先等他們回到城堡，然後我們還要在這裡多待一會兒，等到真正安全以後，才能騎巴嘴飛到天狼星的窗口。他大概還要再過一、兩個鐘頭才會被關到那裡……喔，事情好像越來越困難了……」

她緊張地回頭望著森林深處，現在太陽已開始西沉了。

「我們還是要先往前走一段路，」哈利努力思索，「我們必須看到渾拚柳，才能知道事情的進展。」

「那好吧，」妙麗握緊巴嘴的繩索，「但我們絕對不能被人看到，哈利，你可千萬不能忘記……」

他們沿著森林邊緣往前走去，夜幕迅速落下，黑暗籠罩在他們四周，而最後他們終於順利躲到一叢樹林後面，在這裡他們可以透過枝椏看到渾拚柳。

「榮恩來了！」哈利突然說。

一個黑影正飛奔越過草坪，牠的喊叫聲劃破沉寂的夜空，激起裊裊迴音。

「離他遠一點——滾開——斑斑，到**這裡**來——」

然後他們看到又有另外兩個黑影突然冒了出來。哈利看到他自己和妙麗在追趕榮恩，接著他看到榮恩往前一撲。

「**抓到你了**！滾開，你這可惡的臭貓——」

「天狼星出現了！」哈利說。一個龐大的狗影自渾拚柳根部一躍而出，他們看到牠把哈利撲倒，接著又攫住榮恩……

「從這裡看比剛才還要恐怖，對不對？」哈利說，望著那隻狗把榮恩拖進樹根，「哎喲——我剛才被樹狠揍了一下——妳也一樣——這真是太**詭異**了——」

渾拚柳發出咯吱咯吱的聲音，兇猛地揮舞低處的枝椏。他們可以看到他們自己不停閃來躲去，努力想要竄到樹根那邊，然後那棵樹突然靜止下來。

「現在是歪腿按了樹瘤。」妙麗說。

「我們走過去了……」哈利低聲說，「我們已經鑽進去了。」

他們的身影一消失，樹就又立刻開始舞動。才過幾秒，他們就聽到一陣相當接近的腳步聲。鄧不利多、麥奈、夫子和老委員正在走回城堡。

「他們就剛好在我們鑽進密道之後走過來！」妙麗說，「**要是**鄧不利多當初也跟我們一起進去就好了……」

「那麼麥奈和夫子也會跟著一起進來，」哈利冷酷地說，「而我可以跟妳打包票，夫子一定會叫麥奈把天狼星就地正法……」

他們望著那四個男人爬上城堡石階，然後失去蹤影。接下來有好幾分鐘都沒有任何人出現，然後——

「路平來了！」哈利說，他們看到另一個人影衝下石階，狂奔著跑向渾拚柳。哈利抬頭望著天空，月亮已完全被雲層遮住。

他們看到路平從地上撿起一根樹枝，朝樹瘤戳了一下。樹立刻停止攻擊，接著路平同樣也鑽進了樹根裂縫。

「要是他把隱形斗篷撿起來就好了，」哈利說，「它就放在地上……」

他轉頭望著妙麗。

「要是我現在趕快衝過去把它撿起來，石內卜就拿不到它了，而且——」

「哈利，**我們絕對不能被人看到啊！**」

「我真搞不懂妳怎麼能受得了？」他氣勢洶洶地質問妙麗，「就只是站在這裡，眼睜睜地看著事情發生？」他遲疑了一會兒，「我不管，我就是要去拿我的隱形斗篷！」

「哈利，**不行呀！**」

妙麗及時從背後揪住哈利的長袍，他們就在此時聽到了一陣歌聲。那是海格，他正扯著喉嚨放聲高歌，踉踉蹌蹌地往城堡的方向走去，他的手裡晃著一個大酒瓶。

「**你看吧？**」妙麗輕聲說，「**你知道會發生什麼樣的事了吧！**我們一定要躲在別人看不見的地方！**不要這樣，巴嘴！**」

鷹馬又開始狂亂地掙扎，想要跑去找海格，哈利也趕緊握住繩子，用力把巴嘴拉回來。他們看到海格步履蹣跚、東搖西晃地走上城堡。他的身影一消失，巴嘴就停止掙扎，難過地垂下頭來。

還不到兩分鐘，城堡大門又忽地敞開，石內卜飛也似地衝出大門，奔向渾拚柳。

當他們看到石內卜在樹邊停下來，探頭探腦地四處張望時，哈利忍不住握緊了拳頭。石內卜抓住隱形斗篷，湊到面前細看。

「少用你的髒手去碰它。」哈利低聲怒吼。

「噓！」

石內卜撿起路平剛才用來止住渾拚柳的樹枝，往樹瘤上戳了一下，然後他就披上隱形斗篷消失了。

「好了，」妙麗輕輕說，「大家全都鑽進去了……現在只要等我們再走出來就行了……」

她抓起巴嘴的繩索，牢牢綁在最近的一棵樹上，再坐到乾燥的地面上，用雙手抱住膝蓋。

「哈利，我有些事情想不通……為什麼催狂魔沒對天狼星下手呢？我記得牠們圍過來，接著我好像就昏倒了……牠們實在太多了……」

哈利同樣也坐下來，開始述說他當時看到的情形，告訴她在離他最近的一隻催狂魔，把嘴湊到他自己唇邊時，忽然有一團龐大的銀色物體疾馳奔過湖面，逼得催狂魔全數撤退。

在哈利講完時，妙麗的嘴巴不禁微微張開。

「但那到底是什麼東西呀？」

「世上只有一種東西能把催狂魔趕走，」哈利說，「那就是一個真正的護法，一個強大的護法。」

「但那是誰變出來的呢？」

哈利什麼也沒說，他想起他在湖對岸看到的那個人。他知道自己心裡早已認定他是某個人……但這怎麼**可能**呢？

「難道你沒看清楚他是長什麼樣子嗎？」妙麗熱切地追問，「是我們的一位老師對不對？」

「不是，」哈利說，「他不是老師。」

「他能把催狂魔全都趕走，那他一定是一位非常厲害的巫師……那個護法發出的光不是很強嗎，那應該把他照得清清楚楚呀？難道你沒看到——？」

「沒錯，我是有看到他，」哈利緩緩答道，「可是……也許這只是我的想像……我那時候頭腦不太清楚……我接下來就昏倒了……」

「**你覺得那是誰**？」

「我覺得——」哈利嚥了一口口水，他自己也知道他現在要講的話有多麼奇怪，「我覺得那是我爸。」

哈利抬頭瞄了妙麗一眼，看到她的嘴巴已大大張開。她用一種既驚訝又同情的目光凝視著他。

「哈利，你的爸爸已經——嗯——**死了**。」她小聲說。

「這我知道。」哈利立刻接口說。
「你認為你是看到了他的幽靈？」
「我不曉得……不是……他不是透明的……」
「那麼——」
「也許這只是我自己的幻覺，」哈利說，「可是……照我看來……那真的是很像他……我有他的照片……」
妙麗依然緊盯著他，似乎擔心他是不是突然發瘋了。
「我自己也知道這聽起來很離譜。」他斷然表示。他轉頭望著巴嘴，這頭鷹馬正把嘴戳進泥巴裡，顯然是在找蟲吃，但他其實並不是真的在看巴嘴。
他正在想他父親的事情，還有他父親的三名老友……月影、蟲尾、獸足和鹿角……他們四人今晚是否全都來到了校園？大家都以為蟲尾死了，但蟲尾卻在今天傍晚再度現身——難道他父親就不可能也是同樣假死嗎？他在湖對岸看到人影，真的只是一種幻覺嗎？雖然他距離太遠看不清楚……但在他失去意識前的那一刻，他曾感到如此確定……
微風將他們頭上的樹葉吹得沙沙輕響，月光在流動的雲層後忽隱忽現。妙麗仰臉望著渾拚柳，靜靜等待。
在等了一個多鐘頭後，終於……
「我們出來了！」妙麗輕聲說。

她和哈利站起來，巴嘴也抬起頭來。他們看到路平、榮恩和佩迪魯三人，從樹根洞笨拙地爬出來，然後昏迷不醒的石內卜身形詭異地飄了出來。最後哈利、妙麗跟布萊克也出現了，他們全都開始往城堡的方向走去。

哈利的心怦怦狂跳，他抬頭朝天空瞥了一眼。現在雲層馬上就會散開，顯露出後方的月亮……

「哈利，」妙麗低聲說，她好像知道他心裡在打什麼主意，「我們必須乖乖待在這裡，千萬不能輕舉妄動啊。我們絕對不能被人看見，而且我們什麼也不能做……」

「所以我們又要眼睜睜地放佩迪魯逃走了……」哈利小聲說。

「現在這麼黑，你怎麼可能找得到一隻老鼠？」妙麗厲聲說，「我們什麼也不能做呀！我們回到過去，只是為了要救天狼星，其他我們什麼都不能做！」

「**好啦！**」

月亮從雲層後探出頭來，他們眼前那群正在穿越校園的小人影停了下來，然後他們看到前方出現了一陣騷動——

「路平開始發作了，」妙麗輕聲說，「他正在變形——」

「妙麗！」哈利突然開口說，「我們必須走！」

「不行呀，我不是一直告訴你——」

「我又不是要去干涉過去的事情！但路平就快要跑進森林裡來了，正好直接跑到我們這裡！」

妙麗倒抽了一口氣。

「快呀！」她呻吟道，趕緊衝過去解開巴嘴的繩索，「快呀！我們要跑去哪裡？我們要躲在哪裡？催狂魔馬上就要來了——」

「回海格家！」哈利說，「現在那裡沒人在——走吧！」

他們用最快的速度往前狂奔，巴嘴用小跑步緊跟在他們後面。他們可以聽到狼人在他們背後嚎叫……

小木屋出現在他們眼前，哈利收步停在門前，猛然拉開大門，接著妙麗和巴嘴就飛也似地衝過他的身邊，哈利連忙跟在他們後面跑進去，再迅速拴上房門。獵豬犬牙牙在大聲狂吠。

「噓，牙牙，是我們啦！」妙麗說，並趕緊跑過去搔牠的耳朵，讓牠安靜下來，「好險！」她對哈利說。

「沒錯……」

哈利望著窗外，但這裡沒辦法看清外面的狀況。巴嘴似乎很高興能回到海格的房子，牠躺在爐火前，心滿意足地收起翅膀，似乎是準備好好打個盹兒。

「我看我最好還是再到外面去，妳知道，」哈利緩緩表示，「在這裡看不清外面的狀況——這樣我們根本不曉得該在什麼時候動手——」

妙麗抬起頭來，她露出懷疑的表情。

「我絕對不是想去干涉過去的事情，」哈利連忙表示，「但我們要是看不到事情的進展，那我們怎麼會曉得，該在什麼時候去救天狼星呢？」

「嗯……那好吧……我跟巴嘴待在這裡等你……可是哈利，拜託你小心一點──那裡有一頭狼人哪──而且還有催狂魔──」

哈利再度踏出門外，慢慢繞過木屋。他可以聽到遠方傳來的狗吠聲，那表示催狂魔正在包圍天狼星……他和妙麗就快要跑去找天狼星了……

哈利凝神望著湖泊，而他的心不禁如戰鼓般地咚咚狂響。那個派護法過來救他的人，現在馬上就要出現了。

哈利站在海格門前，猶豫了一剎那。**你絕對不能被人看到**。但他並不是想被人看到，他是自己想要去看……他必須弄清楚……

然後他看到了催狂魔，牠們在黑暗中從四面八方冒出來，沿著湖岸滑行……牠們開始飄離哈利所在的位置，滑向湖對岸……這樣他就不必太靠近牠們……

哈利開始往前跑去，腦中只想到他的父親，完全容不下其他任何念頭……如果那是他的話……如果那真的是他的話……他必須弄清楚……必須找到真相……

湖泊逐漸逼近眼前，但依然看不到一個人影。他可以看到湖對岸出現一團細小的銀光──那是他自己變出的不成形護法──

湖水邊有一叢灌木。哈利撲到灌木叢後面，焦急地透過葉縫朝外細看。對岸的銀光突然熄滅，一陣既興奮又害怕的感覺竄遍他的全身——現在就快要出現了——

「快點！」他東張西望地喃喃自語，「你在哪裡呀？爸，快點呀——」

但並沒有人出現。哈利抬起頭，望著對岸那圍成一圈的催狂魔，而其中一個催狂魔正在拉下牠的斗篷帽。現在救星應該出現了——但這次並沒有人前來解救他——

接著他腦中突然靈光一閃——他明白了。他看到的並不是他的父親——他看到的其實是**他自己**——

哈利從灌木叢後跳出來，掏出魔杖。

「**疾疾，護法現身！**」他吼道。

他的魔杖頂端這次射出的並不是一團不成形的霧雲，而是一頭光芒四射、令人目眩的銀色動物。他瞇起眼睛，想要看清牠到底是什麼動物。牠看起來像是一匹馬，牠輕悄無聲地自他身邊掠過去，飛奔越過湖面。他看到牠垂下頭來，朝群聚的催狂魔發動攻擊……現在牠繞著地上那堆黑影飛快地兜圈子，催狂魔立刻節節敗退，四分五裂地沒入黑暗中消失……牠們走了。

護法轉過身來，牠慢跑越過寂靜無波的水面，奔回哈利身邊。牠並不是一匹馬，牠也不是一隻獨角獸，牠是一頭雄鹿。牠發出如月光般明亮的光芒……牠正在奔回他的身邊……

牠在湖邊停下腳步。當牠用那對銀色大眼睛凝視哈利時，牠的四蹄並未在柔軟的土地上留下任何痕跡。牠緩緩垂下牠那長著叉角的頭顱，哈利明白了……

「**鹿角**。」他輕聲說。

但當他用顫抖的指尖伸向那頭生物時，牠就立刻消失了。

哈利站在那裡，一手依然伸向前方。接著他聽到背後響起一陣蹄聲，他的心不禁猛然一震——他急急轉身，卻看到妙麗拉著巴嘴朝他衝過來。

「**你做了什麼**？」她兇巴巴地質問，「你明明說你只是出來看看狀況！」

「我剛才救了我們大家的命……」哈利說，「快到這裡來——躲到灌木叢後面——我會跟妳解釋清楚。」

妙麗在聆聽剛才發生的事情時，又忍不住再度張開嘴巴。

「有人看到你嗎？」

「有啊，妳到底有沒有在聽呀？**我**看到了我自己，可是我以為那是我爸！沒事的啦！」

「哈利，我真不敢相信——你竟然可以變出一個把所有催狂魔全都趕走的護法！那可是非常、**非常**高深的魔法欸……」

「我知道我這次可以辦得到，」哈利說，「因為我已經做過一次了……這樣可以說得通嗎？」

「我不曉得——哈利，你看石內卜！」

他們一起從灌木叢邊探出頭來，凝神望著湖對岸。石內卜已恢復知覺了。他變出了好幾個擔架，再把哈利、妙麗和布萊克癱軟的黑影一一搬上去。他的身旁還有另一個浮在空中的擔架，而榮恩想必就躺在上面。接著他就把魔杖舉向前方，驅使擔架飄向城堡。

「好，現在時間差不多了，」妙麗緊張地說，並低頭看看手錶，「在鄧不利多鎖上醫院廂房以前，我們還有大概四十五分鐘的時間。我們必須趕在有人發現我們不見之前，救出天狼星，再重新返回病房……」

他們靜靜等待，望著倒映在湖中的浮動雲彩，傾聽灌木叢在微風中的細語呢喃。巴嘴大概是覺得無聊，又開始低頭找蟲子吃。

「你覺得他現在到底上去了沒？」哈利看著手錶說。他抬頭望著城堡，開始從西塔右邊的第一個窗口數過去。

「你看！」妙麗輕聲說，「那是誰？有人從城堡裡走出來！」

哈利在黑暗中凝神細看。那個人正急匆匆地越過校園，走向其中一個出入口。他皮帶上有某個東西閃出一道光芒。

「是麥奈！」哈利說，「那個劊子手！他正跑去叫催狂魔過來！就是現在了，妙麗——」

妙麗雙手攀住巴嘴的背，哈利扶她爬上去。接著他就一腳踩上一根低處的灌木枝椏，爬到她前面坐好。他把巴嘴的繩子拉到脖子後面，綁在項圈的另一邊繫好，把它變成了一條克難韁繩。

「準備好了嗎？」他低聲詢問妙麗，「妳最好是抓緊我——」

他用腳後跟輕頂巴嘴的腹側。

巴嘴展翅飛向漆黑的夜空。哈利用膝蓋夾住巴嘴的腰窩，感覺到那對巨大的翅膀正在他膝邊奮力拍動。妙麗緊抱住哈利的腰，他可以聽到她在不斷地喃喃自語：「喔，不要——我不喜歡這樣——喔，我**真的**不喜歡這樣——」

哈利駕著巴嘴往前飛馳，他們朝城堡高樓的方向輕輕滑翔過去……哈利用力扯動左邊的繩子，巴嘴立刻轉向。哈利努力數著那些從他們身邊迅速掠過去的窗口……

「停！」他說，並用全身力氣往後拉動韁繩。

巴嘴開始減速，接著他們就「停」了下來，只不過巴嘴為了停在半空中，必須不停地拍動翅膀，因此他們事實上是隨著翅膀拍動而變得忽高忽低，在上下幾呎處起起落落。

「他在那裡！」哈利說。他在他們上升時，在窗戶邊瞥見了天狼星。他伸出手來，等巴嘴翅膀一落下去，就用力敲窗玻璃。

布萊克抬起頭來，哈利看到他的嘴巴大大張開。他從椅子上一躍而起，衝到窗戶邊想要打開它，但窗戶上了鎖。

「退後一點！」妙麗對他喊道，接著她就掏出魔杖，但她的左手依然緊抓著哈利背後的長袍。

「阿咯哈呣啦！」

窗戶應聲敞開。

「怎麼——**怎麼會**——？」布萊克望著鷹馬虛弱地說。

「快騎上來——沒多少時間了，」哈利說，用兩手緊抓著巴嘴光滑的脖子，讓牠穩住別動，「你必須離開這裡——催狂魔就快要來了。麥奈已經去叫牠們了。」

布萊克雙手分別抓住窗框兩端，撐著將頭和肩膀探出窗戶。幸好他非常瘦，在短短幾秒內，他就一腳跨上巴嘴的背脊，爬到鷹馬身上，在妙麗身後坐好。

「好了，巴嘴，往上飛！」哈利抖動繩索說，「飛到塔上——快呀！」

鷹馬振翅一飛，他們再度竄向高空，飛到西塔頂端。巴嘴喀噠一聲降落在城垛上，哈利和妙麗立刻爬下來。

「天狼星，你最好趕快走，」哈利喘著氣說，「他們就快要到孚立維的辦公室去了，他們馬上就會發現你已經不見了。」

巴嘴用爪子刨抓地面，昂起牠那靈活的頭顱。

「另一個男孩沒事吧？我是說那個榮恩？」天狼星急切地問道。

「他沒事的——他現在還在昏迷，但龐芮夫人說她會讓他好起來。快點——快走啊！」

但布萊克依然低頭望著哈利。

「我要怎樣才能感謝——」

「快走！」哈利和妙麗齊聲喊道。

布萊克駕著巴嘴掉過頭來，仰頭望著開闊的天空。

「我們會再碰面的，」他說，「你真——你真不愧是你父親的兒子，哈利……」

他用腳後跟往巴嘴的腹側夾了一下，那對巨大的翅膀再度揚起，哈利和妙麗連忙跳向後方……鷹馬展翅飛向天空……哈利目送他們離去，鷹馬和騎士的身影變得越來越小……然後一片雲彩緩緩飄過月亮……他們真的走了。

22 貓頭鷹郵件再現

「哈利！」

妙麗扯著他的袖子，並低頭望著錶說：「我們現在只剩下十分鐘的時間，我們必須在沒人看到我們以前趕回醫院廂房——鄧不利多就快要把門鎖上了——」

「好，」哈利說，斷然收回望向天空的視線，「我們走……」

他們悄悄從後面的門溜進去，走下一條狹窄的螺旋石梯。他們一走到樓梯下面，就聽到一陣說話聲。他們貼在牆壁上靜靜傾聽，那聽起來好像是夫子和石內卜的聲音。這兩人此刻正沿著螺旋梯下面的通道，朝他們迅速走來。

「……現在只希望鄧不利多不要提出異議，」石內卜在說，「就快要執行催狂魔之吻了嗎？」

「等麥奈跟催狂魔一到，就立刻開始執行。這整個布萊克事件，真是把我們給整得灰頭土臉。我真恨不得馬上通知《預言家日報》，說我們終於逮到他了……我想他們一定會想要採訪你的，石內卜……等到小哈利的腦筋恢復正常，他一定也會想把你救他的經過，一五一十地告訴《預言家日報》……」夫子說道。

哈利氣得咬牙切齒，在石內卜和夫子走過他和妙麗兩人的藏身處時，哈利瞥見了石內卜臉上的得意笑容。他們的腳步聲漸漸遠去，哈利和妙麗先等了一會兒，確定他們真的走了以後，就開始朝相反的方向跑過去。他們跑下一道樓梯，接著又奔下另一條階梯，再沿著新出現的走廊往前狂奔——然後他們聽到前方傳來一陣咯咯奸笑。

「是**皮皮鬼**！」哈利低聲說，一把抓住妙麗的手腕，「到這裡來！」

他們及時衝進左手邊一間無人的教室。皮皮鬼似乎正精神亢奮地沿著走廊蹦蹦跳跳，一面還呵呵哈哈地笑得死去活來。

「喔，他真是恐怖，」妙麗把耳朵貼在門邊輕聲說，「我想他會這麼興奮，完全是因為天狼星就快要被催狂魔給解決掉了……」她低頭看錶，「只剩三分鐘了，哈利！」

他們等皮皮鬼幸災樂禍的笑聲在遠方消失之後，就悄悄溜出教室，再度開始拔足狂奔。

「妙麗——要是我們沒辦法——趕在鄧不利多鎖門前——回到裡面的話——那會怎麼樣呢？」哈利氣喘吁吁地問道。

「這我連想都不敢想！」妙麗呻吟道，又低頭看看錶，「只剩一分鐘了！」

現在他們已到達醫院廂房大門那條走廊的入口。「好了——我現在可以聽到鄧不利多的聲音了，」妙麗緊張地說，「走吧，哈利！」

他們躡手躡腳地沿著走廊往前走去，醫院大門忽地敞開，鄧不利多的背影出現在門口。

「我現在要把你們鎖起來，」他們聽到他說，「現在是——差五分就到午夜十二點了。格蘭傑小姐，翻三次應該就夠了。祝你們好運。」

鄧不利多倒退走出房間，帶上房門，然後掏出魔杖，準備施展魔法將房門鎖上。哈利和妙麗嚇得驚慌失措，連忙快步往前跑去。鄧不利多抬起頭來，而他的銀色長髯下立刻綻放出一個掩蓋不住的燦爛笑容。「怎麼樣？」他沉著地問道。

「我們辦到了！」哈利屏息說，「天狼星已經騎著巴嘴逃走了……」

鄧不利多笑吟吟地望著他們。

「做得好。我想——」他凝神傾聽醫院廂房中的動靜，「沒錯，我想現在你們也已經走了。進去吧——我來替你們上鎖——」

哈利和妙麗悄悄溜回病房，裡面只有榮恩一個人，他依然一動也不動地躺在最裡面的病床上。當門鎖在他們身後喀噠一聲鎖起時，哈利和妙麗已經溜回床上，妙麗正忙著把時光器塞進長袍。在下一刻，龐芮夫人就走出辦公室，朝他們大步走來。

「校長走了是吧？現在總該准我來照顧病人了吧？」

她的情緒非常壞，所以哈利和妙麗覺得自己最好還是識相一點，乖乖把她給的巧克力吞進肚子裡去。龐芮夫人站在一旁監視，好確定他們真的有把巧克力吃進去，但哈利卻感到難以下嚥。他和妙麗都在默默等待、傾聽，並感到心情極度焦躁不安……當他們從龐芮夫人手裡接下第四片巧克力時，終於聽到從樓上遠處傳來一陣餘音裊裊的憤怒咆哮……

「那是什麼聲音？」龐芮夫人驚慌地問道。

現在他們可以清楚聽到一陣生氣的說話聲，而且聲音變得越來越大。龐芮夫人目不轉睛地望著門口。

「真是的──這樣會把大家全都吵醒！他們到底在幹什麼呀？」

哈利努力想聽清楚他們在說些什麼，他們的聲音越來越近了──

「他一定用了消影術，賽佛勒斯，我們應該派個人在房間裡和他在一起的。消息一洩漏出去……」

「**他不是用消影術！**」石內卜怒吼，現在聲音非常接近了，「**你絕對不可能在這座城堡裡施展現影術或是消影術！這件事──必然──是波特──搞的鬼！**」

「賽佛勒斯──你理智一點──哈利一直被鎖在病房裡呀──」

砰。

醫院廂房的大門猛然敞開。

夫子、石內卜和鄧不利多大步踏進病房，但其中只有鄧不利多一人維持平靜的表情。事實上，他甚至還露出一副自得其樂的模樣。夫子怒容滿面，但石內卜卻氣得發狂。

「**招供吧，波特！**」他吼道，「**你到底做了什麼？**」

「石內卜教授！」龐芮夫人尖叫道，「請你放尊重一點！」

「聽我說，石內卜，你要講理呀。」夫子說，「這扇門是鎖上的，我們剛才都看到啦——」

「**就是他們放他逃走的，我心裡清楚得很！**」石內卜指著哈利和妙麗大吼道。他的面孔扭曲，口水狂灑而下。

「給我鎮定一點，男人！」夫子厲聲喝道，「你根本是在胡說八道！」

「**你不了解波特這傢伙！**」石內卜尖叫，「**是他搞的鬼，我知道就是他搞的鬼**——」

「夠了，賽佛勒斯，」鄧不利多平靜地表示，「你自己想想看，你說的話到底合不合理。我在十分鐘前離開病房以後，這扇門就一直是鎖上的。龐芮，這幾個學生有下過床嗎？」

「當然沒有！」龐芮夫人憤怒地說，「在你走了以後，我就一直待在他們身邊！」

「好，這不就結了，賽佛勒斯。」鄧不利多平靜地說，「你該不會是說，哈利和妙麗會分身，可以同時出現在兩個不同的地方吧。我實在看不出，我們還有什麼理由再待在這裡打擾他們。」

石內卜怒沖沖地站在那裡，目光從被他惡劣態度嚇到的夫子，移向雙眼在鏡片後閃閃發亮的鄧不利多。石內卜咻地一擺長袍，急急轉過身去，悻悻然地衝出病房。

「這傢伙心理不太平衡，」夫子望著他的背影說，「我要是你的話，我一定會特別提防他，鄧不利多。」

「喔，他並不是心理不平衡，」鄧不利多平靜地說，「他只是太失望了。」

「失望的又不只是他一個人！」夫子氣呼呼地說，「《預言家日報》今天會樂歪了！我們逮住了布萊克，結果又讓他從指縫裡溜走！現在要是那頭鷹馬脫逃的消息再曝光的話，我就會變成活生生的笑柄！好了……我最好趕快去通知部裡的人……」

「那催狂魔呢？」鄧不利多說，「我想牠們現在總該撤出學校了吧？」

「喔，當然啦，牠們非走不可。」夫子心煩意亂地抓抓頭髮，「真沒想到，牠們竟然會用催狂魔之吻來對付一個無辜的孩子……真的是完全失控了……不行，我今晚就會把牠們給打發走，讓牠們回到阿茲卡班。說不定我們下次得考慮派龍來看守學校出入口……」

「海格一定會喜歡你這個點子。」鄧不利多說，並笑著迅速瞥了哈利和妙麗一眼。他和夫子一踏出病房，龐芮夫人就快步趕去把門鎖上。接著她就轉身走回她的辦公室，一路上仍在生氣地低聲數落。

病房另一端響起一陣微弱的呻吟，榮恩醒了，他們可以看到他在床上坐起來，揉著頭東張西望。

「這是——這是怎麼回事？」他呻吟著說，「哈利？我們為什麼會在這裡？天狼星呢？路平呢？到底是怎麼回事？」

哈利和妙麗互相對望。

「妳來解釋。」哈利說，伸手再抓起另一片巧克力。

＊＊＊

哈利、榮恩和妙麗在第二天中午離開醫院廂房時，竟發現城堡幾乎已經全空了。天氣悶熱，而考試又已宣告結束，所以大家全都利用這機會跑去活米村玩了。但榮恩和妙麗兩人都不想去，於是他們就和哈利三人結伴到校園中晃蕩，繼續討論昨晚發生的離奇事件，並猜測天狼星和巴嘴現在人在哪裡。他們坐在湖邊，欣賞大烏賊在水面上懶洋洋地晃動觸鬚，哈利在望著湖對岸時，他的心思不由得飄向遠方，以至於完全忘了加入談話。昨夜那頭雄鹿，就是從那裡朝他飛奔過來……

一團黑影欺到他們身邊，他們抬起頭來，看到眼睛紅得要命的海格，正笑吟吟地低頭望著他們，並用一條像桌布般大的手帕擦拭臉上的汗水。

「我知道在昨天晚上發生那種事兒以後，我現在實在不應該這麼高興，」他說，「我是說，布萊克又逃走啦，還有其他那些亂七八糟的事兒——但你們猜怎麼著？」

「怎麼啦？」他們問道，並努力裝出好奇的表情。

「嘴嘴呀！他逃走了！他自由了！我昨晚慶祝了一整夜呢！」

「那真是太棒了！」妙麗說，並用譴責的目光瞪著榮恩，因為他忽然露出一副就快要笑出來的怪相。

「對呀……我大概沒把他給綁緊，」海格快樂地眺望校園，「不過呢，我今早上又擔心得要命……我怕他會在校園裡碰到路平教授，但路平說他昨天晚上什麼也沒吃……」

「你說什麼？」哈利立刻問道。

「哎呀，你還沒聽說嗎？」海格臉上的笑容黯淡了一些，雖然這附近看不到一個人影，但他還是刻意壓低聲音說，「呃——石內卜今天早上告訴所有史萊哲林學生……我想現在應該大家全都曉得了……路平教授是一個狼人，懂了吧？而且他昨天晚上還在校園裡面亂晃。當然啦，他現在已經在收拾行李了。」

「他在**收拾行李**？」哈利震驚地問道，「這是為什麼？」

「他要走啦，不是嗎？」海格說，顯然很驚訝哈利怎麼連這都不曉得，「今天一大早就遞出辭呈，說他不能冒險讓這種事情再發生了。」

哈利立刻站起來。

「我要去找他。」他對榮恩和妙麗說。

「但要是他已經辭職的話——」

「——聽起來我們好像一點辦法也沒有——」

「我不管，我還是要去找他。我待會兒再回來找你們。」

＊＊＊

路平的辦公室大門敞開，他幾乎已把他的大部分東西全都收拾好了。滾帶落的空水槽躺在地板上，而他的破爛舊皮箱打開來擱在旁邊，裡面也已經快要裝滿了。路平正俯身望著書桌上的某個東西，直到哈利伸手敲門才抬起頭來。

「我看到你走過來。」路平微笑著說。他指著剛才專心閱讀的那張羊皮紙，那是劫盜地圖。

「我剛才碰到海格，」哈利說，「他說你辭職了。這不是真的，對不對？」

「是真的沒錯。」路平說。他開始一一打開書桌抽屜，清理裡面的物品。

「**為什麼**？」哈利說，「魔法部並不認為你有在暗中接應天狼星呀，對不對？」

路平走過去關上房門。

「沒錯，鄧不利多教授說服夫子相信，我當時是想要去救你們的命。」他嘆了口氣說，「這對賽佛勒斯來說等於是雪上加霜，而他終於感到忍無可忍。我想失掉梅林勳章，的確讓他受到非常嚴重的打擊。所以他——呃——在今天早餐時不小心說溜嘴，洩漏出我是狼人的秘密。」

「你該不會只為了這個就要離開吧！」哈利說。

路平露出苦笑。

「到了明天這時候，就會開始有許多家長派貓頭鷹送信過來——他們不會希望讓一個狼人來教他們孩子念書的，哈利。在昨晚之後，我可以理解到，他們的看法確實有幾分道理。你們大家都有可能會被我咬到……我絕對不能再讓這種事情發生了。」

「你是我們遇過最棒的一位黑魔法防禦術老師！」哈利說，「不要走！」

路平搖頭不語。他繼續清理書桌抽屜，然後，正當哈利搜索枯腸，想要找個理由說服路平留下時，他又再度開口說：「校長今天早上告訴了我一些事，看來你昨晚拯救了好幾條性命，哈利。如果說我這個人還有什麼好值得驕傲的事，那就是我確實讓你學到了不少東西。跟我談談你的護法吧。」

「你怎麼會知道這件事？」哈利的心思立刻轉向這個話題。

「除了它還有什麼東西能成功驅退催狂魔呢？」

哈利把事情的經過告訴路平。他講完之後，路平又再度露出微笑。

「沒錯，你父親變形時都是變成一隻雄鹿，」他說，「你猜的沒錯……這就是我們叫他鹿角的原因。」

路平把他最後幾本書扔進皮箱，關上書桌抽屜，再轉身望著哈利。

「拿去——這是我昨晚從尖叫屋帶回來的，」路平把隱形斗篷還給哈利，「還有……」他遲疑了一會兒，接著就把劫盜地圖也遞到哈利面前，「反正我現在已經不是你的老師了，所以把這個東西還給你，我也不用感到良心不安。這東西對我沒什麼用處，而且我敢說，你、榮恩和妙麗將來一定可以派得上用場。」

哈利接過地圖，並咧嘴露出微笑。

「你告訴過我，說月影、蟲尾、獸足和鹿角一定會想要引誘我離開學校……你說他們會覺得這樣很好玩。」

「我們的確是這樣沒錯，」路平說，他現在伸手關上皮箱，「我可以毫不猶豫地告訴你，要是你從來就沒發現到一條溜出城堡的密道，詹姆一定會感到非常失望的。」

門外響起一陣敲門聲，哈利慌忙把劫盜地圖和隱形斗篷塞進口袋。

敲門的人是鄧不利多，當他看到哈利也在房中時，並沒有露出一絲驚訝的表情。

「你的馬車已經到大門口了，雷木思。」他說。

「謝謝你，校長。」

路平抓起他的舊皮箱和滾帶落的空水槽。

「好了——再會了，哈利。」他微笑著說，「能教到像你這樣的學生，真的是一件非常愉快的事，我相信我們將來一定會再碰面的。校長，你不用送我到大門口，我自己去就行了……」

哈利覺得路平好像是想盡量快點離開。

「那就再會了，雷木思。」鄧不利多正色表示。路平微微挪動滾帶落的的水槽，騰出一隻手來跟鄧不利多握手告別。然後路平對哈利點了最後一次頭，接著就微微一笑，大步踏出辦公室。

哈利坐到空出的座椅上，悶悶不樂地望著地板發愣。他聽到關門聲，於是他抬起頭來，但鄧不利多並沒有離開。

「為什麼要這麼難過呢，哈利？」他平靜地說，「在昨晚發生的事情之後，你應該為自己感到非常驕傲才對。」

「這並不能改變什麼，」哈利忿忿地說，「佩迪魯還是逃走了。」

「這並不能改變什麼？」鄧不利多平靜地說，「這讓整個世界都變得不一樣了，哈利。你幫忙揭露了真相，你拯救一個無辜者脫離駭人的命運。」

駭人。這個字眼挑起了哈利腦海中的某段記憶。**比以前更加強大，且更加駭人**……崔老妮教授的預言！

「鄧不利多教授——昨天我在考占卜學的時候，崔老妮教授突然變得非常——非常奇怪。」

「真的嗎？」鄧不利多說，「呃——你是說，比平常還要奇怪嗎？」

「是的……她的嗓音變得非常低沉，眼睛骨碌碌地轉個不停，而且她說……她說佛地魔的僕人將會在午夜之前，出發前去跟他重新會合……她說這個僕人將會幫助他東山再起。」哈利望著鄧不利多，「然後她又恢復了正常，而且完全不記得她剛才說了什麼。這會不會——她是不是做出了一個真正的預言？」

鄧不利多看來並沒有受到太大的震撼。

「你知道嗎？哈利，我想她的確是做出了一個真正的預言，」他若有所思地表示，「這誰能想得到呢？這讓她做出的真正預言總數，上升到兩個之多。我真應該給她加薪的……」

「可是——」哈利震驚地望著他說。鄧不利多聽到這樣的事情，怎麼還能夠這麼氣定神閒呢？

「可是——是我阻止天狼星和路平教授殺死佩迪魯！要是佛地魔東山再起的話，那就全都是我害的了！」

「那不是你的錯，」鄧不利多平靜地說，「難道使用時光器的經驗，沒教會你一些事情嗎，哈利？我們一切行動所導致的後果，總是如此複雜難測、如此變化多端，因此預言未來確實是一件非常困難的事……崔老妮教授呢，上天祝福她，就是這樣一個活生生的反面教材。你救佩迪魯的命，是一件非常高貴的舉動。」

「但要是他幫助佛地魔東山再起——！」

「你是佩迪魯的救命恩人，你送給佛地魔一名受過你恩惠的助手。當一名巫師拯救了另一名巫師的性命時，他們兩人之間就會產生一種緊密的連結……除非是我弄錯了，但我看佛地魔是絕對不會希望他的僕人欠哈利波特一份人情。」

「我才不想跟佩迪魯有什麼緊密的連結呢！」哈利說，「他出賣了我的父母！」

「這是一種最莫測高深、最神秘難解的魔法，哈利。但請你相信我……有朝一日，你必然會很慶幸自己曾經救過佩迪魯的命。」

哈利完全無法想像，自己怎麼可能會慶幸救過佩迪魯的命。鄧不利多似乎看穿了哈利的心意。

「我跟你父親很熟，他在霍格華茲念書時和畢業後，都跟我常有來往，哈利，」他和藹地說，「他同樣也會救佩迪魯一命的，這點我非常確定。」

哈利抬頭望著他。鄧不利多不會笑他的——他可以告訴鄧不利多……

「昨天晚上……我還以為，我的護法是我爸變出來的。我是說，當我看到我自己站在湖對岸的時候……我還以為我看到的是他。」

「這是一個很容易犯的錯誤，」鄧不利多柔聲說，「我想你大概聽都已經聽煩了，不過你跟詹姆真的是長得**非常**像。除了你的眼睛……你的眼睛就跟你母親一模一樣。」

哈利搖搖頭。

「我真是蠢，怎麼會以為是他呢？」他喃喃地說，「我明明知道他已經死了。」

「你以為我們深愛過的人，在死後真的會離開我們嗎？你難道不認為，當我們遇到困難時，對他們的記憶會變得比以前更加清晰嗎？你的父親就活在你的心裡，哈利，而在你最需要他的時候，他就會以最清晰的面貌出現在你眼前。要不然你怎麼會召喚出那麼**特別**的護法呢？昨晚鹿角又再度在校園裡馳騁了。」

哈利花了一段時間來細細體會鄧不利多說的話。

「天狼星昨晚把他們成為化獸師的經過，全都告訴我了，」鄧不利多微笑著說，「真是一項驚人的成就——而他們竟然能夠完全瞞住我，同樣也是一件很了不起的事。接著我又想到，在那場你們跟雷文克勞的魁地奇球賽中，你的護法在攻向馬份先生時所顯現出的獨特形貌。所以你確實是在昨晚見到了你的父親，哈利……你在你自己心中找到了他。」

接著鄧不利多就走出辦公室，讓腦中千頭萬緒理不清的哈利，留下來獨自默默思索。

* * *

除了哈利、榮恩、妙麗和鄧不利多教授之外，霍格華茲沒有任何人知道，在天狼星、巴嘴和佩迪魯消失當晚，到底發生過什麼樣的事情。到了學期即將結束時，哈利已聽到當晚事件各種千奇百怪的版本，但全都跟真相有著天壤之別。

巴嘴的事讓馬份氣得要死。他深信一定是海格偷偷把巴嘴帶到某個安全的地方藏起來，而他最氣的似乎就是，他和他父親兩人，竟然會被一名卑微的獵場看守人擺了一道。而在另一方面，派西．衛斯理則是經常就天狼星脫逃這個主題，發表長篇大論的演說。

「要是我能成功進入魔法部上班的話，我一定會提出許多關於加強魔法執法效率方面的議案！」他告訴唯一的聽眾——他的女朋友潘妮。

雖然天氣是如此晴朗美好，雖然校園中洋溢著一片歡樂的氣氛，雖然哈利心裡知道，他們救天狼星重獲自由，等於是完成了一項幾乎不可能達到的任務，但他過去從來沒在學期結束時感到心情這麼壞過。

他顯然並不是唯一一個為路平教授的離去而感到不捨的人。哈利黑魔法防禦術班上的所有同學，全都在為路平辭職而感到難過。

「天曉得他們下學年會派給我們什麼樣的老師？」西莫．斐尼干悶悶不樂地說。

「說不定是一個吸血鬼咧。」丁．湯馬斯滿懷希望地說。

但是哈利心情沉重的原因，並不是只有路平教授離開這件事。崔老妮教授的預言，總是在他心頭揮之不去。他不斷地猜想佩迪魯現在人在哪裡，是否已得到佛地魔的庇護。但哈利心情沮喪的最大原因，卻是那個近在眼前的可怕未來，就快要回到德思禮家去了。他曾有過大約半個鐘頭的快樂時光，而在那燦爛美好的半個鐘頭裡，他深深相信從今以後，他就可以和天狼星住在一起了……跟他爸爸最好的朋友住在一起……這是除了他爸爸死而復生之外，全世界最棒的一件事。天狼星至今依然了無音訊，不過沒消息就是好消息，因為這表示他已成功躲到安全的地方藏身，但哈利只要一想到自己曾經可能擁有的家，以及這個家現在已變成幻影的事實，心裡就忍不住感到萬分難過。

考試成績在學期最後一天揭曉，哈利、榮恩和妙麗三人都全部及格通過。哈利非常驚訝自己的魔藥學竟然沒被當掉，他很懷疑這是因為鄧不利多從中介入，才有效阻止石內卜故意不讓他及格。在過去這個禮拜中，石內卜對哈利的態度可說是惡劣得嚇人。哈利本來以為，石內卜對他的憎惡已達到頂點，不可能再增加分毫，但現在他知道自己錯了。石內卜只要一看到哈利，他的薄嘴唇邊就會有一塊肌肉開始難看地抽搐，而且他還常常突然五指箕張，似乎是恨不得衝過去勒住哈利的脖子。

派西以頂尖的成績通過「超勞巫測」，弗雷和喬治分別拿到了幾項「普等巫測」證明，同時葛來分多學院也連續第三年蟬聯學院盃冠軍，而這主要應歸功於他們在魁地奇冠軍賽中的傑出表現。這表示他們的學期末宴會將會採用猩紅和金色的裝飾，而當大家一同狂歡慶祝時，葛來分多餐桌將會是全場最聒噪吵鬧的地方。甚至連哈利在跟大家一同吃吃喝喝、談天說笑時，都設法把明天要回德思禮家的事拋到九霄雲外。

＊＊＊

第二天早上，當霍格華茲特快車駛出車站時，妙麗對哈利和榮恩宣布了幾項驚人的消息。

「我今天早上在吃早餐前去找過麥教授，我決定要放棄麻瓜研究。」

「妳可是以三百二十分的高分通過考試欸！」榮恩說。

「這我知道，」妙麗嘆了口氣，「但今年這種苦日子，要是再來一次我可受不了了。那個什麼時光器，它快要把我給逼瘋了。我已經把它交出去了，只要放棄麻瓜研究和占卜學，我的課程表就可以恢復正常了。」

「我還是不能**相信**，妳竟然沒告訴我們，」榮恩不悅地說，「我們算是妳的**朋友**吧。」

「我答應過我絕對不告訴**任何人**。」妙麗嚴肅地表示。她轉頭望著哈利，他正望著逐漸隱沒在山峰後的霍格華茲發愣，接下來他要等整整兩個月才能再看到它……

「喔，拜託你高興一點嘛，哈利！」妙麗難過地說。

「我沒事啦，」哈利立刻說，「我只是在想放假的事。」

「好耶，我也正在想這件事，」榮恩說，「哈利，你一定要再到我們家來住。我會先跟我爸媽安排好，然後再通知你。我現在曉得該怎麼用變話了——」

「是**電話**啦，榮恩，」妙麗說，「真是的，我看你才應該在下學年去修修麻瓜研究咧……」

榮恩根本不理她。

「今年夏天會舉行魁地奇世界盃球賽呢！怎麼樣啊，哈利？到我家來住，我們再一起去看球賽！我爸每次都可以從他們部裡弄到一些票。」

這個建議讓哈利的心情大為好轉。

「好啊……我想德思禮家的人，一定會很樂意讓我去的……尤其是在我對瑪姬姑姑做了那種事以後……」

哈利覺得心情好多了，於是他、榮恩和妙麗玩了幾盤爆炸牌，當那名推著點心車的女巫出現時，哈利替自己買了一份豐盛的午餐，只不過裡面完全不含半丁點巧克力。

但到了接近傍晚的時候，又出現了一件讓他真正高興起來的事情……

「哈利，」妙麗突然凝神望著他的背後說，「你窗戶外面那是什麼東西？」

哈利回頭望著窗外，那裡有個灰灰小小的東西在玻璃窗外忽隱忽現。他站起來想要看清楚些，接著他就發現那是一隻非常小的貓頭鷹，牠嘴裡還銜了封對牠來說太大了的信。這隻貓頭鷹實在是太小了，因此牠不停在空中翻翻滾滾，被火車行進的氣流衝得歪來撞去。哈利連忙拉起車窗，伸手抓住了牠，那感覺就像是抓到一個長滿毛的金探子。他小心翼翼地把牠抓進來，那隻貓頭鷹把信扔到哈利的座位上，接著就興高采烈地在廂座中飛著打轉，顯然是在為自己圓滿完成任務而感到沾沾自喜。嘿美露出一副不以為然的高傲神情，並鄙夷地喀喀咬動鳥喙。歪腿坐了起來，大黃眼珠滴溜溜地跟著貓頭鷹打轉。榮恩注意到這樣的情形，連忙一把抓住貓頭鷹，把牠帶到安全的地方。

哈利拾起那封信，上面寫著他的名字。他撕開信封，接著就大喊道：「是天狼星寄來的！」

「什麼？」榮恩和妙麗興奮地說，「快念給我們聽！」

親愛的哈利：

我希望這封信，能趕在你碰到阿姨和姨丈前送到你手中，我怕他們會不習慣收到貓頭鷹郵件。

巴嘴和我已找到地方藏身，但在哪裡我就不告訴你了，因為我擔心這封信可能會落到別人手中。這隻貓頭鷹的能力似乎不太可靠，但他是我所能找到最好的一隻貓頭鷹，而且他好像很渴望能接下這份工作。

我相信催狂魔現在應該還在找我，但牠們是絕對不可能發現我躲在這個地方。我目前正準備趕緊讓幾個麻瓜在遠離霍格華茲的地方看到我，這樣城堡的安全措施就可以解除了。

我們碰面的時間太過短暫，所以有件事我還來不及告訴你，火閃電是我送給你的——

「哈！」妙麗得意洋洋地說，「看吧！我早就跟你們說是他送的！」

「沒錯，但他可沒對它下惡咒吧？」榮恩說，「哎喲！」

那隻正站在他掌中快樂啼叫的迷你貓頭鷹，剛才往榮恩手指上啄了一下，這似乎是牠表達愛意的方式。

歪腿替我把訂單送到貓頭鷹郵局，我用了你的名字，但叫他們從古靈閣第七百一十一號地下金庫取款——那是我自己的帳戶。請把它看做是教父我送給你十三年份的生日禮物。

我同時也要向你道歉，我在你離開你姨丈家的那天晚上嚇到了你。我那時只是想要在我開始往北方走以前，先過去看你一眼，但我想我的外表把你給嚇壞了。

隨信再附上另一件送給你的東西，我想這會讓你下學年在霍格華茲的日子，變得更加愉快。

若有需要我幫忙的地方，就請你寫信給我。你的貓頭鷹可以找到我的。

我會很快再寫信給你。

天狼星

哈利急切地檢查信封裡面，那裡還有另一張羊皮紙。他匆匆看了一遍，一種既溫暖又滿足的感覺突然竄遍他的全身，就好像是一口氣灌下了一整瓶奶油啤酒。

本人天狼星・布萊克乃哈利波特之教父，在此同意他於週末前往活米村。

「這對鄧不利多來說就可以了！」哈利高興地說。他再低頭望著天狼星的信。

「等一下，這裡還有一行附註……」

我想你的朋友榮恩，也許會願意收下這隻貓頭鷹，畢竟是我害他失去了一隻老鼠。

榮恩睜大眼睛。那隻迷你貓頭鷹仍在興奮地嗚嗚啼叫。

「收下他？」他不確定地說。他仔細打量那隻貓頭鷹，過了一會兒，他忽然把貓頭鷹湊到歪腿的鼻子前，把哈利和妙麗嚇了一大跳。

「你覺得怎麼樣？」榮恩詢問那隻貓，「這真的是一隻貓頭鷹嗎？」

歪腿發出一陣呼嚕聲。

「這對我來說就可以了，」榮恩高興地說，「他是我的啦。」

在到達王十字車站前，哈利一路上把天狼星的信看了又看。當他和榮恩及妙麗一同穿越第九又四分之三月台的路障時，那封信依然緊握在他的手中。哈利一眼就瞥見了威農姨丈，他刻意與衛斯理夫婦保持距離，並用懷疑的目光緊盯著他們，而當衛斯理太太迎上前去擁抱哈利時，他最不堪的猜測似乎已得到了證實。

「我再打電話跟你商量魁地奇世界盃的事！」榮恩在哈利跟他和妙麗互相道別後，朝著哈利的背影喊道，此時哈利已推著他那載著大行李箱和嘿美鳥籠的推車掉過頭來，走向威農姨丈，而他自然還是用老樣子迎接哈利。

「那是什麼鬼玩意兒？」他瞪著那封依然握在哈利手中的信吼道，「如果又是什麼要我簽名的同意書，我可以再告訴你一次——」

「才不是呢，」哈利愉快地說，「是我教父寄來的信。」

「教父？」威農姨丈口齒不清地急急說道，「你哪來什麼教父！」

「誰說的，我真的有啊，」哈利開心地說，「他是我爸爸媽媽最好的朋友。他是一個殺人犯，但他已經逃出巫師監獄，現在正在跑路。不過他還是很想跟我保持連絡……隨時聽到我的消息……看我過得好不好……」

哈利望著威農姨丈臉上驚恐的表情，高興地咧嘴一笑，開始往車站出口的方向走去，嘿美在他前面發出喀噠喀噠的聲音，看來這個夏天會比去年好過多了。

國家圖書館出版品預行編目資料

哈利波特③阿茲卡班的逃犯 / J.K. 羅琳 著；彭倩文 譯. -- 二版. -- 臺北市：皇冠, 2020. 10
面; 公分. --(皇冠叢書；第4885種) (Choice；335)
譯自：Harry Potter and the Prisoner of Azkaban
ISBN 978-957-33-3609-9 (平裝)

873.57　　109014590

皇冠叢書第4885種
CHOICE 335

哈利波特③ 阿茲卡班的逃犯

【繁體中文版20週年紀念】

Harry Potter and the Prisoner of Azkaban

作　　者—J.K. 羅琳（J.K. Rowling）
譯　　者—彭倩文
發 行 人—平　雲
出版發行—皇冠文化出版有限公司
臺北市敦化北路120巷50號
電話◎02-27168888
郵撥帳號◎15261516號
皇冠出版社(香港)有限公司
香港銅鑼灣道180號百樂商業中心
19字樓1903室
電話◎2529-1778　傳真◎2527-0904
總 編 輯—許婷婷
責任編輯—蔡承歡
美術設計—王瓊瑤
著作完成日期—1999年
二版一刷日期—2020年11月
二版八刷日期—2023年10月
法律顧問—王惠光律師

如有破損或裝訂錯誤，請寄回本社更換
讀者服務傳真專線◎02-27150507
電腦編號◎375335
ISBN◎978-957-33-3609-9
Printed in Taiwan
本書定價◎新臺幣520元/港幣173元